KB067663

특허받은
무당왕

특허받은 무당왕

가프 장편소설

3

前生房

도서출판 청어람

목차

공덕으로 얻은 미래안(未來眼)

눈이 아팠다.

왜 그럴까?

부적을 문 건 입인데 왜 눈으로 살(殺)이 몰린 걸까? 이것은 진정 살일까?

그 아픈 눈을 비집고 들어온 건 명부의 대왕들이었다. 그들도 눈만 보였다. 호랑이와 용의 안광이 득실거리는 것 같았다. 따가운 시선 안에서 흰 아기가 걸어 나왔다. 처음에는 하라인 줄 알았다.

자세히 보니 하라보다 컸다. 아이는 초고속 화면처럼 변해갔다. 아기에서 소녀가 되더니 아가씨에 이어 아줌마가 되었다. 다음으로 주름살이 쓱쓱 늘어나나 싶더니 꼬부랑 할머니가 되어 생을 마감했다. 생애가 변화하는 모습이다.

그런데 같은 장면이 계속 반복되었다.

'뭐하는 거야?'

미류는 하얀 아기를 주목했다. 그러자 처음에는 보지 못한 것들이 보이기 시작했다. 소녀가 되어 들어간 학교, 아가씨가 되었을 때의 직장, 아줌마가 되었을 때의 지위, 할머니가 되었을 때의 요양원 모습이다. 쭉 훑어보면 소녀는 열심히 살았다. 하지만 결국에는 버려진 몸이 되어 요양원 신세가 되었다.

'처음과 끝.'

고개를 갸웃거리자 이번에는 명부의 대왕들 눈이 아이로 변해 튀어나왔다.

제1 진광대왕의 눈에서 나온 아이는 이내 은행원으로 변했다.

제2 초강대왕의 경우는 연구소 연구원으로 변했다.

제3 송제대왕은 교사로 변했다.

제4 오관대왕의 눈에서 나온 아이는…….

아이는…….

오빠!

아이의 모습 속에서 귀에 익은 목소리가 묻어 나왔다. 아이는 흰 물체로 변하더니 하라가 되었다.

"오빠!"

이번에는 하라의 목소리가 또렷하게 들려왔다.

"엄마, 오빠가 눈을 떴어!"

뒤를 잇는 목소리는 더욱 또렷했다.

"그리고 아저씨도 눈 떴어!"

하라의 목소리가 멀어지고 있다. 아마 밖을 향해 뛰는 모양이다.

'아저씨?'

그게 궁천일까 싶어 고개를 돌렸다. 눈이 마주쳤다. 궁천이었다. 미류와 나란히 지척에 누워 있다.

"미류 법사…….."

그가 마른 입술을 열고 미류를 불렀다.

"도인님……."

"법사가 결국 나를 살렸군."

"괜찮으십니까?"

"몸이 아주 가볍네. 작두를 밟기 직전의 무아지경 때처럼 말이야."

"다행이네요."

"법사는? 갈라진 내 신 하나가 그 몸으로 가려는 것 같던데?"

"신장신들이 하늘로 모셔갔습니다."

"정말인가?"

"예. 어떻게 궁리가 나오는 바람에……."

"법사 몸으로 날아가던 것까지는 희미하게 느껴지는데……."

"제가 부적을 썼거든요. 다행히 부적이 그 신을 속박하여 신장신
들이 해결했습니다."

"한편으로는 다행이고 한편으로는 아깝군. 법사가 잘못될까 걱정
을 하면서도 법사라면 그 신을 받아 능력을 더할 수도 있을 거라고
생각했는데……."

"저는 전생신만 모시기로 약속했답니다."

"그렇군."

"그런데 능력이라면?"

"그는 특히 미래를 보는 예지 능력이 강한 신이었다네."

"예지?"

미류가 파뜩 고개를 들었다.

"……?"

"그 신이 혹시 명부의 대왕들 눈을 통해 신차를 주는 겁니까?"

"자네가 그걸 어떻게……?"

"그게 보였습니다. 아기가 변하는 모습과 명부의 대왕들 눈에서 나온 아이가 성장한 모습을 보여주는 걸."

"맙소사, 그럼 그 신의 능력 일부가 법사에게 깃든 것 같네만."

"그럼 그 신이 내게 강신한 거란 말입니까?"

"부적을 써서 신장신으로 하여금 소멸시켰다니 강신은 아닐 테고, 그 신의 재량이 무궁했으니 자네 입에 갇히면서 기능 하나를 흘린 것 같네만……."

"……."

"짐작이 그렇다는 걸세. 어떻든 나쁜 일은 아닐 테니 걱정할 건 없네."

"그렇다면야……."

"아차, 내 정신. 내 삶의 은인에게 인사를 한다는 걸 그만……."

"인사라뇨. 당치도 않……."

미류가 거부했지만 궁천은 이미 일어나 큰절을 올리고 있었다.

"도인님……."

"무속계에서야 사사로이 내가 법사의 선배이자 연장자지만, 한 인간으로 보면 내 은인이고 궁극적으로는 몸주이기도 하시네."

"몸주라고요?"

"아닌가? 봉인된 쌍신으로 폐인이 된 나를 살리고 내 안의 신 하나를 정상으로 돌려놓았으니 법사야말로 내 몸주가 아니시면 무엇인가?"

"도인님……."

"평생 법사를 스승처럼 생각하며 살겠네. 나이를 생각지 말고 내 마음을 받아주시게."

"도인님, 이러시면… 어서 일어나세요. 사람들 오는 소리가 들립니다."

"그게 귀찮으면 어서 수락하시게. 나를 신제자처럼 부려먹겠다고."

궁천이 고개를 들었다. 밖에서 하라와 묘우가 달려오는 소리가 들린다. 다른 발소리도 많았다.

"알았습니다. 알았으니 어서 일어나세요!"

미류가 수락하는 순간 문이 열렸다.

"미류 법사!"

일착은 표승이었다. 그 뒤로 봉평댁과 신몽대감이 들이닥쳤다. 물론 숭덕과 우담할망이 빠질 리 없었다.

"뭐야? 우리는 노심초사 애를 태웠는데 둘이서 희희낙락?"

거구의 신몽대감이 걸쭉한 목청을 토했다.

"아, 아닙니다."

미류는 애써 고개를 저었다. 그러자 신몽대감의 거구가 다가와 미류를 품었다.

"아무튼 고맙네. 이렇게까지 해서 내 신아들 목숨을 살려내다니."

"만신님, 이 팔 좀……."

거구의 팔은 신력에 못지않았다. 미류가 낑낑거리자 하라가 달려들어 신몽의 팔뚝을 물었다. 묘우까지 합세해 신몽의 허벅지를 잡고 늘어졌다.

"악!"

신몽이 비명을 지르며 팔을 놓았다.

"우리 오빠 아프게 하지 마세요!"

하라가 두 팔을 벌리고 신몽을 막았다.

제아무리 큰 덩치의 신몽도 당찬 하라 앞에서는 상대가 되지 않았다. 신몽은 뻘쭘해져 물러서더니 궁천의 어깨를 토닥여 주었다. 그 손에도 물론 따뜻함이 가득 넘치고 있었다.

기력을 되찾은 미류는 숨을 돌리며 궁천의 운명창을 열었다. 그는 이제 어떤 운명을 가지고 있을까?

[가정운 下上 24%]

[건강운 中上 58%]

[재물운 中中 44%]

[학벌운 中中 46%]

[애정운 上上 90%]

[명예운 上上 88%]

[총운명지수 中上 55%]

운명창이 열렸다.

다른 무엇보다 두 개의 上上이 시선을 끌었다.

명예운의 지수 상승은 그럴 것도 같았다. 그가 오직 무속을 위한 길을 간다면 존경받는 만신이 될 수도 있었다. 하지만 애정운은 좀 의아했다. 어머니에 의해 봉인된 궁천. 그 어머니는 이미 세상을 떠났고 궁천이 결혼을 한 것도 아니다. 그렇다면 궁천에게 결혼운이 있는 걸까?

"……!"

애정창을 보려던 미류는 그 애정창에 어리는 그림 하나를 보고는 입을 벌리고 말았다. 무의식중에 본 광경과 비슷했다. 궁천의 미래상 하나가 그 안에 떡하니 앉아 있는 것이다.

궁천의 미래는 봉사하는 삶이었다. 그는 마치 테레사 수녀처럼 수많은 사람과 노인들 틈에 둘러싸여 있었다. 한없이 행복한 모습이었다. 한 여인이 아니라 만인에게 애정을 나눠주는 공천이었다.

'이거였구나.'

미래를 보는 영기.

미류는 떨리는 목소리를 안으로 삼켰다. 쌍신 중의 하나가 남기고 간 그의 흔적. 그 영기가 눈에 맺혀 미래상을 볼 수 있게 해준 것이다. 거기까지 깨달은 미류는 문득 호흡을 멈췄다.

"……!"

이거 전생신이 노하는 거 아닐까?

한참 신호를 기다려 보았지만 징벌은 오지 않았다. 그제야 알았다. 운명창은 전생이 아니었다. 그렇기에 전생신이 관여하지 않는 것이다.

'맙소사!'

굳어 있던 미류의 표정이 확 밝아졌다. 미류는 너무나 많은 것을 얻었다. 궁천과 신몽의 마음을 얻은 것이 그랬고, 모래알 같던 무속계에 화합의 계기를 마련했다. 거기에 더불어 운명창 안에서 미래상을 볼 수 있는 미래안(未來眼)을 얻었다.

미래안!

한 인간이 미래에 무엇이 될지 알 수 있는 일은 얼마나 멋진 일인가? 세상의 모든 사람이 그게 궁금해 점을 보는 것이다. 이 모든 것은 옳은 일을 위해 애쓴 미류에게 내린 천상의 보너스였다.

궁천도인과 신몽대감.

그리고 미래안.

둘을 생각하니 그간의 고단함이 한꺼번에 씻겨 나갔다.

다음 날, 숭덕을 제외한 일동은 궁천의 어머니인 물레보살의 묘지를 찾아갔다. 묘지는 장호원 쪽에 있었다.

'어머니……'

자신을 봉인한 물레보살. 그러나 언젠가 신력 높은 무당이 나타나 아들을 수렁에서 건져줄 것을 기대한 그녀.

애달피 소주를 따르는 궁천의 모습은 보지 않았다.

"신어머니, 저 왔어요. 미류 법사 덕분에 어머니 볼 면목이 생긴 것 같습니다."

우담할망도 노구를 아끼지 않고 술을 따랐다. 뒤를 이어 미류도 따랐다. 노을에 물든 궁천의 모습은 마치 노을의 한 부분으로 보였다. 사심도 욕심도 다 비운 모습이다. 궁천이 완전하게 새로 나는 순간이었다.

"표승 만신님, 혹시 중국 불도징 이야기를 아십니까?"

소주잔 앞에 놓은 북어포를 씹으며 우담이 물었다.

"중국 불도장 요리는 알아도 불도징은 잘 모르겠는데요?"

"옛날 중국 스님인데 그분은 자기 몸과 마음을 깨끗이 하기 위해 심장과 간, 쓸개를 꺼내 강물에 씻었다고 하더군요."

"저런, 도력이 높은 분이셨군요."

"우리 궁천도인, 법력과 무력에 천부까지 동원해 제 마음을 씻어주고 보호해 주었으니 불도징 못지않은 박수가 될 것 같습니다."

우담이 궁천을 돌아보았다.

"그래야지요."

표승도 공감했다.

"그 모든 게 만신님의 신아들 덕분입니다."

우담이 보낸 시선의 끝은 미류였다.

"별말씀을. 네 분의 도움이 아니었으면 시작도 못 할 일이었습니다."

미류는 겸손하게 대꾸했다.

"그래서 미류 법사가 더 대단하다는 거야. 꿈을 현실로 바꿔놓다니… 그래서 우리 신어머니가 더 대단하시고. 저이는 어쩌면 이 미래에 미류 법사가 올 줄을 알았을까? 어째서 이 늙은이는 북망산천 갈 때가 다 되었는데도 아직도 제대로 된 신명에 눈을 뜨지 못할꼬."

우담은 슬픈 듯, 기쁜 듯 미소를 머금었다.

"하핫, 그건 이 선무당도 마찬가지라오. 그나마 신 밥줄 마무리 즈음에 밥값은 하고 가는 것 같아 후련합니다만."

표승이 너털웃음과 함께 일어섰다.

신제자의 길을 접을 거라 언질을 한 표승. 그에게는 잊지 못할 은퇴굿이 된 자리였던 것이다.

미류가 표승을 바라보았다. 미래안에 대한 시험은 하지 않았다. 스승은 감히 시험의 대상이 아니었다. 게다가 그는 지금 이대로 명예롭다. 무엇이 더 필요하단 말인가?

표승은 용궁사를 마지막 거처로 정했다. 거기서 숭덕 큰스님과 지난 이야기나 하면서 소일하겠다고 했다. 무속의 대가와 불법의 대가! 나란히 앉아 대화하는 모습을 상상하니 나쁘지 않았다.

"오빠!"

서울로 올라오는 길, 옆자리의 하라가 손을 내밀었다. 하라의 손에는 토끼풀 반지와 팔찌가 채워져 있었다.

"예쁘네? 어디서 났어?"

미류가 물었다.

건너편 자리의 봉평댁은 가쁜 숨을 쉬며 자고 있었다. 당연한 일이다. 사실 조무는 궂은일을 도맡으면서도 표시가 나지 않는 자리다. 그런 일을 묵묵히 하는 사람은 봉평댁뿐이다. 게다가 이번에는 수발들 사람도 많았다. 우담할망의 신딸 화영이 있었다지만 그녀는 봉평댁의 관록을 넘볼 주제가 아니었다. 그렇기에 달리는 고속버스에 올라앉기 무섭게 피로가 덮친 것이다.

"이거 묘우 오빠가 만들어줬다?"

하라의 목소리는 또렷했다.

이제는 살짝 시들어 버린 토끼풀. 하라처럼 하얗고 작은 꽃들도 봉평댁처럼 엎드려 곤한 잠을 자고 있었다.

"묘우 스님이 애 많이 썼네?"

"응, 또 놀러 오래."

"그래, 자주 가자."

"그런데 오빠!"

"응?"

"내가 묘우 오빠 쌀점 쳐주려고 했는데 잘 안 됐어. 왜 그렇지?"

"하라가 그랬어?"

"응. 나도 꽃 반지 만들려고 했는데 자꾸 끊어지잖아. 그래서 소나무 아래서 쌀 뿌리고 돌았는데 하나도 안 붙어."

"저런……."

"그래서 묘우 오빠가 배꼽을 잡고 웃었어. 하라는 속상했고."

"하라야."

"응!"

"속상할 거 없어. 하라의 쌀점은 내 신당에서만 되는 거거든. 그러니까 나중에 묘우 스님이 서울에 오면 그때 봐주면 되잖아?"

"앗, 진짜 그러네?"

"그러니까 이제 하라도 한잠 자. 엄마처럼."

"알았어."

얌전하게 대답한 하라가 미류의 무릎을 베고 누웠다.

하라는 금세 잠이 들어버렸다. 새근거리는 가슴을 보니 미류의 마음도 고요해졌다. 가만히 하라의 운명창을 열었다.

우리 하라, 귀여운 하라는 이다음에 뭐가 될까 궁금했다. 아이이기 때문에 더욱 그랬다.

하라의 미래.

나왔다.

"······!"

미류는 가만히 손을 내밀어 영기로 투영된 그녀의 미래를 어루만졌다.

하라의 미래는 성공한 가수였다. 그녀 뒤로 멋진 무대가 즐비하다. 닥나무로 한지를 만들던 전생 외에 창가를 부르던 전생도 가진 하라. 그녀에게 어울리는 일 같았다. 미류의 전생에 바치던 정성과 열정이라면 최고의 가수가 되고도 남을 일이었다.

내친김에 봉평댁도 보았다. 그녀의 미래는 거의 변화가 없었다. 결국 봉평댁은 조무가 천직인 사람이었다.

'나도 이제 한잠 붙여볼까?'

미류도 눈을 감았다. 서울에 도착하면 스케줄이 있었다. 옷을 갈아입고 조금 쉬었다가 송송탁구방 초대에 가야 한다.

끼익!

택시가 멈췄다. 신당 앞의 작은 길이다.

"으차!"

하라가 먼저 뛰어내렸다. 미류도 뒤를 따라 내렸다.

"오빠, 손님······."

하라가 신당 문을 가리켰다. 거기에 외제 차와 함께 한 여자가 있다.

"법사님!"

여자가 손을 흔들었다. 송송탁구방의 멤버인 구영미 여사다.

"구 여사님!"

택시에서 내린 미류가 인사를 했다.

"아유, 제가 너무 일찍 왔나요?"

"그건 아닙니다만… 오래 기다리셨어요?"

"아뇨. 오늘 우리랑 약속 있는 거 아시죠?"

"그럼요. 그러잖아도 준비해서 나가려던 참인데…….”

"그래서 제가 선발대로 모시러 왔어요.”

"예?"

미류가 고개를 들었다.

"워낙 바쁘신 법사님이시니 다른 사람이 채 갈까 봐…….”

"별말씀을 다…….”

"방송 멋졌어요. 세상에, 톱스타 송화요의 은인일 줄은 꿈에도 몰랐네요.”

"아, 네.”

"그럼 준비하고 나오세요. 제 걱정일랑 마시고.”

구영미가 신당을 가리켰다. 아직 약속 시간은 멀었다. 하지만 사람이 와 있으니 어쩔 수 없는 일이다. 미류는 꼼짝없이 구영미를 따라 나서야 했다.

· ● ·

동도도롱랑!

전화가 왔다. 하필이면 화요였다. 미류가 더듬거리자 구영미가 웃으며 말했다.

"받으세요.”

"아, 네.”

어색하긴 하지만 별수 없이 전화를 받았다.

"여보세요!"

ㅡ법사님, 어제는 왜 핸드폰이 꺼져 있었어요?

화요가 대뜸 물어왔다. 궁천의 일로 몰두할 때 배터리를 빼두었다. 그때 전화를 한 모양이다.

"아, 예, 중요한 굿이 있어서요."

ㅡ법사님은 굿 안 한다면서요?

"굿이라기보다… 중요한 퇴마 의식이었어요."

ㅡ으음, 혹시 다른 여자랑 같이 있던 건 아니죠?

"하핫, 두 명 있긴 했지요."

ㅡ두 명이나요?

"우리 하라하고 봉평댁 이모요."

ㅡ나중에 확인해 볼 거예요.

화요가 귀엽게 으름장을 놓았다.

"그나저나 웬일이시죠?"

ㅡ웬일은요, 법사님 예약하려고 전화드렸죠.

"예약요?"

ㅡ저녁에 시간 좀 비워주세요. 어제 말씀드렸어야 하는데 전화가 안 돼서 제 마음대로 약속을 잡아놨어요.

"약속이라면?"

ㅡ제 친구들하고 후배들요. 어찌나 조르는지 제가 말라 죽을 것 같아요. 저 좀 도와주세요. 네?

"화요 씨가 말라 죽으면 안 되죠. 조금 늦어도 괜찮다면 예약 접수 하겠습니다."

ㅡ우와, 고마워요.

"몇 시면 되죠?"

─한 명이 녹화가 밤 9시 넘어서 끝나요. 가급적 그때 이후면 좋겠
는데…….

"전화 못 받은 죄로 접수합니다. 이따 연락주세요."

─알았어요.

화요가 전화를 끊었다.

"송화요 씨 맞죠?"

운전하던 구영미가 물었다.

"예. 방송국 친구분들이 전생점을 보고 싶어한다고……."

"저기… 그래서 말인데……."

정지 신호에 걸리자 구영미가 죄지은 표정을 지었다.

"무슨 일이라도……?"

"그게 아니고… 아까부터 말씀드리려고 했는데… 전화가 오는 바
람에……."

"……."

"실은 제가 지금 법사님 납치 중이거든요."

"예?"

"죄송하지만 제 사정 좀 봐주세요. 대륙화섬을 경영하는 남편을
둔 친구가 있는데 법사님 얘기를 했더니 꼭 좀 만나게 해달라는 거
예요. 그래서……."

"그런 일이라면 예약을 하시면……."

"그게 친구가 이따가 출국해야 해서요. 딸 때문에 일 년에 몇 번
나가는데 한 번 가면 한두 달씩 있기도 하거든요."

"네."

"하도 졸라대는 바람에 미선이에게 내가 모셔온다고 핑계 대고 와
서 납치하려고 기다렸던 건데… 기분이 나쁘시면……."

"……."

"차… 신당으로 돌릴까요?"

"아닙니다. 기왕 나온 건데요, 뭐."

"그럼 봐주시는 건가요?"

"어쩌겠어요? 출국하신다니……."

"우와, 고마워요!"

마음이 가벼워진 구영미가 속도를 올렸다. 옆에서 보니 아이처럼 행복한 표정의 구영미다. 미류는 뿌듯했다. 자신을 반겨줄 사람이 있다는 일이 얼마나 행복한 일인가?

"저희 집이에요."

차가 멈춘 곳은 아담한 2층 저택이다. 담장에는 담쟁이의 흔적이 가득하고 능소화가 고이 피었다. 그 너머로 구부러진 소나무도 보인다.

"들어오세요!"

구영미가 미류를 청했다. 정원에 들어서자 한 여자와 소녀가 보인다.

"얘, 법사님이셔!"

구영미의 목에 힘이 빡 들어갔다.

"안녕하세요?"

여자와 소녀가 동시에 말했다. 겉보기에는 모녀로 보였다.

"아줌마, 뭐 해요? 법사님 목말라요. 차 좀 내오세요. 제일 좋은 걸로요."

구영미가 가정부를 닦달했다.

이미 준비를 하고 있던 건지 가정부는 금세 차를 가져왔다. 네 사람은 정원의 파라솔에 자리를 잡았다. 흔한 파라솔이 아니라 견고하고 아늑한 파라솔이다.

"법사님, 드세요. 입에 맞을지 모르겠네요."

구영미는 지극정성으로 미류를 챙겼다.

"너무 그러시면 제가 미안해서……."

미류가 겸손하게 말했다.

"너무라뇨? 이깟 차 한 잔 가지고."

구영미는 당연하다는 반응이다.

"말씀하신 친구분이 이분이신가요?"

미류가 고개를 들었다.

"네. 얘, 법사님은 바로 우리 송송탁구방 모임에 가서야 해. 너 비행기 몇 시라고 했지?"

구영미가 친구를 돌아보았다.

"이제 네 시간 남았네. 좌석까지 다 지정된 거니까 한 시간 정도는 여유 있어."

친구가 대답했다.

"아무튼 빨리 물어봐. 너 친구 잘 둔 줄 알아라. 이 법사님이 보통 분인 줄 알아?"

"그래. 내가 이 원수는 꼭 갚을게."

구영미의 공을 챙긴 친구가 미류와 시선을 맞추었다.

"우리 구 여사 말이 대한민국에서 최고의 전생점을 보신다고요. 쟤가 원래 그런 거 학을 뗄 때는 친군데 하도 침이 마르게 대단하신 분이라고 해서 꼭 한번 뵙고 싶은 마음에……."

친구가 봉투를 내밀었다.

"복채는 무슨 일인지 들은 후에 받겠습니다."

미류가 웃었다.

"은서, 인사드려야지?"

친구가 딸의 주의를 환기시켰다.

"Nice to meet you. My name is 은서!"

딸이 한 말은 영어였다. 장난이 아니라 매끄러운 본토 발음이다. 하지만 딱딱했다. 미류에 대해 반감을 가진 게 분명했다.

"제 딸인데 조기 유학을 갔어요. 그래서 요즘은 한국말보다 영어로 말하는 걸 더 좋아해요."

친구가 부연을 했다.

"아, 예."

"우리 딸이 곧 중학교를 마쳐요. 상급 학교 진학을 앞두고 진로에 대해 고민이 많아서요. 죄송하지만 엄마와 아빠, 딸의 희망이 다 다르거든요. 그걸 결정하기 위해 한국에 와서 아빠를 만났는데 결론을 내리지 못했어요."

"네."

"얘, 그럼 말씀 나눠라. 난 과일 좀 준비할게."

구영미는 그쯤에서 자리를 비켜주었다.

"어떤 고민을 하시는지……?"

미류가 물었다.

"실은 그게… 정말 죄송하지만 우리 아이가……."

친구는 딸의 눈치를 보며 말을 이었다.

"자기 꿈을 말하질 않아요. 애 아빠는 전문 경영인이 되길 바라서 MBA 진학을 준비하라고 하고 저는 닥터 쪽이거든요. 그런데 쟤가 둘 다 싫다며 고집을 부리는 상황이지요."

침묵으로 부모에게 맞서는 딸.

동시에 자기 카드는 보이지 않는…….

'부모와 반대 방향…….'

그 정도 짐작은 어렵지 않았다. 하지만 짐작으로 이야기할 수 있는 일은 아니었다.

"영미 얘기를 들으니 법사님께서 전생 감응을 통해 고민을 해결하는 능력이 굉장하시다기에 좀 뵙고 가자고 했더니 우리 은서가 그래요. 법사님이 자기 꿈을 맞힐 능력이 있다면 그분이 권하는 대로 하겠다고요."

"……."

"하지만 맞힐 리 없다고……."

"그렇군요."

어렵게 사연을 전달한 구영미의 친구는 미류의 처분만 기다리는 눈빛이다.

"네 이름이 은서라고?"

미류의 시선이 딸에게 옮겨갔다.

"Yes!"

딸의 목소리는 여전히 퉁명스러웠다. 그 소리를 흘리며 운명창을 띄워놓았다. 제일 먼저 뜬 것은 재물운이었다. 재물운 안에는 취업이나 성공운이 들어 있다.

[재물운 上中 78%]

재물운은 좋았다. 최고는 아니지만 한평생 돈 걱정할 팔자는 아니었다. 미류는 가만히 영기를 모았다. 바로 궁천도인을 통해 받은 미래안의 실험이다.

미래안!

이번에도 기가 막히게 먹혔다.

"……!"

딸의 미래는 기다렸다는 듯이 선명하게 모습을 드러냈다. 그걸 본 미류는 느긋하게 딸에게 말했다.

"네 꿈을 맞히면 내가 권하는 직업을 택한다고?"

"Yes!"

"그럼 네가 나를 시험하는 거로구나?"

"Yes!"

"얘, 법사님 앞에서 꼬박꼬박……."

친구가 딸에게 핀잔을 날렸다.

"괜찮습니다. 솔직하고 좋군요. 이맘때의 아이들은 기성세대에 대한 반항심과 의구심이 많거든요."

"Yes!"

듣고 있던 딸은 정말 그렇다는 듯이 고개를 끄덕거렸다.

"어른들은 모순덩어리. 그렇지? 자기들은 하고 싶은 대로 하면서 너희들에게는 이래라저래라 주문만 하고."

"Yes!"

"똑같은 어른 취급받지 않으려면 네 불신부터 깨야겠네."

미류가 두 손을 들었다. 그와 동시에 딸의 머리 위로 전생륜이 피어올랐다.

"엄마랑 손 좀 잡아줄래?"

"No!"

딸이 고개를 저었다.

"딱 한 번이면 돼."

"……."

"장난하는 거 아니거든."

미류의 미간에 힘이 들어갔다. 더 이상 좋은 말로 통할 아이가 아니었다. 미류의 목소리에 신력이 실리자 딸은 마지못해 엄마의 손을 잡았다.

"다음은 눈 좀 감아줄래?"

미류의 주문이 이어졌다. 딸은 미류를 힐금 쏘아본 후에야 눈을 감았다.

"어머니도 눈을 감습니다. 두 분 다 마음은 편안하게. 긴장하지 마시고요."

"됐으니까 어서 시작하기나 하세요."

딸이 쏘아붙였다. 그 당돌함에 어이가 없기도 했지만 전생령을 불러냈다. 오랫동안 미국에 산 아이, 게다가 자기 부모와 의견 대립이 있는 아이. 그렇다면 무속이든 뭐든 귀찮을 건 뻔한 일이다.

미류가 선택한 전생령이 나왔다.

빵 가게였다.

꼬질꼬질한 소년이 나왔다. 그가 바로 딸의 전생이었다. 그 전생의 이름은 테르였다. 테르는 빵 가게에서 일을 배웠다. 반죽 그릇을 닦고 오븐의 먼지를 훔쳤다. 테르의 옷에는 빵 냄새가 가득했다.

절룩!

소년은 반죽 그릇을 옮길 때마다 오른발을 절었다.

급하게 달리던 마차에 치인 것이다. 마부는 오히려 소년을 때렸다. 소년은 맞는 수밖에 없었다. 이 세상에 소년의 편을 들어줄 사람은 단 한 명, 엄마. 그러나 그 엄마는 병에 걸려 누워 있었다.

"옜다!"

점심때가 되자 주인이 빵을 던져주었다.

하루 세 번 받는 찌그러진 빵이 테르의 품삯 전부였다. 주인은 기술을 가르쳐 준다는 이유로 더 이상의 삯은 주지 않았다. 소년은 하나만 먹고 두 개는 챙겨두었다. 집에 있는 엄마와 여동생 때문이다.

소년의 삶은 팍팍했다.

집은 하수구가 가까운 판잣집이었고, 밤에는 쥐들이 들락거렸다. 어쩌다 몸이 아파도 쉴 수 없었다. 소년이 쉬면 세 식구가 쫄쫄 굶어야 하기 때문이다.

그런 소년에게 유일한 즐거움이 있었다.

집에 가는 길에 있는 악기 공장이었다. 오늘도 소년은 빵 조각을 품에 안고 악기 공장 앞에 섰다. 이곳에서는 플루트와 오보에, 바순과 클라리넷 등을 만들었다. 소년은 그중에서 플루트의 부드러우면서도 우아하고 경쾌한 음을 좋아했다. 그냥 듣기만 해도 하루의 피로가 싹 달아나는 것이다.

그러다 소년의 몸이 무거워졌다. 하지만 아픈 기색조차 보일 수 없었다. 일할 아이는 거리에 널렸다. 조금이라도 이상한 기미가 보이면 가게에서 잘린다.

'오늘은 아닌가 봐.'

힘겹게 공장을 바라보던 소년의 얼굴에 실망이 스쳐 갔다. 플루트 소리가 들리지 않은 것이다. 소리는 아무 때나 나는 게 아니었다. 플루트를 만들어 음색을 시험할 때만 들렸다.

하지만 소년은 이날 운 좋게 플루트를 불어볼 수 있게 되었다. 플루트 명인 메르송 아저씨 덕분이었다. 잠시 밖으로 나온 아저씨가 소년을 발견한 것이다.

"또 왔구나?"

소년을 알고 있는 아저씨가 웃었다.

"네."

"어쩌니? 오늘은 플루트를 만들지 않는데."

"네에……."

소년의 얼굴에 먹구름이 끼었다. 이제나저제나 하던 기대가 사라진 것이다.

"그럼 안녕히 계세요."

소년은 힘없이 돌아섰다. 긴 황혼에 드리워진 소년의 그림자가 한없이 무거워 보인다.

"얘, 테르!"

"네?"

아저씨의 부름에 소년이 돌아보았다.

"플루트 소리가 그렇게 좋으냐?"

"그럼요. 전요, 다음에 다시 태어나면 꼭 플루트를 불 거예요."

소년이 대답했다. 지금은 빵 한 조각 살 돈이 없어 찌그러지거나 망가진 빵으로 연명하는 테르. 그런 처지에 플루트는 처다볼 수도 없었다.

"이리 와라. 오래 기다린 거 같으니 내가 한 소절 들려주마."

"와아, 정말요?"

메르송의 한마디에 소년의 표정이 밝아졌다.

메르송이 플루트를 꺼내 들었다. 테르를 한 번 바라본 그가 연주를 시작했다. 그 플루트는 이미 납품 준비가 끝난 것. 착한 소년을 위해 포장을 연 메르송이었다.

소년의 뺨에 눈물이 흘렀다. 며칠 송곳으로 쪼는 것 같은 아픔을 잊었다. 그 행복에 덤이 올려졌다. 메르송 아저씨가 플루트를 내민 것이다.

"너도 한번 불어보렴."

"제가 불어도 돼요?"

놀란 소년이 한 걸음 물러섰다.

"그럼. 걱정 말고 불어보렴."

아저씨가 거듭 권유하기에 소년은 플루트를 불었다. 기본도 없는 소리에 불과했다. 하지만 소년은 너무 좋았다. 플루트를 불어본 것이다.

"아저씨, 저 이거 한 번만 안아봐도 돼요?"

소년이 물었다.

"그러렴!"

메르송은 소년의 머리를 쓰다듬어 주었다. 소년은 플루트를 품에 안았다. 엄마 품처럼 아늑한 무엇이 느껴졌다. 소년은 몇 번이고 속삭였다.

'다시 태어나면 꼭 플루트 연주자가 될 거야.'

소년과 플루트의 인연은 그것으로 끝이었다.

집으로 돌아온 소년은 그다음 날 일어나지 못했다. 온몸이 불덩이가 되어버린 것이다. 어린 몸으로 무리를 하면서 열병에 걸렸지만 차마 말조차 하지 못한 소년은 며칠을 앓다가 천사가 되었다.

야산에 묻힌 소년의 주검 또한 초라했다.

더 슬픈 건 돌무더기와 흙더미 사이에 풀 한 포기 나지 않는다는 사실이었다. 얼마 후에 플루트 소리가 들렸다. 플루트를 부는 사람은 메르송 아저씨의 딸이었다. 소년이 영 보이지 않자 빵 가게를 통해 소년의 죽음을 알게 된 것이다. 생전에 플루트를 좋아한 것을 알고 있던 메르송은 딸을 데려와 진혼곡을 바쳤다.

진혼곡이 울리자 하늘이 화답했다.

하늘에서 콘도르가 비상한 것이다. 콘도르 소리는 플루트를 닮은 소리. 두 소리는 하나가 되어 소년의 묘지에 녹아들었다.

풀이 난 것은 그다음이었다. 풀 사이에서 작은 꽃들도 올라왔다. 그 꽃들은 밤이 되면 바람에 흔들리며 소리를 냈다. 우아하고 부드러운 속삭임은 어쩌면 플루트를 닮아 있었다.

"이제 현실로 돌아온다."

침묵하던 미류의 입술이 열렸다. 그러자 딸이 돌연 몸을 일으키며 비명을 질렀다.

"악!"

허공을 흔든 비명 탓에 구영미까지 뛰어나왔다. 딸은 바들바들 떨고 있었다. 사시나무도 그런 사시나무가 따로 없었다.

이 소녀, 왜 느닷없이 비명을?

신통방통(神通旁通)이란 이런 것

악!

구영미와 친구는 얼음땡 놀이라도 하듯 그대로 얼어붙어 버렸다. 돌연한 딸의 비명에 말을 잃은 것이다.

'쉬잇!'

침착한 것은 미류뿐이었다. 미류는 입술에 손을 대며 주변 사람들의 돌발 행동을 막았다.

"아아……."

딸의 비명이 조금씩 잦아들더니 제자리에 주저앉았다.

"테르……."

미류가 딸을 보며 말했다. 딸이 발딱 고개를 들었다.

"네 이름은 테르였다."

다닥다다닥!

딸의 이빨이 아래위로 무섭게 부딪쳤다. 걱정이 된 친구가 미류를 바라보지만 미류는 여전히 그녀를 제지했다. 그제야 구영미가 친구를 다독거렸다. 이미 미류의 신통함을 경험한 구영미이기 때문이다.

"너 오른발 아프지?"

다닥다닥!

"어쩌면 네 방 책상에는 플루트가 숨겨져 있겠지. 공부할 시간에 그걸 불러 갔을지도 모르고."

다닥다닥!

"내가 네 꿈을 맞히면 내 말을 들을 거라고 했지?"

다닥다닥!

"어떠냐? 나는 이미 네 꿈을 네 마음에다 말해줬는데……."

"아저씨……."

소녀의 입에서 소리가 나왔다. 덕분에 이빨 소리는 멈추었다.

"내가 할 말은 하나뿐이다. 너는 훌륭한 플루트 연주자가 될 수 있을 거라는 것."

"아저씨……."

"하지만 나는 네가 네 꿈을 당당하게 쟁취했으면 좋겠다. 엄마와 아빠는 네 꿈을 싫어할지도 모르지만 네가 간절하다면 어떻게든 설득해야 하지 않을까?"

미류가 손을 내밀었다. 소녀는 홀린 듯 그 손을 잡았다.

"한번 해볼래?"

미류가 웃었다. 소녀는 끄덕 고개를 숙이고는 엄마를 바라보았다.

"엄마."

소녀는 젖은 목젖을 다듬고 엄마에게 입을 열었다.

"은서야……."

"미안해요. 엄마를 속였어요. 언젠가 한 번 말했는데 엄마가 허튼 생각 따위는 죽어도 하지 말라기에… 아빠가 알면 난리가 난다고……."

"은서야……."

"그래서 말하지 못했어요. 나중에도 어차피 엄마 아빠 마음은 변하지 않을 거잖아요? 두 분이 원하는 건 의사나 변호사, 전문 경영인. 내 귀에 대못이 박혔다고요."

"은… 서……."

"왜 그런 사람만 훌륭해요? 난 그냥 플루트 소리만 들어도 행복해요. 다른 무엇보다 그거 부는 시간이 좋은데 어떡하란 말이에요."

"……."

"저 아저씨가 맞힐 거라고는 생각하지 못했어요. 그런데 다 맞혀 버렸어요. 그러니까 이제 마음대로 하세요. 저는 플루트를 할 거예요. 의대도 아니고 MBA도 아닌 음대로 갈 거라고요."

딸의 고백은 차라리 폭풍 절규였다. 그러나 자기 의지만은 뚜렷한 자세였다. 전생의 비원을 안고 나온 딸. 그 기세는 이미 엄마의 희망 저 위에서 반짝이고 있었다.

"플루트?"

겨우 답하는 엄마의 목소리가 떨린다.

"네, 플루트요. 엄마가 먼저 허락해 주시겠어요?"

"……."

"엄마!"

"우리 딸……."

은서의 엄마가 두 팔을 벌렸다. 딸은 그 품 안으로 얌전히 들어갔다. 그런 다음 모녀는 폭풍 눈물을 쏟아냈다. 미류는 시큰해진 콧날을 감추기 위해 괜한 차만 홀짝거렸다.

"우리 딸… 플루트가 그렇게 불고 싶었어?"

겨우 감정을 다스린 엄마가 물었다.

"네!"

"그럼 붙어야지. 엄마도 봤잖아? 네 전생 말이야. 전생의 네가 그토록 간절하게 바라던 플루트……."

"엄마……."

"아빠가 반대하면 엄마가 이혼을 해서라도 밀어줄게. 네가 생을 건너 가져온 꿈이니 엄마든 아빠든 둘 중 한 사람은 이루게 해줘야지."

"엄마!"

다시 은서가 엄마 품으로 뛰어들었다. 이번에는 더욱 격정적이었다. 미류는 다른 곳을 보려다가 구영미와 눈이 마주쳐 버렸다. 구영미 역시 콧물을 훌쩍이다가 미류를 향해 엄지를 세워주었다.

사실 미류는 이미 본 결과였다. 미래안 덕분이다. 그녀의 재물창 안에서 오롯한 건 플루티스트였다. 화려한 무대에 선 모습이었다. 미래가 보였으니 어떻게든 그 길로 갈 소녀. 부모가 반대해도 소용없을 일이다.

"법사님!"

은서가 세수를 하기 위해 거실로 들어간 사이, 엄마가 지갑을 열었다. 그녀는 그 봉투를 첫 봉투 위에 올려놓았다.

"죄송합니다. 사실은 두 개를 마련했는데 적은 액수의 봉투를 꺼내놓았어요. 영미 말을 들었지만 점이라는 게 워낙 두루뭉술한 경우가 많아서……."

"괜찮습니다."

"그러니 둘 다 받아주셔야겠어요. 딸이 말을 안 해 답답해 미칠 지경이었는데 너무나 명쾌한 답을 얻게 해주서서 고맙습니다."

"묵은 짐을 덜었다니 다행이군요."

"이렇게 용한 분을 몰라 뵙고 경박하게 생각한 점 용서 바랍니다."

"아닙니다. 이제라도 무속에 대해 신뢰를 가지셨다니 다행입니다."

"우리 아이… 굿이나 부적 같은 건 없어도 될까요? 법사님 말이라면 얼마를 들여서라도 하겠습니다."

"그런 건 필요 없습니다. 은서의 의지와 본성, 그게 이미 부적인걸요."

"아휴, 역시 차원이 다르시네. 내가 저번에 찾아간 무당은 대뜸 조상귀신이 붙었다며 큰굿부터 권하던데……."

"얘, 너 이제 보니 나를 의심했구나? 내가 보통 법사님이 아니라고 했어, 안 했어?"

관망하던 구영미가 질책을 날렸다.

"미안해, 이 기지배야. 내가 오죽하면 그랬겠니? 딸이라고 저거 하나밖에 없는데 구렁이 삼킨 것처럼 말을 안 하니……."

"알았으면 미국 다녀와서 거하게 한턱내. 나 말고 법사님에게."

"그럼. 내 귀국하자마자 남편도 제쳐놓고 법사님에게 달려갈 거다."

친구는 몇 번이고 가슴을 쓸어내렸다.

은서가 차 앞에 섰다. 떠나기 전, 처음에 건방지게 굴어서 죄송하다는 말과 함께 미류와의 인증 샷을 원했다. 미류는 기꺼이 허락해 주었다.

찰칵!

셔터 소리가 경쾌했다.

"뭐야? 납치?"

송송탁구방 멤버들이 일제히 고개를 들었다. 구영미의 자백을 받고 놀란 것이다.

"야, 너 누구 허락받고… 그러려고 나 대신 모시러 간다고 설레발을 떨었구나?"

송미선의 눈에서 장난기 어린 레이저가 발사되었다.

"한 번만 봐줘. 내 친구 신강미 알잖아. 싹싹 빌면서 애원하는데 어떻게 해?"

구영미는 그저 고개를 굽실거렸다.

"그래서?"

이제는 결과가 궁금해진 송송탁구방 멤버들.

"뭐가 그래서야? 법사님이 깔끔하게 고민 해결해 주셨지. 그렇죠, 법사님?"

구영미가 미류를 향해 추임새를 넣었다.

"예? 예……."

여자들 공세는 이렇다. 남자 하나 끼워놓으면 아예 가지고 놀기도 하는 게 여자들이다. 게다가 둘만 모이면 천하무적이라는 '아줌마'가 아닌가?

"그럼 이왕 주름 잡는 김에 점도 네가 먼저 봐라."

송복녀가 인심을 썼다.

오늘 송송탁구방의 모임 장소는 조용한 카페였다. 절반쯤을 칸막이로 막아 독립된 공간. 그녀들만을 위한 공간인 셈이다.

"그나저나 법사님, 자수하세요. 송화요하고 어떤 사이세요?"

잠시 조용하나 싶더니 기어이 공세가 시작되었다. 그 선봉장은 탁정자였다.

"맞아. 우리 다 궁금하거든요. 내기까지 걸었으니 솔직하게 고백하세요."

방선주도 거들고 나섰다.

"뭘 고백하라는 건지……."

미류는 변죽을 울렸다.

"아, 정말 다 아시면서 왜 이러실까? 잤어요, 안 잤어요?"

탁정자는 기어이 정곡을 찌르고 말았다. 친해지고 보니 이런 애로도 있었다.

"방송에서 보고 들으신 게 전부입니다."

미류는 선을 그어버렸다.

"어머, 안 잤네. 그럼 우리가 이긴 거야. 얘, 너희들 우리 가게에 와서 매상 올리는 거 잊지 마라. 잊어버리면 바로 최고장 날아가니까."

탁정자의 목소리가 높아졌다. 보아하니 그녀만 안 잤다에 건 모양이다. 세 여사가 기가 죽는 걸 보니 조금은 찔리는 미류였다. 하지만 별수 없는 일이었다.

"아무튼 방송 보고 법사님 능력에 또 한 번 놀랐어요. 그 환자들 맞힐 때 말이에요, 측정기 변하는 거 보니까 소름이 다 끼치더라고요."

"어머, 나돈데."

송미선에 이어 송복녀도 무릎을 치며 공감을 표했다.

"방송 나가고 더 바빠지셨지요?"

"예, 조금······."

송미선의 질문에 미류가 답했다.

"얘, 얘, 우리 언제 법사님 신당에 쳐들어가자. 재미있을 거 같지 않아?"

"그럴까? 그냥 가면 쫓아내실지 모르니까 전생점 보고 싶어하는 사람을 데리고?"

멤버들은 죽이 척척 맞았다.

"야, 법사님 정신 사나우니까 이제 지방방송 생중계는 끝. 나도 법사님 영험함 좀 누려보자."

구영미의 인내는 거기까지였다. 친구를 끼워 넣은 염치에 그나마 참고 있던 그녀. 인내의 한계에 도달한 것이다. 미류를 위해 마련된 건 구석 테이블이었다. 송송탁구방 멤버들과는 서너 테이블 떨어질 수 있었다.

"아, 이제야 겨우 내 차례네요."

창가 의자에 앉은 구영미가 웃었다.

"여사님은 뭐가 궁금하신가요?"

앞자리를 차지한 미류가 물었다.

"이 사람들과의 인과가 궁금해서요."

구영미가 내놓은 건 사진 두 장이었다. 사진을 보며 구영미의 운명창을 열었다. 점사는 한발 앞서가야 한다. 그래야 신뢰가 커진다.

그런데…….

"……!"

미류가 고개를 갸웃거렸다. 미류는 다시 한 번 구영미의 미래상을 바라보았다.

'이런!'

결과는 변하지 않았다. 구영미의 미래상은 초라한 거지꼴이었다. 대부호의 반열에 오른 남편을 둔 사모님이 왜 거지꼴? 그 의구심을 따라 운명창이 줄을 섰다.

[가정운 下上 22%]

[재물운 下下 09%]

[애정운 下下 06%]

[명예운 下下 07%]

쓸모없는 것들은 다 빼고 보니 최악에 가까운 운명지수가 나왔다. 지금 미류 앞에 값비싼 보석으로 치장하고 얼굴에는 부티가 줄줄 흐르는 구영미.

'남편 사업이 망하는 걸까?'

미류는 그녀의 운명창을 개별적으로 겨누었다. 재벌급 기업이라고 망하지 않는 것은 아니다. 국제 경기의 부침으로 한 방에 가는 기업도 있었다. 게다가 권력에게 밉보여 작살나는 '괘씸죄' 기업도 여전히 존재하는 게 대한민국의 현실이었다.

[男] [男]

첫 단서는 애정창에서 나왔다. 그 안에 든 두 남자.

'불륜?'

뻔한 단어가 떠올랐다. 이래서 사람 속은 알 수 없는 것일까?

"어떤 인과 때문이신지요?"

미류는 포커페이스로 물었다. 보다 신중해야 할 필요가 있었다.

"내가 남편 몰래 투자를 좀 하고 있어요. 이 두 사람이 제 오랜 자금 관리자인데⋯ 푼돈은 가끔 만지게 해주는데 큰 재미는 보지 못했어요. 이번에 좋은 투자처가 생겼다고 여유 자금이 있으면 더 넣어보라는 권유를 받았는데 이모저모 궁금해서⋯⋯."

구영미는 사진을 만지작거렸다. 두 사람은 투자 관리자나 펀드매니저로 보였다. 일단 그걸 먼저 체크해 보는 게 좋을 것 같았다.

"알겠습니다. 같이 한번 알아보죠."

미류가 손을 들었다. 그 소매 깃을 따라 아련한 빛이 출렁거렸다. 구영미는 그 빛에 마음을 뺏겨 넋을 놓았다.

"눈을 감으시죠."

미류가 말했다.

"아, 예."

구영미는 빛에서 눈을 떼고 눈꺼풀을 붙였다.

"천천히 심호흡하시고요. 이제 시작합니다."

미류는 바로 전생륜을 띄웠다. 그녀의 전생은 도합 여덟 개였다. 이번 생이 아홉 번째 생명이다. 그중 한 전생령이 하르르 걸어 나왔다. 그 허리에서 검이 번득거렸다. 단단한 기개와 충절 높은 눈동자. 그의 전생은 조선의 무과 급제자였다.

그 생애에 전쟁이 터졌다. 왜구의 침략이다. 전황이 어려워지며 왕이 몽진 길에 올랐다. 무사는 공주의 호위를 명받았다.

거기가 문제였다. 이 공주는 원성이 높았다. 성정이 사나워 모시는 상궁부터 궁인들까지 고개를 저을 정도였다. 그 성정은 몽진 길에서도 고스란히 나타났다. 나라 꼴도 모른 채 밥상이 마음에 안 든다고 엎어버리는가 하면 잠자리를 내준 토호의 딸에게까지 따귀를 날린 것이다.

제 성질을 못 이긴 공주는 멋대로 굴다가 배가 아프다는 핑계로 행렬을 따르지 않았다. 무사는 이를 보고하기 위해 왕의 행렬을 향해 달려갔다.

그때 사달이 나고 말았다. 성난 토호가 지역 군사와 노비들을 규합해 공주를 보쌈해 버렸다. 그런 다음 왜구들이 진군하는 길목에 던져놓았다. 공주는 영문도 모른 채 적 정찰대에 포로가 되어버렸다.

왕의 행렬에 다녀온 무사가 그 사실을 알았다. 실은 무사 역시 공주를 좋아하지 않았다. 하지만 그녀는 미우나 고우나 조선의 공주였고, 그는 그녀를 구출하라는 왕명을 받은 무인이었다.

무사는 그를 따르는 수하들을 이끌고 100여 명이나 되는 적의 정찰대에 뛰어들었다. 이십여 명의 부하와 몇 명의 하인과 함께 무사는 목숨을 걸고 공주를 구했다. 하지만 퇴각길에 적의 총탄에 맞고 말았다.

"헙!"

총탄이 가슴팍과 어깨를 꿰뚫자 무사의 몸이 밑동 베어진 나무처럼 흔들렸다.

"주인님!"

그를 따르던 하인이 소리쳤다.

"공주님은……?"

"뒷산을 넘으셨습니다."

"됐구나."

무사의 입가에 미소가 스쳤다. 자신의 몸보다 공주의 안위를 걱정하는 충절의 발로였다.

"저한테 업히십시오. 왜구들이 옵니다."

"아니다. 나는 틀렸으니 너라도 가거라."

"주인님……."

"이걸 가지고 가거라. 너에게 주는 내 선물이다."

무사는 옆에 쓰러진 부하의 모자에서 흰 천을 풀어 가슴에서 밀려 나오는 피로 두 글자를 써주었다.

―免賤

면천, 즉 노비에서 풀어준다는 글자였다.

"주인님!"

"돌아가면 마님께 보이거라. 고생 많았다."

"주인님!"

절규하는 사이에 적들이 가까워졌다.

"우워어어!"

무사는 남은 힘을 다해 적진으로 쏘아 들어갔다. 그는 총탄을 맞으면서도 왜구 여섯을 베었다. 그리고 적의 부장을 향해 들이치다 이마를 꿰뚫는 뜨끈함을 느꼈다. 무사는 부장 앞에서 쓰러졌다. 왜구의 부장은 그 시체에 침을 뱉고는 공주 일행을 추격해 갔다.

바스락!

잠시 후, 덤불 속에서 하인이 나왔다. 하인은 무사의 사체를 수습했다. 그리고 그 살벌한 전쟁터를 지나 본가까지 지게로 지고 갔다.

사연을 들은 무사의 아내는 남편을 묻고 3일 만에 그 뒤를 따라 목을 매고 말았다. 싸가지 공주를 구하려다 죽은 하늘 같은 남편. 그 빈자리를 메울 수 없어 뒤를 따라간 것이다. 당시에는 이런 아내를 열녀로 대접했으니 남편을 위하고 가문을 위하는 일이었다.

노비의 신분에서 풀려난 하인도 그 뒤를 따랐다. 무사에 이어 마님까지 목숨을 끊자 자신이 주인을 잘 모시지 못한 자책감 탓이었다.

─싸가지 공주와 충직한 하인!

─모셔야 할 상전과 모심을 받던 하인!

미류의 시선이 두 장의 사진으로 향했다.

허얼!

미류의 눈자위가 구겨졌다. 사진 속의 남자들. 하필이면 그 둘이었다. 그리고 잘나가는 구영미에게 쪽박을 안길 사람들 역시 그들로 보였다.

'확인이 필요하겠지?'

과학에만 검증이 필요한 건 아니다. 미류의 특허점 역시 확인의 묘미가 필요했다.

"여사님!"

미류는 들었던 손을 내리며 구영미를 불렀다.

"눈… 떠도 돼요?"

"네, 뜨세요."

"전… 아무것도 못 봤는데요?"

눈을 뜬 구영미가 미류를 바라보았다.

"여사님의 고민은 전생으로 해결할 게 아닌 거 같아서요."

"네?"

"이 사진 말입니다. 여사님 지금 투자를 관리하는 사람들이라고 하셨죠?"

"네. 송 차장하고 윤 과장님."

"투자회사인가요?"

"제가 거래하는 은행의 VVIP PB 전담 부서의 직원들이에요."

"같은 은행이고요?"

"예."

"이분은……."

미류는 가까운 곳의 사진을 먼저 집어 들었다. 송 차장이다.

"어쩐지 어렵죠? 투자 권유 같은 게 들어와도 꼬치꼬치 캐묻기 힘들고."

"어머, 어떻게 아셨어요?"

구영미의 눈이 동그랗게 변했다.

"내가 왜 이럴까 싶으면서도 막상 만나서 얘기하다 보면 그쪽이 일방적이고 여사님은 따르는 입장일 겁니다. 까닭 모를 부담이라고나 할까요?"

"맞아요. 송 차장은 부서장이라서 그런지 이상하게도 부담이 간단 말이죠."

"그러면서도 차마 다른 곳으로 갈아타지도 못하겠고요?"

"어머어머, 역시 법사님!"

구영미는 자신도 모르게 목소리를 높였다.

"반대로 이분, 윤 과장님이라고 했나요?"

"네."

"이분은 왠지 측은하지요? 실적 좀 올리게 막 도와주고 싶고, 설령 조금 손해가 나도 오히려 여사님이 위로를 해주시는……."

"세상에……!"

구영미의 입이 점점 더 벌어졌다.

"같은 값이면 이분에게 더 많은 돈을 맡겨서 이분 잘되기를 바라고 싶을 겁니다. 그렇지 않나요?"

"아이고, 잠깐만요. 나 물 좀……."

구영미는 앞에 놓인 물을 다 마시고도 종업원을 불러 한 컵을 더 들이켰다.

"법사님, 사진만으로도 이 사람 마음이 다 보이는 건가요?"

겨우 숨을 돌린 그녀가 물었다.

"제 말이 맞나요?"

"그럼요. 손톱만큼도 틀린 게 없어요. 그래서 제가 다른 은행에서 투자 수익 보장까지 해준다는데도 못 옮기고 있는걸요."

"못 옮길 뿐만 아니라 더 많은 돈을 맡기시겠지요?"

"아마……."

"어쩌면 대주님 모르는 돈까지 동원할 생각도 있을 겁니다."

"……!"

미류의 한마디가 구영미의 정곡을 찔러 버렸다. 구영미의 입술이 파르르 떨리는 게 보인다.

"저를 믿으신다면 처방을 드리겠습니다. 그렇지 않고 지금 이대로 나가시면 곧 운의 꺾임 현상이 일어나 엄청난 화가 따를 겁니다."

"그 두 사람과 제 투자 궁합이 그렇게 안 좋나요?"

"최악입니다."

"……?"

"어쩌시겠습니까?"

"무조건… 무조건 법사님 시키는 대로 하겠습니다."

구영미는 비장하게 대답했다.

"그럼 당장 이 두 사람에게 투자한 돈 전액을 회수해서 다른 투자 전문가에게 맡기십시오."

"지금 당장요?"

"네."

"그럼 손해를 좀 보게 될 텐데……."

"그게 중요한 게 아닙니다. 꼬리 아끼려다 몸통을 날릴 수도 있습니다."

"알았어요. 잠깐만요."

구영미가 핸드폰을 꺼냈다. 긴장한 그녀는 전화번호도 제대로 누르지 못했다. 통화도 뜻대로 되지 않았다. 저쪽에서 이 봉을 그냥 보내줄 리 없었다. 하지만 구영미도 나름 산전수전 다 겪은 나이. 남편 사업을 핑계로 통장으로 돌리는 데 성공했다.

"이체되었어요."

통장을 확인한 그녀가 말했다.

"고맙습니다. 제 말을 믿어주셔서."

"지금까지 계속 족집게인데 어떻게 안 믿어요? 게다가 자금 관리해줄 은행이 한둘도 아니고."

"그럼 다음으로 넘어가죠."

"……."

"여사님, 혹시 가문에 전각이나 삼강문 같은 게 있다는 말을 들은 적이 있습니까?"

"전각이나 삼강문요?"

"왜 효녀나 효자, 충신이나 열녀가 나오면 세우는 거 있잖습니까?"

"아, 그거 있어요."

"……!"

"그런데 그게 왜요?"

"혹시 거기에 하인이나 노비가 관련되어 있지 않나요?"

"어머, 있어요. 노비!"

구영미의 얼굴은 이제 땀으로 범벅이 되어 있었다.

"그렇군요."

"법사님."

"그 전각이 아직도 있나요?"

"있을 거예요. 몇 년 전에도 고향에 들렀다가 봤는데 팔았다는 말은 못 들었거든요."

"거기 노비에 대한 글귀나 표시 같은 게 있습니까?"

"있어요. 전각 앞에. 그 노비가 우리 조상님 중 한 분에게 충성을 다하고 주인이 죽자 따라 죽었다고 들었거든요."

"거기 가서 향 피우고 절 한 번 하세요. 진심으로 하시면 여사님의 악운은 액땜이 될 겁니다."

"안 하면 어떻게 되는 거죠?"

"여사님은 지금 현재 이 두 분과 좋은 인연이 아닙니다. 그걸 하지 않으면 이 두 분으로 인해 결국은 파산으로 치닫게 될지도 모릅니다."

"어머, 파산이라고요?"

"예."

"세상에……!"

"명심하세요."

"그럼 부적 같은 건?"

"부적은 필요 없습니다. 그 혼을 위로하는 여사님의 마음이 부적이 될 테니까요."

"알았어요. 당장 다녀올게요."

대답하는 구영미의 표정이 밝았다. 전생 이야기는 더 하지 않았다. 매사 다 알아서 좋은 건 아니었다. 전생을 감응하게 되면 하인이던 윤 과장에게 측은지심이 들어 자기통제가 곤란해질 수도 있었다.

"얘들아, 대박이야, 대박!"

그녀가 친구들에게로 향할 때 미류는 복채를 가방에 담았다. 노력의 대가는 흘릴 생각이 없었다.

다음 차례는 송복녀였다. 그런데 그 전에 분위기가 미묘해졌다.

"법사님!"

송미선이 미류를 불렀다. 폭주하던 아줌마 본성을 보이던 조금 전과는 아주 다른 톤이다.

"예."

"잠깐 눈 좀 감아보세요."

"네?"

"잠깐이면 돼요. 우리한테도 많이 시켜먹었잖아요?"

"그건⋯⋯."

"어서요."

송미선이 재촉하기에 눈을 감았다. 설마하니 막강 아줌마 부대라고 눈 감은 사람에게 돌아가며 키스를 하기야 하랴. 눈을 감자 미류의 손에 쇠붙이가 쥐어졌다.

"이제 뜨셔도 돼요."

"⋯⋯?"

눈을 뜬 미류가 소스라쳤다. 손에 쥐어진 건 자동차 키였다.

"이게⋯⋯?"

"차 키예요."

"사모님⋯⋯."

"우리 다섯이 십시일반 모아서 하나 장만했어요. 사실은 법사님이 차가 없는 것 같아서 저 혼자 사드릴까 했는데 애들이 난리도 아니잖아요. 그래서 별수 없이 공동으로⋯⋯."

"야, 너만 법사님에게 잘 보이려고?"

"어림도 없지."

그녀 뒤의 멤버들이 돌아가며 압박을 해댔다.

"하지만 차는 너무⋯⋯."

"아무 소리 말고 저희 성의로 알고 받아주세요. 대신 우리 송송탁구방 자문 역을 맡아주셨으면 해요."

"사모님⋯⋯."

"자, 이제 우리 송 이사장 차례죠. 쟤 차를 누가 들이박아서 공업사에 있거든요. 그러니 법사님이 시승 삼아 좀 태워주세요. 꼴에 또 출장 점사가 필요하다네요."

"야아, 그럼 내가 꼴번인데 그만한 권리도 없냐? 질투 나면 너희가 꼴번하든지. 계도 마지막에 타면 그만한 어드밴티지가 있는 거야."

기다리던 송복녀가 기세를 올렸다.

"대신 너 법사님 귀찮게 하면 죽을 줄 알아."

"흥, 내 맘이다. 똥개도 자기 집에서는 절반 먹고 간다는데 우리 학교에서 내가 꿀릴 게 뭐 있겠니?"

송복녀가 웃었다.

멤버들과 헤어져 밖으로 나왔다. 따라 나온 사람은 송복녀뿐이다.

'차……'

솔직히 부담스럽기는 했다. 신명 떨치는 무당 중에 손님들로부터 차를 받은 사람이 없는 것은 아니지만 거기까지 꿈꾸어본 적은 없었다.

주차장에는 차가 많았다. 그 앞에 선 미류가 키를 눌렀다. 그러자 맨 구석의 괴물이 띵 하고 손을 들었다. 당신의 차는 납니다.

"……!"

그걸 바라보는 순간, 미류는 기절 직전까지 가고 말았다. 차는 무려 랜드로버 신형이었다. 억대를 호가한다는 랜드로버. 그 차가 미류를 기다리고 있었다.

"타요!"

뭐라고 할 사이도 없이 송복녀가 등을 밀었다. 미류는 꼼짝없이 운전석에 앉고 말았다.

"마음에 들어요? 사실 내가 고른 모델인데……."

조수석의 송복녀가 물었다.

"여사님이?"

"다들 벤츠니 BMW니 하길래 내가 그랬어요. 법사님처럼 활동적인 분에겐 이런 차가 어울린다고요. 그래야 전국으로 뛰고 날고 하실 거 아니에요?"

"……."

"잘했죠?"

"네……."

"그럼 가요. 내비게이션은 제가 입력해 드릴게요."

내비게이션까지 장착된 차량. 차체는 육중하지만 날렵한 핸들링이 그야말로 환상이었다. 어쩔까 싶었지만 질주 본능은 이미 페달을 밟고 있었다.

"고맙습니다."

다섯 사모님의 성의를 사뿐히 접수한 미류였다.

부릉!

차가 도로에 올라섰다. 어둠이 내린 도로가 하나도 어두워 보이지 않았다. 그만큼 라이트도 좋았다. 이대로 질주하고 싶었다. 랜드로버에 앉으니 산이며 들로 폭주하던 광고가 떠오른 것이다.

"아까 학교라고 하시던데……."

아직은 업무 중. 미류는 그걸 잊지 않았다.

"저희가 실은 교육자 집안이에요. 아버님은 대학교를 운영 중이시고 저는 중학교 이사장직을 맡고 있어요."

"네."

미류가 고개를 끄덕거렸다. 사실 송복녀의 직함은 많았다. 그렇기에 중학교 이사장이라는 타이틀까지는 기억하지 않은 미류였다.

"왜 학교에 가는지 한번 맞혀보세요."

그녀가 미류를 돌아보았다.

학교!

학교 하면 떠오르는 건 귀신이다. 미류의 학교도 그랬다. 성적 때문에 자살한 아이도 있었고, 운동장에서 체육 수업 중에 심장마비로 죽은 아이도 있었다. 그런저런 소문이 확장되고 증폭되면서 귀신 이야기가 나왔다. 비가 오면 어두운 복도를 걸어 다닌다느니 과학 표본실 안에서 진짜 보았다느니 심지어는 4층 화장실 4번째 칸에 들어가 4번째 똥자루가 나올 때 휴지가 저절로 움직이면 심장마비로 죽는다느니 하는 허접한 소문들.

"맞아요!"

흘려 말하는 미류의 말에 송복녀가 동의해 왔다. 그것도 아주 진지하게.

"그렇군요."

"그래도 법사님은 안 웃으시네요. 사실 아까 걔들도 내 말에 다 웃었어요. 요즘 세상에 무슨 귀신이냐고."

"……."

"그런데 어쩌겠어요? 저도 직접 들었거든요."

들었다?

보았다가 아니고 들었단다.

"들었다고요?"

"네. 우리 학교 귀신은 모습이 보이지 않아요. 둘 다 소리 귀신이거나 느낌의 귀신이거든요."

'소리 귀신, 느낌 귀신?'

"급한 건 소리 귀신 쪽인데 정확히 말하면 학교 안은 아니고 학교 부지에 연결된 옆 건물이에요. 그걸 매각해야 하는데 귀신 소문이 나서 그런지 도통 팔리지를 않아요. 그래서 이렇게 법사님 도움을 좀 받으려고……."

"또 하나는 뭐죠?"

"그건 그림이에요."

'그림?'

"그림 수집을 좋아하는 아버님이 가보로 간직하라며 직접 걸어주신 건데……."

송복녀는 전방을 바라보며 말을 이었다.

"제가 이사장 취임하고 한참 후에야 이상한 걸 알았어요. 아버님은 돌아가셨지만 차마 버릴 수는 없어서 학교 지하 보관실에 따로 보관 중이에요."

"그렇군요."

미류는 좀 더 속도를 올렸다. 아직 길들지 않은 차량이지만 불뚝거리는 힘이 좋았다. 송복녀 말대로 심심산골의 산제나 점사 출장에도 아무런 문제가 없을 것 같았다.

학교에 도착하자 관계자 두 명이 나와 있었다. 송복녀의 연락을 받은 모양이다. 그들을 따라 이사장실로 들어갔다. 그곳에서 비로소 교육자 송복녀를 보게 되었다. 여러 활동 사진이나 표창을 보니 그제야 실감이 났다.

"현장에 오시니 바로 확인하고 싶으시죠?"

테이블에 앉은 그녀가 물었다.

"예? 예."

"그런데 아직은 안 돼요. 귀신이 나오는 시간이 있거든요."

"정해진 시간에만 나온다는 거군요?"

"거의 그래요. 어떤 때는 안 나오기도 하지만."

송복녀가 보고서를 꺼내 들며 뒷말을 이었다.

"월요일에는 안 나오네요. 일요일은 직원들이 쉬니까 잘 모르겠고."

"여사님도 들으셨나요?"

"그럼요. 저한테도 중요한 일이거든요. 저쪽 땅이 팔려야 우리 학교법인에 대한 재투자가 가능해서요."

"어떤 소리던가요?"

"그게 뭐랄까요. 음산한 수다 소리? 가끔은 뒤틀린 웃음소리도 나고. 세 번을 들었는데 그때마다 소리가 달라요."

"원한에 사무친 소리는 아니고요?"

"그게 아니더라고요. 저도 처음에는 귀신이 무슨 한을 품었나 했는데… 음산하기는 해도 비통한 느낌은 없었어요."

"다른 조치는 해보지 않았나요?"

"왜 안 했겠어요? 귀신이라면 경찰이 해결할 일이 아니니 퇴마에 비밀로 굿까지 다 해봤어요."

"그런데도 안 된다?"

"다들 장담했지만 아무 효과가 없었어요. 귀신은 지금도 나타나고 있으니까요."

"예."

대답하면서 슬쩍 전화를 확인했다. 아직 화요의 연락은 없었다.

"이 실장님, 경비 반장님 대기시켰죠?"

송복녀가 남자 실장을 바라보며 물었다.

"예, 현장에서 대기하라고 지시해 두었습니다."

"조금만 더 기다렸다 나가면 될 것 같네요."

송복녀가 시계를 바라보았다.

"그럼 그 시간에 그림을 먼저 보죠."

미류가 역제의를 했다. 가만히 앉아 있으니 그게 나을 것 같았다.

"어머, 그래주시겠어요? 실은 제 속마음도 그렇긴 한데 한 번에 너무 많은 걸 부탁드리는 것 같아서……."

"괜찮습니다. 안내해 주시겠어요?"

미류가 먼저 일어섰다.

딸깍!

그림이 들어 있는 보관실 문이 열렸다.

여느 기담이나 괴담에 나오는 것처럼 끼이이 같은 신음이 아니었다. 불을 켜자 실내도 밝았다. 깨끗하게 정돈된 모습은 마치 유럽의 전시실을 방불케 했다.

"저거예요."

그녀의 손이 벽을 가리켰다. 그 벽에 그림이 있다. 거친 바람에 휘날리는 갈대 그림. 크기는 의외로 작았다.

"6호짜리 소품이군요."

"어머, 척 보면 아시네요?"

"저도 한때는 미술 학도였거든요."

"어머, 그래요? 어쩜……."

별게 다 마음에 드는 송복녀였다.

그림 앞에 선 미류는 영기를 확인했다. 강력했다.

"두 분 다 물러서세요."

미류가 송복녀와 실장을 물렀다. 영기가 강한 물건은 함부로 가까이해서는 안 된다. 그게 나쁜 영기라면 치명적인 해가 될 수 있었다.

절겅!

신방울을 꺼내 흔들었다. 그림은 그 자체가 영기 덩어리였다. 다행히 악귀의 영기는 아니었다. 그래서 더 놀라는 미류였다. 악귀도 아니면서 이토록 강력한 영기라니…….

미류는 그림 앞에서 눈을 감았다. 들렸다. 빈 바람 소리. 자연의 소리가 아니라 시공을 타고 넘어와 그치지도 않는 그 바람 소리.

휘이이!

후우-우!

"……!"

몇 번을 귀 기울여도 같았다.

"바람 소리가 나는군요?"

미류가 돌아보았다.

"어머, 맞아요. 아주 기분 나쁜 바람 소리예요. 어떤 때는 채찍 소리, 종이 떨리는 소리 같기도 하고요."

송복녀가 대답했다.

바람 소리를 내는 그림, 그러나 악귀가 맺힌 것은 아닌 그림.

"그림에도 어떤 조치를 했었나요?"

"네. 하지만 소용이 없어서 역시 포기했어요."

그 말을 듣고 다시 집중했다. 그림 자체는 영기 덩어리지만 잡귀의 장난은 아닌 작품. 그렇다면 결론은 하나밖에 없었다. 이 그림을 그린 작가가 혼을 다해 바람 소리까지 담아낸 것이다.

'기운생동(氣韻生動) 기법!'

미류의 뇌리에 그림의 한 기법이 스쳐 갔다. 단순히 그리는 게 아니라 약동하는 그림을 그리는 것. 제나라의 명화가 사혁이 그랬다. 그는 단순히 사물을 화폭에 담지 않았다. 그 사물이 지닌 울림과 냄새까지 그려냈다.

그렇다고 이 그림이 사혁의 것은 아니었다. 다만 누군가 그의 화법을 연구해 기어이 성공한 작품이라는 게 옳았다.

미류는 부적 가방을 꺼내 들었다. 간단한 예를 올리고 글자 하나를 그렸다.

[靜]

고요할 정 자이다. 그림 앞에 절을 올리고 액자 뒤에 붙였다. 그림의 주인에게 양해를 구한 것이다. 그러자 놀랍게도 바람 소리가 나지 않았다.

"……!"

확인 차 다가선 송복녀와 실장의 눈이 휘둥그레졌다. 정말 소리가 사라진 것이다. 하지만 미류가 다시 부적을 떼어내자 바람 소리가 이어졌다.

휘이이!

"법사님!"

송복녀가 미류를 바라보았다.

"그림에 귀신이 붙은 게 아닙니다. 그림 중에 기운생동 기법이라는 게 있는데 거기에 통달하면 사물의 모습뿐만 아니라 소리와 냄새까지도 담아낼 수 있습니다. 이 그림, 자세히 보세요. 갈대가 흔들리는 거 같지 않나요?"

"예?"

"바람 소리를 두려워 마시고 거기 귀를 맞춰보세요. 지금 갈대밭에 서 있다고 생각하시고 귀밑머리를 스쳐 가는 바람을 느끼시면……."

"어머!"

"흔들리죠?"

"정말 그러네요. 저는 귀신의 장난으로 알았는데……."

"죄송하지만 가능하면 이 작가를 찾으세요. 다른 작품이 더 있다면 초대박이 날 수도 있겠는데요?"

"법사님!"

"부적은 여사님께 드리죠. 소리가 신경 쓰이면 이걸 뒤에 붙이세요. 하지만 한 화가의 혼이 담긴 명작에 그럴 필요가 있을까요? 이 그림은 그 소리가 백미입니다. 저도 말로만 듣던 기법의 완성이네요."

"이 소리가… 귀신 소리가 아니고 작품 자체의?"

그녀가 한 발 다가서 눈을 감고 소리를 음미했다. 그녀는 비로소 미소를 머금은 채 말했다.

"정말… 그렇게 생각하고 들으니 마음이 편해져요. 이제야 알겠네요. 아버님이 이걸 왜 가보로 전해주셨는지. 저는 그것도 모르고……."

그림을 더듬는 그녀의 눈에 눈물이 맺혔다. 미류는 슬쩍 자리를 비켜주었다. 그녀의 감동에 장애가 되고 싶지는 않았다.

"법사님!"

잠시 후에 그녀가 따라 나왔다. 그녀의 가슴에 액자가 안겨 있다.

"정말 고마워요. 법사님이 아니었으면 아버님께 불효가 될 뻔했네요. 명작의 가치도 모르고……."

"별말씀을……."

"조금만 기다리세요. 저, 이 그림 다시 제 사무실에 걸어두고 나올게요."

송복녀는 밝은 표정으로 복도를 걸어갔다.

두려움.

공포는 공포를 부른다. 그렇게 되면 공포가 확장된다. 그다음에는 삼라만상이 공포가 된다. 그림의 경우가 그랬다. 일단 '귀신'하고 연관이 되니 모든 걸 귀신으로 몰아간 것이다. 그나마 태워 버리지 않은 게 다행이었다.

"여기입니다!"

늙은 경비가 담장 아래에서 멈췄다. 소리 귀신이 나온다는 그 장소였다. 미류가 고개를 들었다. 학교 건물과 옆 건물이 묘한 각을 이루는 곳이었다.

"지금일까요?"

미류 옆의 송복녀가 경비를 바라보았다.

"조금 있으면… 시간은 조금씩 다릅니다. 어떨 때는 한 20분 이상 차이가 나기도……."

경비가 대답했다.

소리 귀신.

미류는 여러 각을 따라 영기를 투영하고 있었다. 건물의 처마와 추녀마루 같은 곳을 집중했다. 잡귀들이 좋아할 만한 공간이다. 거기서 잡귀 하나가 발견되었다. 여학생의 영가였다.

"잠깐 물러나 계세요."

미류는 그 자리에 앉아 주문을 외우기 시작했다. 황천경으로 시작해 퇴귀주로 맺어지는 주문이었다. 귀신을 내치는 데 탁월한 경문이다.

미류가 주문을 외우자 영가는 바들거리며 미류 앞으로 내려왔다.

"네가 여기서 소리를 냈느냐?"

미류가 묻자 영가가 고개를 저었다.

"언제부터 있었느냐?"

"19년……."

"왜 죽었느냐?"

"선생님… 내가 사랑한 선생님이 결혼을 해서……."

"안쓰럽다만 이제 그만 하늘로 가거라. 다음 생에는 좋은 사람과 만날 수 있을 것이다."

끄덕!

영가가 고개를 끄덕였다. 미류는 그녀를 위해 천도 주문을 외웠다. 영가는 아스라한 빛줄기를 타고 하늘로 사라졌다.

"이제 됐습니다."

미류가 일어섰다.

"소리 귀신을 해결하신 건가요?"

송복녀가 다가왔다.

"아닙니다. 19년 전에 짝사랑하던 선생님이 결혼을 하자 상실감에 죽은 소녀의 혼이네요. 소리 귀신하고는 상관이 없습니다."

"19년이면… 나은이에요!"

경비가 송복녀를 보며 소리쳤다.

"그러네요. 그때 과학 선생님 좋아하던 아이."

"세상에!"

송복녀의 시선이 미류에게 향했다.

"소리 귀신 잡으셔야죠."

미류는 그녀를 진정시켰다. 영험함에 취해 있을 때가 아니었다.

소리.

귀를 기울였다. 바람 소리가 지나간다. 먼 곳의 경적도 들렸다. 그리고 자근자근, 소살소살 들려오는 만물의 낮은 소리들.

"아!"

순간, 송복녀와 실장, 경비가 거의 동시에 소리쳤다.

"이 소리예요!"

송복녀가 외치는 바로 그때, 미류도 귀신 소리를 들었다. 한순간 와자지껄 귀를 흔들다 사라진 것이다. 하지만 끝은 아니었다. 뒤를 이어 또 한 번의 소리 물결이 이어졌다.

"들으셨어요?"

송복녀가 물었다. 실장과 경비의 시선 또한 미류에게 꽂혔다.

"들었습니다."

미류가 대답했다.

"귀신 소리인가요?"

"……"

대답하지 않았다. 허튼소리가 들린 건 사실이다. 하지만 귀신 소리라기에는 좀 난해했다. 송복녀의 말처럼 아련한 웃음 같은 게 섞여있었다. 혹은 장난기 같은 것도.

귀신이라면 이러지 않는다. 이 세상에 즐거운 귀신은 없다. 그저 장난을 좋아한다면 도깨비의 소행일 수는 있었다. 하지만 도깨비의 영기 쪽도 아니었다.

미류는 소리의 방향을 주목했다. 신방울을 흔들며 영기를 읽어보았다. 고개를 갸웃거렸다. 아무래도 영기가 아닌 것이다.

귀신이 아니면서 귀신같은 소리. 그렇다면 두 가지를 들 수 있다.

뒤틀린 메아리와 착청(錯聽)!

메아리는 익히 아는 현상이다. 그래서 일찌감치 제외시켰다. 남은 건 착청이다. 착청은 공간 변음으로 생각하면 간단하다. 예를 들어 한 공간을 생각하자. 벽에 스피커가 달려 있다. 그때 방 안의 각 포인트에서 듣는 음은 똑같지 않다. 소리의 반사 현상 때문이다. 소리 또한 반사되기 때문에 어떤 공간 안에 오래 머물 수도 있었다.

만약 이 귀신 소리가 착청이라면 확인하는 길은 어렵지 않았다. 소리를 읽어내면 된다.

"이제 끝난 건가요?"

미류가 경비를 바라보았다. 아무래도 이 현장을 가장 잘 아는 사람은 경비이기 때문이다.

"아뇨. 어떤 때는 제법 오래… 아, 또 들리네요."

경비가 귀를 세웠다. 미류도 세웠다. 이번에는 단순히 소리가 아닌, 무슨 소리인지를 주목했다.

니이미주도스바시리아 그 개세이아고어우리며 뽀자나주아아아!

담태이수에이이사자하에께져다어 그왕재스느그여우여조나지라태이라이이!

와자한 소리가 한 번 더 허공을 맴돌다 사라졌다.

니이미주도스바시리아!

무슨 뜻일까? 몇 번을 곱씹던 미류, 조금 세게 발음을 하다 답을 찾아냈다.

니기미주또쓰빠씨리야!

―니기미 조또 쓰바 쉐리야!

학생들이 일상적으로 많이 쓰는 단어이다. 한 줄을 읽어내니 그다음 줄은 그렇게 어렵지 않았다.

그 개세이아고어우리며 뽀자나주아아아!

―그 개쉐리하고 어울리면 뽀작 날 줄 알아라!

담태이수에이이사자하에깨져다어.

―담탱이 쉐리, 이사장에게 깨졌다며?

그왕재스느그여우여조나지라태이라이이!

―그 왕재수 늙은 여우 년, 존나 지랄탱이라니까!

다시 귀신 소리가 돌아올 때 미류가 그 소리를 따라 읊었다. 번역한 그대로였다.

"법사님?"

송복녀의 눈이 휘둥그레졌다.

"잘 들어보세요. 그렇게 들릴 겁니다."

미류는 그저 허공을 주목했다. 다시 귀신 소리가 휘돌았다. 송복녀와 실장, 경비는 어린아이처럼 미류의 해독에 맞춰 소리를 읽어나갔다. 딱 맞아떨어졌다.

"어머!"

송복녀가 탄식을 내질렀다. 실장과 경비도 다르지 않았다.

"맞죠?"

미류가 물었다.

"세상에!"

송복녀의 시선이 미류에게 향했다.

"귀신 소리가 아니고 착청입니다."

"착청이라고요?"

"착시 아시죠?"

"예."

"그것과 같은 현상입니다. 제 신아버지이신 표승 선생님께 들은 적이 있는데 직접 경험하기는 처음이네요."

"착청이라면……."

"무속하고는 다르게 과학적으로 설명하자면 소리의 반사 현상이죠. 낮에 아이들이 어떤 공간에서 떠든 소리가 건물 안에 머물며 떠돌다가 시차를 두고 들리는 현상입니다. 뭉친 소리가 바로 이 장소로 빠져나온 거죠. 신기한 현상이라 귀신으로 착각하는 분들이 많다고 들었습니다."

"그게 가능한 겁니까?"

이번에는 실장이 물었다.

"지금 들으셨잖아요?"

"……."

"미국 쪽의 과학자들은 이 현상을 이용해 히틀러의 목소리나 링컨의 목소리를 찾으려는 노력까지 하고 있다 하더군요. 그 목소리가 어딘가에 떠돌고 있을 거라는데 무속인인 제가 과학을 이야기하려니 조금 이상하기도 하군요."

"그렇다면 이 순간은 과학자인 셈입니다."

"예?"

"아닙니다. 법사님께는 죄송하지만 저는 더 명쾌하네요. 귀신보다야 과학이 이해하기 쉽지요."

송복녀가 눈치를 줬지만 실장은 뒷말을 다 이어놓았다. 그는 보기보다 강직해 보였다.

"그럼 어떻게 해야 이 소리가 안 들리게 되죠?"

송복녀가 물었다.

"아마 건축학적으로 접근하셔야 할 겁니다. 창을 더 내시든지, 막힌 공간을 뚫어주시든지 하면 소리가 자연스럽게 흘러 나가 이런 현상이 사라질 것 같습니다만……."

"제가 해결하겠습니다. 이사장님에게 혼난 담임이라면 홍 선생님이 아니겠습니까?"

실장이 끼어들었다.

"그것만으로 어떻게요?"

"여기 법사님이 힌트를 주셨습니다. 홍 선생님 반에서 이런 대화를 한 아이들을 찾아서 어디서 그런 대화를 했는지 알아보면 되지요. 그 공간의 벽이나 창 등을 정밀 검사한 후에 교감선생님께 조치하도록 지시하시면……."

"법사님!"

송복녀가 미류를 바라보았다.

"제 생각에도 그게 타당한 것 같습니다. 아마 구조적인 해결책이 나올 겁니다."

미류는 실장의 생각을 지지했다.

"법사님."

다시 이사장실로 돌아오자 송복녀가 미류를 바라보았다.

"예."

"우리 실장이 좀 무례하죠? 이해하세요."

"아닙니다. 저는 별생각 없었습니다."

"다른 건 다 좋은데 사람이 강직해요. 윗사람에게 고분고분할 줄도 모르고."

"네."

"오늘 너무 명쾌한 답을 주셔서 고마운데… 하나만 더 부탁드려도 될까요?"

또?

미류가 고개를 들었다.

"말씀하세요."

"우리 실장 말이에요."

"……?"

"방금 말했다시피 너무 강직해요. 그래서 좀 정이 떨어지기도 하고. 해서 계속 안고 갈 건지 교체를 할 건지 고민 중이거든요."

"업무 능력은 어떤가요?"

"그건 문제없어요. 원래 일을 잘해서 빼온 사람이라……."

"주제넘지만 혹시 이순신의 활통에 대한 일화를 알고 계십니까?"

"활통이라고요?"

"예. 제가 전에 학교에서 들은 말인데……."

"저는 아직 활통은……."

"이순신의 활통은 아마 굉장히 멋졌던 것 같습니다. 하루는 서애 유성룡이 그 활통에 반해 빌려달라고 한 모양인데… 훈련원에 있던 강직한 이순신이 진짜 빌린다는 것이냐, 아니면 바치라는 것이냐 되물었다고 합니다."

"어머, 훈련원 시절이면 직급도 보잘것없었을 텐데 대신인 유성룡에게요?"

"여사님 생각은 어떻습니까? 이순신은 어떻게 했어야 좋았을까요?"

"그야… 그까짓 활통이 얼마나 한다고 고관대작이 달라면 그냥 주어야……."

"유성룡의 입장은 어땠을까요?"

"저라면 화가 났을 것 같아요."

"그렇죠. 사실 이순신은 활통을 바쳐 호감을 얻는 게 좋았겠죠. 유성룡은 당대의 실세 대신이었으니까요. 하지만 이순신은 유성룡의 저의를 물었고, 유성룡 역시 편협하게 이순신의 뒤통수를 치지 않았습니다. 그 강직함에 반해 오히려 이순신을 천거했다지요."

"그래요?"

"두 분이 정말 멋지지 않습니까? 쓸데없는 아부 따위는 하지 않고 묵묵히 자기 일에 매진하는 이순신과 그런 그를 알아주어 조선을 위기에서 구하게 한 유성룡."

"법사님, 이제 보니……."

"주제넘은 비유라면 용서해 주십시오. 제가 미리 실장의 미래를 점쳐보았는데 그는 이 학교의 귀신이 될 사람입니다. 그러니 강직함을 불편해 마시고 오히려 칭찬해 주시면 능력이 배가(倍加)되는 기회가 될 수 있을 겁니다."

"……."

"제가 드릴 말씀은 그게 전부입니다."

"영험함으로 저를 구하시더니 식견으로도 저를 구하시네요. 듣고 보니 제 생각이 짧았습니다."

송복녀는 그길로 실장을 호출했다. 그런 다음 그에게 보너스를 안기며 부드럽게 말했다.

"오늘 일은 실장님 공이 컸어요. 남은 일 잘 마무리하시고 이걸로 수고한 직원들과 회식 한번 하세요."

뜻밖의 상황에 실장은 어안이 벙벙한 표정이 되었다. 송복녀가 회식비를 내민 적이 없었기 때문이다.

"그리고 우리 법사님 말씀이 실장님이 우리 학교 대들보가 되실 분이래요. 나 좀 잘 부탁해요."

이번에는 고개까지 공손히 조아리는 송복녀이다.

"이사장님!"

실장의 목소리가 젖는 게 느껴졌다. 둘을 뒤로한 미류는 운동장으로 나왔다.

와글와글!

소리가 났다. 아이들의 활기찬 소리. 미류 생각에는 착청 같은 게 계속 나도 좋을 거 같았다. 여긴 학교가 아닌가? 학교에서 학생 소리가 나는 게 이상한가? 그게 비록 밤이라고 해도.

부릉!

막 랜드로버의 시동을 걸었을 때다. 이사장이 헐떡이며 달려 나왔다.

"무슨 문제가 생겼습니까?"

미류가 창을 내리며 물었다.

"생겼지요. 초대형 사고가 터졌대요!"

"⋯⋯?"

"저기 보세요."

송복녀가 정문을 가리켰다. 자가용이 한 대 들어서고 있었다. 차에서 내린 사람은 구영미였다. 그녀 역시 미류의 곁으로 단숨에 달려왔다.

"법사님!"

"구 여사님."

"아직 계셨군요?"

"저 보러 오신 겁니까?"

"그럼요. 법사님 뵈려고 미친 듯이 달려왔어요."

구영미는 무척이나 고무되어 있었다.

"……?"

"저 법사님 덕분에 살았어요. 지금 상감문 옆에 있는 작은 비석돌에 정화수 올리고 오는 길인데요, 그게 글쎄……."

"천천히 말씀하세요."

"그 송 차장이 구속되었다지 뭐예요? 투자자들 돈 개인적으로 유용하다가 검찰에 꼬리가 밟혔대요. 그나마 저는 법사님 덕분에 돈을 다 빼는 바람에 기적적으로 빠져나온 거라고요!"

"어머어머!"

듣고 있던 송복녀의 입이 쩍 벌어졌다.

"세상에, 어쩌면 그렇게 용하시대요."

구영미의 눈에 눈물이 아른거리고 있다.

"제가 아니라 구 여사님의 공덕 때문입니다. 제가 아무리 권한다고 해도 제 말을 믿지 않고 결단을 내리지 않았다면 될 일이 아니니까요."

미류는 미래안으로 그녀의 재물창을 확인했다. 거지의 모습은 사라지고 없었다. 그 안에는 지금처럼 유복한 사모님이 보였다. 자신의 액운을 극복한 것이다.

봉투를 두 개나 더 받았다. 구영미가 주자 송복녀도 하나를 더 챙겼다. 마음 같아서는 재산의 반을 떼어주어도 아깝지 않은 그녀들. 그렇게 기분 좋게 내주니 받지 않을 도리가 없는 미류였다.

마지막 여운은 학교 이 실장이 연출해 주었다. 정문 앞까지 나와 정중히 작별 인사를 한 것이다.

"법사님, 가시면서 드세요!"

그가 내민 건 작은 생수병이었다. 말하는 표정이 샘물처럼 맑았다.

"고맙습니다."

"고마운 건 저죠. 대체 무슨 말씀을 했길래 우리 이사장님이……."

"보이는 대로 말했을 뿐입니다. 제가 미래를 좀 보는데 실장님은 이 학교 귀신으로 퇴직할 운이더군요."

"아무튼 고맙습니다. 이사장님이 저를 탐탁지 않게 생각하는 것 같아 다른 일자리 알아보던 참이었는데……."

"앞으로는 다 잘될 겁니다. 이사장님이 이제 실장님 진가를 알아본 것 같으니 편안하게 근무하세요."

"조심히 가십시오!"

실장이 다시 한 번 허리를 접었다. 미류는 가뜬하게 도로로 나왔다.

'남은 스케줄은?'

화요 쪽이다. 시계를 보니 또 늦었다. 두 여사의 분위기에 휩싸여 시간 가는 줄 몰랐던 것이다. 미류는 서둘러 페달을 밟았다. 이제 믿을 건 랜드로버의 성능뿐이었다.

"법사님!"

화요는 밖에 나와 있었다. 물론 옆에는 이 매니저가 버티고 있다.

"차 뽑았습니까?"

차에 대한 질문은 이 매니저가 빨랐다.

"아, 그게……."

"쳇, 그런데 나한테 말도 안 했어요?"

화요가 볼멘소리를 튕겨냈다.

"아, 그게……."

"혹시 여자가 뽑아준 거?"

뒤이어 눈빛 레이저까지 발사하는 화요이다.

"그러니까 그게……."

"됐어요. 됐으니까 빨리 들어가기나 해요."

"어, 화요야, 잠깐."

서두르는 화요를 매니저가 막아섰다.

"아, 진짜… 그건 좀 나중에 하면 안 돼?"

마음 급한 화요가 짜증을 터뜨렸다.

"야, 좀 봐줘라. 애 기다린 거 생각해서."

"알았으니까 빨리 말해봐요. 혹시 되더라도 10분 안에 끝내야 하는 거 알지?"

"알았어."

매니저는 진땀을 쏟으며 화요의 공세에서 벗어났다.

"저기… 법사님."

슬그머니 미류에게 다가서는 매니저. 척 보니 부탁이 있는 표정이다.

"말씀하세요."

"죄송하지만 제 친구 놈 하나가 사귀는 여자가 있는데 법사님께 조언을 구하고 싶다고……."

매니저가 차를 가리켰다. 그 앞에서 남자 하나가 꾸벅 인사를 해왔다. 늦기는 했지만 그냥 지나치기도 어려운 상황. 미류는 남자에게 다가갔다.

"궁금한 게 뭐죠?"

미류가 물었다.

"실은 제가 이 여자랑 결혼 얘기가 오가는데 막상 결혼을 하려니 이상한 기분이 들어서요. 총각 시대를 끝내는 아쉬움인지 아니면 본능적인 불안인지….게다가 꿈자리도 함께 사나워져서요."

그 말을 들으며 애정창을 보았다.

[女]

여자가 바글거렸다. 하지만 그저 바글거릴 뿐이다. 여자는 많지만 쓸 만한 여자는 없었다. 그러나 모든 여자가 하룻밤 엔조이 상대인 것은 아니었다. 저만치 뒷줄의 한 여자는 괜찮았다. 하지만 그 여자를 만나려면 아직도 10여 년을 넘게 기다려야 했다.

"눈을 잠깐 감으세요."

여자의 사진을 받은 미류가 말하자 남자는 얌전하게 눈을 감았다. 그 머리 위로 전생류을 띄웠다. 사진에서 본 여자와의 전생을 찾았다. 전생령 하나가 나왔다. 상단의 동업자령이다. 남자는 그를 속였다. 그리하여 자신은 부자가 되고 상대는 파산으로 몰았다. 파산자의 얼굴을 보니 영락없이 지금 사귀는 여자다. 속죄나 반성 없이 결혼했다가는 파경으로 끝날 확률이 99%였다.

미류는 일단 동업자령을 감응시켜 주었다. 남자가 그의 등을 치고, 그리하여 파산한 그 남자의 독기까지.

"……!"

감응에서 깨어난 남자가 미류를 바라보았다. 그러더니 애인 사진으로 시선을 틀었다.

"법사님?"

"그 사람이 그 사람 맞습니다."

"그럼 어떻게 되는 건가요?"

"배신의 인과도 큰 인과지요. 그렇기에 이 생에서 다시 만나게 되었네요. 다만 현생에서는 좋아하는 사이가 되었으니 결혼을 원하시면 전생의 인과를 상쇄하기 위해 좋은 일을 많이 하시면 됩니다. 처갓집에도 잘하시고요."

"그건 문제가 없습니다만……."

"조금이라도 부담스러우시면 이 결혼 미루고 다음 인연을 기다리서도 됩니다. 다음 인연은 10년 후에 올 것으로 보입니다만······."

"그 인연은 이런 인과가 없나요?"

"그런 것 같습니다."

"그럼 저는 다음 인연을 기다리겠습니다. 현재의 그녀를 위해 좋은 일을 할 자신은 있는데 어쩐지 마음의 부담이 무거워서요."

"잘 생각하셨습니다."

"굉장하시다기에 친구를 졸라 찾아왔는데 정말 명쾌하시군요. 죄송하지만 뵌 김에 한 가지 더 묻자면 제가 광고회사 재직 중인데 이 직업이 비전이 있을까요?"

"당신은 상재(商材)를 지녔으니 나쁘지 않습니다. 다만 큰 빛을 보려면 독립하시는 게 좋습니다."

"고맙습니다. 이거······."

남자가 복채를 내밀었다.

"길바닥에서 봐준 점은 그냥 길점입니다. 복채는 필요 없으니 부모님 계시면 용돈으로 부쳐 드리세요."

미류는 복채를 사양했다. 서서 잠깐 봐주고 돈을 받기는 마땅치 않았다.

"아이고, 법사님, 완전 진심 고맙습니다!"

옆에 있던 이 매니저가 목이 터져라 소리쳤다. 미류가 자기 얼굴을 세워준 것이다.

"미안!"

점사를 마친 미류가 화요에게 다가섰다.

"아뇨. 제가 미안하죠. 들어가세요."

화요가 손을 잡아끌었다. 그 몸짓을 따라 향수 냄새가 코를 타고 들어왔다. 미류는 호흡을 고르며 마음을 달랬다. 오늘도 작렬하는 화요의 마법. 그러나 그 분위기를 주도하는 건 여전히 미류였다.

짝짝짝!

미류가 들어서자 박수 소리가 먼저 들려왔다.

펑펑펑!

축포도 마구 터졌다. 화요의 블록버스터 주연 확정 축하를 겸한 자리였다. 안에는 여신 네 명이 도열해 있었다. 영화나 드라마, 혹은 광고에서 보았던 그녀들이 기립 박수를 보내왔다. 시선 둘 곳이 없다. 한 명은 그나마 바지였지만 나머지 셋은 미니스커트, 아니면 짧은 원피스였다. 워낙 몸매에 자신이 있어서 그런지 라인을 고스란히 드러낸 모습들은 그야말로 잠자리 날개로 옷을 해 입은 요정을 바라보는 느낌이다.

이리 시선을 돌리면 가슴이 닿고, 저리 시선을 돌리면 허벅지가 닿았다. 게다가 이놈의 시선은 왜 또 그런 곳으로만 향하는지…….

"어머, 법사님 얼굴 빨개지셨어!"

맨 앞의 원피스가 소리쳤다. 그러자 바로 화요의 공박이 이어졌다.

"언니!"

"미안. 너무 순진해 보이셔서……."

원피스가 입을 막으며 웃음을 참았다.

"미리 말했지만 법사님은 바쁘시고 아무나 점 봐주지도 않아. 그러니까 넷 중의 딱 한 사람만이야."

자리를 잡자 화요가 엄포부터 놓았다. 점은 딱 한 명이라는 윽박지름이다.

"알았으니까 법사님보고 정하시라고 해. 우리끼리 정하려다 전쟁날 뻔했다, 애!"

원피스가 미류에게 공을 넘겼다.

"알았어. 뒷말 없는 거지?"

화요가 물었다.

"오케이. 우린 눈 감고 있을게."

원피스가 눈을 감자 셋도 그 뒤를 이었다. 눈을 감은 네 미녀를 제 정신으로 바라볼 수 없었다. 미류는 화요 쪽으로 고개를 돌렸다. 그러자 화요의 손이 미류의 손을 잡았다. 화요가 눈짓으로 지목한 건 원피스였다.

백옥 같은 여신 몸매의 원피스 장두리.

조각처럼 봉긋한 가슴에 섹시하면서도 시원한 마스크, 장두리가 당첨되었다.

호사다마(好事多魔)

"눈 떠!"

화요의 말에 네 여신이 눈을 떴다.

"어머!"

네 여자는 일동 탄식을 토했지만 그중 셋은 부러움이 담긴 탄식이었다.

"법사님, 무슨 기준이에요? 가슴 크기 순?"

"아니, 콧날 기준인가?"

"그러게. 두리 언니보다는 내 승가가 백배 나은데……."

탈락한 세 여신이 아쉬움을 쏟아냈다.

"얘, 법사님쯤 되면 숨은 인격을 알아보시지 않겠니? 너희 몸매는 강남산이지만 나는 자연산이잖아? 더구나 인품까지 너희보다 압도적이지."

"우우, 그래서 어제 식사비도 결제 안 했어?"

당장 야유가 터져 나왔지만 승자는 여유가 있었다.

"지금 볼까요?"

미류가 원피스를 바라보았다.

"네, 기다리다 목이 빠질 지경이거든요."

원피스는 의자를 당겨 앞으로 다가앉았다.

"그럼 뭐가 궁금하신지……."

"두리 언니 궁금한 거야 뻔하지, 뭐. 언제 자기 모셔갈 백마의 왕자가 나타나나 그거 아니야?"

화요가 장두리를 대변했다.

"홍, 이것들아, 우리 인기가 언제까지 갈 줄 아냐? 여자는 그저 잘 챙겨주는 남자 찜해서 결혼하는 게 장땡이야."

장두리는 에둘러 공감을 표했다.

미류가 돌아보자 화요가 알아서 자리를 정리했다. 이제 남은 건 미류와 장두리 둘뿐이다.

"복채예요!"

그녀가 봉투를 먼저 내밀었다. 나중에 알았지만 담긴 돈은 200만 원이었다.

"현재 마음에 담고 있는 사람이 있나요?"

"현재는 법사님?"

연예인답게 맹랑한 멘트가 나왔다.

"……."

"진심인데요. 어디 법사님처럼 여자 마음 미리 알아서 챙겨주시는 무속인 친구 없으세요?"

"……."

"으음, 혹시 화요랑 사귀시는 것?"

"……."

"하핫, 조크고요, 만나는 남자들이 있기는 한데 마음이라기보다는 호감 갖고 있는 정도예요."

제멋대로 간을 본 원피스가 웃었다.

"사진 있으면 보여주시겠어요? 조금이라도 호감을 가진 사람 전부."

미류도 농담으로 넘기고 본론에 돌입했다.

"그럼 우리 로드 매니저도 포함인데? 다른 건 몰라도 나름 안목도 있고… 나한테도 잘하거든요."

"그냥 체크하려는 것이니 크게 신경 쓰지는 마시고요."

"네, 법사님."

그녀가 사진을 꺼내놓았다. 친구처럼 만나는 남자가 많았다. 재벌가의 친구가 둘이고, 연예인 친구도 몇 명, 잘나가는 젊은 벤처 사업가도 둘이고, 마지막은 로드 매니저였다.

"이건 그냥 사진이 있어서 올려놓은 거예요."

로드 매니저 사진에는 그녀의 강조가 덧붙었다.

"눈 감으시죠."

"네, 잘 부탁드려요, 법사님!"

애교 섞인 비음과 함께 그녀의 눈이 감겼다. 미류는 소리 없이 마른침을 넘겼다. 밀폐된 공간 안의 젊은 남녀. 게다가 기가 막히게 예쁜 여자. 거기에 라인이 고스란히 드러나는 원피스 차림. 자칫하다가는 점사가 아니라 정사가 될 수도 있는 일이다. 이 본능은 검찰청사 안에서도 일어난 일이 아닌가?

어허!

미류는 스스로 견제구를 날려 허튼 마음을 뭉개 버렸다.

스륵!

미류가 두 손을 들었다. 푸른빛이 아련하게 올라왔다. 사실 옛날이라면 허튼 마음이 붙었을 수도 있었다. 어쩌다 아내가 없을 때 라인 좋은 여자 손님이 오면 몰래 몸매를 엿보기도 한 미류였다. 하지만 작금의 미류는 공사를 분명히 구분하고 있었다.

전생류이 나오고 전생령이 보인다. 미류가 손을 내밀자 그녀가 궁금해하는 전생령이 원 밖으로 나왔다.

히히이잉!

말 소리가 났다. 말이 많았다.

"감응에 들어갑니다."

그 말과 함께 말이 달리기 시작했다. 장두리는 그 생에서 왕실의 말 조련사였다. 밑에 부리는 부하가 많았다. 왕자가 성인이 되면서 군마를 정할 때가 되었다. 왕은 조련사를 불러 최고의 말을 마련하라고 했다. 왕자의 성인식 때 이웃 나라의 왕자들과 경주를 치르게 할 생각인 것이다.

조련사는 부하들을 팔도로 파견했다. 최고의 말을 찾아오라는 주문이었다. 일곱 부하들은 기가 막힌 준마를 찾아왔다. 갈기가 성성하고 다리가 튼실한 게 어느 한 마리도 출중치 않은 것이 없었다.

하지만 단 한 부하만은 몰골이 흉한 말을 끌고 돌아왔다.

"네 나를 욕보이려는 것이냐?"

조련사가 목청을 높였다.

"그게 아니옵고 이 말이야말로 천리를 뛰는 말로서……."

"닥쳐라! 네놈이 내게 억하심정이 있어 일부러 일을 망치려 하는구나! 이놈을 당장 옥에 처넣어라!"

조련사는 그 부하를 조련 과정에서 제외시켰다.

마침내 왕자의 성인식이 가까워졌다. 왕자가 군마장으로 나와서 말을 고르기에 이르렀다. 일곱 말을 타본 왕자가 한 말을 골랐다.

다음 날 이웃나라의 왕자 둘이 도착했다. 그런데 그중 말 좀 탄다는 왕자의 말이 다리를 다치고 말았다. 타국의 왕자는 왕에게 청해 말을 빌리게 되었다.

"마음대로 하나 골라 가지시지요."

조련사는 충성심의 발로에서 특별히 조련하던 여섯 마리는 보여주지 않았다. 그 왕자가 고른 건 삐쩍 마른 말이었다. 바로 투옥된 부하가 찾아온 그 말이다.

"정말 이걸 제가 가져도 됩니까?"

타국 왕자가 물었다.

"그럼요. 왕께서 허락하신 일입니다."

'멍청한 놈.'

조련사는 쾌재를 부르며 말을 내주었다. 말도 볼 줄 모르는 인간이다. 성인식을 치르는 왕자의 승리 확률이 높아진 것이다. 그러나 그건 원피스의 희망 사항일 뿐이었다. 마장 열 바퀴를 도는 시합이 시작되자 왕과 신하들은 경악하고 말았다. 삐쩍 곯은 말을 탄 타국 왕자가 무려 네 바퀴나 앞서 들어온 것이다.

그 말은 천리마였다. 옥중 부하의 안목이 뛰어나 골라온 것을 값싼 공명심에 눈먼 조련사가 몰라보았던 것이다. 타국 왕자는 천리마를 타고 돌아갔다.

분노에 찬 왕은 조련사와 부하들을 모두 참형에 처했다. 단 한 사람 살아남은 게 바로 그 부하였다. 그는 옥중에 있었기에 조련 과정에 참여하지 않았다. 덕분에 목숨을 구한 것이다. 왕은 그의 식견을 높이 사 책임 관리로 임명했지만 병을 핑계로 낙향을 택했다. 스스로 상관을 잘못 모셔 일어난 일로 생각해 참회의 길을 간 것이다.

그저 상관에게 아부하며 당장의 일 처리에 급했던 부하들.

당장 보기에는 곯은 말이지만 그 숨은 가치를 찾아온 진짜 부하.

조련사는 눈앞에 보이는 것에 취해 스스로 몰락의 길을 간 셈이다.

"현실로 돌아옵니다."

절겅!

신방울 소리와 함께 장두리가 눈을 떴다.

"법사님?"

그녀의 목소리는 떨리고 있었다.

"당신이 내놓은 사진 중에 그때의 부하들이 일부 있네요."

미류의 눈은 사진을 보고 있었다. 원피스는 사진을 잡았다. 맨 위의 것이다. 가지고 있기에 그냥 꺼내놓는다는 그 사진이다. 아무것도 볼 게 없다는 로드 매니저였다.

"전생에서는 이 사람이……"

"……"

"전생이 현생에서도 똑같이 이어지는 건가요?"

그녀가 물었다.

"꼭 그렇지는 않지만 어느 정도 연결이 될 수는 있습니다."

"돌리지 마시고 확실하게 말씀해 주세요. 특히 이 사람요."

그녀가 로드 매니저 사진을 흔들었다.

"천리마 때문이군요?"

"전생을 감응하고 나니… 괜히 미안하기도 하고… 회한이 들기도 하고……"

"결혼할 생각이 있긴 한가요?"

"솔직히 말하면 없어요. 하지만 전생처럼 이 사람에게 천리마를 보는 안목이 있다면……"

"지금까지는 어땠는데요?"

"그리고 보니 조금은 그랬어요. 제가 드라마나 영화 선택을 고민할 때 이 사람이 말한 대로 선택하면 히트를 치고 다른 사람들이 말한 건 반응이 별로였던……."

"혹시 이분이 이 근처에 있나요?"

"밖에 제 차에 있어요. 검은색에 노란 띠를 두른 밴 보셨죠?"

"제가 가서 보고 올 테니 저한테 적당한 걸 건네주라고 연락하세요. 아니면 제가 가져다 드리던지……."

"괜찮으시면 제 파우치를 보내라고 할게요. 그러잖아도 향수가 필요하던 참이거든요."

원피스가 핸드폰을 집어 들었다.

미류는 밖으로 나왔다. 가로등 아래 밴이 보인다. 로드 매니저는 벌써 차에서 내려 다가오고 있었다. 걸어가면서 그의 운명창을 열었다.

[가정운 中上 58%]

[건강운 上下 66%]

[재물운 上下 68%]

[애정운 上下 69%]

몇 가지 대표적인 창을 여는데 그 옆으로 특별창 하나가 함께 열렸다.

[행운기]

'아!'

미류는 감탄과 함께 걸음을 멈추고 말았다. 운도 나쁘지 않았다. 하지만 이 사람은 이제부터 잘될 사람이었다. 말하자면 삐쩍 곯은 천리마였다. 누군가 알아주기만 하면, 물에 닿기만 하면 펄펄 뛸 기세에 도달한 것이다.

"법사님, 이거……."

로드 매니저가 다가와 파우치를 건네주었다.

"저를 아시네요?"

미류가 물었다.

"그럼요. 저도 방송 보고 뻑 간 팬이랍니다."

"그럼… 혹시 말입니다. 혹시… 여자로서 장두리 씨 어떻게 생각하시나요?"

"앗!"

미류가 묻자 로드 매니저는 소리를 지르며 물러섰다.

"제 얼굴에 그게 쓰여 있나요?"

"뭐 그렇다기보다……."

"어휴, 영험하신 분이라더니 척 보면 아시는군요. 제가 남자로서 그런 마음이 없는 건 아니지만 언감생심이죠. 연예인이라는 타이틀과는 달리 참 좋은 여자라고만 생각하지 불손한 생각은 없으니 두리에게는 비밀로 해주십시오."

그는 미류에게 통사정을 해왔다.

"진짜 좋아하면 대시하세요. 또 아나요? 두 분이 천생연분으로 이어질지."

"법사님?"

"지금 운이 좋아요. 앞으로 손대는 일마다 히트를 칠 것 같으니 뭐든 계획하는 게 있다면 실천하시기 바랍니다."

미류는 파우치를 받아 들고 돌아섰다.

안으로 돌아와 장두리에게 던진 말도 다르지 않았다.

"진지하게 생각해 봐야겠네요."

장두리는 고개를 끄덕였다. 부정하지 않는 걸 보니 그녀의 마음에도 로드 매니저가 전혀 없던 것은 아닌 모양이다.

"얘들아, 나 점 끝났다!"

다른 여신들이 있는 방으로 들어선 장두리가 두 팔을 뻗으며 소리쳤다.

"어땠어?"

여신들이 이구동성으로 물었다.

"아주 죽여줘. 나 이 점 안 봤으면 큰일 날 뻔했어."

"어머, 정말?"

"화요야, 고맙다. 이렇게 멋진 분 소개시켜 줘서."

"알았으면 나한테 잘해. 누구든 나 몰래 법사님 독점하면 다 뽀작을 내버릴 테니까."

화요의 주먹이 여신들을 겨누었다.

"자자, 점 보시느라 힘들었을 텐데 이제 케이크도 드시고 음료수도 한잔 드세요."

바지를 입은 여신이 미류에게 샴페인을 내밀었다.

"얘, 법사님은 내 옆이야."

미니스커트가 미류의 손을 끌었다.

"야, 다들 동작 그만!"

바로 화요의 목소리가 높아졌다. 여신들이 찔끔하자 화요는 미류를 제 옆자리에 앉혔다.

"법사님은 내가 지켜. 알았어?"

"너 너무하는 거 아니야? 법사님은 분명 힘들고 상처 난 중생을 구하러 오셨을 텐데 너는 이제 구제 끝났잖아? 그러니까 우리한테 좀 양보해라. 너 우리가 얼마나 불쌍한지 모르니?"

시스루룩의 미니스커트가 어리광 섞인 항변을 해왔다.

"맨날 재벌 3세들 파티에 가서 한 잔에 100만 원짜리 와인이나 마시는 주제에 뭐가 불쌍해?"

"얘, 그거야 광고하고 투자 때문에 기획사에서 등 미니까 비즈니스 상 가는 거지. 너도 전에는 종종 갔잖아?"

"얘 좀 봐? 내가 언제?"

화요가 핏대를 올릴 때 그녀의 전화가 울렸다.

"아유, 이럴 때 눈치 없게 누구야?"

화요가 거칠게 폴더를 밀어 올렸다.

"여보세요?"

한마디를 내뱉은 화요가 격하게 출렁이는 게 보인다.

"얘, 왜 그래?"

"화요야?"

놀란 여신들이 화요를 바라보았다. 그러자 이번에는 장두리의 전화와 다른 여신의 전화가 울었다.

"어머, 어머!"

장두리의 입에서 탄식이 밀려 나왔다. 뭔가 굉장한 일이 터진 모양이다. 이렇게 되니 궁금해지는 건 오히려 미류 쪽이었다.

"화요 씨?"

미류가 화요를 바라보았다. 화요는 파르르 떠는 어깨를 참으며 간신히 말을 이었다.

"은인 피디님이 잘렸대요. 법사님 출연시켜서 국민들에게 미신이나 조장했다며… 앞으로 모든 프로그램에 무당 출연을 금지하는 초강경 지시까지 내렸다네요."

―무당 출연 금지령!

말도 되지 않았다.

"아니, 지금 같은 시대에도 방송국에 그런 게 있습니까?"

미류가 물었다.

"지금 사장이 낙하산이자 정권 해바라기잖아요. 다른 뉴스나 프로그램도 자기 마음에 안 들면 바로 철퇴를 내리거든요. 그래도 은인 프로그램은 워낙 간판 프로라서 이런 말 못 들었는데……."

화요가 한숨을 내쉬었다. 위기의 그녀에게 동아줄을 내려준 피디. 그 피디가 잘렸다니 놀랄 만도 했다. 하지만 미류는 놀라움이 아니라 분노를 느꼈다. 미류는 그 무대에서 한 줄의 거짓말도 하지 않았다. 그런데 단순히 무당이 출연했다고 해서 그런 편견을 보이다니. 무속의 능력을 그렇게 폄하하다니…….

미신 조장?

게다가 무당은 방송 출연 금지라는 초극단의 조치?

젠장!

미류의 혈액이 거꾸로 솟구쳤다.

화요의 블록버스터 주연 확정 축하 겸 미류를 소개하던 자리는 바로 초상집으로 변해 버렸다.

"그 인간 진짜……."

"방송의 방 자도 모르는 딸랑이."

"5공 때만도 못한 정권의 하수인."

여신들의 성토가 거칠어지기 시작했다. 그러다가 결국 그 화살이 미류에게 돌아왔다.

"법사님이 확 저주 같은 거 좀 날려주면 안 돼요? 그 인간 액살 같은 거 맞아서 3대가 비렁뱅이 되게."

"맞아. 법사님, 그 인간에게 합죽이 액살 같은 거 좀 팍팍 날려주세요."

여신들의 채근을 들으며 화요를 돌아보았다. 화요는 창가에서 전화를 걸고 있었다. 표정이 무거웠다. 잠시 후에 돌아온 그녀의 목소리는 더욱 무거웠다.

"미안하지만 가봐야 할 거 같아."

"채 피디님 수배됐어?"

원피스가 물었다.

"대충."

"그럼 가봐. 파티는 다음으로 미루면 되지."

다들 사태의 심각성을 알고 있었다. 그만큼 그녀들은 친했다.

"언니, 미안해."

화요는 가방을 챙겨 들고 나갔다. 미류도 뒤를 이었다. 여신들도 하나둘 따라 나왔다.

"법사님!"

여신들이 떠나고 나자 화요가 미류를 바라보았다.

"피디님에게 가는 거면 같이 가줄게요."

미류가 먼저 선수를 쳤다.

"정말요?"

"그럼요. 가능하면 나도 돕고 싶네요."

"그럼 저 법사님 차에 탈게요. 오빠, 먼저 들어가."

화요가 매니저에게 소리쳤다.

"왜? 법사님 차로 갈 거면 천천히 뒤따라갈게."

"됐다니까."

화요는 랜드로버의 조수석에서 문을 닫아버렸다.

부릉!

미류가 출발했다. 화요의 차 앞에 선 매니저의 모습이 백미러를 통해 멀어지고 있다.

"죄송해요."

화요가 말했다.

"무슨 소리를요. 미안해야 할 건 방송국 사장이지요."

"그렇기는 하지만 다 나로 인해 비롯된 일이라……."

"그렇게 따지면 시작은 내가 아닐까요?"

"법사님."

"뭐 잘됐네요. 새 차 생겨서 화요 씨 드라이브 한번 시켜 드릴까 생각했는데 저절로 기회가 와서. 좋지 않은 일이라 좀 그렇긴 하지만……."

"……."

"피디님 있는 장소 어디죠? 한번 밟아볼까요?"

"그러세요. 딱지 비용은 내가 책임질게요."

화요가 고개를 기대왔다. 가만 돌아보니 그녀의 눈가가 촉촉하다. 미녀가 울면 안 되지. 음악을 높이고 속도를 올렸다. 좋은 일로 가는 건 아니지만 그렇다고 징징거리며 갈 생각은 없는 미류이다. 창밖으로 풍경이 밀려갔다.

"다 왔어요."

용산에 도착하자 화요가 말했다. 티슈 몇 장을 뽑아주었다. 화요의 얼굴에 번진 눈물 자국 때문이다. 눈물을 닦아내는 화요가 아름답게 보였다. 자신을 도와준 사람의 불행을 함께 아파하는 마음을 가진 여자. 그 또한 미류가 모르던 화요의 매력이다.

약속 장소에 들어서자 피디가 보인다. 작은 바에 혼자였다. 그는 헤네시 작은 병을 시켜놓고 홀짝이고 있었다.

"법사님!"

미류를 보자 놀라 벌떡 일어섰다.

"장두리, 송연희 떨거지들하고 조촐하게 파티하고 있다가 전화받

왔어요. 법사님도 같이 계시다가 따라오신다기에······."

"에이, 이런 꼴까지 보이면 안 되는데······."

피디는 괜히 씩씩한 척 미소를 지어 보였다.

"어떻게 된 거예요? 다들 피디님이 잘렸다던데 맞는 얘기인가요?"

자리를 잡은 화요가 물었다.

"법사님이나 화요 씨는 상관없어. 내가 무능력해서 그런 거지."

"무능력하다니요? 은인 평균 시청률은 30%대에 육박해요. 더구나 우리가 나온 건 훨씬 높았잖아요? 그게 아무나 올리는 시청률인가요?"

"아무튼 얘기하자면 좀 길어."

"혼자 모든 짐을 지려고 하지 마세요. 저나 법사님이나 힘은 없지만 피디님 도울 수도 있다고요. 방송국 직원들도 대부분 피디님 편이고요."

"괜한 분란 일으키면 오히려 양 사장에게 빌미 제공이야."

"빌미라뇨?"

"그러잖아도 뭔가 꼬투리를 잡아서 방송국 개혁하려고 난리거든. 그런 차에 수상한 움직임이라도 보이면 바로 이사회 동원해서 진압 작업에 들어갈 거야. 이거 진보적인 피디들하고 일부 국장급들은 다 아는 사실이야."

"그럼 그냥 넘어가신다고요? 피디님은 억울하지도 않아요?"

"뭐 한직에서 한 1년 구르면 될 거야. 오지 프로그램도 나쁘지 않잖아? 법사님처럼 수행 삼아."

"말도 안 돼요. 피디님이 왜요?"

"아무튼 화요 씨는 나서지 마. 자칫하면 새 블록버스터도 영향 있을 수 있어. 그거 우리 방송국에서 시작할 거지?"

"상관없어요. 저는 어차피 명예 회복했으니까요."

화요가 잘라 말했다.

"법사님, 화요 좀 말려주세요. 우리 피디들이야 이런 일 종종 생기는 거지만 화요 씨는 이런 일로 방송국에 찍히면 안 되거든요. 인기 전선에 문제 생겨요."

피디가 미류를 바라보았다.

"대략 들었지만 다른 해결책은 없나요? 솔직히 저는 분노 반, 미안함 반 그렇습니다."

미류는 마음을 숨기지 않았다.

"젠장, 그 여과되지 않은 말을 법사님도 들은 모양이군요. 하지만 그 또한 제 불찰입니다. 윗선에서 그런 소리 안 나게 프로그램 수준을 잘 맞췄어야 하는데……."

"후회하시나요?"

"그런 게 아니라 편협한 우리 사장 같은 인간이 봐도 군소리 못 하게 장치를 했어야 한다는 말이죠."

"그건 마음에 드는 소리네요."

"아무튼 법사님께 면목이 없습니다."

"피디님 명예를 회복할 방법은 없고요?"

미류가 물었다.

"거의 그렇습니다. 사장 머리통을 락스로 씻어내지 않는 한 이 조치는 번복하지 않을 겁니다."

"무속은 미신이다?"

"그건 그냥 하나의 핑계죠. 결국에는 방송국 전반에 자기 영향력을 행사하겠다는 건데……."

"아무튼 피디님께 내린 처분의 핵심은 그것 아닙니까?"

"그야 귀에 걸면 귀걸이, 코에 걸면 코걸이라……."

"제게는 아주 중요한 사안입니다."

"……"

"사장님을 제가 한번 만나보겠습니다."

"예?"

미류의 제안에 피디의 눈이 휘둥그레졌다.

"법사님!"

화요의 모습도 그리 다르지 않았다.

"두 분이 저를 좀 도와주십시오. 무속이 이렇게까지 폄하되고 무시받는 건 묵과할 수 없습니다. 모욕 아닙니까? 무속인 전체의 출연 금지라뇨? 무속인들이 방송으로 먹고사는 것도 아니지만 이렇게 생각한다는 자체가 차별이자 천시라고 생각합니다."

"하지만……"

"제가 방송에서 보여주지 못한 무속의 진가를 사장에게 직접 보여준다면 그분도 이해하지 않을까요? 그렇게 되면 결자해지가 되는 거고요."

"법사님 심정은 이해되지만 우리 사장은 기독교인입니다. 심지어는 불교까지도 공공연히 배척하는 분이라고요."

"저를 못 믿으시나요?"

"그건 아니지만……"

"일전에 제가 만난 육방 SDS의 이사님도 독실한 목사 집안이었습니다. 하지만 그분도 제 전생점을 믿어주었죠. 무속이 사기나 사술이 아니라는 걸 몸소 체험하면 생각이 달라질 겁니다."

"법사님."

"솔직히 피디님도 그랬을 거 아닙니까? 처음에는 저를 그저 화요 씨와 친한 무당쯤으로 생각했을 거 아닙니까?"

"……"

"화요 씨 생각은 어때요?"

미류의 시선이 화요를 겨누었다.

"저는 법사님을 무조건 믿으니까 찬성이에요. 다만 법사님이 힘드실까 봐……."

"어쩌면 좋은 기회지요. 무속에 대해 극단의 편견을 가지고 있는 방송국 사장. 그 편견을 깨면 보편적인 무속이 방송에 자주 소개되는 기회가 되지 않을까요?"

미류는 묵직한 시선으로 피디와 화요를 바라보았다. 둘은 미류의 카리스마에 눌려 숨도 제대로 쉬지 못했다.

"사장실 위치나 차, 혹은 집 주소 정도면 됩니다."

"법사님!"

화요와 피디가 동시에 미류를 바라보았다.

"저를 믿어주시기 바랍니다!"

미류는 둘의 우려에 쐐기를 박았다.

"와아아!"

이른 아침, 하라의 환호가 골목을 울렸다. 잠에서 깬 그녀가 랜드로버를 발견한 것이다.

"이게 우리 차야?"

하라가 물었다.

"응."

미류가 답했다.

"이년아, 법사님 차지 무슨 우리 차?"

봉평댁 목소리도 끼어들었다.

"우와, 차 뽑았어? 죽이는데?"

타로도 나오고 옥수부인도 나왔다. 일찌감치 신당에 나온 연주와 꽃신선녀도 미류의 차를 보았다.

"매일 얻어 타기 민망해서 하나 구했습니다."

미류는 대충 얼버무렸다. 그때 잠시 사라졌던 하라가 신당 안에서 달려 나왔다.

"오빠, 내가 점쳤는데 차는 완전 무사고래!"

"그래?"

"그런데 오늘은 오빠 일진 안 좋아. 서쪽에는 가지 말고 집에만 있어."

"저년이 그런데 아침부터 재수 없게!"

북어를 구해온 봉평댁이 북어보다 큰 눈알을 뒤룩거렸다.

"고사 지내려고?"

타로가 북어를 바라보았다.

"타다 보면 잊어버릴 거 같아서요. 생각난 김에 해야죠."

"그럼 조 앞 삼거리가 명당 아니야? 저번에 보니 꽃신 누님도 거기서 하시던데?"

"거기가 좋지."

꽃신이 공감을 표했다.

"자, 그럼 우리 하라 아씨부터 타시고… 이모하고… 연주도 탈래?"

미류가 연주를 돌아보았다.

"어허, 나는 쏙 빼네?"

타로가 헛기침을 했다.

"하핫, 형님을 뺄 수 있나요? 조수석 비워두었으니 타시죠."

미류가 문을 열어주자 타로의 입이 귀밑까지 올라갔다.

"잡귀, 액운 싹 다 버리고 오라고!"

따로 남은 꽃신선녀와 옥수부인이 손을 흔들었다.

"연주 씨!"

운전을 하며 미류가 연주를 돌아보았다.

"예, 스승님!"

"꽃신 선생님, 산제 다녀오셨어? 얼굴이 좀 풀린 거 같은데?"

"다녀오셨어요. 욕심 다 내려놓고 왔더니 강신이 잘된다며 좋아하고 계세요."

연주가 대답했다.

"얼쑤, 두고 봐야 알지. 꽃신 누님 돈독은 잘 안 사라지거든."

타로가 일침을 놓았다.

"이번에는 다를 겁니다. 잘하실 거예요."

미류는 의심하지 않았다. 사람은 잘 변하지 않는다. 하지만 어떤 계기가 주어지면 변하기도 한다. 꽃신선녀는 그 계기를 만났다. 그도 나름 내공이 깊은 무속인. 그렇기에 자신이 발전할 수 있는 기회를 버릴 사람은 아니었다.

삼거리에 닿았다.

북어와 실타래, 막걸리와 계란이 준비되었다. 미류가 나서서 무사고의 제를 올렸다. 차 문을 열어 안에 있을 수 있는 잡귀와 액운을 몰아내고 막걸리를 네 바퀴에 고루 뿌렸다.

"우리 오빠 차 100년, 1,000년 동안 무사고로 타게 해주세요!"

하라의 목소리가 야무지게 이어졌다. 미류는 실타래를 꺼내 명태를 감았다. 그런 후에 트렁크에 단단히 끼웠다. 남은 건 계란 밟기. 날계란을 바퀴 앞에 깔고 살며시 지르밟았다.

와삭!

계란이 뭉개지면서 액운이 시원하게 날아갔다.

집으로 돌아와 연주의 부적을 검수했다. 제법 발전이 빨랐다. 부적에 꽂혔다는 그녀의 말은 허튼 게 아니었다. 그렇지 않고는 이렇게 빨리 배울 수가 없었다.

"이거 꽃신 선생님께 보여봤어?"

미류가 물었다.

"네."

"뭐라고 하셔?"

"제법 쓸 만하다고… 조금 나아지면 부적은 제게 맡겨도 되겠다고 하셨어요."

"내가 보기에도 그래."

"정말요?"

연주가 환하게 웃었다.

"하지만 아직 만족할 단계는 아니야. 잡귀에는 어느 정도 먹힐 것 같지만 센 귀신이나 액운에는 힘이 달려."

"그건 저도 알고 있어요."

"그리고 모든 부적을 연구하기는 힘들 테니 이제부터는 분야를 정해서 정진하자고."

"분야라면?"

"연주의 몸주는 어떤 신들이지?"

"여러 대감들이 들었는데 주로 모시는 신은 업왕대감이세요."

"업왕이면 재신(財神)이군. 부적도 그쪽으로 주로 연구하는 게 좋겠어. 계약이나 사업, 개업운 같은 거."

"하지만 제 능력이 모자라서 아직 제대로 강신도 못하는……."

"어쩌면 부적으로 보충할 수 있을지도 몰라."

"예?"

"이제 무속 밥도 어느 정도 먹었지? 강신은 뭐라고 생각해?"

"강신은……."

"정의 내리기 어렵지?"

"예."

"나도 어렵지만… 내 생각에는 영기 파장의 일치가 아닐까 싶어. 내가 모시는 신과 내 영혼의 파장이 딱 맞으면 신의 뜻을 다 읽을 수 있고 그렇지 않으면 맞다 말다 하는."

"이해가 돼요."

"그런데 부적도 일종의 영적 파장체잖아? 연주가 조금 부족한 건 부적으로 보충하면서 영적 파장을 맞춰가다 보면 머잖아 멋진 만신이 될 수 있을 거야."

"제가 정말 그렇게 될 수 있을까요?"

"당연히. 그래서 지금 노력 중이잖아?"

"말씀만 들어도 고맙네요."

연주의 눈가가 촉촉하게 변했다. 꽃신의 집에서 그녀는 주종 관계였다. 꽃신이 까라면 까야 한다. 그런데 미류가 따뜻하게 챙겨주니 마음이 울컥한 것이다.

"경신일에 밤새웠어?"

"노력은 했는데… 새벽이 되니 결국 자고 말았어요."

연주가 배시시 웃었다.

"그건 훈련이야. 이번 실패를 교훈 삼아 대비하면 다음에는 잘할 수 있을 거야. 그때쯤 써야 할 부적 숙제를 내주지. 그럼 잠에게 지지 않을 거야."

"고맙습니다."

연주는 인사를 남기고 물러갔다. 그녀의 자리에는 연습한 부적만이 남았다. 그것만 해도 싸구려 부적이나 인쇄로 찍어낸 것보다는 나왔다. 그래도 미련 없이 불을 붙였다. 지상에서 가장 완벽한 것만 남는 것, 그것이 부적의 세계였다.

사삭사삭!

종이를 말아 지화를 접었다. 스케줄 표를 보니 오전 예약이 여섯 명이다. 한 소쿠리의 지화를 접고 신당에 들어섰다. 전생신을 모시는 게 신과의 약속이라면 예약자를 만나는 것 또한 신제자의 숭고한 사명이었다.

차를 마신 후에 예약 손님을 받았다. 여자가 다섯에 남자가 하나였다. 그중 둘은 여대생이었다. 그들에게는 복채로 5만 원을 청구했다. 봉평댁에게 미리 귀띔해 둔 일이다. 두 여대생은 진로 문제로 고민 중이었는데 미류의 도움으로 결정을 내렸다. 다만 이후에 당돌한 주문이 나왔다.

"법사님이랑 사진 찍으면 안 돼요?"

미류가 한 말은 '돼요'였다.

위엄과 엄숙함으로 실드를 치고 싶지 않았다. 이제는 교황마저 대중 곁으로 나오는 세상. 그렇기에 기꺼이 사진을 찍은 미류였다.

이른 오후, 예약 점사를 마친 미류는 랜드로버에 올랐다. 운전대 옆에는 방송국 양 사장에 대한 메모가 있다.

부릉!

경쾌하게 시동이 걸렸다. 미류는 생각했다. 이 시동처럼 피디에 대한 징계안 문제도 말끔하게 해결할 수 있기를, 사장의 편견도 말끔하게 걷어낼 수 있기를.

그 편견, 박살 내드리지요

미류가 도착한 곳은 양 사장의 고층 아파트였다. 당연히 로비의 경비와 관리 직원들에게 제지를 당했다.

"어떤 일로 오셨는지요?"

일단 그런 질문이 나와야 했지만 다행히 로비의 여직원이 미류를 알아보았다.

"어머, 방송에 나오신 무당 법사님이시죠?"

"예."

"이분 전생점 도사세요. 함부로 대하면 부정 타니 조심하세요."

여직원이 경비들에게 속삭이자 경비들이 한발 물러섰다.

"어떻게 오셨어요?"

여직원이 다시 물었다. 그녀의 표정은 상당히 호의적이었다.

"2010호 양 사장님 댁에 좀 들르려고요."

"거긴 지금 비어 있는데?"

"예?"

"사장님은 출근하셨고 사모님은 교회 가셨어요."

"교회요?"

"사장님과 사모님 여의도 씨알교회 다니세요. 사모님은 장로님이신데. 더구나 오늘은 늦게 오시는 날이고……."

교회 장로.

양 사장이 기독교라는 건 알고 있던 미류. 하지만 사모님까지 장로라니 좋지 않은 예감이 밀려들었다.

'오빠 오늘 일진 안 좋대.'

하라의 점도 때마침 떠올랐다. 그때였다. 현관문이 열리며 사람들이 들어섰다. 여직원이 그들 중 하나를 가리키며 속삭였다.

"양 사장님 사모님이세요."

"……!"

미류는 까닭 모를 거북함이 엄습해 왔다. 하지만 이 일은 사모님을 이유로 포기할 게 아니었다. 미류는 그대로 현관을 향해 치달았다. 동시에 사모님의 운명창을 빠르게 읽어나갔다.

[가정운 下中 15%]

[건강운 中下 34%]

[재물운 上下 68%]

[학벌운 上下 63%]

[애정운 下中 14%]

[명예운 上下 62%]

다 좋았다. 잘 먹고 잘사는 사람다웠다. 하지만 두 가지가 조금 의외였다. 가정운과 애정운이 다른 운에 비해 지나치게 기울고 있었다. 애정창에 영기를 겨누었다.

[夫]

남편을 가리키는 지아비 부 자가 나왔다. 가정운도 보았다.

[夫] [女]

이곳에는 두 글자가 아른거렸다. 계집 여 자는 딸 문제. 그러나 지아비 부가 겹친 것으로 보아 당면 문제는 남편 문제가 맞았다. 그런데 잘나가는 남편이 뭐가 문제일까?

'성생활? 혹은 바람?'

창 안을 더욱 파고들지만 그런 건 아니었다. 바꿔 겨눈 건 건강창. 왼 가슴에 영기 덩어리가 보이지만 파악할 시간도 없이 사모님과 마주치고 말았다.

"안녕하세요?"

미류가 사모님 앞에서 먼저 허리를 조아렸다.

"어머!"

여자의 반응은 전격적이었다. 그녀는 미류를 알고 있는 눈치였고, 불행하게도 마치 버러지를 대하는 눈치다. 보아하니 어디선가 열까지 받고 온 표정. 사모님은 안광의 레이저를 내쏘더니 뾰족한 한마디로 자신의 기분을 대변했다.

"뭐죠?"

"사장님 좀 뵈러 왔습니다."

"우리 그이를 왜요?"

"드릴 말씀이 있어서……."

"무슨 말인데요?"

"사장님을 뵙고 말씀드리겠습니다."

"나한테 해도 돼요."

"……."

"일 없으면 가보세요."

"아닙니다. 실은 아실지 모르지만 제가 얼마 전에 방송에 출연한 일이 있는데 그게 문제가 되어 해당 피디에게 중징계를 내렸다기에⋯⋯."

"그래서요?"

"그 이유가 미신 조장이라며 방송 모든 프로그램에 무당 출연 금지령을 내리셨다고 들었습니다. 그래서 오해를 풀어드리려고 왔습니다."

"오해를 풀어? 무당 마귀 따위가?"

여자의 입에서 독설이 튀어나왔다. 시종일관 미류를 천대하는 태도와 말투. 무속에 대한 멸시가 탱탱한 여자였다.

"사모님."

"가, 이 잡귀야! 하느님의 권능으로 천벌을 내리기 전에!"

사모님은 십자가 목걸이를 풀어 미류 앞에 흔들어대고는 미류를 비껴갔다.

황당했다.

이게 음지로 밀려난 무속인들의 현주소란 말인가?

무엇 때문에 다른 종교인들에게 멸시와 박해를 받아야 한단 말인가? 더구나 현대는 모든 사람의 다양성을 인정하고 장려하는 시대가 아닌가?

하지만 이런 일 앞에서 미류는 완전한 '을'이었다. 제도권에 자리 잡지 못한 무속의 비애를 통렬하게 맛보는 것이다.

"법사님⋯⋯."

미류가 당하는 모습이 안타까웠을까? 관리실 여직원이 다가와 물을 내밀었다.

"고맙습니다."

"무슨 일인지는 모르지만 사모님, 너무하시네?"

짠한 표정을 짓는 여직원. 하는 행동으로 보아 이 관리소에 오래

근무한 것으로 보였다. 미류는 그녀의 운명창을 열었다. 마음을 여는 데는 족집게 점사만 한 게 없었다.

[가정운 下上 22%]

가장 박한 운명창이 열렸다. 미류는 그 안을 들여다보았다.

[父] [酒]

두 개의 단어가 영기를 통해 보였다.

아비 부(父)가 흔들리는 걸로 보아 알코올중독자인 모양이다. 그녀의 행복을 가로막는 걸림돌이었다.

"아버지 때문에 고민이 많으시네요. 술 못 끊으시죠?"

"……?"

미류의 한마디에 여직원의 눈빛이 출렁거렸다.

"몸도 돌보셔야겠어요. 아랫배에 낀 액살이 장난이 아니잖아요? 병원에 가도 별 도움을 못 받았을 텐데……."

"법사님……."

"물이 고마워서 몇 개 봐드렸어요. 조금 더 진행해 드릴까요?"

"정, 정말요?"

"어디 조용한 데 있으면……."

"있어요. 이리 오세요."

여직원은 경비들에게 지시를 남기고 휴게실로 들어섰다.

"그런데… 법사님 복채는 비싸지 않나요?"

"복채보다 사람 고민 풀어주는 게 우선이죠. 물 보시를 받았으니 그냥 봐드릴게요."

"와아!"

"눈을 감아보세요."

미류는 그녀의 눈을 감겼다. 그런 다음 익숙하게 전생륜을 불러냈

다. 척 보아도 오랜 것으로 보이는 하복부의 검은 덩어리. 그 아픔과
연결된 인과의 전생령을 불러냈다.

"지난 생이 보일 겁니다. 전생이니까 꿈이라고 생각하고 편안하게
보세요."

당부를 놓고 바로 감응에 들어갔다.

그녀의 전생은 전령이었다. 말을 타고 벌판을 폭주하고 있었다. 과
거 전쟁터의 전령들은 승부의 바로미터이기도 했다. 그는 지원 병력
을 요청하는 밀서를 품고 있었다. 하지만 오래가지 못하고 낙마를 했
다. 매복한 복병들이 화살을 날린 것이다.

적의 진영에 잡혀와 고문을 받았다. 아군의 상황을 말하지 않았
다. 화가 난 적장은 전령을 기둥에 묶어놓고 창을 겨누었다.

"마지막 기회다!"

그래도 전령은 입을 열지 않았다.

츄릿!

창이 날아왔다. 뜨끔했다.

육중한 창이 하복부를 꿰뚫고 나무 기둥에 박힌 것이다. 적장은 같
은 곳에 두 개의 창을 더 날리고는 돌아섰다.

까옥!

까마귀들이 날아들었다.

복부를 타고 흘러내린 피는 사타구니를 지나 발밑에 피의 냇물을
만들었다. 배가 미치도록 아팠다. 결국에는 너무 아파 아무 통증도
느껴지지 않았다. 전령은 그다음 날 숨을 거두었다. 시선은 누런 지
방이 드러난 아랫배에 있었다.

거기까지 보는 동안에 여직원의 어깨가 요동을 쳤다. 미류는 그 어
깨를 잡아주며 감응을 끝냈다.

"꺅!"

여직원이 비명을 질렀다.

"이제 괜찮습니다. 마음 편안히 먹으세요."

미류가 말하자 여직원은 숨을 헐떡이며 주변을 살폈다. 불안에 가득 찬 눈동자. 그녀의 몸은 땀으로 범벅이 된 후였다.

"그게… 제 전생이에요?"

"맞습니다. 당신은 아랫배에 창을 맞아 죽었습니다. 그 카르마가 무의식에 묻어와 배가 아픈 겁니다. 아무 숲이나 산에 가면 더할 거예요."

"맞아요. 어떤 때는 거리에서 가로수를 보다가도 갑자기……."

"여기 물이 있나요?"

"거기 커튼을 밀치면 생수대가 있어요."

여직원의 말을 들은 미류가 부적을 꺼냈다. 그걸 태워 물에 넣었다.

"마시세요. 복통이 사라질 겁니다. 그건 질병이 아니고 카르마니까요."

"질병이 아닌 건 나도 알아요. 병원에서도 신경성이지 별문제가 없다고 했거든요. 그런데 정말… 이걸 마시면……."

"쭉 들이켜세요."

여직원은 물을 바라본 후 천천히 들이켰다.

꾸륵!

시원하게 트림이 나왔다.

"정말… 배가 편해지는 거 같아요. 거북함도 사라졌고요."

"다행이네요."

"너무 고맙습니다. 그런데… 제가 아버지 일로 돈 쓰는 게 많아 가진 건 카드하고 이것뿐이네요. 이거라도 받아주세요."

여직원의 손에 들린 건 만 원짜리 한 장이었다.

"복채는 무료라고 했잖습니까? 나중에 아버지 모시고 제 신당으로 오세요. 어쩌면 그분께도 도움이 될 수 있을 테니까요."

"이러시면 너무 고마워서……."

"정 그러면 아까 그 방송국 사장님 댁에나 좀 올라가게 해주시겠어요? 사장님을 좀 만나야 하거든요. 제가 방송에 나간 일 때문에 엉뚱한 사람이 피해를 입게 되어서 오해를 풀어야 할 입장이라……."

"사장님요?"

"아직 안 왔을까요?"

"그게 아니라… 그 집 사장님은 아무 결정권도 없는데?"

"예?"

미류는 귀를 의심했다. 대한민국 대표 방송국의 수장인 양 사장. 그런데 결정권이 없다니?

"이건 비밀인데… 법사님이 제 고질병을 고쳐주셨으니……."

여직원은 주변을 둘러본 후 말을 이어놓았다.

"……!"

그 말을 들은 미류는 어깨가 흔들릴 정도로 소스라쳤다.

"그, 그게 사실입니까?"

"네. 우리 관리소에서도 오래된 사람은 다 알아요."

"그, 그럴 수가?"

"그 사장님은 보기에만 묵직하지 사모님에게 꼼짝도 못 해요. 공처가도 그런 공처가가 없어서 하다못해 유제품 하나 먹는 것도 사모님 허락을 받고요, 집안 대소사 전부 사모님이 관리해요. 오죽하면 우리끼리는 공처가가 아니라 경처가라고 그러거든요."

경처가(驚妻家)라면 아내 목소리만 들어도 자지러지는 공처가의 완결판이다.

"어쩌면 법사님 일도 사모님이 결정했을 거예요. 그 사장님, 주차하는 자리까지 사모님 허락을 맡으니까요."

"……!"

대박!

미류는 입술을 차고 나오는 그 말을 막았다.

솔직히 여직원에 대한 점사 선심은 뭔가 필요한 정보가 있을까 해서 던진 미끼였다. 그런데 이런 대박 정보가 딸려 나오다니. 마누라의 말에 맹목적으로 복종하는 공처가. 빈 낚싯줄에 쓸 잘 벼린 미늘 하나를 받아 든 기분이다.

여자가 있다.

남자가 있다.

여자의 고향은 금성이고 남자의 고향은 화성이다. 두 개체는 몇 가지만을 제외하고는 그리 다른 외모가 아니지만 생각의 원천은 완전히 다른 두 개의 별에 있었다.

남자를 쥐고 흔들며 살아온 여자. 그게 낙이었을까?

'아니지!'

미류는 고개를 저었다. 그게 낙이고 보람이었다면 그녀의 가정창과 애정창이 그리 빈약할 리 없었다. 그렇다면 결론은 그 반대였다.

─남자답지 않은 남자, 혹은 결단력 없는 남자.

의외로 그런 남자가 많았다.

사실 미류도 죽기 직전의 몇 년은 그런 남자군에 속했다.

날마다 윤희의 눈치를 보았고 숨도 제대로 쉬지 못했다. 양 사장의 아내도 다르지 않을 것 같았다. 남편이 화끈하게 리드하면 좋은데 보기와는 달리 마음이 여리다. 답답함이 쌓여간다.

그런 남자에 대한 여자의 소망은 무엇일까? 그야말로 박력, 여자를 리드하며 시원하게 결정하는 결단력과 추진력을 가진 남자가 되는 것이다.

이리 와!

이거 해!

딱딱 끊어 말하는 남자의 거친 카리스마.

미류는 두 가지 해결책을 놓고 만지작거렸다. 사모님과 정면 대결을 펼칠 수도, 양 사장 쪽으로 직접 접근할 수도 있었다.

그러나 빙 돌아가지 않기로 했다. 그 시작이 사모님이었다면 그 번복도 그녀의 입에서 나오는 게 빨랐다.

—지금 나왔어요. 준비하세요.

미류 핸드폰에 문자가 들어왔다.

폐쇄 회로 화면을 보고 있던 여직원이 보낸 것이다. 미류가 고개를 들었다. 엘리베이터가 20층에서 멈추는 게 보인다. 미류가 선 층은 그 아래의 19층이었다.

땡!

소리와 함께 엘리베이터가 열렸다.

미류가 들어서자 사모님의 미간이 구겨졌다. 미류는 시치미를 떼고 벽에 기댔다. 엘리베이터는 두 층을 더 내려가다가 멈췄다. 여직원에게 부탁한 일이다.

"뭐예요?"

사모님이 엘리베이터의 인터폰을 거칠게 눌렀다.

"죄송합니다. 센서가 고장이 난 모양인데 곧 교체하겠습니다. 혹시 잠깐 불이 나갈 수도 있으니 놀라지 마시기 바랍니다."

"센서라고요? 얼마나 걸려요?"

"5분이면 됩니다. 죄송합니다."

인터폰은 그 소리를 끝으로 꺼졌다.

"정신 나간 것들. 아파트 관리를 어떻게 하는 거야?"

사모님은 기세 좋게 독설을 뿜어댔다.

그사이 미류는 사모님의 전생류을 띄우고 있었다. 전생령을 고르기 무섭게 전기가 나갔다. 미류가 원하던 전생령이 있었다. 그러나 극적인 효과를 위해 그녀의 자부심을 살릴 전생부터 띄워 올렸다.

서비스였다.

첫 번째 전생령은 10세기의 주교였다.

어둠 속에 전생 감응을 고스란히 펼쳐놓았다. 사모님은 경계했지만 교회와 관련된 일이다 보니 안 보는 척 그림을 주목했다. 주교는 그림을 구상하고 있었다. 인간의 타락과 구원이라는 기독교 정신을 한눈에 볼 수 있는 것이다. 예수의 탄생부터 부활까지 16개 부분으로 이어지는 내용이었다. 그는 그 그림을 초대형 청동문 부조로 만들도록 지시했다. 주교는 종교적 자부심으로 불타올랐다. 그게 문제였다. 스스로를 너무 치켜세운 결과 사제들을 가혹하게 윽박질렀다. 게다가 이브의 잘못을 강조하면서 모든 여자를 음탕한 존재로 몰아갔다.

'아주 몰입하셨군.'

슬쩍 사모님의 반응을 훔쳐본 미류의 입가에 미소가 스쳐 갔다.

두 번째!

사모님의 전생을 또다시 불렀다.

그 생에서는 수도사였다. 그러나 수도사는 기독교가 아니라 불교 쪽에 가까웠다. 그녀는 그 전생을 눈여겨보지 않았다.

'싫어도 당신의 전생, 좋아도 당신의 전생.'

미류는 남은 전생을 펼쳤다.

이번에는 몽고의 무속인이었다. 그는 벌판의 거석 앞에서 하늘을 향해 제를 올렸다. 그러나 그 역시 후계자를 윽박지르는 건 다르지 않았다.

"사모님!"

전생령을 세운 미류가 어둠 속에서 말했다.

"지금 나를 부르는 건가요?"

"다른 사람은 없으니까요."

"뭐죠?"

"방금 보신 것들, 사모님의 전생이십니다."

"뭐라고요?"

사모님의 목소리가 까칠하게 튀었다.

"믿지 않아도 어쩔 수 없지만… 사모님의 생은 종교를 두루 섭렵하는 성인의 길을 가는 것 같습니다. 어쩌면 다음 생에는 성인의 재목으로 생을 시작할지도 모르지요."

"그럼 조금 전 그게 당신이……?"

"예. 적게나마 제가 가진 재주를 펼쳐보았습니다."

"흥, 누굴 속이려고. 어디다 몰래 비디오라도 감춰두었다가 켠 모양이지."

"방송국에는 그런 특수 카메라가 있을지 모르지만 제게는 없습니다. 설령 있다고 한들 사모님의 마음까지 투영할 수 있을까요? 방금 그 전생들이 사모님의 마음을 동화시켰을 것입니다만……."

"무, 무슨 동화?"

사모님의 목소리가 갈라졌다.

"주교의 위엄과 수도자의 경건함, 그리고 샤머니즘의 신비감 말입니다. 아닌가요?"

"이, 이 사람이 지금 깜깜한 데다 이상한 영상을 틀어놓고 뭐라는 거야? 당신, 사기꾼이야, 뭐야?"

"햇빛 아래서도 할 수 있는 일입니다만."

절경!

순간 미류가 신방울을 울렸다. 밀폐된 공간에서의 방울 소리는 신명이 제대로 묻어났다. 미류는 분위기를 타고 계속 밀어붙였다.

"긴 이야기는 싫어하실 테니 간단한 것만 말씀드리죠. 사모님은 양 사장님의 주눅 들고 결단력 없는 모습이 노래기보다 싫으시죠? 그건 두 분의 전생연 때문입니다. 아까 첫 생에서 본 당신의 사제들, 당신이 억압하고 권위로 누르던 사제의 한 사람이 지금의 남편입니다. 그러니 어찌 당신 앞에 기를 펼 수 있을까요? 나아가 당신은 지금 왼쪽 가슴에 병 하나를 키우고 있습니다. 지금 잡으면 평생이 무난할 일이지만 그게 아니면 오래 살지 못할 겁니다."

"가슴?"

"그리고… 따님이군요. 보아하니 연상의 남자를 만나고 있군요. 영기로 보아 아마 따님 나이의 두 배쯤 될 것 같습니다만."

"이 사탄이!"

그녀가 발끈할 때 불이 들어왔다. 더불어 엘리베이터도 아래를 향해 움직이기 시작했다.

"무속은 미신이 아닙니다. 어느 한때는 이 나라의 정신문화이기도 했지요. 장점을 다 폐하고 단점만 보자면 다른 종교도 해악은 많지요. 목사나 신부, 스님은 다 깨끗합니까? 그러니 모두 싸잡아 매도할 수는 없는 일입니다."

미류는 15층을 눌렀다. 엘리베이터가 이내 멈췄다.

"저는 이제 사장님을 만나 뵐 겁니다. 사모님에게도 무속이 그저 미신만은 아니라는 체험의 시간이 되었기를 바랍니다."

문밖에서 미류가 말했다. 문은 이내 닫혀 버렸다.

저벅저벅!

미류는 걸었다. 15층을 걸어서 내려갈 생각이다. 그래도 여직원의 도움으로 무속의 진수를 보여주는 데까지는 성공한 미류. 그러나 사모님이 어떻게 받아들일지는 아직 미지수였다.

'묵은 때가 한 번에 벗겨지랴.'

표승의 명언으로 위로를 삼았다. 기왕에 알고 덤빈 일이기에 서두르지 않았다.

그러다 1층의 마지막 계단에 내려섰을 때 미류는 소스라치고 말았다. 거기 사모님이 버티고 서 있었던 것이다.

"당신……."

그녀의 매운 눈매가 미류를 겨누었다. 뭔가 심사가 뒤틀린 걸까? 미류는 그녀의 눈에서 시선을 떼지 않았다.

"이리 와요."

사모님이 계단참으로 움직였다. 거기서 돌아선 그녀는 협박과 애원이 반씩 어우러진 소리로 입을 열었다.

"바라는 게 뭐예요?"

"……."

"바라는 게 뭐냐고 묻잖아요?"

"무속은 무조건 타파하고 배척해야 할 미신이 아니라는 겁니다."

미류가 묵직하게 대답했다.

"귀신이나 들먹거리는 무속이 미신이 아니다?"

"기독교에도 퇴마를 하시는 분들이 있습니다. 그렇다면 그 또한 귀신에 대한 인정이 아닐까요? 나아가 귀신이란 단순히 죽은 사람이거나 그들의 혼만이 아닙니다."

"그래서요?"

"그걸 인정하시면 은인 프로그램의 담당 피디는 저절로 복귀되어야 한다고 봅니다만……."

"누가 인정한대요?"

사모님의 목소리가 높아졌다.

"아니면 일단 비켜주시죠."

"우리 남편을 만난다고요?"

"어쨌든 방송사의 사장은 그분이시니까요."

"우리 딸 얘기는 하지 마세요."

"예?"

"딸이 연상의 남자를 만난다는 얘기는 하지 말라고요!"

그녀의 목소리가 심각하게 낮아졌다.

"알고 계셨군요?"

"일단 돌아가요."

"……?"

"내 가슴의 병까지 맞힌다면 남편을 만나게 해드리죠. 하나 정도야 우연이거나 혹은 어디서 주워듣고 왔을지도 모르니……."

"그럼 한 가지 더 알려드리죠."

"……?"

"교회에서 장로 직분을 맡고 계시죠? 제가 영기로 살펴보니 그 의자 곧 깨집니다. 벌써 금이 많이 갔으니 사모님도 알고 계시겠지만… 미련 버리세요."

"그, 그걸 어떻게……?"

"그럼 약속을 믿고 돌아갑니다. 제 명함입니다."

미류는 그녀의 가방에 명함을 찔러주고 돌아섰다.

등 뒤로 사모님이 무너지는 소리가 들렸다. 장로 직분 때문이다. 그녀의 여성 비하가 지나쳐 문제가 되었던 것이다. 결국 오늘 오후에 불신임을 받고 온 것이다. 당회의 최종 결정이 남았다지만 영기의 분위기로 보아 회복은 힘든 일이었다.

그런데 미류가 그걸 찌르고 간 것이다.

그것도 정통으로.

'무속 따위가……'

사모님은 치를 떨었지만 인정하지 않을 수 없었다. 미류가 보여준 전생 감응. 그 분위기는 사모님의 생애 동안 낯설지 않게 느껴지던 일이다. 조작 따위로 될 일이 아니었다.

'주여……'

사모님은 두 손을 모으고 바로 핸드폰을 꺼내 들었다.

절겅!

어둠이 내린 신당에 신방울이 울렸다. 미류는 신당에 있었다. 그 앞에서 하라가 돌고 있다. 팔선채를 들고 뱅뱅 돌고 있었다.

"호잇!"

그러다 쌀을 뿌리는 하라. 가볍게 반 바퀴를 더 돌아선 하라가 부채를 휘둘렀다.

"호이!"

쌀을 바닥에 엎으며 몇 개씩 골라내는 하라. 미류는 가만히 보고만 있었다.

"앗!"

하라가 고개를 들었다.

"왜?"

"오빠 액운은 아직도 그대로네."

"응?"

"어떡해."

하라의 큰 눈에 단박에 눈물이 그렁거렸다.

"괜찮아. 오빠는 전생신이 계시잖아."

"어디… 잠깐만."

하라는 쌀을 집었다가 뒤집어 펼쳤다.

"방법이 있기는 해!"

하라가 소리쳤다.

"그래?"

"똥배짱으로 나가래!"

"오, 그거 화끈한 점사인데?"

"알았지? 잘 안 되면 똥배짱."

하라가 달려와 미류의 품에 안겼다.

"이년아, 똥배짱 같은 소리 하고 자빠졌구나. 꼴값 그만 떨고 어여 나와서 공부나 좀 해. 인자 영어도 배운다면서 공부 안 하는 똥배짱 은 어디서 났누?"

"엄마는!"

"아, 빨리 안 기어 나와? 법사님 치성드릴 시간이야!"

봉평댁의 목소리가 올라가자 하라는 인상을 마구 구겨가며 신당 을 나갔다. 미류는 핸드폰을 보았다. 화요의 문자 외에는 들어온 게 없었다.

'하긴……'

양 사장의 아내, 만만치 않았다. 미류가 던진 떡밥만 해도 서너 개. 보통 사람이라면 오줌을 지리며 애걸했겠지만 그녀에게는 주교로 살던 전생의 프라이드가 남아 있었다.

'어쩌면 완전하게 무시할지도 모르지.'

그 생각이 나자 다시 전생신을 바라보았다.

그는 미류에게 신차를 허용했다. 그가 가진 능력의 일부를 특허로 내린 것이다. 하지만 특허라는 게 그렇다. 특허가 통용되지 않는 심산유곡이나 사막의 나라, 혹은 무인도 같은 곳에서야 무슨 소용이 있으랴.

그렇다고 포기한 건 아니었다. 다만 기다림이 지루했으니 미류는 퇴마 주문을 읽어나갔다. 부적 서적도 읽어나갔다. 나날이 발전해 가는 연주였다. 그렇다면 미류 역시 그녀보다 앞서가야 했다. 그러고 보니 좋은 제자는 좋은 약이었다. 그녀를 가르치기 위해서도 공부를 해야 했다.

아홉 시가 되었다.

"가서 자."

"싫어."

봉평댁과 하라의 실랑이가 들릴 때 전화가 왔다. 모르는 번호다.

"여보세요!"

폴더를 열었다. 그러자 낯익은 목소리가 들려왔다.

—나 오상희예요.

'오상희?'

—방송국 양 사장님 몰라요?

"아!"

─사장님 뵈려면 지금 와도 좋아요.

사모님의 용건은 거기까지였다.

'허얼!'

어이가 살짝 상실되려 했지만 개의치 않았다. 여전히 갑은 그쪽이었다.

"어디 가시려고?"

거실로 나오자 봉평댁이 물었다. 하라는 방으로 들어간 것 같았다.

"어떤 대주님 좀 뵐 일이 있어서요."

"알았어. 운전 조심하고."

봉평댁은 문까지 따라 나와 손을 흔들었다.

"……!"

다시 양 사장의 아파트에 들어서던 미류가 걸음을 멈췄다. 로비에 사모님이 있었다.

"일찍 왔네요?"

"……."

"아까는 내가 좀 심했나요?"

"……."

"사장님은 집에 계세요. 나랑 같이 올라가면 됩니다."

"따로 하실 말씀이 있군요."

"눈치는 빠르시네요."

"……."

"당신이 말한 게 추가로 맞았어요."

"……."

"장로 자리 밀려났고, 가슴에서도 암세포가 나왔대요. 며칠 전에

유방암 생검한 거라 내일 결과가 나온다고 했는데 아는 사람 통해서
결과만 미리 확인했어요."

"……."

"그래도 아직 하나가 남았죠?"

"그런 셈이군요."

미류가 고개를 끄덕거렸다. 사모님이 뜻하는 건 그녀와 양 사장의
전생이었다. 미류가 운을 떼고 갔던 것이다.

"사실 다른 일들은 이미 알고 있거나 어느 정도 예정된 일들이었어
요. 미지였던 건 전생뿐이죠."

"……."

"나와 남편의 관계가 전생 때문이라고 하셨는데, 그럼 해결책도 있
나요?"

"있지요."

"뭐죠? 굿이나 부적이라면 아예 말도 꺼내지 말고요."

"기도입니다."

"기도?"

"당신이 즐겨하는 기도. 그거면 충분하죠."

"……?"

사모님이 고개를 들었다. 기도라니? 무당들이 좋아하는 굿이 아니
고? 그녀의 눈빛에 경계심과 의구심이 가득 차 있다.

딸깍!

양 사장의 아파트 거실에 들어섰다. 그는 거실 소파에 있었다. 국
화차를 마시던 중인지 미묘하게 국화 냄새가 났다. 미류는 꾸벅 인
사부터 챙겼다. 부적이 하늘과 소통하는 거라면 인사는 인간과의 소
통법이다.

"앉으시오."

양 사장이 입을 열었다. 미류는 양 사장 앞쪽에 앉았다. 잠시 후에 사모님이 차를 내왔다. 국화차다.

"집사람에게 듣자 하니 나한테 할 말이 있다고?"

"예."

"해보시오."

양 사장이 다리를 꼬았다. 느긋한 표정이다.

아내가 눈만 흘겨도 척추에 지진이 난다는 경처가.

그러나 그 역시 정계, 관계에서 나름 잔뼈가 굵은 사람이었다. 비록 와이프와 관련된 일에는 기를 못 펴지만 그렇다고 마냥 헐렁한 사람은 아닌 것이다. 만약 그랬다면 어떻게 국가 방송의 수장 자리를 꿰찰 수 있었을까?

"사모님께 미리 언질을 했지만 은인이라는 프로그램 때문에 찾아뵙게 되었습니다."

"……."

"전해 들은 말이라 자세한 건 모르지만 제가 출연한 까닭에 담당 피디가 물러났다고 들었습니다. 사실입니까?"

"방송국에는 수백 명의 직원이 있고 하루에도 여럿이 자리가 바뀌거나 사표를 내곤 하오만."

양 사장은 가볍게 예봉을 비켜갔다.

"더불어 제가 무속인이기에 미신을 조장한다는 게 파직의 이유라고 들었습니다. 더구나 무속인은 출연 금지라는 초유의 조치까지……."

"그래서요?"

"은인 프로그램을 뒤져봤더니 과거에 상대의 마음을 읽는 독심술사가 나온 적도 있었고, 신부님과 목사, 스님도 출연해서 나름의 기적을 보여준 적이 있더군요. 특히 안수 목사의 대장암 완치편 말입니다."

"……."

"단지 제가 무속인이라는 이유로 폄하되거나 왜곡되어서는 안 된다는 생각에 실례를 무릅쓰게 되었습니다."

"결론이 뭐요?"

"방금 말씀드린 게 결론입니다. 사장님이 가지고 계신 무속에 대한 편견을 버려주시고 프로그램 피디에 대한 징계와 무속인 차별 조치를 철회해 주십시오. 만인의 다양성을 인정하는 게 현대의 흐름 아닙니까? 그걸 반영하는 것 또한 국가 방송의 본분이라고 봅니다."

"당신, 뭔가 오해하고 있는 것 같소만."

양 사장이 빙그레 고개를 들었다. 그런 그에게 나약한 공처가의 이미지 따위는 털끝만큼도 엿보이지 않았다.

"오해라면?"

"당신 지금 하는 행동이 경영권에 대한 관여라는 건 아시오?"

"……?"

"이건 내가 우리 노조에게도 허용하지 않는 것이오만."

"너무 확대하신 것 아닙니까?"

"확대한 건 당신이오. 방송국의 수장인 내가 일개 프로그램에 일어난 일로 미주알고주알 참견을 들어야 한다는 말이오?"

"……!"

"무속인이라니 그만한 세상 이치는 아실 터, 한 인과가 나타나려면 그만한 과정과 이유가 있을 일 아니오? 그건 다 배척하고 단지 내 이익과 배치된다고 콩 놔라 팥 놔라 하는 건 수도자의 도리가 아닌 것으로 아오만. 무속인도 수도자라면 말이오."

"……!"

양 사장의 언변이 거푸 미류를 통타했다. 화려한 말발이다.

미류 VS 양 사장!

두 눈빛이 테이블을 사이에 두고 충돌했다.

지식의 혀로 갑옷을 두른 채 갈기를 세운 양 사장은 녹록지 않아 보였다. 그렇다고 깨갱 물러설 미류도 아니었다. 정중한 노크로 열릴 문이 아니라면 그 말발에 신빨로 맞서는 수밖에 없었다.

그것도 아니라면…….

'똥배짱!'

하라의 점사에 따를 일이다.

"안타깝군요. 무속적으로 말하자면 귀인이 찾아온 셈인데 언변을 가림막으로 박대를 하시다니……."

"귀인?"

양 사장이 눈살을 찌푸리자 미류는 사모님의 위치를 확인했다. 그녀는 주방 쪽에 있었다.

"단도직입적으로 말하죠. 사모님에게 눌린 인과의 기, 제가 해결해 드리죠. 그리고 사장님의 야망인 장관에 오를 수 있는 묘법도 함께."

"……!"

쾅!

미류는 들었다. 양 사장의 대뇌에 벼락이 치는 소리를. 전자의 일은 결혼 이후 꿈꾸던 소망, 더불어 후자는 그의 일생일대의 소망. 그두 소망을 미류가 옵션으로 내건 것이다.

"당신……."

"굴러온 기연도 차버리신다면 별수 없는 일이지요."

미류는 그 말을 던지고 일어섰다. 협상의 첫째 조건은 주도권 잡기. 그 주도권 잡기에 모든 것을 걸어버린 것이다.

저벅저벅!

미류는 거침없이 현관으로 걸었다. 신발을 신기 무섭게 문을 열고 나왔다.

딸깍!

등 뒤로 문 닫히는 소리가 들렸다. 하지만 양 사장의 기척은 없었다. 신빨에 더한 똥배짱 작렬.

'실패인가?'

그러나 이미 시위를 떠난 화살. 별수 없이 엘리베이터 버튼을 눌렀다. 미류는 그대로 엘리베이터에 올랐다. 그리고 막 문이 닫히려 할 때였다. 양 사장이 문을 박차고 나오며 소리쳤다.

"이봐, 당신!"

"야경 한번 죽이는군."

아파트 옥상으로 올라온 양 사장이 도시를 바라보며 중얼거렸다. 미류는 그 옆에 있었다.

"당신 이름이?"

"미류입니다. 남들은 미류 법사라고 부르죠."

"법명이신가?"

"그렇다고 할 수 있지요."

"담배?"

양 사장이 담배를 내밀었다. 미류는 고개를 저어 사양 의사를 밝혔다.

"술은 마시나?"

"막걸리나 동동주 같은 거 조금 합니다."

"법사 몸에도 귀신이 들어온 건가? 접신?"

"사장님이 생각하는 귀신하고는 다른 신입니다."

"내 생각이라……."

"대개의 사람이 생각하는 귀신은 조잡하고 인간을 해치는 부류이지요."

"무당들이 모시는 귀신은 격이 다르다?"

"우리가 모시는 신은 작은 하느님으로 보시면 될 겁니다."

"자부심이 대단하군. 작은 하느님이라……."

"본론으로 가시죠. 어차피 무속 이야기에는 별로 관심이 없을 터."

"좋지. 솔직히 무속이 미신인 건 사실이니까."

"일부 몰염치한 무속인이 있기는 하지만 다 그런 것은 아닙니다."

"아아, 됐고, 일단 아까 말한 거 말이야. 귀인 운운하던."

"공처가와 입각에 대해 말씀드렸습니다."

"공처가라… 뭐 그건 그렇다고 치고, 입각은 누구에게 들었나? 어림짐작인가, 아니면 우리 마누라 입인가?"

"당신의 운명 안에 보이는 일입니다."

"미래안의 능력이라도 있다는 건가?"

"그럴 수도 있지요."

"신격화에 버금가던 방송 녹화에서도 보지 못한 능력인데?"

"어제와 같지 않은 게 인간입니다. 수도자가 도를 깨우치면 하루아침에 태산을 들 수도 있다고 들었습니다만."

"내 운명 안에 입각 운이 있는가?"

양 사장이 물었다. 무관심한 척하지만 그도 인간. 결국 관심사는 그것인 모양이다.

"당신 하기에 달렸죠. 내 신은 방자한 인간에게 호의를 베풀길 원하지 않습니다."

"뭐라?"

"당신의 신은 아닌가요? 교만한 자들은 그 신도 싫어하는 것으로 알고 있습니다만."

"뜬구름 그만 잡고 나를 이해시켜 보시게. 아까 보니 자신만만해 보이던데."

"그 전에 약속하십시오. 개인적으로라도 무속이 무조건 미신이라는 발언 사과하시고 피디는 복귀시키고 여타 조치도 거둔다는……."

"이봐, 옵션을 걸려면 그만한 자격이 있다는 걸 먼저 보이는 게 순서라네. 내가 묻는데, 법사는 내가 왜 공처가가 된 줄 알고 있나?"

"물론이죠."

"왜였나?"

양 사장이 미류를 쏘아보았다.

―증명해 봐!

―네 실력 말이야.

―신빨이든 뭐든.

양 사장의 눈에 그런 단어들이 사납게 바글거렸다. 이미 사모님의 전생령에서 단서를 찾은 미류. 바로 말할까 하다 신중 모드로 들어갔다. 혹시라도 실패하면 다시는 오지 않을 기회. 그렇다면 돌다리도 두드려 보아야 했다.

미류는 양 사장의 운명창부터 띄웠다. 가정창과 재물창 두 개가 가장 앞줄로 튀어나왔다.

[子]

[官]

두 창 안에서 두 글자가 엿보인다.

아들 자(子) 자는 생기 없이 시든 글자였다. 아들이 죽었다는 말이다. 관료 관 자는 이제 막 빛이 나기 시작했다. 그러나 글자의 획이 엉성하다. 줄을 잘못 서면 그대로 무너질 수도 있는 형국이었다.

'아들······.'

그게 문제였다.

사모님의 운명에는 없고 양 사장의 운명에는 있는 아들.

'쉿!'

쉰 소리가 밀려 나왔다. 결론은 하나였다. 양 사장이 바람을 피워 아들을 낳았는데 어떤 사연으로 죽었다는 뜻.

'아······.'

골몰하던 미류의 안면 근육이 험하게 꿈틀거렸다.

이제야 알 것 같았다. 양 사장이 공처가가 된 이유. 그는 애당초 멋진 청년이었지만 결혼 이후 외도를 하게 되었다. 그리고 그쪽에서 아들을 낳았다. 그걸 사모님에게 걸린 것이다. 아들이 죽으면서 정리되었지만 사모님에게는 치명적인 충격. 그 즈음에 마침 전생 인과가 작동했다. 두 개의 인과가 합쳐지면서 양 사장은 사모님 앞에서 기를 펴지 못하게 된 것이다.

"죽은 아들 때문이군요."

답을 얻은 미류가 양 사장을 바라보았다.

"······?"

야경을 보던 양 사장이 미류 쪽으로 홱 돌아섰다.

"사모님과의 사이에서 낳은 아들이 아니죠."

"······."

"거기에 전생 인과가 덧붙었습니다. 현생의 약점과 전생의 약점. 공처가가 아니라 경처가가 될 소지로 충분하지요."

"그것도 보이나?"

"보입니다."

"미친……."

"이제 관직으로 갈까요? 사실 사장님 운명에 관직이 있기는 합니다. 장관 자리로군요. 하지만 아직은 공덕도 연분도 모자랍니다. 기를 쓰지만 희망 사항에 불과하지요?"

"……."

"그래서 애타게 찾고 계시겠지요? 어떤 라인에 서야 다음번에 장관 자리 한번 앉아볼 수 있을까 하고."

"……."

"당연히 당신은 라인을 잘 타면 장관이 될 수 있습니다. 지금 절반의 운명을 가지고 있으니까요."

"……."

"지금 어느 라인의 꼬리를 잡았습니까? 여자? 남자?"

"……."

"마음을 열지 않으면 당신을 도울 수 없습니다. 하늘도 스스로 돕는 자를 돕는 것 아닙니까?"

"여… 자……."

"앞의 글자를 바꾸십시오. 그럼 당신은 꿈을 이룰 수 있습니다."

"남자?"

"혹시 선일주 전 장관님을 아십니까?"

"일면식이야……."

"그분과 눈높이를 맞추세요. 혹 접근할 명분이 부족하거든 저한테 전생연의 점사를 받았다고 하셔도 됩니다."

"당신이 선일주와도 닿는단 말인가?"

"죄송하지만 정 서울시장께서도 제게 점사를 받아가셨습니다."

"······!"

콰앙!

다시 한 번 양 사장의 의식이 휘청거렸다. 한낱 선무당으로 알고 있는 것치고는 발자취가 넓었던 것이다.

"이제 제 요청을 들어줄 차례인 것 같습니다만."

미류는 눈빛으로 양 사장을 윽박질렀다.

"과연 방송이 완전 허튼 것은 아니었던 모양이군."

"그 방송은 100% 진실입니다. 다만 내 능력의 100%를 담아내지 못한 것뿐."

"그래서 미신이라는 말에 발끈한 건가?"

"알아주시니 고맙습니다."

"채 피디 징계는 철회하겠네."

"······."

"하지만 미신 조장이라는 신념과 무당 출연 금지령은 그렇게 간단히 내려놓을 수 없네."

"사장님!"

"법사, 그 프로그램의 면면을 살펴보았다고 했지? 그렇다면 내 말뜻을 알겠군. 만약 법사가 한 사람의 초능력자로 나왔다면 아무 문제가 없었을 걸세. 중국에는 술법으로 비를 내리는 사람도 있고, 영력으로 죽은 자를 살리는 사람도 있다지?"

"그거 하고는······."

"아아, 더 듣게나. 하지만 법사는 무속인으로 출연한 걸세. 한 사람의 초능력자가 아니라 무속인 말일세."

"······?"

"내 말인즉 무속인들이 다 법사 같은 능력을 가지고 있느냐는 걸

세. 그런가? 법사 한 사람으로 일반화할 수 있는 건가?"

양 사장의 목소리에 힘이 들어갔다.

기세를 올리던 미류가 주춤거렸다. 모든 무속인이 다 출중한 영적 능력을 가지고 있느냐? 그 답을 원한다면 확답하기 쉽지 않았다.

"거꾸로 말하면 모든 무속인이 법사처럼 굉장한 영적 능력을 가지고 국민들의 위로가 되었다면 내가 이런 인식을 갖고 있지도 않겠지."

퍽!

창 하나가 날아와 미류 가슴팍을 관통했다. 더러더러 끼어 있는 사이비 무속인들. 그리고 신을 제대로 받지 못한 선무당들. 그들로 인한 해악을 논리의 근거로 내세운 양 사장이었다.

"무속인의 해악은 일부에 불과한 일입니다. 다른 종교인 중에도 파렴치한은 있고, 성폭행에 전 재산 헌금 강요 등의 사례가 있지 않습니까?"

"무속과 기성 종교를 그렇게 단순 비교할 수 있단 말인가?"

"기성 종교라고 하면 무속도 과거에는 기성 종교였습니다."

"그건 마치 5만 년 전 한반도에는 땅 주인이 없었다는 말과도 같이 들리는군."

"그렇다면 사장님은 평생 영험한 무속인을 보지 못했단 말입니까?"

"나야 기독교인이니 가까이할 일도 없었지만 내 주변의 전부가 그러하네. 그저 허구한 날 굿이나 부적 타령으로 서민의 피를 빨아먹는 부류가 아닌가?"

"사장님!"

"법사의 능력은 내가 인정하네. 하지만 그건 전체 무속이 아니라 법사 한 사람의 능력일 뿐이야."

"천만에요. 당신이 몰라서 그렇지 대한민국에는 출중한 영적 능력의 무속인이 즐비합니다."

"즐비라고 했나?"

"예!"

"어디에?"

"……?"

"그런 사람들이 어디 있단 말인가? 내 듣기로 지난번 대선 점괘를 받으러 갔던 양반들도 죄다 헛점괘를 받았고 새해가 되면 국운이 어떻다 저떻다 입방아를 찧는 무속인들의 점괘 또한 맞으면 좋고 아니면 말고로 알고 있네만."

"직접 보시면 제 주장을 인정하실 겁니까?"

"법사에 버금가는 능력이라면야……."

양 사장은 옵션을 붙여 쐐기를 박았다.

"보여 드리죠. 당신의 그 선입견을 박살 낼 인물들의 능력을."

미류는 오기가 작렬해 핸드폰을 뽑아 들었다. 그러나 단순한 오기만은 아니었다. 미류에게도 복안이 있었던 것이다. 잔머리 굴리는 양 사장을 시원하게 뭉개줄 탄산 맛의 복안이.

"법사님!"

미류를 만난 채 피디의 목소리가 흔들린다.

"대체 어떻게 된 일이에요?"

화요도 재촉해 왔다.

"이거 먹으라면서요?"

미류가 평양냉면을 가리켰다. 안쪽 내실을 차지한 자리이다. 화요가 자주 가는 단골집이었다.

"아, 예."

피디가 먼저 숨소리를 낮췄다.

"알았어요. 많이 먹어요."

화요가 식초를 뿌렸다. 가위로 면도 잘랐다. 미류는 그릇째 집어 들고 냉면을 밀어 넣었다. 동치미 국물이 섞인 육수가 칼칼하니 좋았다.

"여기 한 그릇 더요."

이내 그릇을 비워낸 미류가 새 오더를 냈다.

"더 먹어도 되죠?"

지르고 난 후에야 확인하는 미류.

"물론이죠."

화요가 새침하게 대답했다.

초조한 건 궁금증 때문이었다. 화요와 채 피디의 눈에는 그게 가득했다. 양 사장 아파트에서 나온 미류는 바로 화요에게 연락을 넣었다. 화요가 피디를 불러냈다. 둘을 냉면집에서 만난 미류, 피디의 징계가 해제되었음을 밝혔다. 그리고 오래지 않아 피디 전화에 연락이 들어왔다. 미류의 말은 사실이었다.

"냉면 나오셨습니다아!"

갓 스물쯤 된 듯한 여종업원이 객체 높임말로 냉면을 내려놓았다. 사람보다 높은 냉면이다. 하긴 냉면만 그럴까?

─햄버거 나오십니다.

─커피 나오십니다.

─할인 들어가서서 3만 원이십니다.

한참 생각하다 보면 멍 때리게 마련이다. 대체 누굴 대접하고 있는 거란 말인가?

후루룩!

잡생각을 내려놓고 다시 냉면을 퍼부었다. 처음보다는 약간 맛이 떨어졌다. 시장기가 가신 것이다.

"좋네요!"

그래도 국물까지 깔끔하게 비우고 그릇을 놓았다. 그때까지도 화요의 눈은 미류의 얼굴에 꽂혀 있었다.

"뭐 묻었어요?"

미류가 물었다.

"아뇨."

화요는 딱 한 번 고개를 저었다.

"아무튼 피디님 징계는 풀렸어요."

"그러니까 어떻게 된 거냐고요?"

화요의 재공세가 시작되었다.

"말 그대로예요. 양 사장님 찾아가서 왜 엉뚱한 사람 갈구냐고 따졌죠, 뭐."

"그랬더니 얼씨구나 하고 징계를 철회해요?"

"예."

"법사님!"

화요의 끝소리가 올라갔다.

"그거 아니어도 다 아시잖아요? 내가 몇 가지 점사를 내줬어요. 양 사장님이 원하는……."

"그러니까 그게 뭐냐고요?"

"그건 비밀인데……."

"아, 우리 사이에 비밀이 어디 있어요!"

우리 사이!

그 단어가 미류의 귀를 콕 자극해 왔다.

맥락상 다그치기 위해 나온 말이지만 싫지 않은 말이다. 하지만 피디가 있으니 속내를 확인할 수 없었다.

"진짜 대단하시네요. 우리 양 사장님, 강성 이사들도 고개를 젓는 사람인데."

피디는 감탄을 숨기지 않았다.

"아무튼 피디님이 저 때문에 고생이 많으셨습니다."

"아닙니다. 법사님이야말로 공연히 저 때문에……."

"어쨌든 복귀되신 거니까 다른 생각 마시고 프로그램에 열중해 주셨으면 합니다."

"그래야죠. 법사님이 보통 힘을 쓰셨겠습니까?"

그때 피디의 전화가 다시 울렸다.

방송국 직원이다. 전화를 끊었지만 또 울렸다. 복귀 사실이 본격적으로 알려진 모양이다. 피디는 핸드폰을 든 채 복도로 나갔다.

"왜요?"

미류가 화요를 보며 말했다. 그녀의 눈매가 여전히 따가운 까닭이다.

"몰라요. 피디님 가면 보자고요."

'헐……'

화요를 도우려는 건지 피디는 바로 자리를 떴다.

프로그램 복귀를 위해 할 일이 많은 눈치였다. 그러자 화요가 미류의 옆자리로 옮겨 앉았다.

"화요 씨."

"이실직고하세요. 이제 피디님도 없잖아요?"

"이실직고하고 말 것도 없는데……."

"정말 이러실 거예요?"

"그렇게 알고 싶어요?"

"네, 이번 일만은 저한테 좀 알려주세요."

"화요 씨."

"저 법사님 애인까지는 몰라도 특별한 여자로 대접받고 싶다고요."

"……."

"그럴 자격 없어요?"

화요가 고개를 들었다. 몹시 진지한 눈빛이다.

이 여자 손 좀 봐야겠군.

예뻐도 용서되지 않는 일이 있거든.

미류의 눈빛이 서늘하게 변했다.

임자는 따로 있다

"안개 낀 길에 길 한번 밝혀주었습니다. 됐죠?"

미류는 한마디로 선수를 쳐버렸다.

"무속을 비하한 것에 대한 사과도 받았어요?"

"그건 아직입니다."

"못 받았네요?"

"곧 받게 될 겁니다."

"무슨 말이 그래요? 못 받았잖아요?"

"옵션이 걸렸습니다."

미류가 웃었다.

"무슨 옵션요? 그 인간이 피디님 징계 푸는 조건으로 온갖 점괘를 봐달라고 요구한 거예요?"

"아뇨. 내가 그 사람의 선입견을 깨기 위해 맞불을 놓은 거죠."

"맞불이라고요?"

"걱정 말아요. 여기서부터는 내 일이니까."

"법사님……."

"어쨌든 피디님은 구제됐잖습니까? 그거 안 되면 화요 씨 입장도 찝찝했을 텐데."

"그건 그렇지만……."

"화요 씨!"

미류의 눈매가 묵직하게 변했다.

"예?"

"화요 씨 걱정하는 마음은 알 것 같습니다. 하지만 점사에는 끼어들면 안 됩니다."

미류는 확실하게 못을 박았다.

"법사님, 저는 다만……."

"점사는 때로 한 사람의 운명을 좌우하기도 합니다. 그렇기에 제 몸주와 저, 그리고 점을 보러 온 사람만 아는 게 원칙입니다. 그렇기에 우리가 함께 출연한 방송에서도 우리 사연을 시시콜콜 이야기하지 않았던 것 아닙니까?"

"……!"

"앞으로도 그것만은 지켜주셨으면 합니다. 물론 재미로 보는 점 같은 것이야 예외지만."

"네."

화요는 미류의 말을 납득했다. 그녀가 조바심을 낸 건 자신과의 연관 때문이었다. 그렇기에 미류의 말에 토를 달지 않았다.

"이제 걱정 뚝 하고 새 블록버스터에나 열중하세요."

"알았어요."

그렇게 화요도 보냈다. 걱정스러운 마음에 양 사장과의 일을 알길 원한 화요. 신제자로서 당연하게 그은 선이지만 씁쓸한 마음도 없지 않았다. 하지만 오래 생각하지 않았다. 친하다고 해서, 혹은 그 이상이라고 해도 점사를 줄줄 흘리고 다닐 수는 없었다.

사실 거기에 대해서는 아픈 기억도 있었다. 전 아내 윤희에게 당한 덕분이다. 미류를 휘어잡은 그녀는 점사까지 참견하고 나섰다. 그로 인해 겪은 곤란이 한두 번이 아니었다. 그러니 다시 그 전철을 밟을 미류가 아니었다.

딩도로롱당!

그때 전화가 울었다. 궁천도인이다. 미류가 전화했을 때는 받지 않더니 때늦게 답이 온 것이다.

부릉!

궁천도인의 신당을 향해 시동을 걸었다. 조수석에 던져놓은 핸드폰이 알람 소리를 냈다.

—법사님, 생각 짧은 저 용서해 주시고요, 안전 운전해서 들어가세요.

문자의 주인공은 화요였다. 그녀는 그래도 밴댕이 소갈딱지는 아니었다.

—화요 씨도 잘 들어가요.

흔쾌하게 답문을 보내고 도로에 올라섰다.

미류는 제 할 일을 잊지 않고 있었다. 그건 바로 궁천도인과 신몽대감을 만나는 일이었다. 무속인들이 죄다 허튼 굿이나 하고 찍어낸 부적을 고가에 팔아먹는 허접한 사람이 아니라는 증명. 그들이 바로 미류의 의중이다.

끼익!

차는 궁천의 집이 가까운 골목에서 멈췄다. 차에서 내려 걸으며 건물 너머를 보았다. 궁천의 신간대가 보이지 않았다.

'응?'

공연한 불안감이 밀려왔다. 쌍신 분리 후에 잘 적응하는 것으로 알고 있던 궁천. 분명 아까의 통화에서도 목소리는 좋았다. 그런데 왜 신간대가 없단 말인가?

"……?"

궁천의 신당 앞에 도달한 미류가 걸음을 멈췄다. 사람들 때문이다. 궁천의 집 앞에 아주머니들이 여럿 모여 수군거리고 있는 것이다.

'젠장!'

사달이라도 날 걸까? 아니면 다시 알코올 중독으로 개차반 생활? 번잡한 마음을 달래며 신당으로 향할 때였다. 100킬로그램도 넘을 듯한 푸짐한 아줌마가 미류를 막아섰다.

"아찌 뭐야?"

"예?"

미류가 고개를 들었다.

"점 보러 왔어?"

"아니, 그게 아니라……."

"아니긴 뭐가 아니야? 궁천도사님 점 보러 왔으면 줄 서. 우린 아침부터 기다린 사람이라고!"

'아침부터?'

돌아보니 아줌마들의 기세가 보통이 아니었다. 다행히 한 아줌마가 미류를 알아보았다.

"어머, 저분… 텔레비전에 나온 그분이잖아?"

"텔레비전?"

"그 왜… 톱스타 송화요… 그 은인인가 현인인가 하는 용한 법사님."

"어머, 정말!"

남은 아줌마들이 손뼉을 치며 감탄사를 뿜었다.

"죄송합니다. 제가 도사님 좀 봐야 해서요."

미류가 정중히 말하자 푸짐한 아줌마가 길을 내주었다.

딸깍!

문을 열고 들어섰다. 이번에는 아가씨가 미류를 제지했다. 하지만 그 아가씨 역시 놀란듯 입을 다물지 못했다. 미류를 알아본 것이다.

"미류 법사님!"

아가씨가 허리를 숙여왔다.

"저… 궁천도인님 좀 뵈러 왔는데요."

"알고 있어요. 곧 오실 거라고……."

"예?"

"금방 끝나실 거니까 잠시만……."

아가씨의 말은 하나도 틀림이 없었다. 칸막이 안에서 초로의 할머니가 나오자 궁천의 목소리가 들려온 것이다.

"들어오시죠, 나의 몸주님!"

"궁천도인님!"

미류는 아가씨의 안내를 따라 신당으로 들어섰다. 궁천은 거기 있었다. 잡다한 무신도는 다 태워 버리고 오직 한 신을 모신 신당이다.

'아아!'

미류는 그 자리에서 무릎을 접었다. 미류가 분리한 또 하나의 쌍신. 그때는 아련한 연기 같은 것이라 잘 몰랐는데 무신도를 보자 바로 감이 왔다. 미류는 황급히 두 손을 모아 경의를 표했다. 그건 삼태육성 제대신장이었다. 무려 칠성신에 버금간다는 삼태육성. 그 특별한 신장이 몸주로 든 것이니 인간을 악(惡)이나 마(魔)로부터 보호하는 무궁한 존재였다.

"현서야, 인사드리거라. 내 또 한 분의 몸주님이시니 정성껏."

궁천은 조무를 맡은 아가씨와 함께 미류를 향해 허리를 조아렸다.

"왜 이러십니까?"

놀란 미류가 손사래를 쳤다.

"왜 이러기는, 내가 몸주로 모시기로 하지 않았나?"

"하지만……."

"하지만이라니? 괜한 소리 마시고 이리 앉게."

궁천은 신단 앞의 상석까지 양보해 주었다.

"형님……."

"어허, 그럼 전화로 통화한 일에 협조하지 않을 수도……."

"……."

"어서 자리하시게. 당연한 일을 가지고."

궁천이 미류의 등을 밀었다. 미류는 어정쩡하게 자리를 잡았다.

"어떤가? 그 후로는 처음 온 길일 텐데?"

궁천이 물었다.

"다 좋은데 술 냄새는 아직 나는 것 같군요. 그때 밴 냄새가 남은 모양이네요."

미류가 돌아보았다. 딱히 술병은 보이지 않지만 냄새만은 틀림없었다.

"아닐세. 다행히 남은 신께서 술까지 타박하지는 않으시더군. 그래서 수행에 지장이 없을 정도로만 조금씩 하고 있다네."

"예."

"또 뭐 변한 거 없나?"

"신간대가 사라졌습니다."

"역시 미류 법사로군. 그거 번거로워서 치웠네. 까짓 내 재주가 미력하면 요란한 신간대가 무슨 소용이랴 싶어서."

"그건 공감합니다."

"그래, 방송국 사장께서 무속의 진가를 눈으로 봐야겠다고 했다고?"

"제 개인적인 일인데 괜한 번거로움을 드리는 건 아닌지 모르겠습니다."

"무슨 말씀이신가? 미류 법사는 내 몸주시니 나를 마음대로 부릴 자격이 있으시네. 게다가 신몽 선생님도 오신다니 내 어찌 발을 뺄까?"

"정말 괜찮으시겠습니까?"

"아니면? 그 방송에서는 계속 우리 무속을 미신으로 치부할 것 아닌가?"

"그렇기는……."

"그 사람이 우리를 시험할 장소까지 따로 제공한다고?"

"그런다는군요."

"의심이 많은 사람이군. 아니면 무속에 억하심정이 있던가."

"아무튼 잘 부탁드립니다."

"뭘 어쩌라는 주문은 없고?"

"아마 그 자리에서 제시하겠지요."

"하긴… 그럼 신몽 선생님은 작두를 타시게 되는 모양이군."

"일단 그렇게 부탁드리긴 했습니다."

"가서 본때를 보여주세. 무속이 곤경에 빠진 사람들의 등이나 치는 일이 아니라는 걸."

궁천의 눈에도 불길이 타올랐다.

그 또한 무속에 대한 긍지가 드높던 사람. 미류의 뜻에 공감하고 전의를 불태우니 고맙기 그지없었다.

"다만 기왕 행차하신 김에 부탁이 하나 있네."

"말씀하시죠."

"미류 법사의 실력으로 손님 한 분 구제하고 가시게. 미류 법사가 드나드는 신당이라면 나도 인기 좀 올라갈 일이 될 테고."

궁천이 웃었다. 그건 건설적인 제의였다. 혼자만 잘 살면 무슨 재미인가. 딱 거기 들어맞는 말이 아닌가? 미류는 기꺼이 한 명의 점사를 맡았다. 그녀의 전생령을 감응시켜 현재의 업보를 짚어주자 오십 줄의 아줌마가 이마를 방바닥에 찧으며 인사를 해왔다.

"아이고, 용하셔라! 고맙습니다! 고맙습니다!"

나누면 커진다.

궁천으로 하여금 새삼 느끼게 된 보람이다.

"오빠!"

집 앞에 도착하자 하얀 하라가 뛰어나왔다.

"오빠 기다린 거야?"

미류는 차에서 내려 하라를 안아 들었다.

"응!"

"공부는?"

"다했어."

"응? 손님 오셨어?"

미류의 눈에 자가용이 들어왔다.

"응, 내가 점 봐줬다."

"그래?"

"아저씨가 복채도 주셨어."

하라 손에 만 원권 두 장이 들려 있다. 미류는 하라를 안은 채 마당으로 들어섰다.

"어, 남 사장님!"

"미류 법사님!"

두 남자는 동시에 반색했다. 미류가 하라를 내려놓자 남 사장이 악수를 청해왔다. 부동산 전문가로 미류가 도운 사람이다. 다시 만나니 반갑지만 한없이 쎄쎄쎄 놀이만 할 수는 없었다. 기다리는 손님이 넷이나 있었다.

"어쩌죠? 예약하신 분들이 기다리는 중이라……."

"괜찮습니다. 난 여기 있는 것도 좋거든요. 눈만 감으면 막 지화가 날아다니는 거 같아서……."

"그럼 잠시……."

미류는 서둘러 신당으로 들어갔다. 호흡을 고른 다음 봉평댁에게 점사의 시작을 알렸다.

"손님 모시세요!"

네 손님 중의 하나는 현생이 첫 생이었다. 특별히 운명창을 세심히 투영해 액운을 방지하도록 조치를 했다. 마지막 손님인 할머니는 귀가 잘 들리지 않았다.

"어릴 때 어머니가 죽었는데 그 산소에서 통곡을 할 때부터… 그때 귀에 물소리가 세차게 흐르더니……."

할머니는 방송을 보고 미류를 찾아왔다. 복채로는 꼬깃꼬깃 모은 지폐를 속바지에 덧댄 주머니에서 꺼내놓았다. 10만 원을 내기에 7만 원은 돌려주었다.

"아이고, 이러시면 안 되는데……."

할머니는 미류의 호의가 고마워 어쩔 줄을 몰라 했다. 노인이 되면 서럽다. 돈 만 원의 가치를 새삼 느끼게 된다. 게다가 나이 먹고 귀까지 어두우면 치매에 걸릴 확률까지 엄청나게 높아진다.

다행히 귀의 장애는 부상으로 인한 게 아니었다. 귀 안에 잡귀가 들어 있었다. 불러내어 호통을 쳐보니 옛날에 산소 주변의 잡귀가 들어온 게 확인되었다.

'진작 떼어냈으면 좋았을 것을⋯⋯.'

미류는 부적으로 영가를 다스려 소멸시켰다.

절렁!

"들리세요?"

미류가 할머니의 귀에 대고 신방울을 울렸다.

"잉? 들려."

절렁절렁, 절렁!

"몇 번이죠?"

"두 번? 세 번?"

할머니가 고개를 들었다. 정상인의 청력에는 미치지 못하지만 뚫린 것은 확실했다.

"아이고, 좋은 거! 워메, 좋은 거!"

할머니는 어깨춤을 추며 신당을 나갔다.

"미류 법사님 인기가 하늘을 찌르네."

네 사람의 점사가 끝나자 남창수가 들어섰다.

"별말씀을⋯⋯."

"아닙니다. 나도 산전수전 다 겪었는데 사람들 반응 보면 알지요. 설마 법사님이 홍보 알바 푼 것은 아닐 테고."

"알바요?"

"그런 거 많습니다. 특히 음식점이나 상점 같은 곳 말입니다. 가게 내놓고 계약자 온다고 하면 알바를 손님으로 쫙 풀어요. 어리바리한 사람들은 죄다 걸려들지요. 어이쿠, 여기 가게 잘되는구나 하고 말이죠."

"그렇군요."

"아유, 우리 전생신님께 문안부터……"

남창수는 정성으로 손을 모아 허리를 조아렸다.

"그림은 끊으셨죠?"

미류가 물었다.

"그럼요. 동양화, 서양화 딱 끊었습니다. 신기하게도 법사님 부적 품으니까 하고 싶은 생각이 뚝 끊기더라고요."

"제가 아니고 대주님이 삶의 진리에 눈을 뜬 까닭입니다."

"에이, 너무 겸손해하지 마세요. 제가 저쪽 꽃신선녀부터 무당들 알 만큼 압니다."

"……"

"그나저나 또 부탁이 있어서 왔는데 제 욕심만 차린다고 전생신께 서 역정을 내시지는 않을지 모르겠습니다."

"그럴 리가요? 그림판에서 한판 굵게 해달라는 것만 아니면 괜찮 습니다."

"그런 소원 빌러 오는 인간도 있습니까?"

"있지요."

"예?"

남창수가 고개를 들었다. 이제는 신실한 자리로 돌아간 부동산 전 문가. 그렇기에 어이없다는 생각이 든 모양이다. 좋은 현상이었다.

"인생역전이랍시고 마지막 남은 재산으로 로또를 살까, 경마를 할 까, 주식 몰빵을 할까 하고 묻는 분들도 계십니다."

"그런 것도 점괘가 나온단 말이죠?"

"나오지만 상대하지 않습니다."

미류가 잘라 말했다.

"그렇죠?"

"하지만 점사를 내주는 무속인들도 있으시죠. 무속인 중에는 당장 입에 풀칠하기도 힘든 분들이 있으시거든요. 그러고는 몸주에게 살을 맞죠. 무속이란 게 사람에게 해악을 끼치는 부정이나 액운을 없애자는 거지 한몫 잡으려는 게 아니니까요."

"흐음, 그렇군요."

"설마 그런 소원 빌려고 오신 건 아니겠죠?"

"아, 예. 실은……."

남창수가 사진을 몇 장 꺼내놓았다. 땅과 고택을 찍은 사진이다.

"실은 이번에 이런저런 채무로 부동산을 좀 확보했는데 이것들이 잘 팔리지를 않네요. 매물 자체가 좀 흉흉하기도 하고… 법사님께 오면 방법이 있을까 싶어서……."

남창수가 사진을 밀었다.

고택은 종갓집으로 보였다. 고풍스러운 건물이 시선을 끌었다. 다음은 좀 이상한 땅이다. 볼품없이 길게 이어진 땅. 한쪽으로는 무허가 공장이 보이고 폐지 수집상 가건물도 보였다. 심지어는 멍멍탕용 개 사육장도 있었다.

그런데 무슨 일일까? 그 땅이 미류의 눈을 벼락처럼 차고 들어왔다.

"고택은 지방 한 문중의 종갓집입니다. 건축 구조는 음양오행에 주역의 64괘까지 갖춘 집으로 명당 중의 명당이라는데 개뿔… 요즘 누가 그런 집을 선호합니까? 내가 채무자에게 넘겨받은 지 1년이 다 되어가도록 입질도 없답니다. 그 채무자 역시 2년 넘게 안 팔려서 제게 넘겨준 거고."

"……."

"사실 완벽한 풍수지리에 입각한 집이라는 말에 혹해서 채무도 후하게 퉁 치고 받은 건데……."

남창수는 아쉬운 듯 입맛을 다셨다.

미류는 전생신의 무신도를 돌아보았다.

전생 감응. 전생점연합회 회원들은 전생점을 본다. 영적 감응이다. 피를 매개로 리딩하는 채나연이나 오랜 물건으로 보는 양종길, 타로로 보는 공길문 등이 다르지 않다. 사람이 가진 영적 파장에 자신의 파장을 맞추는 것이다. 그 파장이 짠 하고 일치하면 타인의 전생이 보이게 된다. 그런데 이러한 '일치'는 삶의 현장 곳곳에서 일어난다. 아니, 어쩌면 삼라만상이 그 일치로 인해 행복과 불행의 만남을 이룬다고도 볼 수 있었다.

예를 들어 사소한 물건들이 그렇다.

대형 마트에 갔다고 치자. 고등어 한 마리를 사도 내 눈에 꽂히는 게 따로 있다. 그 많은 물건 중에서 '나야' 하고 파장이 맞는 놈이 있는 것이다. 그런 걸 만나면 두말없이 카트에 담는다. 과일도 그렇고 옷도 그렇다. 내 마음의 파장과 맞는 물건, 그걸 만나야 지름신이 강림한다. 그렇기에 제 눈에 안경이라는 말은 파장의 일치라고도 볼 수 있었다.

부동산이나 차도 마찬가지다. 남들은 다 외면하는 집인데 내 마음에 드는 경우가 있다. 혹 조금 특별한 물건이라면 더욱 그렇다. 특별한 것들은 특별하게 알아보는 사람이 있는 것이다.

남창수가 내민 고택의 분위기는 나름 좋았다. 사랑채도 있고 마루도 있었다. 기둥도 팔각이다. 이런 것들이 바로 팔괘에서 온 것이다. 서까래를 보니 64개에 달했다. 64괘까지 맞춘 집이었다. 거기에 동쪽 마당 너머로 느티나무가 보이고 그 반대편에는 고고한 소나무가 보인다. 동쪽은 양인데 잎이 넓은 느티나무를 심었으니 음으로 조화를 맞췄다. 반대편 방위를 지키는 소나무는 잎이 뾰족해 양에 속한다. 음양의 이치까지 갖춘 집이었다.

옛날로 치면 최고의 주택이었을 고택. 그러나 시대가 변했으니 특별한 집이 되었다. 허물고 새 집을 지어야 돈이 되는 세상에서 고택은 그저 구경하기만 좋은 집으로 여겨질 가능성이 농후했다.

고택 사진을 놓고 땅 사진을 집었다. 이건 완전히 반대되는 분위기였다. 사진에서 냄새가 났다. 좋은 냄새가 아니었다. 옆으로 보이는 뚝방 위의 도로와 뒤쪽으로 보이는 공공시설 관리소의 너저분한 뒷모습. 무엇 하나 아름답지 않았다. 하지만 미류는 손까지 떨고 있었다. 전생신의 계시가 온 것이다.

"둘 중 하나라도 팔았으면 좋겠습니다만……."

남창수는 솔직하게 말했다.

"하나는 이미 팔렸습니다."

미류가 그 말을 받았다.

"법사님?"

놀란 남창수가 미류를 바라보았다. 이제 겨우 사진을 내놓았을 뿐인데 팔렸다니? 핸드폰을 꺼내봐도 부동산 쪽에서 온 연락은 없었다.

"이 땅은……."

미류는 땅 사진을 내려놓으며 말을 이었다.

"제가 사겠습니다."

"……?"

"제가 사겠다고요."

"법사님……."

"안 되겠습니까?"

"그건 아니지만… 아!"

어안이 벙벙하던 남창수가 제 무릎을 치며 뒷말을 이어놓았다.

"법사님 요양원 만들 거라더니 그거 하시려고요?"

"딱 알아보시는군요?"

"그야… 그런데……."

미류의 말을 들은 남창수의 안색이 어두워졌다.

"왜요? 안 되는 겁니까?"

"그렇죠. 그 땅은 서울시 시유지를 무단으로 안고 있어 가건물들의 상당 부분이 시유지거든요. 그걸 빼면 딱히 쓸모가……."

"시유지……."

"게다가 요양원 허가가 나올지도 미지수고."

남창수의 말을 들은 미류가 다시 전생신을 돌아보았다. 여전히 영감이 내려왔다. 그렇다면 더 볼 것도 없었다.

"알겠습니다. 어쨌든 제가 사고 싶습니다. 돈이 좀 모자랄지도 모르겠습니다만……."

"그건 상관없습니다. 어차피 문제도 있고 안 팔리는 땅이니 저야 고맙죠. 법사님이라면 당장 돈이 없어도 제가 장기 할부로 드릴 수도 있고 대출도 알선할 수 있습니다. 하지만 말씀드렸다시피……."

"얼마죠?"

미류는 다짜고짜 가격부터 물었다.

"법사님?"

"제 마음에 드는 곳입니다. 땅 역시 복채처럼 제 가치를 쳐주어야 제값을 하는 것이니 받을 금액대로 말씀해 주시기 바랍니다."

"법사님, 다시 말하지만 그곳은… 하천 변이라 땅도 별로 쓸모가 없고 모양 좀 내려면 자투리땅도 조금 더 매입해야 하고… 지금 거주

하고 있는 무허가 업자들도 그리 녹록한 사람들이 아닙니다. 나가라고 하면 보상금 달라고 생떼를 쓸 수도 있습니다."

"그렇겠군요."

"그래도 사시겠다면⋯ 시유지랑 겹친 부분을 제외하고 800평 정도 되는데⋯ 그래도 서울시라서 10억은 주셔야 합니다. 하지만 법사님이 사신다면 7억에 드리겠습니다. 제가 채무자에게 빌려준 돈의 원금입니다."

"사죠."

"혹시 서울시 고위직이라도 알고 계신 겁니까?"

"아뇨. 그건 왜요?"

"있으면⋯ 무허가 업자들이 깔고 앉은 땅이 1,000평이 넘는데 장기 점유권을 내세워 소유권 이전을 받게 되시면 그나마⋯⋯."

"시장님이 제 신당에 다녀간 적이 있긴 합니다만⋯⋯."

"친하십니까?"

"글쎄요. 그건 시장님이 결정할 일 아닐까요?"

"친하시면 신의 한 수가 될 수도 있겠습니다. 요양원은 일종의 공익 시설로도 볼 수 있으니 자투리땅을 받고 건축 허가까지 득하시면 대반전이 될 수도 있겠습니다. 이야, 역시 임자는 따로 있는 건가?"

"대반전요?"

"말하자면 대박 나는 거지요. 그렇게 되어 건물을 지으면 주변 시가가 평당 500만 원이니까 적어도 5~6배는 먹을 수 있습니다."

남창수의 목소리가 훌쩍 올라갔다.

"대주님, 제가 돈을 벌려는 게 아니라⋯⋯."

"어이쿠, 죄송합니다. 제가 흥분해서 그만⋯⋯."

"아무튼 그 땅은 제게 넘겨주시기 바랍니다. 다만 현재 가진 돈이

7억에는 턱도 없으니 장기 할부로 해주시면……."

"좋습니다. 무이자로 드리고 제반 사항도 제가 맡아서 해드릴 테니 대신 이 고택이나 팔게 도와주십시오."

남창수의 손이 고택 사진을 짚었다.

"잠깐만 기다리세요."

미류는 부적함에서 〈부동산매매부〉를 골라냈다. 그중에서도 가장 똘똘한 놈이다. 거기 신방울의 축원까지 담아 남창수에게 건네주었다.

"안채로 통하는 대문에 한 장, 그리고 안채의 대들보 아래 한 장을 붙여두세요. 그럼 효과가 있을 겁니다. 그 땅에 대한 계약서는 고택 계약을 하신 후에 하면 확실하겠죠?"

"아닙니다. 법사님이 원하시면 서울 땅은 지금 계약서를 써드리겠습니다."

"아뇨. 고택이 계약된 후에."

미류는 선을 그었다. 헐값에 땅을 받는 마당에 혼자만 득을 볼 생각은 없었다.

"어이쿠, 부적에서 막 기운이 솟는군요. 빨리 가서 붙여야겠는데요?"

남창수는 쾌재를 부르며 자가용에 올랐다.

"미류 법사, 땅 사려고?"

이야기를 들은 봉평댁이 조심스레 물었다.

"요양원 짓기에 딱 좋을 거 같아서요. 전생신께서도 점지를 하시고."

"하지만 돈이 많이 들 텐데……."

"일단 땅부터 확보하고 차근차근 준비하려고요. 시작을 해두면 어떻게든 되지 않겠습니까?"

"하여간 대단해. 나 같으면 오금이 저려서 못 저지를 텐데."

"이모가 많이 도와주세요. 요양원 가서도 안살림은 이모가 맡으셔야 합니다. 가난하고 갈 데 없는 노인들 임종을 맞게 할 요양원이거든요."

"멋져. 내가 표승 만신님 신당에 오기 전부터 여기저기 무속인들 많이 봤지만 미류 법사 같은 꿈을 가진 사람은 없었거든. 이러니 손님이 미어터지지."

"그만하시고 식사나 좀 챙겨주세요. 나갈 시간이네요."

"아, 방송국 사장님이랑 약속이 있다고 했지?"

봉평댁이 주방으로 향할 때였다. 신당 앞의 하라가 두 손으로 허리를 짚으며 미류를 불렀다.

"오빠!"

"응?"

"나 방송국 따라갈 거야."

"하라야."

"전생신님이 허락하셨어. 오빠 따라가라고."

하라가 무신도를 가리켰다.

"정말?"

"응, 내가 가야 된대. 꼭!"

하라가 꼭 자를 강조했다.

"왜 꼭인데?"

"몰라도 돼. 비밀로 하라고 하셨거든."

"저년이 따라가고 싶으니까 별 핑계를 다 대네. 잔소리 말고 옷이나 벗어. 검댕은 언제 또 묻힌 거야?"

식사를 차리던 봉평댁이 천둥소리를 냈다.

"진짠데……."

하라는 바로 울상이 되었다.

"저년이 진짜… 빨리 가서 옷 벗고 공부 안 해? 받아쓰기도 다 틀려 온 주제에!"

"엄마는 뭐 학교 다닐 때 다 맞았어? 내가 보니 나보다 더 틀렸을 거 같은데?"

"어이구, 요게 곧 죽어도 입은 살아가지고. 이리 와. 미류 법사, 식사해!"

봉평댁은 하라의 손목을 잡아끌며 미류에게 말했다.

식사를 마치고 옷을 갈아입었다. 그러다 문득 무복을 바라보았다.

'아무래도 한 벌은?'

챙기는 게 좋을 것 같았다. 물론 미류는 무복을 입지 않아도 전생점을 치는 데 지장이 없었다. 하지만 혼자만 가는 게 아니었다. 신봉 대감과 궁천이 합류할 것이다. 그들이 무복을 입는다면 함께 갖추는 게 보기에도 좋을 일이다.

'응?'

무복을 챙기는데 석채화를 넣는 통이 보인다. 그림통이 열려 있다.

'내가 안 닫았나?'

그림이나 부적은 시간 나는 대로 손을 보고 있는 미류. 바쁜 와중에 함을 덜 닫았을 수도 있었다. 미류는 무복을 정성껏 챙겨 들고 랜드로버에 올랐다.

"출장 점사?"

시동 소리를 듣고 타로가 나왔다.

"예!"

"저기 쌍골선사님이 찾는 눈치던데?"

"왜요?"

"아마 손님 보낼 모양인데 미류 법사랑 친해지고 싶은 눈치야."

"제가 들러보겠습니다."

"그래줄 거야?"

"형님 손님도 많이 늘었네요?"

미류가 타로 가게를 보며 말했다. 타로뿐만 아니라 옥수부인의 신당에도 손님들의 발길이 제법 이어졌다. 화요와 수나 덕분이다. 그들과 함께 찍은 사진을 홈페이지에 올려놓으니 광고발이 선 것이다. 따지고 보면 다 미류의 공이다.

"언제 시간 좀 내. 내가 한턱 쏠게. 시간 내기 어려우면 그냥 신당에서 배달시켜서라도."

"그러세요. 코앞에 어울려 사는데 뭐가 힘들겠어요?"

"오케이. 따라와."

타로가 앞서 뛰었다. 그는 제집처럼 쌍골선사의 관상집으로 들어갔다. 그의 말은 사실이었다. 관상학적으로 관운을 타고난 한 손님, 7급에서 승진이 막혀 있으니 미류에게 맡기고 싶다는 게 쌍골의 생각이었다. 말하자면 미류와의 교류를 위한 상호 밀어주기 포석이었다.

"부탁하네."

쌍골의 말투는 부드러웠다.

"내일이든 모레든 보내주십시오. 제가 이모에게 말씀드려 놓겠습니다."

"고맙네. 법사 관상은 갈수록 훤해지는군. 명궁이 훤하고 재산궁에도 서광이 깃들고 있으니 곧 큰 부동산도 품을 기세야."

"형님, 저는요?"

옆에 있던 타로가 끼어들었다.

"흐음, 자네도 나쁘지 않은데? 미류 법사가 황룡이라면 황구렁이쯤은 되겠어. 향 싼 종이에서 향내 난다더니 법사 신당 들락거린 효험을 보는 모양이군."

"에이, 저는 겨우 구렁이입니까? 기왕이면 이무기라도 해주시지."

"과욕은 패가망신의 지름길이야. 그나마 여색 밝히는 간문 빛깔이 좀 좋아졌기로 좋게 말해줬더니 어디서 뒷말이야?"

쌍골과 타로가 말하는 소리를 들으며 미류는 밖으로 나왔다. 심부름을 다녀오던 연주와 차 앞에서 마주쳤다. 그녀가 반가이 인사를 했다.

부릉!

다시 시동을 걸면서도 기분이 좋았다. 그저 삭막한 사막 같던 점집 골목길이 이제는 푸근하게 느껴졌다.

'이 기세로!'

방송국 양 사장의 선입견도 쿨하게 접수해야지.

미류는 힘차게 페달을 밟았다.

위풍당당 무속 4인방

"미류 법사!"

방송국 일착은 신몽대감이었다. 그가 안쪽의 주차장에서 손을 흔들었다. 미류에 이어 궁천도 도착했다. 그는 조무 현서와 함께 택시로 달려왔다.

미류, 신몽, 궁천!

위풍당당 무속 삼 인방의 결집이다.

"이렇게 와주셔서 고맙습니다."

미류는 고마움부터 전했다.

"무슨 소리. 듣고 보니 무속인이라면 마땅히 해야 할 일이던데. 아, 정신 제대로 박힌 무속인이라면 무속이 그저 미신만이 아니라는 걸 보여줘야 하는 거 아니야?"

신몽은 아직도 상기되어 있었다. 사실 통화할 때도 무척 흥분하던 그다.

"네 신딸이냐?"

신몽이 궁천을 보며 물었다. 옆에 선 현서 때문이다.

"신딸은 아니고 신열이 있어 잠시 데리고 있습니다. 마침 오늘 선생님을 만났으니 내림굿 날이나 좀 받아주십시오."

궁천이 신몽에게 말했다.

"이젠 네가 나보다 나은데 무슨 말을 하는 것이냐?"

"스승보다 나은 제자는 없습니다."

"나한테 내림굿을 받으려면 작두 탈 각오를 해야 할 텐데?"

"그건 저한테 받아도 마찬가지 아닙니까? 어차피 선생님 앞에서 작두를 탈 터라."

"그 얘기는 나중에 하고 이거나 들거라."

신몽이 무복 가방을 궁천에게 안겼다. 현서가 그것까지 들려 했지만 궁천이 사양했다. 그 역시 극과 극을 거친 사람. 배움을 준다는 이유로 신열을 앓는 조무에게 갑 노릇을 할 생각은 없었다.

"이 안에서 우리를 시험하시겠다?"

신몽이 거구를 세우며 방송국 건물을 바라보았다.

"아직 자세한 건 모릅니다. 다만 방송국으로 오라기에……."

"듣자 하니 커피 한잔 대접하고 가라 할 위인은 아니지 않은가?"

"그렇겠지요."

"아무튼 가세. 우리가 궁천 안의 쌍신도 떼어놓은 팀인데 방송국 사장 마음 하나 못 움직이면 신밥 숟가락 놔야지."

신몽이 방송국 쪽으로 걸을 때였다. 미류의 귀에 아련한 소리가 들려왔다. 아주 낯익은 목소리였다.

'하라?'

눈살을 구기며 돌아보는 미류. 그런데…….

"……!"

랜드로버를 돌아본 미류의 눈에 하라가 들어왔다. 유리 안에서 여리게 비치는 흰 실루엣은 하라가 분명했다.

"하라야!"

다시 차 문을 연 미류는 황당함과 놀라움이 뒤섞인 목소리를 토해 냈다.

"오빠아……."

하라는 바로 폭풍 눈물 작렬 모드로 돌입했다.

"어떻게 된 거야?"

하라를 안으면서 자초지종을 물었다.

"내가 그랬잖아. 전생신님이 오빠 따라가라고 그랬다고. 그래서 방에서 공부한다고 거짓말치고 몰래 차에 탔어."

"허얼!"

"하라 온몸이 다 아파. 다리도 아프고 팔도 아프고……."

설명하는 눈에서 눈물이 찔끔 떨어졌다. 아프겠지. 미류가 백미러를 보았을 때는 분명 아무것도 없었다. 그렇다면 운전석 뒤에 납작 엎드렸다는 얘기다. 홍어처럼 납작. 그러니 어찌 아프지 않을까?

"어휴, 기왕 탔으면 탔다고 말을 하지 엎드려서 왔단 말이야?"

"오빠가 가라고 할까 봐."

"이모는?"

"엄마는 몰라. 내가 공부한다고 거짓말하고서……."

"알았어. 눈물 뚝!"

"나 안 쫓을 거지?"

"알았으니까 대신 얌전히 있겠다고 약속해."

"응, 얌전히!"

하라는 눈물이 그렁한 눈으로 고개를 끄덕거렸다. 별수 없이 봉평댁에게 문자를 보냈다. 하라를 미류가 데리고 온 것으로 한 것이다.

"히힛!"

그걸 본 하라는 바로 미소 모드로 들어갔다.

"현서 씨라고 했죠? 미안하지만 이 꼬맹이도 좀 부탁해요."

미류는 현서에게 하라를 맡겼다.

"……!"

한 녹화실에 들어선 미류 일행은 눈살을 찌푸렸다. 실내의 분위기 때문이다. 천장이 높고 시원하게 터진 방. 그러나 삼면에 가득한 건 초대형 십자가 그림이었다. 검은색을 배경으로 은빛 십자가를 박은 그림. 그 정면의 구석에 작은 천막이 보인다. 뭔가를 놓고 덮어씌운 모양이다.

"뭐 하자는 거야?"

신몽이 먼저 날 선 반응을 보였다. 그때 양 사장이 들어섰다. 미류 일행을 이곳으로 안내한 남직원과 둘이다.

"당신이 말한 무속인들인가?"

양 사장이 미류를 바라보았다.

"그렇습니다."

"장소가 마음에 안 드는 눈치로군."

"이것도 옵션인가요?"

"신경 끄시게. 사실 100 대 100 녹화장인데 단체 게임에 쓰던 엑스 표(×)를 살짝 돌려세웠을 뿐이라네. 100 대 100 프로그램은 아시지?"

'엑스 표?'

미류가 고개를 들었다. 그러고 보니 그런 것도 같았다. 하지만 불손한 의도가 섞인 것만은 분명해 보였다.

"그래도 문제가 된다면 걷어주겠네만 원래 진정한 프로는 분위기를 탓하지 않지 않은가?"

'어쩔까요?'

미류가 신몽을 돌아보았다.

"십자가가 아니라 엑스 표라……."

신몽은 십자가 그림 앞으로 걸어가 턱을 괴며 중얼거렸다. 그러자 하라가 거침없이 한마디를 보태놓았다.

"걷어요. 엑스 표면 틀리다는 거잖아요!"

"……!"

미류와 양 사장이 동시에 하라를 바라보았다.

"우린 동그라미예요. 엑스 표는 나빠요."

하라는 야무지게 뒷말을 이었다.

"이 아이도 무당인가?"

양 사장이 물었다.

"무당은 아니지만……."

"나도 무당이에요! 신당에 사니까 무당 맞아요!"

미류의 대답이 끝나기도 전에 하라가 소리쳤다.

"하핫, 그러고 보니 방송에 나온 꼬마로구나. 부채에 쌀 붙이는 꼬마 무당?"

"네!"

"오냐, 너도 무당이라니 당연히 요구를 들어줘야지. 조 실장, 저거 내리도록 조치하게."

양 사장이 직원을 돌아보았다. 직원이 전화를 누르자 직원 몇이 달려왔다. 엑스 표인지 십자가인지는 이내 제거되었다.

"이제 되었나?"

양 사장이 물었다.

"예."

"한 사람은 작두를 타고 또 한 사람은 길흉화복 전체에 일가견이 있다고?"

"그렇습니다."

"그렇다면 일단 작두부터 타보자고."

"신몽대감님!"

양 사장의 말을 들은 미류가 신몽을 돌아보았다.

"차에 가서 작두를 가져오겠네."

신몽이 돌아서려 하자 양 사장이 그를 막았다.

"작두는 우리가 준비해 두었소. 방송국에도 그런 소품은 얼마든지 있으니까."

양 사장의 신호와 함께 정면에 설치되어 있던 천막이 걷혔다.

"……!"

그걸 본 미류 일행이 주춤 물러섰다. 작두 타는 칠성단이었다. 고증이라도 받았는지 대략 모양새를 갖추고 있었다. 맨 아래에 절구통이 있고 그 위로 모래주머니를 올렸다. 다음으로 물 채운 항아리와 모반으로 고정시켰다. 키는 대략 2미터 아래. 직원 둘이 양편에 승전기를 꽂으니 겉보기에는 하자가 없었다. 뭐라 말할 사이도 없이 직원이 장군칼까지 꺼내놓았다.

"허어!"

신몽이 어이를 상실한 듯 헐렁한 웃음을 지었다.

"왜? 뭐가 잘못되었소? 이건 작년에 출연한 한 무당의 고증대로 준비한 것이오만."

"이보시오!"

신몽이 거구를 이끌고 양 사장을 바라보았다.

"말하자면 표준 규격인데 안 된다는 거요?"

표준 규격!

양 사장은 그걸 강조했다.

"작두란 말이오, 모양새가 중요한 게 아니라 그 날을 세울 때부터 경건한 마음으로……"

"본래 미신을 신봉하는 자들이 꼭 그런 말을 하지. 남들이 내세운 검증대에 올라갈 자신이 없으니 이건 이래서 안 된다, 저건 저래서 안 된다. 일전에 우리 프로그램 중 하나에서 가짜 무속인을 검증한 적이 있는데 그때 그 여자는 무복 속에 쌀을 숨기고 있었소. 춤을 추다 그걸 뿌리고는 하늘에서 쌀알이 떨어졌다고 주장하더군. 그러려고 우리가 내주는 무복을 거부했지만 결국 몰래카메라에 덜미를 잡히고 말았지."

"……"

"예스인지 노우인지만 말하시오. 저 칠성단인지 뭔지는 나름 이름 날린다는 무속인의 고증에 따른 것인데 그걸 부정한다면 당신들 무속의 기준은 대체 뭐란 말이오? 피디들 말을 들으니 3년 전 어느 프로그램에서는 중국의 일곱 살 꼬마가 작두에 올라가 한류 댄스를 추기도 했다고 하던데 당신들 신은 그만도 못한단 말이오?"

"무속은 단순히 작두 위에서 춤을 추는 것이 아니오! 신을 받아 신과 일체가 되는 일이란 말이오!"

마침내 신몽이 사자후를 토했다.

"또 핑계로군."

사장은 간단하게 사자후를 피했다.

"사장님, 이건 불합리합니다."

별수 없이 미류가 나섰다. 바로 그때 신몽이 미류의 어깨를 잡아 세웠다.

"하지! 말로는 안 될 양반 같으니."

신몽의 눈에서 조용히 불꽃이 튀었다.

"하지만……."

"저 양반은 어차피 의심으로 가득 찬 사람이네. 자신이 내세운 조건이 아니면 그 어떤 것도 믿지 않을 거야. 다 우리가 조작했다고 할 태세가 아닌가?"

"그래도 이건……."

"한마디만 묻겠네. 미류 법사가 나라면 여기서 꽁무니를 빼겠나?"

"그건 아닙니다만……."

"그럼 내게 맡기시게."

신몽이 미류를 밀었다. 그는 벼린 눈빛으로 양 사장을 바라보았다.

"해보지요. 대신 사장님도 한 가지는 약속하시죠."

"뭘 말이오?"

"미류 법사에게 들으니 이 자리에서 미신이 허튼 게 아니라는 걸 알게 되면 무속을 폄하한 것에 대해 사과한다고 들었소. 하지만 그 것으로 부족하니 무속의 명예 회복을 위한 특집 프로그램을 하나 마련해 주시오!"

"특집 프로그램?"

"무속을 미신이라고 확신한다면 약속 못 할 게 뭡니까? 이 증명의 승자는 어차피 당신이 될 판인데."

신몽의 목소리는 체구만큼이나 굵직했다. 양 사장은 그런 그를 쏘아보았다. 그러더니 빙그레 미소를 머금으며 입을 열었다.

"고려해 보지."

"고려가 아니고 '마땅히'입니다."

미류가 끼어들었다. 그건 신몽만의 생각이 아니었다. 어느 시점에선가 요구하려던 걸 이심전심이 되어버린 상황이다.

"좋아!"

"그럼 찍으시죠."

궁천까지 한마음이었다. 현서가 적은 각서를 양 사장에게 내밀었다. 양 사장은 오만상을 쓰더니 마지못해 사인을 해주었다. 미류는 주먹을 불끈 쥐었다.

미류, 신몽, 궁천!

세 사람의 마음은 이미 하나였다.

"작두 다음은 뭡니까? 이렇게 된 마당에 아예 까놓고 놀아봅시다."

신몽이 양 사장에게 캐물었다.

"두 가지 미션을 준비해 두었소."

'두 가지?'

미류와 궁천도 사장을 바라보았다.

"하나는 당신들 세 사람이 어떤 부부의 수명을 맞히는 것."

"……?"

"또 하나는 저기서 내려올 100장의 사진 중에서 내가 원하는 조건의 사람을 맞히는 것."

사장은 미류를 노려보며 남은 말을 이어놓았다.

"그건 당신들 네 사람이 동시에!"

"넷이라뇨? 우린 셋입니다. 저기 여자분은 조무십니다."

미류가 현서를 가리키며 소리쳤다.

"그 여자 말고."

사장의 눈은 현서 옆의 작은 형상으로 향했다. 바로 하라였다.

'하라?'

미류는 피가 멈추는 걸 느꼈다. 신몽과 궁천에 미류만 해도 장담하기 어려운 미션이다. 100 대 100 단체 게임에 쓰는 100가지 중에서 정답 맞히기가 나온 것이다. 속이 빤히 보이는 짓이었지만 그렇다고 치자. 하지만 하라는 그만한 신통력이 없었다.

"저 아이는 안 됩니다. 아직 무당이 아니며 앞으로도 무당이 안 될 아입니다."

미류가 막아섰다.

"아이 입으로 분명 무당이라고 했네. 지난번 화면에도 아기보살인 양 나왔고."

"그건……."

"부채에 쌀을 붙이더군."

사장이 손을 내밀자 직원이 부채를 내밀었다. 그건 그냥 흔한 접이식 부채였다. 한지도 싸구려 중국산으로 사용한.

"말이 났으니 예고편으로 꼬마부터 검증하자고. 부채에 쌀 붙이는 꼬마 무속인 먼저 해보시게. 쌀을 붙이면 작두 과정으로 가고 아니면 아예 짐 싸는 게 순서 아닐까? 작은 것조차 기만이라면 큰 것은 봐서 무엇할까?"

"……?"

사장의 말에 미류는 늑골의 숨통까지 막혀왔다.

하라.

신당에서 팔선채에 쌀을 붙인다. 그 기운으로 살짝 공수를 내릴 수 있다. 그러나 그건 오직 신당 안이었다. 그 체험은 지난번 용궁사에서도 했다. 묘우 스님 앞에서 실패하지 않았는가?

더구나 여기는 낯설고 안정되지도 않은 공간. 설령 하라의 공수가 장소 불문이라고 해도 장담하지 못할진대 신당이 아닌 곳에서 쌀 붙이기라니…….

그런데 미류가 허덕이는 사이에 하라가 맹랑하게 콜을 하고 나섰다.

"할게요!"

부채를 향해 손을 내민 것이다. 게다가 그녀의 표정은 어린 나이임에도 치열하도록 비장하고 야무지게 보였다. 미류가 궁지에 몰렸다고 생각한 때문일까?

'허얼!'

미류는 뭐라 말도 하지 못하고 하라의 얼굴만 바라보았다.

"하라야!"

미류는 무릎 하나를 바닥에 대고 양손으로 하라를 어깨를 잡았다.

"하라 할 수 있어."

"그건 알아. 하지만 네가 나설 일이 아니야."

"할 수 있다니까!"

하라는 어깨를 흔들어 미류의 두 팔을 벗어났다. 순간적이지만 그 힘이 굉장했다. 마치 신이 실려 있는 듯한 느낌이다.

"쌀 주세요!"

하라가 녹화실의 중심에 서서 손을 내밀었다. 양 사장이 턱짓을 하자 직원이 쌀을 한 줌 건네주었다.

"잘 보세요."

하라가 쌀을 쥔 손을 허공에 들어 보였다.

"할 수 있을까요?"

미류 옆의 현서가 걱정스레 물었다.

"……"

미류는 대답하지 않았다. 워낙에 영악한 아이 하라. 동시에 당차고 또 당찬 아이. 그러나 신당이 아닌 곳이니 솔직히 쌀이 붙을 확률은 없었다. 거기에 부채마저 신력이 깃든 부채가 아니지 않은가?

"호이짜!"

마침내 하라가 쌀을 허공에 던졌다. 하지만 하라는 돌지 않았다. 그 자리에 선 채 우수수 쌀 벼락을 맞은 것이다.

"아하하핫!"

양 사장이 배를 잡고 웃었다. 미류 쪽의 인상은 동시에 구겨지고 말았다.

"내가 이럴 줄 알았지. 뭐? 쌀이 부채에 붙어? 그거 다 자작극 눈속임이잖아?"

양 사장이 기세를 올렸다. 그때, 직원이 바닥을 가리키며 목소리를 떨었다.

"저, 저……."

"뭐야?"

"저기 바닥에……."

"바닥에 뭐?"

발끈한 양 사장의 시선이 바닥으로 향했다.

"……!"

양 사장의 동공에 쓰나미가 밀어닥쳤다. 쌀이었다. 바닥에 흩어진 쌀이다. 그런데 그 쌀이 글자를 이루고 있었다. 분명히 글자였다.

〈무속 만세〉

네 글자였다. 하라를 중심으로 흩어진 쌀알이 이룬 글자. 선명하게 이룬 미문(米文)이었다.

"이, 이런……."

허덕이는 양 사장의 시선 앞으로 하라가 다가왔다. 그러고는 야무지게 손을 내밀었다.

"이번엔 연습. 쌀 주세요!"

쌀 주세요!

그 말이 미류 일행의 긍지에 불을 붙였다. 어린 하라조차 주저하지 않는 모습. 하물며 신밥을 먹기 위해 신당을 차렸다는 무속인들이다. 미류의 눈에, 신풍의 눈에, 궁천의 눈에 불이 들어왔다. 이제 미류는 확신하게 되었다. 하라가 해낼 것을. 저 부채에 보란 듯이 쌀알을 붙여낼 것을.

"호이짜!"

다시 쌀알이 허공으로 뿌려졌다. 하라는 그 궤적을 따라 뱅글 원을 돌았다. 하라의 손에 들린 부채가 원호를 그었다. 하라는 제자리로 돌아와 동작을 멈췄다. 그리고 양 사장을 향해 씨익 오싹한 미소를 지어 보였다.

"윽!"

질린 표정의 양 사장이 움찔거렸다.

확인 안 해요?

동작을 멈춘 하라가 양 사장에게 눈짓을 보냈다.

"확인하셔야죠."

그걸 알아챈 미류가 양 사장을 재촉했다. 등 떠밀리는 듯 걸어간 양 사장이 부채를 받아 들었다. 부채를 본 그의 다리가 떨리고 있다. 부채에는 쌀알이 가득 붙어 있었다.

"됐나요?"

하라가 매운 눈으로 물었다. 양 사장은 끄덕 고개를 숙여 대답했다.

"내 차례군."

양 사장이 숨을 돌리기도 전에 신몽이 작두를 향해 걸었다. 미류는 거들기 위해 꺼내둔 부적을 거두었다. 아까와 다르게 급변한 분위기. 이제 부적으로 돕는다는 건 신몽에 대한 불명예가 될 판이다.

"후워이! 위어이!"

장군칼을 받아 든 신몽의 사자후가 터져 나왔다. 작두날을 얼러 쇳독을 달랜 그가 작두대 앞에 섰다. 현서가 다가서 버선을 벗겼다. 의자를 디딘 신몽은 한 마리 나비처럼 작두날 위로 올라섰다.

"후어이!"

무아.

거기에 신몽이 있었다. 그는 신이 된 것인가, 나비가 된 것인가? 너울거리는 춤사위는 하늘의 동작이라야 옳았다. 억지 조건을 무릅쓰고도 가뜬히 신을 받은 것이다.

미류는 짠한 감동을 느꼈다. 신몽은 역시 작두의 만신이었다. 보통 무당이라면 이런 상황에서 오금이 저려 밟지 못할 작두. 하지만 그는 주저 없이 만신의 위용을 떨치고 있었다.

"최고예요!"

신몽이 내려섰을 때 감히 입을 뗀 건 하라가 유일했다. 그녀는 엄지를 척 세운 채 방방 뛰며 좋아했다. 어린 그녀만이 보일 수 있는 솔직함이다.

"……!"

첫 번째 던져진 부부 수명 옵션은 황당했다. 둘은 중국 사람이었다. 주어진 건 태어난 사주와 복건성이라는 곳에서 농사를 짓는 동영상뿐. 그나마 다행인 건 하라까지 포함되는 건 아니라는 것이다.

두 사람은 동갑으로 음력 5월 20일생.

미류와 신몽, 궁천은 서로 떨어진 채 수명 맞히기에 들어갔다. 미류는 이미 접신 모드에 들어가 있었다. 무속인은 대개 사주 공부를 겸한다. 그러나 역학을 주로 하는 사람들에 비하면 부족한 점이 있었다. 무속인이기 때문이다. 신이 들어와 길흉화복을 알려주니 '사주불여관상(四柱不如觀相)'이라며 관상의 우위를 말하는 관상학자들처럼 '사주불여접신(四柱不如接神)'이었던 것이다.

그러니 사주만으로 수명을 예단하기는 힘들었다. 그렇기에 영기 동원은 필수적이다.

영기.

강신을 제대로 한 무당이라면 멀리 떨어진 손님의 영기도 볼 수가 있었다. 그 집에 생기는 동티나 잡귀도 가늠할 수 있었다. 미류도 그 방법을 썼다. 동영상 속에서 사주가 놓칠 수 있는 빈 곳을 채워야 하는 것이다.

"……!"

겨우 부부의 수명을 읽어낸 미류가 꿈틀 흔들렸다. 보통 인연의 부부가 아니었다. 그렇다면 신몽과 궁천이 맞힐 수 있을까? 그것도 미류와 똑같이?

"그만하면 되지 않았소?"

양 사장이 짜증스레 말했다.

"신몽대감님!"

미류가 왼쪽의 신몽을 바라보았다.

"끝났네."

"궁천 형님!"

"나는 앉기도 전에 끝냈네만."

궁천이 웃었다. 그는 확실히 여유가 있어 보였다.

"그럼 공개해 보시지."

양 사장의 말이 떨어지자 셋은 각각 앞에 놓인 보드를 집어 들었다.

〈동일동시태생 동일동시사망〉

미류의 답이다.

다음 보드로 옮겨가던 하라의 눈매가 떨린다. 둘은 같고 하나가 달랐다. 다른 사람은 신몽이었다.

하지만 양 사장의 반응은 달랐다. 숨소리가 멈춰 버린 것이다. 그걸 본 하라가 현서를 바라보았다.

"세 분이 같은 답이야. 신몽대감님은 한문으로 쓴 것뿐이거든."

"오빠!"

설명을 들은 하라가 미류를 향해 질주했다. 그녀는 훌쩍 날아 미류에게 안겼다. 미류와 신몽, 궁천이 양 사장이 펼친 의심의 파도를 넘은 것이다. 그 위세는 마치 천부경에 나오는 일석삼극(一析三極)과도 통하고 있었다. 하나를 쪼개니 셋이오, 하나가 갈라져 셋이 된 듯.

'젠장!'

양 사장의 입술이 소리 없이 구겨졌다.

남은 건 마지막 옵션이다. 녹화실 정면으로 거대한 막이 내려왔다. 거기 뒷면에 붙여진 사진 100장이 보인다. 검은 바탕에 흰 뒷면. 100장의 사진은 똑같은 크기로 정렬되어 있었다.

"저 사진들 중에 봉황을 노리는 사람이 있소. 이제 꼬마까지 같이 앉아 번호를 쓰시오. 주어진 시간은 100초. 단, 서로 간에 한마디도 하면 안 되오!"

설명하는 양 사장의 목소리에 힘이 들어갔다.

'결국 이거였군.'

속내를 알게 된 미류가 웃었다. 차기 봉황이 궁금한 그로서는 꿩 먹고 알 먹는 옵션이었다.

"양 사장님!"

미류가 고개를 들었다.

"뭐요?"

"그런 옵션이라면 저도 한 가지를 추가합니다."

"추가?"

"이걸 맞히게 되면 저기 신몽대감님과 궁천도인 편도 은인 프로그램에 내주셔야겠습니다. 저 두 분은 그럴 만한 자격도 있고 프로그램 성격에도 맞으니까요."

"이보시게, 법사! 방송은 장난이 아니라네!"

"천기누설은 장난입니까?"

미류의 눈매에서 레이저가 튀어나갔다. 그가 원하는 게 이거였다면, 그리하여 마침내 이 과정에 이르렀다면 승산 없는 제의가 아니었다. 미류의 입장에서 본다면 무속의 붐을 위해서도 필요한 일. 미류의 방송으로 호기심을 자극했으니 한 번 더 눌러준다면 대중 속으로 파고들 기회가 될 터였다.

"으음."

"어차피 당신이 손해 보는 게임은 아니지 않습니까?"

"좋아."

신빙성이 실리지 않은 대답이 나왔다.

"그 대답은 담당 피디 앞에서 해주시면 좋겠습니다만."

"담당 피디?"

"채 피디를 불러 지시를 내려줄 것을 부탁합니다. 우리 모두가 보는 앞에서요."

"뭐라?"

"그는 어차피 오늘 이 장소를 연출하게 한 장본인이기도 합니다. 따라서 이 현장을 봐도 큰 문제가 없지 않을까요?"

미류가 카리스마를 뿜었다. 이게 바로 미류의 진짜 복안이었다. 양 사장의 선입견도 깨고 채 피디에게 힘도 실어주는 것.

물론 100장의 사진 미션에서 실패할 수도 있다. 그렇다고 해도 채 피디는 나쁠 게 없었다. 양 사장이 이런 현장을 만들었다는 걸 확인하는 것만으로도 그에게는 위로가 될 수 있었다. 게다가 피디 자리는 회복되었으니 또다시 징계를 번복할 수는 없는 양 사장이다.

"시간이 지나면 접신이 약해집니다. 그럼 우리는 이 점사를 다음으로 미루겠습니다. 신이라고 해서 무한정 무한의 힘을 가진 건 아니니까요. 신도 휴식이 필요하거든요."

"⋯⋯."

"사장님!"

"⋯⋯."

"돌아가겠습니다."

"채 피디 호출하게."

양 사장은 미류가 일어나려는 동작을 취하자 직원에게 지시를 내리고 말았다.

올 데까지 왔으니 갈 데까지 가보자.

누구라서 다를까?

그게 바로 인간이었다.

엎어놓은 100장의 사진!

사실 사진인지 아닌지도 알 수 없었다. 그러나 미류 팀은 어떻든 양 사장이 원하는 사진을 골라내야 했다. 넷은 마치 골든벨 현장처럼 사진을 보며 앉았다.

100초!

긴 시간이다. 눈 한 번 깜빡이는 시간은 찰나요, 손가락을 한 번 튕기는 것은 탄지라, 숨 한 번 쉬는 것을 순식간이라 하니 100초라면 무궁한 시간이다. 하지만 인간은 조건이 걸리면 초조해지게 마련이다. 그건 신제자인 무속인들도 다르지 않았다.

당장 미류의 걱정은 하라였다. 그녀는 정말 전생신의 계시를 받고 온 걸까? 쌀알을 붙인 것으로 봐서는 그게 맞았다. 거기까지 보면 전생신이 그녀를 시켜 미류를 돕고 있는 셈이다. 가장 작은 재주로 가장 강하게 양 사장을 압박했기 때문이다.

'하라……'

슬쩍 돌아보았다. 하라는 야무지게 사진을 바라보고 있었다. 그러더니 신명을 받은 듯 보드 위로 마커 쥔 손을 가져갔다. 순간, 하라의 한쪽 얼굴이 비참하게 일그러졌다.

"우욱!"

하라가 신음을 내며 기우뚱 기울었다.

"……!"

황급히 돌아보지만 말은 할 수 없었다. 양 사장의 매운 눈빛이 있었다. 그 어떤 말도 하지 말라는 조건을 내건 그였다.

'젠장!'

당황하는 사이에 시간은 흘러갔다. 전광판의 시간은 그새 19초로 줄어 있었다. 궁천은 벌써 답을 낸 듯 보였다. 하지만 신몽은 아직 장고의 표정.

미류는 일단 답을 적었다. 100장의 사진 중에서 하늘의 대운이 서린 사진을 골라낸 것이다. 뒤를 이어 신몽도 마커를 움직였다. 이제 남은 건 하라.

'하라…….'

하라는 완전히 식은땀투성이다. 시간은 10초도 채 남지 않았다. 이제는 신몽과 궁천의 시선도 하라에게 쏠렸다.

'이 무슨…….'

고통에 겨운 하라를 보고 있자니 분노가 치밀었다. 저건 강신의 고통이 아니었다. 그냥 어린아이의 고통이었다. 그러니까 하라는 어딘가 많이 불편한 것이다.

한 사람의 선입견을 타파하기 위해 어린 하라의 고통을 바쳐야 하다니. 어찌 보면 이건 양 사장의 횡포였다. 하라를 뺀 나머지 세 사람의 신력만 확인해도 될 일이었다.

'하라!'

격앙된 미류가 무릎을 세울 때였다. 하라가 '쉬잇' 하고 손가락을 입에 대더니 떨리는 손으로 번호를 적었다. 66번이다. 전광판의 초시계는 2초를 남기고 있었다.

"신몽대감님, 궁천 형님?"

다급한 미류가 둘을 불렀다. 미류의 마음을 알아차린 둘이 보드를 들었다.

66번!

미류는 자신의 보드를 양 사장 앞에 팽개쳤다. 그 또한 66번이었다. 양 사장은 사색이 되며 입술을 떼지 못했다. 미류는 사진 앞으로 다가가 66번 사진을 떼어냈다. 그런 다음 발기발기 찢어버렸다. 양 사장은 익히 알고 있을 일이니 굳이 확인할 필요도 없었다.

"이제 됐습니까?"

하라를 안아 든 미류가 양 사장에게 물었다.

"……."

"이제 보니 이건 종교 문제도 아니고 신념의 문제도 아닙니다. 그저 당신 개인의 편견이자 사욕의 확인에 불과한 일이지요. 아닙니까?"

"……."

"신앙의 이름을 빌린 편견의 횡포, 당신 양심은 알고 있겠지요."

"……."

"아무튼 사과하세요. 더는 당신의 얼굴을 보고 싶지 않습니다."

"……."

"어서요!"

"미안하게… 되었소."

마침내 양 사장의 입에서 사과가 나왔다.

"됐습니다. 나머지 약속은 꼭 지켜주시기 바랍니다. 참고로 말씀드리지만 이 약속을 지키지 않으면 당신은 액살을 맞게 될 겁니다. 66번 사진의 그분, 제 신당에 오신 적이 있거든요. 아마 적어도 한 번은 더 오실지 모릅니다. 무슨 뜻인지 아시겠지요?"

미류의 눈에서 싸한 한기가 터져 나왔다. 그 한기는 양 사장의 동공에 정통으로 닿았다. 어찌나 서늘한지 얼음이 들어온 느낌이다.

대악 액살!

무속인이 아니어도 그 말뜻은 알고 있는 양 사장. 기가 질리며 휘청 물러섰다. 그는 바지 섶이 뜨끈해지는 걸 느꼈다. 공포로 오줌 꼭지가 살짝 열린 것이다.

미류는 채 피디에게 목례를 하고 돌아섰다. 신몽과 궁천도 위풍당당하게 그 뒤를 이었다. 아직도 신기에 휩싸인 셋의 모습은 마치 태산이 움직이는 듯 장엄해 보였다.

"아!"

양 사장은 기어이 의식이 흔들리며 뒤로 넘어가 버렸다.

"사장님!"

직원이 사장을 부축하며 소리쳤다.

'미류 법사님……'

채 피디의 시선은 미류의 뒷모습에 꽂혀 있었다. 그 자신도 처음에는 미류의 출연을 놓고 고민했다. 그러나 이제는 미류에게 매료되어 버렸다. 미류의 넘치는 신빨. 그저 혼자 잘되기를 바랐다면 이런 수고를 할 필요도 없었다. 하지만 미류는 무속 전체를 위해 수고를 아끼지 않았다. 더구나 그 일로 피해를 본 채 피디까지 완벽하게 구제해 주었다. 이는 따져볼 것도 없이 미류의 압승이었다. 정통 종교를 내세운 양 사장은 자기 사익을 위해 종교를 팔았고, 미류는 자기희생으로 무속을 지켰다. 어떤 것이 더 종교인에 가까운 행동인가?

'당신……'

채 피디는 멀어지는 미류를 보며 엄지 하나를 묵직하게 세워 보였다.

'최고입니다!'

전생으로 내린 판결

"피디님!"

넋을 놓은 피디 뒤에서 화요의 목소리가 들려왔다.

"화요 씨!"

"미류 법사님이 방송국에 계시다면서요?"

화요가 숨을 고르며 물었다. 교양 프로그램에 출연한 후 때늦게 미류 소식을 듣고 달려온 것이다.

"그렇기는……."

"어디 계세요?"

"방금 갔습니다."

"갔다고요?"

"이 채수혁의 명예를 완벽하게 회복해 주고서 유유히 사라졌지요. 아니, 신화의 인물들처럼 위풍당당하게 갔다고 해야 하나?"

"대체 무슨 말씀이신지?"

"100 대 100 녹화실에서 양 사장님에게 한 방 제대로 먹였어요. 우리 사장님, 아마 오줌까지 지린 것 같더군요."

"미류 법사님요?"

"몇 분을 동행하고 있었는데 그분들 신빨도 장난이 아니었습니다. 아, 차기 은인 프로그램에 그분들 출연도 확정되었습니다만."

"무당은 출연 금지라면서요?"

"그것도 풀렸습니다. 아주 시원하게."

"피디님."

"이제 보니 화요 씨가 나한테 은인을 보낸 격입니다. 이거 나중에 저하고 미류 법사님 편도 따로 만들어야 하는 거 아닌지 모르겠네요."

피디는 좋아 어쩔 줄을 몰라 했다.

"아, 진짜… 그럼 법사님 오셨다고 귀띔이라도 해주시지."

"그게… 저도 느닷없이 호출을 당한 거라서요."

"법사님 힘드셨을 텐데……."

"주차장으로 가봐요. 꼬마가 살짝 무리를 한 것 같던데 혹시 아직 있을 수도……."

"주차장요? 알았어요."

화요는 대화도 끝맺지 않고 주차장으로 뛰었다. 가까운 것 같지만 먼 거리였다. 화요는 이내 도착했지만 미류는 보이지 않았다. 하는 수 없이 전화를 걸었다.

받지 않았다.

다시 걸었다.

그제야 미류가 전화를 받았다.

"법사님, 지금 어디예요?"

화요가 천둥처럼 캐물었다.

—병원으로 가는 길인데요?

"병원 어디요?"

―송하병원 쪽으로…….

"누가 아파요? 법사님은 아니죠?"

―우리 하라가 좀 안 좋아서…….

"알았어요. 저 녹화 끝났거든요. 저도 병원으로 갈게요."

―화요 씨! 화요 씨!

미류 목소리가 들렸지만 화요는 전화를 끊었다. 그녀가 다시 누른 건 이 매니저의 번호였다.

"어디 있어요? 당장 주차장으로 뛰어와요!"

화요는 쉴 새도 없이 소리쳤다.

끼익!

차가 도착하기 무섭게 화요가 내렸다.

"야, 송화요!"

매니저가 창을 열고 불렀다.

"왜요?"

"이거 쓰고 가야지."

매니저가 모자를 던졌다. 톱스타 송화요, 그대로 병원에 등장했다가는 난리가 날 일이다. 모자를 눌러쓴 화요는 응급실로 달렸다. 뒤따라온 매니저가 그녀의 어깨를 잡아 세웠다.

"체면 유지, 포스 유지, 호흡 유지, 라인 유지, 그래야 인기 유지!"

화요의 이성을 도닥거린 매니저가 앞서 걸었다. 숨을 돌린 화요는 그 뒤를 따랐다. 미류는 응급실에 없었다.

'설마 다른 병원으로 샌 거야?'

화요는 다시 전화를 뽑아 들었다. 그때 미류에게서 문자가 들어왔다.

—402호 병실입니다.

문자를 본 화요는 엘리베이터에 올랐다.

"화요 씨!"

병실 안에 미류가 있었다. 2인실이다. 옆 침대는 비어 있고 하라뿐이다. 침대맡에 간호사가 보인다. 화요가 모르는 여자, 채나연이다. 그녀는 미류와 진지하게 대화를 나누고 있다.

"법사님……."

화요는 찡한 감정부터 쏟아놓았다.

"아, 미안해요. 내가 아는 간호사 선생님인데 붐비는 응급실보다 이 자리가 좋겠다고 해서……."

미류가 채나연을 보며 말했다. 영문을 모르는 채나연이 화요를 바라보았다. 그제야 그녀의 정체를 알아차린 채나연의 동공이 두 배로 확장되었다.

"송화요 씨?"

"아니에요. 사람 잘못 봤어요."

화요는 채나연의 말을 부인했다.

"송화요 씨 맞아요. 이쪽은 내가 아는 간호사 선생님. 비밀로 해드릴 테니 걱정 마세요."

미류가 끼어들어 상황을 정리했다.

"급성충수염은 아니라니 한숨 자면 괜찮아질 거예요. 그럼 저는 이만……."

눈치 빠른 채나연이 알아서 자리를 비켜주었다.

"어떻게 아는 사람이에요?"

그녀가 나가자 화요가 물었다.

"전생점연합회 멤버인데 특이하게 전생을 보시는 분입니다."

"특별한 사이는 아니죠?"

"그럼요. 그런데 왜?"

"됐어요. 그건 그렇고, 방송국 오셨으면 저한테도 좀 알려주시지."

"방송국요?"

"채 피디님께 다 들었어요."

"아, 그 일……."

"녹화실에서 어마어마한 일이 있었다면서요?"

"어마어마는 무슨… 양 사장님에게 무속 특별 과외 한번 해주고 왔지요."

"법사님!"

화요가 미류의 가슴팍에 얼굴을 묻었다. 창가에 있던 이 매니저도 결국 헛기침을 하고 복도로 나가 버렸다.

"화요 씨……."

"제가 저번처럼 미주알고주알 캐물을까 봐 말 안 한 거죠? 그냥 언질이라도 했으면 마음속으로 응원이라도 했을 거 아니에요."

"그게… 화요 씨가 낄 일이 아니라서……."

"천기누설 금지! 이제 저도 알아요."

"화요 씨."

"됐어요. 저와 가까운 곳에서 법사님이 고생했다고 생각하니 걱정이 돼서 그랬어요."

"……."

"힘들었죠?"

화요는 손수건을 꺼내 미류의 이마를 닦아주었다. 미류는 놀랐다. 화요의 행동, 이제는 그녀도 미류에게 아쉬울 거 없는 사람이다. 나아가 지난번 미류의 태도는 그녀에게 면박이 될 수도 있었다. 그런데도 고분고분하다니…….

'역시 전생 특허…….'

미류는 고개를 끄덕거렸다. 신빨이 가져온 자부심과 당위성이 그녀에게도 먹힌 것이다.

"나보다 하라가……."

미류는 하라를 챙겼다.

"알았어요. 하라는 내가 돌볼 테니까 법사님은 여기서 좀 쉬세요."

"아니, 하라는……."

"그냥 좀 계세요. 나도 법사님에게 뭔가 도움이 되고 싶단 말이에요."

"그럼 마음대로."

미류는 별수 없이 보호자용 의자에 자리를 잡았다. 화요는 차분하게 하라의 목덜미를 닦아주었다. 제법 정성이 느껴졌다. 그걸 보자니 긴장이 풀리며 졸음이 왔다. 깜빡 졸았다.

'응?'

잠결에 침이 떨어지는 걸 깨달은 미류는 화들짝 놀라며 눈치를 살폈다. 화요가 봤다면 공연히 쪽팔릴 입장이다. 그런데 화요의 시선은 여전히 하라에게 있었다. 마치 엄마라도 되는 듯 이마를 닦아주는 모습. 선잠이 깬 미류는 그 모습에 넋을 잃었다.

톱스타 송화요.

오만과 사치, 허영으로 가득해도 뭐랄 사람 없을 시대의 우상.

그런 그녀에게서 엿보이는 소탈함과 진솔함이 미류의 마음에 들어왔다.

다음 날 새벽, 미류가 잠에서 깨었다. 화요의 자리에는 봉평댁이 있었다. 화요가 간 다음에 달려온 봉평댁이 하라를 밤새 돌본 것이다.

"괜찮아?"

봉평댁이 물었다.

"하라는요?"

"이년이 뭐 한 게 있다고. 미친년이 잠만 쌕쌕 잘 자네."

말은 투박하지만 봉평댁의 눈에는 애정이 가득했다. 그때 화요의 문자가 들어왔다.

一문 좀 열어주세요.

'문?'

어리둥절하게 문을 바라볼 때 거친 노크 소리가 들렸다.

"누가 왔나 봐?"

봉평댁이 일어섰다.

"제가 나가볼게요."

미류가 일어나 병실 문을 열었다.

"……!"

미류는 눈앞에 펼쳐진 풍경에 눈을 동그랗게 떴다. 모자를 쓴 화요가 매니저를 동반하고 양손에 먹을 것을 들고 있었다. 매니저도 비슷했다. 그 때문에 발로 문을 찬 모양이다.

"뭐 해요, 좀 받지 않고?"

화요가 볼멘소리를 냈다. 미류는 엉거주춤 쇼핑백을 받아 들었다. 김밥과 케이크가 나왔다. 샐러드도 있고 죽도 있었다.

"문 연 가게 찾느라고 죽는 줄 알았어요."

음식을 내려놓은 화요가 팔을 만지며 울상을 했다. 그사이에 하라가 눈을 떴다.

"이걸 지금 다 사 온 거야?"

미류가 물었다.

"그럼 어떡해요? 법사님도 먹어야 하고 하라도 먹어야 하는데."

"화요 언니!"

눈을 뜬 하라가 화요를 알아보았다.

"하라, 괜찮아?"

"네."

"아유, 예뻐라."

화요가 하라의 이마에 뽀뽀를 찍어주었다.

"하라⋯⋯."

미류가 하라 옆으로 다가섰다. 궁금한 게 많았다. 하라는 어떻게 방송국에서 쌀알을 붙일 수 있었을까? 어떻게 아무 부채에나 붙었을까? 미류의 마음을 알았는지 하라가 알아서 자수를 해왔다.

"전생신님이 방법을 알려줬어."

"어떻게?"

"오빠가 그려둔 석채화를 삼키고 가라고."

"전생신 석채화?"

"응."

하라가 고개를 끄덕거렸다. 그것으로 상황은 끝이었다. 미류의 의문이 풀렸다. 전생신은 미류를 돕기 위해 하라를 보냈다. 그곳에서 일어날 일을 미리 알고 하라를 따라 보냈다. 신당에서만 공수를 받던 하라이다. 그걸 보충하기 위해 자신의 무신도를 삼키도록 예비한 것이다. 그래서 쌀알이 붙고 쌀이 글자를 그린 것이다.

"그랬구나."

미류가 하라를 끌어안았다. 석채화를 넣어두던 그림통이 왜 열려 있었는지 이제야 알았다. 방송국에서 위풍당당하던 무속인 삼인방, 거기에 하라를 넣어 사인방이 되어야 한다는 걸 말이다.

"나 잘했어?"

하라가 물었다.

"그럼. 배 많이 아팠지?"

"응, 하지만 오빠를 위해 꾹 참았어. 전생신도 그러셨거든. 좋은 사람을 구하려면 많이 아파야 하는데 할 수 있겠냐고."

"……."

"내가 할 수 있다고 했더니 해보라고 하셨어."

"……."

"그래서 목이 아파도 꾹 참고 다 삼켰어."

"그랬구나. 고맙다."

미류는 하라의 등을 다사롭게 토닥거렸다. 석채화를 삼킨 하라. 그녀의 나이가 몇인가? 봉평댁이 삼켜도 목이 아프고 배가 아팠을 일. 그런데도 씩씩하게 참고 견뎠으니 대견스럽기 그지없었다.

"갈게요. 아침 방송 녹화 있거든요."

하라와의 이야기가 끝나가자 화요가 말했다.

"그렇게 바쁘면 그냥 가시지."

미류가 대답했다.

"쳇, 그러고 싶은데… 이렇게라도 법사님 챙겨주고 싶은 걸 어쩌겠어요?"

복도까지 나온 화요가 어리광 섞인 목소리를 냈다.

"힘들 테니까 그렇죠."

"그럼 주차장까지 데려다줘요."

"그거야 뭐……."

땡!

소리가 나자 엘리베이터에 올랐다. 매니저가 먼저 내려간 통에 단 둘이다.

"나 고맙죠?"

화요가 물었다.

"그럼요."

"말로만요?"

"예?"

"저 봐. 힌트를 줘도 반응이 없네. 점만 잘 치지 여자 마음은 쥐꼬리만큼도 모른다니까."

"화요 씨……."

"여자는요, 마음이 아니라 말이나 행동으로 보여줘야 알 수 있다고요."

"……."

"알았으면 뽀뽀라도 해봐요."

"……."

"아, 진짜. 뽀뽀도 못 해요? 저 곧 해외 로케 갈지도 모르는데……."

"해외요?"

"그러니까……."

참고 있던 화요가 미류를 당겨 이마에 쪽 소리를 남겨놓았다. 미류가 그녀 허리를 당긴 건 그때였다. 고마움에 이끌린 미류가 그녀의 입술을 거칠게 덮어버린 것이다.

"범, 법사님… 읍읍!"

돌발 상황에 미류를 밀어내려던 그녀는 오히려 미류에게 안기는 꼴이 되고 말았다.

땡!

엘리베이터가 1층에 섰다. 사람들이 보인다. 모자를 눌러쓴 화요는 시치미를 떼고 나왔다. 그녀의 팔은 자연스럽게 미류의 팔짱을 끼고 있었다.

"짐승."

화요가 콧등을 구기며 속삭였다.

"그럼 어쩌라고요?"

미류가 아이처럼 물었다.

"멋졌다고요. 대신 다른 여자한테도 그러면 죽음이에요."

화요는 주먹 알밤을 겨눠 보인 채로 매니저가 대기시킨 차에 올랐다.

송화요.

그녀가 사라진 길을 따라 아침 햇살이 떠올랐다. 한참 넋을 놓고 있던 미류의 정신 줄은 채나연의 등장으로 제자리로 돌아왔다.

"법사님!"

"아, 채 선생님."

"방금 또 송화요 씨 맞죠?"

"아, 예. 하라 먹일 죽을 가져왔다고……."

"송화요 씨, 그냥 은인 아니죠?"

채나연이 실눈을 뜨며 물었다.

"네?"

"흐음, 놀라시는 거 보니 수상한데?"

"아니, 그게……."

"소문 안 낼 테니까 저 부탁 하나 들어주세요."

"소문은 무슨……."

"흐음, 송화요 씨 톱스타잖아요. 두 분이 아무 관계 아니어도 기자들한테 연락하면 알아서 소설 한 편 만들어줄걸요? 제목은 톱스타

와 톱 무속인의 열애. 이름하여 대박 스캔들!"

"⋯⋯."

"들어줄 거죠?"

"뭔데요?"

"제 담당 환자 중에 할머니 한 분이 계신데 치매에 걸리셨어요. 물론 폐암도 있어서 오래 사실 상황은 아니고요."

'치매?'

"그래도 가끔은 제정신으로 돌아오세요. 그런데 이분이 진짜 기구한 팔자를 타고난 분이라서요."

"전생점 보라는 건가요?"

"맞아요."

"그거라면 채 선생님이⋯⋯."

"제가 해봤죠. 그런데 무슨 까닭인지 리딩이 막 뒤섞여요. 마치 다국어가 쓰인 책이라고나 할까요? 첫 페이지에는 영어, 다음에는 독어, 그다음에는 중국어, 그런 식으로 섞여가며 리딩이 된단 말이에요. 그래서 법사님께 조언을 구하러 갈 참이었는데⋯⋯."

"전생이 뒤죽박죽으로 보인다는 거군요?"

"네, 그러니 이거 해결할 사람이 누구겠어요?"

"기구하다는 건 뭐죠?"

"간단히 말하면 두 번 강간당하고, 세 번 결혼하고, 세 번 다 소박 맞으면서 전남편들이 남긴 아이가 넷인데 마지막에 양자를 들이셨어요. 이 할머니, 전통 순댓국집을 하시면서 가난한 사람들을 많이 도왔어요. 아! 그리고 순댓국집 땅값이 많이 올라 재산이 20억쯤 되는데 그걸 양자에게 넘겨주시겠대요. 아, 무슨 하천 변에 자투리땅도 조금 있나 봐요."

"……."

"그러자 전남편 자식들이 이구동성으로 절대 반대를 외치고 나선 거죠. 자칫하면 자식들하고 의절은 고사하고 소송을 벌일 지경이 되었어요."

"두 번 강간에 세 번 결혼요?"

"참고로 진 선생님과 양종길 씨도 불러다 함께 힘을 모아봤는데 실패했어요. 기구한 팔자, 전생에 무슨 대죄를 지었는지 모르겠다고 하시는데 법사님 꿈이 기구한 분들이 임종까지 편히 보낼 수 있는 요양원을 짓는 거라고 하셨잖아요. 그렇다면 속 시원하게 전생이라도 알고 눈 감게 하시는 게……."

채나연이 웃었다. 그건 웃음이 아니라 강철 수갑이었다.

철컥!

미류는 꼼짝없이 수갑을 받고 말았다.

· ● ·

"유이도야! 유이도야!"

병동에 들어서자 누군가를 부르는 소리가 들렸다. 4인실 병실은 분위기가 무거웠다. 신경과 환자와 정신과 환자가 섞인 환자들은 표정조차도 극과 극을 달렸다. 순박해 보이거나 초월자의 눈빛을 닮아 있다.

"지금 '그분'을 만나고 계신가 봐요. 조금 기다리셔야겠어요."

채나연이 의자를 권했다.

"그분이라면?"

"법사님처럼 저분들도 그분이 있어요. 현실이 아닌 의식 속에만 존재하는."

"아!"

"오래가지는 않을 거예요. 그렇게 심한 분은 아니거든요."

"네."

미류는 작은 의자에 엉덩이를 걸치고 할머니를 주목했다.

〈서영심〉

할머니의 이름이다.

70대 후반의 할머니는 창을 보며 혼잣말을 해댔다. 마치 그 창에 누군가 있는 것만 같았다.

"소오 와카타, 내가 하겠다니까!"

"아, 몇 번을 말해야 알아. 이번에 결과 나올 거야. 샘플이 좋잖아."

"아이고, 저 인간, 말귀 한번 못 알아듣네. 샘플이 좋다잖아!"

할머니의 목소리가 조금씩 높아졌다. 그렇게 몇 번을 반복하고서야 할머니의 언성이 낮아졌다. 창에서 돌아앉은 할머니, 작은 의자에 앉은 미류와 시선이 마주쳤다. 할머니가 씨익 웃었다. 아주 낯선 미소였다. 이 생과 저 생 그 중간계의 어디쯤에서나 볼 수 있음 직한 미소였다.

"할머니, 이제 얘기 끝났어요?"

채나연이 침대 옆으로 다가섰다.

"얘기? 내가 언제 얘기했어?"

할머니는 시치미를 뗐다. 아니, 시치미라기보다 아무 일이 없는 것처럼 보였다. 채나연의 말대로 저쪽에서 이쪽으로 돌아온 것이다.

"할머니, 여기 도사님 오셨어요. 아주 유명한 도사님."

채나연이 미류를 가리켰다.

"안녕하세요?"

미류가 일어나 인사를 했다.

"도사님? 무슨 도사님?"

할머니가 물었다.

"할머니 궁금증 풀어줄 도사님. 전생이 궁금하다면서요?"

"전생? 궁금하지. 이놈의 내 팔자."

할머니가 무릎을 쳤다. 할머니는 그렇게 천천히 이쪽 세계로 들어서고 있었다. 할머니의 표정도 조금씩 눈에 익어갔다. 생경한 느낌이 가시는 것이다.

미류는 할머니의 몸에 영기를 투영시켰다. 머리 부분에 묵직한 덩어리가 보인다. 가슴팍에도 있었다. 그리고 꼬리를 물고 아래로 내려와 무릎까지 이어졌다.

"그러니까 이 양반이 용한 도사님?"

할머니가 미류의 손을 잡았다.

"예."

미류의 입이 어색하게 열렸다. 용하다는 걸 스스로 인정한다는 건 늘 낯이 화끈거리는 일이다. 사기도 아니건만 대체 언제쯤에나 이 느낌은 사라지려는지.

"그럼 좀 부탁해요. 이 늙은이가 죽기 전에 궁금해서 그래요. 대체 내가 무슨 대죄를 지어 이 난리인지."

"잠깐 눈 좀 감아보시겠어요?"

"눈? 이렇게?"

"잘하시네요. 오래 걸리지 않을 겁니다."

미류는 할머니의 머리 위로 전생륜을 띄웠다.

물론 뜨지 않았다. 정확히 말하자면 안 뜬 건 아니었다. 뭔가 거친 것들이 아른거리기는 했다. 자세히 보니 전생륜이 깨져 있었다. 그래서 뒤죽박죽이었던 것이다.

'쉽지 않겠군.'

뒤섞인 전생류를 바라보는데 좋은 생도 있고 나쁜 생도 있었다.

'후웁!'

미류는 손끝에 영기를 모았다. 그런 다음 할머니의 전생류를 따로 헤쳐놓았다. 색과 느낌별로 헤쳐놓고서 다시 맞출 생각이다. 그렇지 않고서야 달리 방법이 없었다. 미류의 손짓이 채나연의 눈에는 빛 무리의 교차로 보였다. 시간이 지나자 전생류는 색깔별로 나뉘었다. 이번에는 퍼즐을 맞추듯 다시 맞춰 나갔다. 세모 조각은 그 무늬에 붙였고 찢어진 것 역시 형태에 맞춰 이었다. 마지막 색깔을 이어놓자 비로소 전생류의 형태가 잡혔다. 다소 엉성하지만 알아볼 수는 있었다.

"후우!"

숨을 돌리고 전생령을 불러냈다.

이 생과 연관된 전생령은 나오너라!

미류의 공수가 전생령에 명령을 내렸다. 명을 받은 전생령이 앞으로 나왔다.

"……!"

미류는 숨을 멈췄다. 차가울 정도로 이지적인 일본군 고급 장교가 나온 것이다. 이 장교는 특별하게도 실험 가운까지 입고 있었다. 아마도 의무관으로 보였다. 일본군 장교령. 할머니의 전생은 어떤 인과를 가지고 있을까? 미류는 할머니에 앞서 먼저 전생을 엿보았다. 동시에 보기에는 왠지 의무관 장교령의 등장이 심상치 않았던 것이다.

'어디……'

미류가 장교령을 앞세웠다. 일본 열도가 나왔다. 비가 내리는 날이다. 넓고 넓은 연병장이 보인다. 각국에서 잡혀 온 사람들이 차에서 내리고 있었다. 표정은 한결같이 절망을 닮아 있었다. 장교도 거기 있었다. 비에 젖은 명찰이 선명하게 보였다.

〈유이토〉

중좌 계급의 그는 날 선 눈빛으로 사람들을 주목했다. 그의 앞으로 끌려온 사람은 여자들이었다. 장교는 비교적 젊은 여자 다섯을 골라냈다. 그런 다음 앞서 걸었다.

끼이이!

실험실의 나무 문이 신음을 내며 열렸다. 장교가 창가에 서자 병사들이 여자 다섯을 꿇렸다. 그녀들은 꿇은 채 옷을 벗었다. 그 위로 강제 샤워가 실시되었다. 물줄기는 그녀들의 균 하나조차 떨궈내려는 듯 모질게도 쏟아졌다.

밖의 장교는 콧노래를 부르며 앰플을 집었다. 주사기의 진공 튜브 안으로 약물이 들어갔다. 잠시 후 장교는 다른 문을 열었다. 여자들은 거기 있었다. 넷은 한국인, 하나는 중국인으로 완전한 나체였다.

"살려주세요!"

한 여자가 먼저 애원했다. 이미 눈물로 얼굴을 적신 그녀는 한국 사람이었다.

"제발, 제발!"

그 옆의 여자도 소리쳤다. 그 역시 한국 여자였다.

"칙쇼!"

병사들이 개머리판으로 두 여자를 찍었다. 실험대에 결박당한 여자들은 온몸을 꿈틀거리며 자비를 구했다. 하지만 돌아온 건 매정한 폭력뿐이었다. 장교가 여자들 앞으로 다가섰다. 극렬한 통증에 버둥거리던 여자는 경정맥을 타고 들어오는 약물을 느꼈다. 다른 네 여자도 다르지 않았다. 여자들은 이내 의식을 잃었다.

병사들이 여자를 안쪽의 실험실로 옮겼다. 장교가 눈짓하자 병사들이 퇴장했다. 장교는 수술용 장갑을 착용했다. 그러다 첫 번째 여자를 보았다. 그녀는 아직 의식이 남아 있었다. 소리도 나지 않는 입으로 '살려주세요'를 벙긋거리고 있었다.

젖은 눈과 마른 입술, 그 아래로 봉긋 선 가슴과 둔덕이 보였다. 묘한 충동을 느낀 장교가 바지를 내렸다. 그는 자비 대신 정액을 채워주었다. 한두 번 일어난 일도 아니었다. 그의 직책은 여성의 감염병에 대한 최종 실험 책임자. 변태적인 욕심 채우기 또한 실험의 일부분처럼 보였다. 여자가 예쁘장하면 그 짓부터 하고 보는 그였다.

자고로 태양 아래 비밀은 없는 법. 계속되는 만행을 실험실 구성원들이 알게 되었다. 병사들은 고개를 저었다. 비록 상부의 명령으로 몹쓸 실험을 하고 있지만 장교의 비열한 행동이 싫었던 것이다. 교토대학을 다니다 징집된 병사가 이의를 제기했다.

"비록 적국의 여인들이지만 최소한의 인격은 지켜주었으면 합니다!"

며칠 후, 그는 사체로 발견되었다. 첫 발견자는 장교였다. 사인은 실험 기구 조작 미숙으로 나왔지만 병사들은 아무도 믿지 않았다.

장교의 욕정은 욕정으로 파국을 맞았다. 매독에 걸린 것이다. 몸이 이상해서 검사를 자청한 장교는 치명적인 결과를 받아 들었다. 너무 많은 여자를 욕보여 누구로부터 옮은 것인지도 짐작이 가지 않았다. 매독이 치료가 되지 않으면서 중추신경계까지 침범당한 그는 이후 성병에 걸려 있는 여자에게는 참혹한 실험까지 서슴지 않았다. 실험을 빙자한 복수이자 만행이었다.

그 와중에 미국의 폭격이 있었다. 세균 부대에 속해 있던 이 건물 역시 폭격 대상이었다. 그날도 장교는 늘씬한 여자 실험 대상자 위에서 씩씩거리고 있었다.

콰앙!

벽력같은 소리에 얼굴을 들었다. 사방이 불바다였다. 바지를 추켜
올린 그가 문으로 뛰었다. 벽이 무너지며 복도를 덮친 까닭에 문이
열리지 않았다.

"콜록!"

창 쪽에서 들어온 연기에 질식해 가던 장교. 숨이 넘어가기 직전에
문이 열렸다. 한 병사가 거기 있었다. 그가 죽기 살기로 잔해를 걷어
내고 문을 열어준 것이다. 장교에게는 위기일발이자 구사일생이었다.

그렇게 위기를 넘겼지만 정작 진짜 위기는 장교의 내부에 있었다.

〈매독 감염!〉

그의 최후는 매독으로 장식되었다. 치명적인 전신 감염 사망이었
다. 죄 많은 인생의 최후였다.

그가 한 줌의 재로 변해 단지 안으로 들어갔을 때 그의 주변에는
단 한 사람만이 남아 있었다. 폭격의 위기에서 문을 열어준 그 병사
였다. 그는 일본의 변방으로 불리는 오키나와에서 온 원주민 병사
로, 그 또한 장교를 좋아하지 않았지만 묵묵히 유골을 거둬 단지에
담았다. 그저 인간에 대한 예의였다.

유골함을 챙긴 병사는 이어진 대지진의 여파 속에서도 그걸 챙겼
다. 그런 다음 전후(戰後)에 장교의 가족들에게 전달했다. 최고의 악
인에게 베푼 최상의 선행이었다.

"후우!"

긴 호흡과 함께 미류가 감응을 끝냈다. 채나연은 조용히 미류를
주목하고 있었다. 미류는 고갯짓으로 진짜 감응에 들어갈 것을 알려
주었다.

"할머니!"

미류가 할머니의 손을 가만히 흔들었다.

"왜?"

"할머니 혹시 전생에 일본 사람일 거라는 생각 안 드셨나요?"

"일본 사람?"

"예."

"음, 가끔은 들었지. 어쩌다 일본 관광객이 오면 막 친절하게 대해 주고 싶었고… 일본어도 낯설지 않고……."

"지금부터 할머니 전생을 보게 될 겁니다. 마음 편안히 하시고 보이는 대로 보세요."

"응."

할머니의 대답과 함께 감응을 시작했다. 다행히 할머니는 큰 격정을 보이지 않았다. 가끔씩 더는 구길 것도 없는 이마의 주름이 접히고 '어이쿠' 하는 등의 신음이 나오긴 했지만 큰 문제는 없었다. 이미 산전수전에 공중전까지 다 겪은 백전노장. 강간의 악몽과 이혼의 아픔까지 돌아 나온 관록은 괜한 게 아니었다. 미류는 마지막 장면을 느리게 보여주었다. 오키나와 원주민 병사, 아마도 그가 양아들일 것 같다는 판단 때문이다.

"이제 끝납니다."

"……."

"눈을 뜨시면 됩니다."

"……."

"할머니, 끝났어요."

"……."

미류가 손을 흔들었다. 그래도 할머니는 눈을 뜨지 않았다. 감은 눈에서 눈물만 뚝뚝 떨어졌다. 채나연이 티슈를 건네주었다. 미류가 받아 들고 눈물을 닦아주었다.

"그랬구먼."

할머니는 눈을 감은 채 혼자 중얼거렸다.

"그랬어."

그러다 한참 후에야 두 눈을 떴다. 세월의 관록이 있는 사람답게 모든 것을 담담하게 소화한 것일까? 할머니는 아주 초연해 보였다.

"법사님, 그러니까 내가 본 게 내 전생?"

"예, 그중 하나입니다."

"전에 본 적이 있어."

"예?"

"법사가 보여주신 전생 말이야. 그러니까 내가 스무 살 언저리에서 첫 강간을 당하던 날 희한하게도 그놈에게 몸을 줘야 한다는 생각이 운명처럼 들더라고. 그래서 된통 당하고도 신고도 안 했지."

"······."

"그 얼굴이었어. 전생에서 내가 욕보인 그 여자··· 그 여자 중의 하나··· 남자 얼굴이고 난폭했지만 언뜻언뜻 어리는 느낌이 아주 비슷해."

"······."

"두 번째도 비슷했어. 그리고··· 나한테 야박하게 떠난 남편들, 그러고 보니 다 그러네."

"할머니······."

"생각하고 생각해도 원통한 일이었는데 전생을 보니 빚을 갚은 거구만. 잘했네."

"할머니."

"그렇지? 죽기 전에 빚을 청산했으니 시원하잖아? 보아하니 내 전생에게 당한 여자들은 나보다 더 원통했을 것 같으니."

"……."

"법사."

"예."

"그럼 강제로 당하는 여자들은 다 전생에 죄가 있어 그런 건가?"

"그렇지는 않습니다. 인과는 전생이든 현생이든 늘 나래를 펴고 있으니까요."

"나 그 전생 한 번만 더 볼 수 있을까? 특히 마지막에 내 유해 챙겨주는 병사."

"그러죠."

미류는 재감응에 착수했다. 그리 어려울 것도 없었다.

"유이토… 유이토… 그게 내 이름이었구면."

감응을 끝낸 할머니가 중얼거렸다. 미류는 이미 알고 있는 일이다. 처음 병실에 들어설 때 할머니가 소리치던 유이도, 그게 바로 유이토였다. 자기 자신 속의 무의식에서 걸어 나온 전생과 대화를 하고 있었던 것이다.

"그리고 카오루. 맞아, 그 병사 이름이 아마 카오루일 거야."

카오루.

그 이름도 맞았다. 병사의 명찰에 쓰인 이름이다.

"그놈이 명재로 와줬군. 아무도 거들떠보지 않는 내 유해를 거둬준 놈이니 마음이 끌릴 수밖에."

"……."

"법사 양반, 미안하지만 이거 내 아들들에게도 보여주실 수 있나? 말로 해서는 들을 아이들이 아니라서……."

"아드님들에게요?"

"늙은이가 이제 장사를 못 해. 그래도 내 혼이 밴 국밥집인데 그걸 이어나갈 사람은 아들놈들이 아니라 명재거든. 그런데 아들놈들은 팔아서 돈으로 나눠달라고 해. 그 아이는 친아들이 아니니 권리가 없다나 뭐라나?"

"……."

"부탁해요. 법사는 보았잖수. 내 유해를 거둬준 사람. 그 생에는 개 판 오 분 전으로 살았으니 이 생에서 빚을 갚고 가야지."

할머니는 미류의 손을 놓지 않았다. 치매를 들락거리는 할머니. 그 고단하고 기구한 운명의 인과를 알아버린 사람. 착잡한 마음일 때 보호자들이 우르르 들어섰다.

"당신, 뭐요?"

미류를 본 큰아들이 눈부터 부라렸다.

"이놈아, 용하신 법사님에게 무슨 짓이냐?"

할머니가 호통으로 맞섰다.

"법사? 당신, 여긴 왜 온 거야? 명재 그 자식이 보냈나?"

"이놈이 그래도……."

"어머니, 저놈들 다 사기꾼입니다. 이제 그만하시고 여기 도장 찍으세요. 이제 우리가 다 알아서 한다고요."

큰아들이 서류를 내놓았다. 그걸 집어 든 할머니가 서류를 찢으려 할 때 미류가 그 손을 막았다.

"할머니!"

"응?"

"할머니가 원하시는 거, 한번 해보겠습니다."

"……?"

할머니의 동공은 부릅뜬 채 멈추었다.

"뭐? 전생 감응?"

미류의 말을 들은 큰아들이 코웃음을 쳤다.

"이거 진짜 사기꾼 아니야? 전생이 뭔데?"

둘째 아들도 거들고 나섰다.

"야!"

그때 할머니가 짧게 주의를 끌었다. 자식들이 돌아보자 할머니는 단호하게 말을 이어놓았다.

"법사님이 시키는 대로 해! 아니면 너희는 국물도 없어!"

할머니의 호통은 효과가 있었다. 아직은 할머니 손아귀에 든 재산. 오직 돈 때문에 어머니를 닦아세우는 자식들이었으니 어쩔 도리가 없었다.

"그러니까 왜 이런 걸 하냐고요?"

큰아들이 할머니를 보며 고개를 주억거렸다. 싸가지는 일찌감치 순댓국 육수 통에 함께 끓여서 내다 버린 모습이다. 하지만 미류는 그들을 탓하지 않았다. 그들에게서 아른거리는 이미지 때문이다. 할머니는 인지하지 못하고 있지만 그들 역시 할머니의 전생 인과에서 따라온 인연들이었다. 장교령에게서 구박받던 부하들이 그들이었다.

"보면 알아. 일단 법사님 말 들으면 이 서류, 생각해 보마."

할머니가 선을 그었다. 솔깃한 자식들이 한쪽으로 모여 머리를 맞대고 수군거렸다. 결론은 쉽게 나왔다. 그들로서는 마다할 이유가 없었던 것이다.

"뭐 어머니 소원이라니 하기는 하겠습니다. 대신, 끝나면 서류에 도장 찍어주세요."

큰아들이 못을 박았다.

"법사님."

채나연이 미류를 바라보았다.

"여긴 좁은데 어디 공간이 좀 없을까요?"

미류는 시치미를 떼고 물었다.

"제 말은……."

"쉽지는 않겠지만 한번 해보겠습니다."

"……."

"없을까요?"

"따라오세요. 보호자 상담실이 비어 있어요."

채나연이 앞서 걸었다. 미류는 채나연을 따라 복도로 나왔다. 거기 양아들이 있었다. 손에는 안개꽃이 한 묶음 들려 있다. 면회를 왔다가 자식들이 있자 들어오지 못하고 서성이던 모양이다. 그걸 본 큰아들이 그를 거칠게 밀었다.

"자식이 언감생심 여기가 어딘 줄 알고!"

양아들은 침묵했다. 앞서가던 할머니는 그걸 보지 못했다.

"가족 중에 대표로 두 분 나오세요."

미류가 자식들을 바라보았다. 큰아들과 딸이 나왔다. 그들의 발언권이 가장 센 눈치다.

"어머니 양쪽에서 손을 잡으세요."

"이렇게 말이우?"

큰아들이 퉁명스레 물었다.

"예. 마음은 차분하게 하세요."

"별 지랄 똥병을 까고 자빠졌네."

큰아들이 구시렁거렸다. 그 소리를 들은 미류가 신방울을 흔들었다.

절렁!

육중한 방울 소리가 울리자 자식들은 세우고 있던 각을 접었다.

"다들 눈 감으세요. 할머니 손 잡은 분들도, 안 잡은 분들도."

미류는 네 자식의 눈을 전부 감겼다.

"지금부터 할머니의 전생 감응에 들어갈 겁니다. 제가 따로 지시하기 전에는 절대 소리를 내지 마십시오. 기침 같은 거 말입니다."

"썰 그만 풀고 시작이나 하시오, 전생."

큰아들의 콧방귀는 여전히 강력했다.

"시작합니다. 어머니의 다른 삶을 들여다보는 것이니 경건하게 임해주세요."

꿀꺽!

네 자식의 침 넘어가는 소리와 함께 감응을 시작했다. 이번 감응은 조금 다르게 편집을 했다. 피실험자로 불려 온 여자들을 유린하는 장면을 뽑아버린 것이다. 할머니의 프라이드 때문이다.

장교령의 모습은 주로 실험실에 있었다. 여러 검체로 실험하는 모습이다.

콰앙!

다음으로 넘어간 장면에서 폭격이 떨어졌다. 막힌 문을 여는 병사가 나왔다. 오키나와 출신 병사의 모습은 또렷하게 보여주었다. 그저 상관을 구하기 위해 몸을 던진 병사, 삽 한 자루로 잔해를 걷어낸 병사의 몸에는 선혈과 먼지가 가득했다.

다음에는 죽음을 맞이한 전생이다. 모든 병사가 외면하는 사체, 버려진 듯 방치된 유해 역시 오키나와 병사가 거두었다. 그의 가슴팍에서 '카오루'라는 이름이 선명하게 보였다.

카오루는 지진 속에서도 유해를 지켰다. 그리고 마침내 장교의 가족들에게 유해를 넘겨주었다. 그는 아무것도 바라지 않았다. 그저 숭고한 인간에 대한 예의였을 뿐이다.

할머니 전생의 장교령.

그를 구한 오키나와 병사 카오루.

두 얼굴을 강조한 후에 감응을 마쳤다.

절경!

신방울이 신호였다.

"……!"

딸과 큰아들은 거의 동시에 눈을 떴다. 하지만 밖으로 뛰어나간 건 딸이었다. 그녀는 오래지 않아 돌아왔다. 그리고 문에 기대 허망하게 말했다.

"씨발!"

긴박하게 뛰어나간 것치고 어이없는 욕설이다. 하지만 다음 말이 욕설의 근거가 되어주었다.

"전생에서 엄마의 목숨을 구해준 게 저 인간이잖아? 김명재!"

"뭐야?"

영문을 모르는 두 아들이 물었다.

"저 인간이 그 인간이라고. 오빠가 가서 봐. 느낌이 똑같아."

딸이 큰아들을 밀었다. 그 역시 허겁지겁 뛰어나갔다가 맥이 빠진 채 돌아왔다. 문에 기대 뱉은 말도 여동생의 것과 비슷했다.

"좆됐네."

"아, 씨발, 대체 무슨 말을 하는 거야? 뭐가 좆됐냐고?"

둘째 아들이 소리쳤다.

"어머니께서 전생에 목숨을 빚진 놈이 저 김명재 새끼라고! 그래서 그렇게 싸고도는 거라고!"

큰아들이 악을 썼다.

"뭐야? 왜 다들 맛탱이가 간 거야? 이봐, 법사인지 밥싸인지, 이거

대체 뭐야? 우리도 시켜줘 봐. 우리도 보여달라고!"

남은 아들들이 도끼눈을 뜨며 소리쳤다.

"그러죠."

미류는 둘의 청을 받아들였다. 그리고 보란 듯이 할머니의 전생을 보여주었다. 감응이 끝나기가 무섭게 둘째가 달려 나갔다. 그 역시 양아들을 확인하기 위함이다.

"니기미, 아버지 복 없는 놈은 엄마 복도 없다더니……."

돌아온 그도 문틈에 기대 주르륵 무너졌다.

"씨발, 그럼 이제 어쩔 건데? 전생이고 나발이고 지금은 현생이잖아? 현생 법대로 해야지 왜 아들도 아닌 놈에게 다 넘겨주려는 건데?"

막내아들이 소리를 높였다. 그들로서는 당연한 요구였다. 굴러들어 온 돌이 박힌 돌을 단체로 빼내는 상황이니 억울한 것도 틀린 말은 아니었다.

"법사."

할머니가 미류를 바라보았다.

"예."

"미안하지만 법사가 그 영험함으로 고견을 들려주지 않으시려나? 내 복채는 얼마든지 내겠네."

"제가 말입니까?"

"옛날 내가 예닐곱 살 때는 말이야, 우리 동네 단골께서 그리하셨지. 마을 어른들도 곤란한 일이 있으면 단골에게 물어서 시키는 대로 했거든."

단골 역시 무당이다. 지역에 따라 부르는 말이 다를 뿐이다.

"하지만 저분들이……."

따를까요?

미류는 남은 말을 다 하지 못했다. 예전의 무당은 그만한 권위가 있었다. 사법제도가 발달하지 않은 데다 오랜 관행과 전통에 의해 가능했던 것이다. 물론 지금도 일부 대주나 기주는 법보다 무당의 말을 따르는 사람이 있긴 했다. 하지만 눈에 불을 켠 사람이 무려 넷이다. 그들이 미류를 인정하지 않는 한 그 어떤 공수를 내린다고 해도 공염불이 될 것이다.

"이보쇼, 기왕 이렇게 된 거, 당신이 제삼자로서 가려주시오. 보아하니 우리 어머니 마음은 죽어도 양아들에게 쏠린 것 같으니."

상황을 읽은 큰아들이 읍소를 했다. 미류는 남은 아들과 딸을 바라보았다. 그들 역시 고개를 끄덕거렸다.

"그럼 양아드님은요?"

미류가 할머니를 바라보았다.

"그놈은 내가 시키는 대로 할 놈이라네. 그러니 염려 말고."

"그렇다면 그 사람도 이 자리에 참석시켜 주십시오."

"……!"

미류의 말에 자식들의 눈빛이 출렁거렸다. 하지만 대세는 이미 기운 후였다. 큰아들의 눈치를 살핀 막내가 나가 양아들 김명재를 데려왔다.

"여섯 분이 모두 각서를 쓰십시오. 제가 내리는 공수를 이의 없이 받아들이겠다고."

일동은 미류의 말을 받아들였다. 그들이 모두 사인을 하는 동안 미류는 김명재의 전생을 살펴보았다. 추악한 상관이지만 충성을 다 바친 병사. 분명 인과가 맺혀 있을 것이다.

'그렇군.'

전생령을 불러낸 미류는 그 까닭을 알았다. 양아들 김명재, 그 전 전생에서 장교령, 그러니까 순댓국집 할머니와 인과가 있었다. 그때 그는 빌어먹는 거지였다. 동냥질을 하다 학질에 걸렸다. 어린 그는 뒷골목에서 병마와 싸우고 있었다. 마침 길을 잘못 들어선 상인이 길을 찾다가 엽전 꾸러미를 떨구었다. 그걸 본 거지가 주워 상인에게 돌려주었다. 끼니도 제대로 때우지 못한 데다 학질까지 걸린 거지. 그 돈을 꿀꺽하지 않은 정직함에 마음을 뺏긴 상인이 거지를 거두어 살렸다.

상인은 그를 거둬 틈틈이 상재를 가르쳤다. 이후에는 중국과의 무역도 맡겼고 몰락한 양반의 규수와 짝도 지어주었다. 죽어가던 거지에서 버젓한 상인으로 거듭난 김명재. 그는 일본인으로 태어나 상인에게 충성으로 빚을 갚았고, 이 생에서 다시 상인을 만났다. 삼 생째 반복되는 인과의 인연이었다. 그때마다 다른 점은 그가 자아 완성을 코앞에 두었다는 점이다. 어쩌면 이 생의 마지막에 자아를 완성할 수도 있었다.

"김명재 씨."

서류를 받아 든 미류가 양아들을 불렀다.

"예."

"당신은 전생에 이 할머니에게 은혜를 베풀었습니다. 그게 인연이 되어 할머니와 이 생에서 만나게 된 것입니다."

"……."

"당신은 장사가 재미있죠? 그리고 괜히 이 할머니에게 마음이 끌렸고?"

"예."

"그래서 할머니는 자신의 모든 것을 바친 순댓국집을 당신이 물려받아 이어가기를 원합니다. 그것도 알고 있죠?"

"예."

"하지만 현생은 그리 단순하지 않군요. 사실 저기 할머니의 자식들은 할머니의 전생에 핍박받고 억압받던 사람들입니다. 어쩌면 당신이 볼 때 저분들이 자식의 도리를 다하지 않는다고 생각할 수도 있겠지만 인과를 보면 그때의 카르마를 상쇄하기 위함입니다. 즉 당신이 할머니에게 끌리는 것과 반대 작용으로 볼 수 있겠지요."

"저는 할머니의 재산에 욕심이 없습니다. 그냥 순댓국집에서 일을 하라고 해도 할 것입니다."

양아들이 말했다. 욕심 한 점 없는 목소리였다.

"그렇다면 여러분!"

미류가 이해 당사자들을 향해 고개를 들었다. 자식들은 그 말에 귀를 세웠다.

"지금 할머니는 전 재산을 양아들에게 주고 싶어 하고 자식들은 반대하고 있습니다. 나아가 양아들은 재산에 대한 욕심은 없다는군요."

"……"

"제 신이 제게 내린 공수는 이렇습니다. 할머니는 양아들에게 전 재산을 상속합니다!"

"……!"

미류의 말에 자식들이 파뜩 고개를 들었다.

자식들의 눈이 아우성을 치는 게 보인다.

"양아드님은 할머니의 소원대로 상속을 받되 매달 순익의 10%를 할머니의 친자들에게 나눠주도록 합니다. 작품으로 따지면 저작권 개념으로 친자들 어머니가 이룬 순댓국집의 노하우와 손님, 평판 등에 대한 대가로 생각하면 될 것입니다."

"……!"

자식들이 서로를 돌아보았다. 파멸의 순간에 동아줄 하나가 내려온 것이다.

"제 공수에 불만이 있다면 이 각서는 바로 찢어버릴 테니 할머니께서 원하는 대로 실행하시기 바랍니다."

말을 마친 미류가 각서를 흔들었다.

"잠, 잠깐! 찢지 마시오!"

큰아들이 뛰어나와 미류를 말렸다.

"나, 나는 찬성이다. 너희들은?"

큰아들이 동생들을 바라보았다.

"뭐 어쩌겠소? 어머니 말대로 하면 한 푼도 안 나올 일을."

동생들은 미류의 뜻을 받아들였다. 그때 할머니가 바락 언성을 높이고 나섰다. 일동은 할머니에게 고개를 돌렸다.

"이놈들아, 이렇게 용하신 분께서 공수를 주시는데 어째 너희 욕심만 주판질이냐? 명재야, 너 이 법사님 얼굴 잘 봐뒀다가 이분하고 이분이 모시고 오는 분들 평생 무료로 대접해 드려라. 머리 고기랑 내장 듬뿍 넣어서!"

"예!"

양아들이 공손히 대답했다. 미류는 할머니의 호통에 콧날이 찡해 왔다. 자식들도 할 말이 없는지 모두 고개를 떨구었다. 기분 좋게 복도로 나왔다. 그러자 큰아들이 따라 나와 봉투를 건네주었다.

"어머님이 복채 드리라고……."

"고맙습니다."

군소리 없이 봉투를 받았다. 돌아보니 할머니도 상담실을 나오며 손을 흔들고 있었다. 미류도 함께 손을 흔들어주었다.

"채 선생님."

채나연에게 하라의 퇴원 절차를 도움받은 미류가 말했다.

"예?"

"궁금한 게 있어서 그러는데, 실험 한번 해볼래요?"

"실험요?"

"서영심 할머니 말이에요, 전생이 뒤죽박죽으로 보인다고 했죠?"

"예."

"지금 한번 리딩해 보세요. 어쩌면 될 것도 같은 기분이 듭니다."

"그래요?"

채나연이 반색했다. 채나연은 그길로 서영심의 손가락 끝에서 천자를 해 왔다. 작은 비커에는 살짝 분홍빛이 돌고 있었다.

"어머!"

그 피를 리딩한 채나연의 눈이 휘둥그레졌다.

"됩니까?"

"네, 돼요. 다른 사람보다는 살짝 희미하지만 뒤죽박죽은 아니에요."

"그렇군요."

"법사님이 손쓰신 거죠?"

"조금요."

"와아!"

"뭡니까, 그 눈빛?"

"존경스러워서 그러죠. 이건 정말 신의 영역 같잖아요. 뼈나 조직도 아니고 전생 조각을 맞춰놓다니……."

"거기까지!"

미류는 채나연의 감정 폭주를 제지했다.

"저기 법사님."

"예?"

"기왕 이렇게 되었으니 말인데… 저희가 청년취업박람회에 전생 봉사 이벤트를 해보려고 하거든요."

"이벤트요?"

"요즘 삶이 버거운 분들이 너무 많잖아요. 취업 절벽 때문에 실의에 잠긴 청년들 말이에요. 갈 길을 모르는 청년들에게 취업 적성도 봐주고 가능하면 전생으로 인한 심통(心痛) 같은 것도 없애주고 싶어서요. 다행히 취업박람회에서 자리를 내주겠대요."

"저보고 같이 가자고요?"

"안 될까요? 사실 우리끼리는 힘이 부족하잖아요. 인지도도 그렇고."

"흐음, 그러려고 아까 계산할 때 하라를 친척으로 둔갑시켜 병원비를 20%나 깎아줬군요?"

"솔직히 말하면 그래요."

"채 선생님이 볼 때는 어때요? 내가 갈까요, 안 갈까요?"

"갑니다!"

"하핫, 딩동댕! 괜찮은 생각 같으니 가능한 한 참가하겠습니다."

"와아, 정말이죠?"

채나연은 아이처럼 좋아했다.

방송국 양 사장 편의 뒷이야기에서 가지를 친 일은 이렇게 정리가 되었다. 마무리로 기특한 하라에게 특식을 사주었다. 하라는 빅사이즈의 피자 절반을 혼자 해치웠다.

"쪼끄만 게 배만 커가지고."

봉평댁은 겨우 한쪽을 받아 들고 늘어나는 치즈처럼 볼멘소리만 이어놓았다.

"오빠, 아!"

하라가 한쪽을 내밀었다. 미류는 기꺼이 받아먹었다. 치즈와 토핑

이 어우러진 고소함은 가히 환상적이었다.

그때, 한 통의 전화가 왔다.

'선일주 전 장관?'

미류는 피자를 삼키고 전화를 받았다.

―미류 법사, 나 이번 개각에 법무부 장관으로 컴백하게 되었네.

좋은 소식이 흘러나왔다.

"축하합니다."

―그래서 말인데, 취임 직후 뜻깊은 행사를 하나 생각 중인데 좀
도와주시겠나?

신임 장관 내정자의 콜!

그 또한 나쁘지 않았다.

승진길이 막혔어요

신당 거실에서 아침 신문을 보았다.

〈부분 개각 단행〉

그 기사 아래 선일주의 사진이 보인다. 말쑥한 모습이다.

법무부 장관!

굉장한 자리이다. 장관직이 워낙 단명인 데다 제 밥값 하는 사람이 많지 않아 그렇지, 그게 어디 보통 관직인가? 정중동을 하더니 기어이 한자리를 꿰찬 선일주. 이제 정대협 서울시장과도 다리를 놓았으니 그의 미래는 전도양양해 보였다.

그런 그가 취임식을 하기도 전에 미류에게 연락을 해왔다. 뜻깊은 행사라고 했다. 대체 뭘 마음에 품고 있는 걸까? 궁금하기는 했지만 그냥 내려놓았다. 미류가 할 일은 그가 바른길을 가기를 바라는 것뿐이다. 그게 신제자의 도리였다.

몸을 단정히 하고 신당에 들어섰다. 숭고한 마음으로 석채화를 그렸다. 하라가 삼킨 것을 채워두려는 것이다.

'몸주님.'

그림을 마친 미류가 벽에 걸린 무신도를 바라보았다.

―말하거라.

전생신이 공수를 내렸다.

'어려운 일을 도와주셔서 감사합니다.'

―네 노력이 가상했음이라.

'이번 일로 종교나 믿음에 대한 선입견과 편견에 대해 많이 생각하게 되었습니다. 대저 무속인의 바른길은 어떤 길입니까?'

―내 저승에서 보자니 일부 무속을 빙자한 인간들의 사술이 많았다. 그 때를 닦아내는 게 하루 이틀로 되겠느냐?

'그럼 무엇을 경계하리까?'

―무릇 모든 구도자들이 그렇겠지만 색욕과 물욕이 첫째라!

'여자와 돈이로군요?'

―맞았다. 신묘한 능력을 얻은 자 주변에는 특별히 여자가 꼬이는 법. 그 여자를 다 품으면 사이비 교주에 불과함이라. 더불어 신묘한 능력을 얻은 자는 재물에 대한 유혹도 함께 따라오는 법. 주는 사람의 능력을 넘는 복채를 구하거나 그로 인하여 호의호식에 물들면 그 역시 사이비 교주 직행이라.

'그렇군요.'

―계절은 돌고 생 또한 계속됨이라, 올해에 모르는 걸 내년에 알게 되지만 올해에 배운 걸 내년에 잊는 게 인간이니 그를 경계함이라.

'명심하겠습니다.'

미류는 절로 마음을 표하고 자리를 잡았다. 밀린 예약 손님들의 상담을 받을 시간이었다. 처음부터 세 연예인이 줄을 이었다. 수나가 보내준 여자들이다. 크고 작은 고민을 상담한 그녀들은 깔깔거리며 유쾌하게 돌아갔다. 그러고 보니 최근 들어 방송국 손님들이 줄을 잇고 있었다. 연예인도 있고 방송 관련 직원들도 있었다.

다음은 젊은 여자였다. 국내 최고 기업인 삼송에 근무한다고 했다. 남들이 다 부러워하는 직장이건만 그녀는 그곳이 싫었다. 이직을 하고 싶은데 주변 만류가 심해 확신이 안 선다는 게 그녀의 고민이었다. 자신이 왜 이렇게 대기업에 적응하지 못하는지 궁금해서 연차를 내고 찾아온 것이었다.

이직!

중요한 개인사이다. 한 우물만 파도 시원찮을 세상에 이리저리 옮기는 것이 합당한 일일까? 게다가 학창 시절이라면 머리를 싸매고 들어가고 싶어하던 직장이 아닌가?

신기한 건 직장에 스트레스가 없다는 사실이었다. 부서장이나 동료, 선배가 갈구는 것도 아니었고 업무가 어려워 해내지 못하는 것도 아니었다.

전생을 통해 그녀의 카르마를 짚어냈다. 그녀는 전생에 광장에 있다가 폭격을 받아 죽었다. 친구들과 함께였다. 나들이를 나왔다가 소련군의 포격을 맞은 것이다. 1차 대전 시의 유럽이었다. 그 카르마가 현생에 묻어왔다. 그래서 광장처럼 넓은 대기업의 부서가 싫었던 것이다.

전생을 감응시켜 주었다. 그녀는 금세 답을 찾아냈다.

"전생 때문이었군요?"

"아마 그런 것 같습니다."

"알겠어요. 그럼 이직이 아니라 부서를 옮겨야겠어요. 개방된 부서가 아니라 오밀조밀 칸막이가 된 부서."

"좋은 생각입니다."

"와아, 어쩐지 그런 부서에 가보면 마음이 조금 놓였어요. 당장 부서장님께 고충 상담을 신청을 해야겠네요."

그녀는 환한 미소를 머금고 신당을 나갔다. 먼 곳으로의 이직이 아니라 가까운 곳의 부서 이동으로 답을 찾은 셈이다.

정해진 순서가 다 끝나갈 때 봉평댁이 신당 문을 열었다.

"왜요?"

미류가 물었다. 이렇게 중간에 들어오는 건 이유가 있기 때문이다.

"예약 손님은 끝났는데 저쪽 쌍골선사님이 보낸 분이라고……."

"아, 그럼 들여보내세요."

"괜찮겠어요, 법사님?"

"그럼요. 제가 약속한걸요."

미류는 들었던 무릎을 다시 내려놓았다.

"쌍골선사님 소개로 왔습니다."

신당에 들어선 사람은 여자였다. 내놓는 사주를 보니 마흔 줄 후반이다. 대충 보니 손재수가 보이지만 어차피 공무원을 하고 있으니 논할 필요도 없었다.

"이건 필요 없습니다."

미류는 사주를 돌려주었다.

"어디부터 말씀을 드릴까요?"

여자의 몸가짐은 헐렁한 곳이 없었다. 옷도 공무원풍의 정장에서 벗어나지 않았고 치마 길이 역시 길지도 짧지도 않았다. 쌍골선사의 말대로 인상은 좋아 보였다. 관상은 인상이니 전문적으로 공부하지 않은 사람이라면 첫 느낌이 좋으면 좋은 것이다.

윤혜자.

서울시 7급 공무원. 9급에서 8급은 5년 만에 달았다. 8급에서 7급은 꼬박 7년이 걸렸다. 이후 15년이 지났지만 12년만 지나면 자동으로 올려주는 6급 승진에서조차 물을 먹었다. 특별한 징계도 없고 무능한 것도 아니니 본인으로서는 어이 상실에 포복절도할 일이었다.

"선사님 말에 의하면 관운은 좋은 편인데 승진길이 뚫리지 않는다고요?"

"네, 제가 여자라서 그런지 일은 열심히 하는데 매번……."

"잠깐만요."

가만히 손을 들어 올린 미류가 여자의 운명창을 열었다. 이 여자는 쌍골선사의 단골. 그렇다면 기승전결보다 결과, 기승전의 역순으로 가는 게 옳았다. 이미 점사에 대해 알 만큼 아는 사람이니 구구절절 분위기를 잡을 필요는 없었다.

[재물운 中下 33%]

[명예운 上上 84%]

공무원과 연관이 깊은 두 개의 운명창이 드러났다. 재물운은 그리 좋지 않았다. 공무원이라면 안정된 직장. 호의호식을 할 수 있는 월급은 아니지만 적어도 中上은 나오는 게 옳다. 반면 명예운은 최상급이었다. 그야말로 관운이 천직인 경우에 해당된다.

그다음은 가정운을 열었다.

[가정운 中上 58%]

괜찮았다. 무엇 하나 도드라지게 보이는 것도 없으니 남편이 속을 썩이는 것도 아니고 아들 하나, 딸 하나의 자녀들도 문제가 없었다.

'흐음.'

마음을 추스른 미류는 보다 미세한 확인에 들어갔다. 영기를 재물운에다 집중했다. 날 선 미류의 눈빛이 재물창을 꿰뚫을 듯 강력하게 투시했다.

[柳家] [上司]

원인이 자수를 해왔다. 류씨 성을 가진 상사. 그 영기가 음산했다. 여자의 승진 줄을 막고 있다는 뜻이다.

"줄을 잘못 섰군요."

단서를 잡은 미류가 말문을 열었다. 하지만 여자의 반응이 전격적으로 나왔다.

"그만 가보겠습니다."

여자는 바로 자리를 털고 일어섰다.

'엥?'

당혹스러운 건 미류였다. 신빨 만땅의 공수를 내리고 있는데 가겠다니? 게다가 다른 곳도 아닌 미류의 신당 안이다. 이보다 모욕적인 일은 없다.

절렁!

"이봐요!"

미류가 신방울을 흔들며 여자를 세웠다. 여자가 문 앞에서 미류를 돌아보았다.

"당신이 너무 해먹어서 그래!"

미류의 목소리가 묵직하게 작렬했다.

"내가요?"

여자가 반응을 보였다.

"맞아. 바로 당신!"

"푸훗!"

여자는 침이 튀도록 쓴웃음을 토했다. 그건 아예 비웃음이었다.

"실망이네요. 대체 무엇 때문에 쌍골선사님이 당신을 추천했는지."

"나도 그렇습니다. 겉과 속이 다르신 분."

"당신, 그 말 책임질 수 있어요? 나 이래 봬도 이날 이때까지 성실하게 공무원 생활 한 사람이에요."

"그건 당신 기준이지."

"뭐라고요?"

"당신은 승진 제대로 했으면 벌써 잘렸어. 평생 7급으로 종 치는 것도 행운으로 알라고."

"이봐요!"

여자의 목소리가 높아졌다.

"하라야!"

미류가 하라를 불렀다. 영문을 모르는 하라가 하얀 옷을 입은 채 빠끔히 얼굴을 들이밀었다.

"너 이 손님 쌀점 좀 봐줘야겠다."

"내가?"

"그래."

"알았어."

하라는 기다리기라도 한 듯 신당으로 들어섰다.

"그분 옆에서 그냥 쌀을 뿌리기만 하거라."

"응!"

팔선채를 잡은 하라가 쌀을 던지고 한 바퀴 돌았다. 그런 다음 부채로 여자 얼굴을 겨누며 동작을 멈췄다.

후두두둑!

쌀알이 튀었다. 토독거리던 쌀알이 여자 발 주변에 떨어져 글자를 그렸다.

〈만년 7급〉

"……?"

숫자를 본 여자의 눈매가 떨린다. 미문(米文)이 너무나 선명했기 때문이다.

"하라는 나가보고."

"응!"

미류의 지시를 받은 하라가 군말 없이 신당을 나갔다.

"당신, 우리 전생신님 말에 귀 기울이지 않으려면 가봐. 제 눈에 안경이라고, 똥고집에 묻혀 살면 제 팔자 어쩔 수 없는 거야. 길을 알려주려고 호롱불을 내주는데 그걸 차버리면 어찌 길이 보일까?"

"······."

"가보라고!"

텅!

미류가 호통과 함께 신단을 내려쳤다. 그러자 여자의 표정이 무너졌다. 쌀 글자를 바라보던 여자는 마침내 미류를 향해 고개를 조아렸다.

"미안합니다. 내가 생각이 짧아서······."

"······."

"부디 점사를 내려주세요."

고개를 숙인 여자가 무신도를 향해 두 손을 모아 동그랗게 맞비볐다.

"그럼 그 쌀 먹어."

"예?"

"쌀 글자 먹으라고!"

"······."

"싫으면 나가고!"

미류는 단호했다. 바닥의 쌀을 보던 여자는 한군데로 모으더니 입

안에 털어 넣었다. 그제야 미류의 표정이 살짝 누그러졌다. 신은 구걸하지 않는다. 미류는 그걸 확인시켜 주고 있었다.

"줄 잘못 섰어. 그리고 너무 해 처먹었고."

미류가 다시 강조했다.

"줄을 선 적도 없지만 해먹은 건 절대 아닙니다. 오늘날까지 뇌물 한 푼 받지 않았거든요."

여자가 항변했다.

"당신 목숨, 지금까지 다섯 번째 태어났어. 이번 생만이 당신인 건 아니야."

"……?"

"지난 생, 그때 너무 해 처먹었어. 당신, 중국 말 잘하지?"

"……."

"중국도 여러 번 갔나?"

"몇 번. 그리고 조직에서 중국 교류를 담당하기도……."

여자는 하얗게 질린 채 뒷말을 이어놓았다.

"그럼 제가 전생에 중국 사람이었다는 건가요?"

"아니, 중국에 나라 팔아먹은 조선의 간신 모리배."

"……?"

"병자호란. 따라 해봐!"

"병자호란."

"느낌 없어?"

"그게……."

"다시 해봐. 병자호란!"

"병자호란……."

한 번 더 반복하던 여자의 눈동자가 한곳으로 쏠렸다. 뭔가 느낌이 왔다는 신호이다.

"있지?"

"예, 뭔가 아득한… 마치 어릴 때 고향의 기억처럼 아슴푸레……."

"좋아, 나빠?"

"나쁘네요."

"눈 감아. 내가 보여줄 테니."

"예."

기가 눌린 여자는 얌전하게 눈을 감았다. 미류는 그녀의 전생령을 꺼내 감응에 들어갔다.

"????!"

중국어가 들려왔다. 엄청난 병사들이 들이닥치고 있다. 임금은 도성을 버리고 튀었다. 멀리 남한산성이 보인다. 눈발이 휘날렸다. 옆구리 봇짐을 이고 지고 피난길을 나서는 백성들도 보였다. 그 뒤로 중국 병사들이 들이닥쳤다. 도륙과 강탈의 혈흔이 흰 눈을 붉게 물들였다.

오랑캐의 장수가 보인다. 그녀의 전생은 그 옆에 있었다. 통역관으로 따라온 조선인이었다. 통역관 역시 포로로 잡혀간 몸이었다. 그러나 언어 습득이 빨랐던 그는 역관으로 구제되었다. 그러고는 장수의 통역으로 따라온 것이다.

인생에 대반전이 일어났다. 장수의 신임을 산 그는 무소불위의 권력을 휘둘렀다. 마음에 들지 않는 대신은 모함으로 밀고해 죽게 만들고, 조정의 작은 일까지도 장수에게 고해 실세로 등극하기에 이르렀다.

뇌물이 답지하기 시작했다. 우쭐한 그는 마음에 들지 않는 관리를 없애고 주지육림에 빠져들었다. 나아가 자신에게 아부하는 사람, 심지어는 처가의 팔촌 노비들까지 불러다 감투를 씌워주었다. 그의 혀에서 죽어간 사람만 수십을 헤아렸고, 그에게 답지한 뇌물이 곳간 몇 개를 채우고도 남았다.

그러나 화무십일홍(花無十日紅)이라, 창창한 여름 뙤약볕도 세월을 당하지 못하는 것이니 결국에는 뜻있는 관리의 칼에 심장을 맞아 죽음을 맞았다.

통역관은 금덩어리 상자와 강제로 뺏어 온 첩을 품에 안고 있었다. 그러나 죽음 앞에서는 모든 게 부질없었다. 그 마지막에야 그는 자신의 악행을 반성했다. 그도 원래는 나쁜 성정이 아니었다.

군졸로 전투에 나섰다가 포로가 된 통역관. 중국으로 끌려가면서 당한 모진 학대와 야만적인 폭행은 차마 인간이 감당할 수준이 아니었다. 그래도 기다렸다. 조국에서 자신들을 구하러 올 것을.

하루, 이틀······.

기다림은 절망으로, 절망에서 분노로 바뀌어갔다.

'조국이 나를 버렸다.'

그 허탈감 뒤에 따라붙은 건 복수심뿐이었다.

두고 보자. 두고 보자.

그 마음이 만행을 부른 것이다.

죽음에 이르러서야 그 마음이 몸을 떠나갔다.

'그래도 내 나라인 것을······.'

그는 깊이 반성했다. 밖으로 절반쯤 튀어나와 마지막 맥을 꿀렁거리는 심장을 감싸 안은 채. 늦었지만 그에게는 중요한 참회의 순간이었다.

"심호흡을 하세요. 현실로 돌아옵니다."

꿀렁!

마지막 맥을 놓는 심장을 보며 미류가 말했다. 여자는 등뼈가 부러질 듯 휘청거리며 감응에서 깨어났다.

"……."

"……."

미류도 여자도 말을 하지 않았다. 여자의 손은 제 가슴에 있었다. 만져보고 비벼본다. 너무나 생생한 전생의 감응이 아직도 뇌리에 선연한 까닭이다.

"내가… 나라를 팔아먹은 인간……."

여자의 목소리는 낮았다. 지금껏 말단 공무원으로서 충직하게 일해왔다고 생각하던 그녀. 전생의 만행을 보고 나니 기가 막히는 모양이다.

"마지막 장면 기억납니까?"

"마지막이면 심장에 칼을 맞는?"

"아뇨, 당신이 참회하는 순간."

"아!"

"그나마 그게 당신의 자아에 도움이 되었습니다. 만약 그때 죽인 자를 원망하고 조선이라는 나라를 버렸다면 당신은 이 생에서 또 국가를 등지는 매국노의 모습으로 살았을 겁니다."

"……."

여자의 이마에 선뜻 찬바람이 스치는 게 보인다. 마지막이라고 해도 참회는 그래서 중요한 것이었다.

"죽기 전에 잘못을 깨닫고 참회했기에 국가에 봉사할 최소한의 기회를 얻은 거지요. 그래서 당신은 충실하게 공무원으로 일했지만 과거의 카르마 때문에 승진에서는 늘 찬밥이었던 겁니다. 그러나 이 결과는 당신의 생에는 행운으로 봐야 합니다. 잘나가지 않기 때문에 카르마를 상쇄할 수 있었지, 만약 이 생에서도 승승장구했다면 인과의 성정이 발현되어 악행을 일삼았을 가능성이 큽니다."

"그렇군요."

여자는 비로소 수긍하는 눈치다.

"지금까지 너무 해먹은 것에 대한 제 몸주의 공수였습니다."

"……."

"한 가지가 더 남았죠?"

"줄 잘못 선 것?"

"줄을 선 적이 없다고 했죠?"

"그래요. 남들이 다 실세 과장이다, 국장이다 몰려다니며 아부를 떨지만 나는 그런 적도 없어요. 이제는 이해가 가지만 어차피 처음 부터 승진에는 큰 관심이 없었어요. 다만 그 흔한 6급조차 달지 못 하는 데다 주변에서 입방아를 찧어대니 궁금해서 관상이나 점을 보 았을 뿐."

"줄이라는 게 아부만이 줄이 아닙니다."

"……?"

"류씨 성을 가진 상사가 있죠?"

"류씨라면 교육국장님?"

"어떤 사이죠?"

"그분이라면 줄하고는 전혀 상관이 없어요. 여자 국장님인데 그냥 언니 동생 하는 사이죠. 그분 또한 줄 서는 거 싫어해서 누군가 청탁 을 하면 오히려 승진에서 누락시키는 대쪽이거든요."

"인간적으로 친하다?"

"네."

"그건 사실일 수 있습니다."

"……?"

"혹시 관청의 홈페이지에 고위직에 계신 분들 사진이 올라와 있습니까?"

"예."

"접수대에 컴퓨터가 있으니 가서 열어보세요."

미류의 지시를 받은 여자가 화면을 열었다. 과장과 국장들의 얼굴이 주르륵 떠올랐다.

"이 사람이 원인이군요."

미류가 한 사진을 짚었다.

"이분은 총무국장님이신데?"

"잘 보세요. 전생 감응을 생각하시며 잘."

"전생… 어머!"

화면을 응시하던 여자가 자지러졌다.

"이 사람은… 내가 모함해서 죽인 그 관리……."

"맞습니다. 당신이 전생에 남긴 진한 카르마죠."

"그럼 총무국장님이 저를 찍어서 복수를 하고 있다는 건가요?"

"아닙니다. 그랬다면 당신은 이미 인지를 하고 있겠지요."

"그럼?"

"총무국장과 교육국장의 인과일 겁니다. 그래서 그 여자 쪽에 줄을 선 사람은 다 총무국장의 눈 밖에 나는 겁니다."

"교육국장님이 저랑 카르마가 있다면서요?"

"그것도 맞습니다. 다만 당신이 공복으로 충실하게 일하면서 그 인과가 상쇄되어 간접적으로 나타나는 것이죠."

"……."

"마지막의 참회와 이 생에서의 밀알 같은 공무원 생활이 당신을 살리고 있는 겁니다. 그렇지 않았다면 일찌감치 형옥의 비극을 맞았을 겁니다."

"형옥이라면 교도소?"

"당신의 전생 만행으로 미루어보면 그것도 부족하지요. 아마 다음 생에서도 대가를 치러야 할지도."

"법사님······."

"달리 말하면 당신이 말단에 머물며 튀지 않았기 때문이기도 합니다. 그러니 빛을 못 본 공직 생활은 비극이 아니라 행복이죠. 당신이라는 자아를 기준으로 보면 말입니다."

"이······! 그럼 저는 7급으로 정년올?"

"전체 생을 봐서는 그게 좋습니다. 하지만 6급이야 큰 자리가 아니니 하셔도 큰 대과는 없을 것 같습니다. 승진을 원하시면 봉사 활동을 많이 하세요. 전생에 피를 많이 묻혔으니 그걸 닦는 의미로 목욕 봉사 같은 게 좋겠습니다."

"네."

"됐으면 가셔도 좋습니다."

절렁!

미류는 방울을 흔들어 마감을 알렸다.

"승진을 하지 않는 게 행운이다······."

"그렇습니다."

"그럼 교육국장님과는 계속 친하게 지내도 되는 건가요?"

"괜찮을 겁니다. 총무국장과 교육국장 간의 카르마로 인해 당신의 인과에 대한 가해가 줄어드는 효과가 있으니까요."

"이게 바로 팔자소관이라는 거로군요. 덕분에 속이 후련하네요. 승진에 신경 안 쓴다 안 쓴다 하면서도 승진 철마다 속이 쓰렸는데."

"겸허히 받아들이시니 팁을 하나 드리지요."

"팁이라고요?"

"퇴직한 후에는 중국을 상대로 하는 일을 하세요. 교육이나 지원 사업단 일원도 좋겠네요. 한국의 국위 선양을 하는 일을 하시면 큰 돈은 못 만지더라도 명예는 얻게 될 겁니다."

"어머, 그러잖아도 퇴직 후에 한국어 교사로 중국에 들어가려고 교사 자격증 따는 법 알아보던 참인데."

"그렇죠? 물은 물길을 따라가는 법이죠. 잘하실 수 있을 겁니다."

"고맙습니다. 아까는 제가 너무 경솔했어요."

"별말씀을……."

미류는 맞인사로 여자를 보냈다. 잠시 숨을 돌릴 때 핸드폰이 울었다. 쌍골선사다.

─우리 윤 주무관님 가슴에 맺힌 멍울을 확 풀어주셨다고? 체면 세워줘서 고맙네!

선사의 목소리가 밝았다. 여자가 가는 길에 인사를 한 모양이다. 미류의 기분도 함께 개운해졌다. 전생 특허. 특허권을 가진 자의 여유였다.

"시작?"

저녁 식사를 마친 미류가 하라를 바라보았다. 흰옷의 하라가 야무지게 고개를 끄덕거렸다.

"명당경이다!"

"웅!"

이번에도 딱 한 번 고개를 끄덕이는 하라.

명당경!

소위 안택경이다. 매월 초하루나 보름날 두고두고 독송하면 소원을 성취하는 경. 미류는 그간 점사를 보고 간 대주와 기주들의 이름이 적힌 지화 바구니를 앞으로 당겨놓았다.

가수가 될 것으로 점지를 받은 하라.

'실력 한번 볼까?'

미류는 미소를 머금고 운율을 붙여가며 명당경의 시동을 걸었다.

"불설명당신주경 안토지신명당경 여시아문일시불 천황대제수명장 지황대제증복수 인황대제액소멸 대범천황오액멸 제석천황관재멸 조왕대왕무량복……"

한달음에 달려간 미류가 눈짓으로 다음 운을 넘겼다.

"동방태호복희씨 남방적제신농씨 서방소호금천씨 북방전욱고양씨 중앙황제헌원씨 동방세성안심지 남방화성멸화지 서방금성복위지 북방수성녹위지 중앙진성장엄지 계도나후별경지 일성월성애호지……"

하라는 잘도 달렸다. 그냥 달리기만 한 것도 아니다. 목소리까지 변해갔다. 어린아이의 소리라고 볼 수 없는 깊고 힘찬 저음이다.

"옥당현무수명장 청룡백호득기린 사명주작현인봉 명당구진복덕지 천뢰천형악퇴산 공조태충의복지 천강태을만창고 승공소길입전지……"

"여시여시우여시 천세천세천천세 만세만세만만세 부귀부귀중부귀 즉설주왈 천라주 지라주 일월황라주 인체원가이아신……"

그야말로 죽이 척척 맞았다. 반쯤 열린 문으로 신당을 보던 봉평댁도 넋이 나간 모습이다. 이럴 때의 하라는 천생 신 내린 선녀가 아닐 수 없었다.

"마하반야바라밀 옴 급급여율령 사바하!"

마지막은 둘이 똑같이 합창을 했다.

"나 안 틀렸지?"

주문을 끝낸 하라가 숨을 고르며 소리쳤다.

"그래, 우리 하라, 목소리도 기가 막힌데? 가수 한번 시켜볼까?"

"진짜?"

하라는 뜻밖에도 반색을 했다.

"하라, 가수 되고 싶어?"

"아니, 내가 되고 싶은 게 아니라……."

하라는 볼을 붉히며 전생신을 가리켰다.

"흐음, 전생신님의 계시?"

"응!"

하라가 고개를 끄덕거렸다. 이쯤 되면 봉평댁의 핀잔이 날아올 찬스다. 그런데 봉평댁은 말없이 문을 닫아주었다.

"응?"

하라가 미류를 바라보았다. 봉평댁의 행동이 믿기지 않는다는 눈치다.

"엄마도 가수 되기를 바라는 모양인데?"

"아닌데? 엄마는 니가 무슨 가수냐고 소리만 질렀어."

"생각이 바뀌었나 보지. 본래 만물은 자꾸 변하는 거거든."

"진짜?"

"그럼. 우리 하라도 부쩍부쩍 크잖아?"

"나 크는 건 좋아."

하라의 입꼬리가 배시시 벌어졌다.

"왜?"

"빨리 화요 언니만큼 커서 오빠랑 결혼할 거야."

"……."

헐!

"진짜야. 그러니까 오빠, 화요 언니랑 너무 친하게 지내지 말고 기다려. 내가 화요 언니보다 더 예뻐질게."

"우리 하라는 지금도 충분히 예쁘십니다. 그러니 허튼 생각 마시고 공부하고 노래나 열심히 해서 멋진 가수가 되시죠."

미류가 하라의 이마에 알밤을 놓았다.

"치잇. 오빠, 화요 언니하고 결혼할 거지?"

"응?"

"아니라고 말해. 내가 클 때까지 기다린다고."

"야, 이년아, 헛소리 말고 빨리 나와! 법사님 손님 오셨어!"

하라가 씩씩거릴 때 봉평댁이 문을 열고 속닥였다. 미류에게는 구원의 밧줄 같은 소리였다.

"……!"

마당으로 나간 미류는 입을 쩍 벌렸다. 그냥 손님이 아니었다. 아주 굉장한 손님이 와 있었다.

"선 장관님!"

미류는 서둘러 손님을 맞았다. 예고도 없이 방문한 사람은 법무부 장관 내정자, 선일주였다.

"예약도 없이 막 쳐들어왔는데 괜찮겠나?"

선일주가 웃었다.

"오늘 점사는 끝났습니다만… 괜찮습니다, 오르시지요."

미류가 신당을 가리켰다.

"실은 이쪽 지역 국회의원과 약속이 있었는데 좀 일찍 끝나서 말일세."

신당으로 들어선 선일주가 말했다.

"잘 오셨습니다. 그러잖아도 축하 인사를 드리고 싶었는데……."

"다 미류 법사 덕분일세."

"저보다야 숭덕 스님 힘이 더 컸을 겁니다."

"예전 같으면 그 말이 맞겠지만 난 이제 미류 법사 팬이야. 그렇게 아시게나."

"그럼 오늘은 그냥 지나시는 길에?"

"웬걸. 떡 본 김에 제사까지 지내면 좋지."

선일주가 웃었다. 장관이 되면 할 일을 구상 중이라던 그다. 다시 공직에 복귀했으니 사사로이 미류와 만나기도 쉽지 않을 일. 그렇기에 작심하고 온 것으로 보였다.

"그럼 말씀하시지요. 어려운 걸음 하셨는데."

"그럴까?"

"예."

"우선은 내일이 장관 청문회라네. 뭐 청문회 경력도 있고 야당도 정권 말기라 크게 닦달하지는 않겠지만 모양 좋게 나오도록 부적 같은 거 한 장 내릴 수 있겠나?"

"잠깐만 기다리십시오."

미류는 아예 부적 도구를 가지고 나왔다. 수호부나 관직진취부에 해당할 것이니 크게 어려운 일도 아니었다. 정좌를 한 미류는 선일주가 보는 앞에서 경면주사를 갈아 부적을 그려냈다.

"어이쿠, 보기만 해도 힘이 빡 뻗치는 것 같군."

선일주는 흡족한 표정을 지으며 복채 봉투를 내놓았다.

"축하의 의미로 드리는 겁니다. 복채는 안 내셔도……."

"어허, 공짜 부적은 효험이 없어서 말이야."

미류가 밀어둔 복채가 다시 돌아왔다. 별수 없이 챙기는 수밖에 없었다.

"이건 됐고, 문제는 교도소인데……."

부적이 마르는 사이에 선일주가 미류를 돌아보았다.

'교도소?'

생소한 단어에 미류의 귀가 쫑긋 솟구쳤다.

"미류 법사도 놀라시는군. 하긴 교도소 좋아할 사람이야 아무도 없지."

"예."

"그런데 그 안에서도 특히 싫어하는 사람들이 있지. 그게 누구일 것 같나?"

"교도소 안이라면 흉악범들?"

"그중에서도!"

"살인범이나 사형수들?"

"맞았네. 미류 법사께서 나와 같이 사형수들을 좀 만나주셔야겠네. 취임 첫 행보로 사형수와의 면담 시간을 만들었거든. 미국의 인권 문제 제기도 있고 낮은 곳부터 법무 행정을 챙겨보려는 생각도 있고 해서 말이야."

"……!"

사형수 면담.

그건 정말 생각지 못한 일이었다. 법무부 장관의 취임 일정이 사형수 면담이라니.

"실은 이 계기가 숭덕 스님에게서 비롯된 일이네만."

'숭덕 스님?'

"지난번 칩거 때 스님께서 과거에 사형수들을 만나 위로하던 이야기를 해주시더군. 더러는 악행을 모른 채 세상을 원망하며 죽는 사람도 있지만, 또 더러는 억울하게 누명을 쓴 사람이거나 피치 못할

악연으로 죄를 지은 사람도 많다고."

"……."

"나중에 다시 정계에 복귀하면 그런 사람들도 한번 위로해 보라시
기에……."

"……."

"안 될까?"

선일주가 미류를 바라보았다. 입각으로 얼굴이 훤해진 사람. 그럼
에도 교만이나 허세는 엿보이지 않았다. 시련을 달게 받아들이며 닦
은 공덕 때문이다.

"저와 장관님만 가시는 일입니까?"

"일회성 행사로 그치면 보나 마나 생색 내기라고 흠집 내려는 사람
들이 많을 것 같아 한 몇 주일간 주요 교도소를 돌 생각이네. 자네
는 그 마지막인데 다른 곳은 종교 지도자들이 동행하게 될 걸세. 미
류 법사께서는 전생 감응으로 사형수들의 교화를 도왔으면 하네만."

"예."

"다만 법사께는 최악의 사형수들이 배정될 것 같네. 몇 사람 표본
을 뽑았더니 다른 분들이 난색을 표해서 말이야. 괜찮겠나?"

"뭐 장관님께서 안전장치는 하셨을 것 아닙니까?"

"그야 물론이지."

"혹시 숭덕 스님도 가십니까?"

"부탁을 드렸지만 정중히 제자를 추천하시더군. 기꺼이 받아들였네."

"그러시다면 저도 장관님 뜻에 따르겠습니다."

"공짜는 아닐세. 각 종교 지도자들을 모시는 일이라 법무부 예산
중에서는 최고의 설법비를 받게 되실 걸세. 그래봤자 법사에게는 푼
돈에 불과하겠지만……."

"좋은 뜻으로 하시는 일이니 복채는 개의치 않습니다."

"그러시겠지. 그래서 내가 법사를 믿고 찾아온 것 아닌가?"

선일주는 흔쾌한 얼굴로 돌아갔다.

사형수 교화!

이제 집행이 사라졌으니 무기징역과 다를 바 없다. 그렇게 생각하니 담담해졌다. 게다가 미류는 죽음까지 겪은 몸. 그렇게 보면 미류는 그들이 갈 예정지를 다녀온 선배였다.

'최악의 사형수들이라······.'

그들은 어떤 전생을 가지고 있을까? 그 살인은 전생의 카르마 때문이었을까? 극단의 인생을 살다가 구속된 사람들. 그러고 보니 미류에게도 좋은 기회로 보였다. 그런 사람이 미류의 신당을 찾아올 수는 없으므로.

'전생이 필요하면 가야지.'

그게 어디라도, 그게 누구라 해도 간다.

미류는 고개를 끄덕거렸다. 그 또한 특허권자의 권리이자 의무이기도 했다.

환생조차 거부한 천추의 한

며칠 후에 미류는 신몽과 궁천의 호출을 받았다. 미아리에서 가까운 선술집이었다. 동동주에 파전을 시켜놓고 조촐하게 3인방 회동을 가졌다. 그러잖아도 뒤풀이 한번 하고 싶은 차에 신몽이 먼저 손을 뻗은 덕분이다.

"드세!"

신몽이 술잔을 들었다. 셋의 잔이 허공에서 가볍게 부딪쳤다.

"몸들은 괜찮으십니까?"

미류가 물었다.

"안 괜찮아. 삭신이 들락날락 쑤신다지. 늙어서 그런가?"

신몽이 엄살을 떨었다.

"그러면 병원에 가보시는 게……."

"하핫, 그 정도는 아니라네. 허튼 광대놀음 했다고 내 몸주께서 심통이 나신 게야."

"그럼 산제라도 다녀오셔야지요."

"요즘 산제가 어디 산제인가? 명산명지 쓸 만한 데는 굿당이고, 계곡 동굴에도 온통 촛농에 고사 흔적이라… 이 신 저 신에 뒤섞여 노니 맞춤한 곳 찾기 어렵지. 아예 무인도에 가면 모를까?"

신몽이 고개를 저었다. 이 또한 무속인의 비극이었다. 불교처럼 번듯한 명승 도량이 없는 것이다. 전국적으로 명당은 많지만 편안하게 산제를 올릴 만한 곳은 흔치 않았다.

"그만 돌리고 말씀하시지요."

잠자코 있던 궁천이 술잔을 비워내며 말했다. 둘만이 뭔가 교감을 나눈 눈치다.

"그럴까?"

신몽도 술잔을 비워냈다.

"뭐 좋은 일이라도 생겼습니까?"

미류가 신몽에게 물었다.

"실은 방송국에서 연락이 왔네."

"채 피디님요?"

"그래, 떡 본 김에 제사 지내자고."

"두 분 편을 찍자는 거로군요?"

"그 친구, 보기보다 강단이 있더군. 지난번 미류 법사 편 인기가 사라지기 전에 한 번 더 감성 충격으로 가자는 거야. 무속은 사이비가 아니라 우리 대중의 저변에 면면히 흐르는 도도한 정신문화의 근원이라는 걸 보여주자는군."

"채 피디라면 그렇게 말하고도 남을 사람입니다. 생각에 편협함이 없거든요."

"우리 생각도 그렇지만 막상 방송에 나간다고 생각하니… 쩝!"

신몽이 입맛을 다셨다. 수많은 중생의 희로애락을 호령하면서도 양지에 설 기회가 드문 무속인. 신몽 역시 다르지 않았다.

"두 분은 잘하실 겁니다."

미류는 신몽과 궁천을 믿었다.

"아무튼 그래서 미류 법사에게 벌주 내라고 온 걸세. 텔레비전에 나간다고 생각하니 기분도 이상하고 제정신으로는 못 찍을 것 같아서 말이지."

"그런 거라면 얼마든지 쏘겠습니다. 아예 한 동이 끼고 마실까요?"

"흐음, 나야 좋지만 우리 궁천 때문에 안 되지. 겨우 사람 됐는데 다시 주태백이 되면 곤란해."

"에이, 선생님, 그거 다 옛말입니다. 제 몸주께서도 기분 좋을 정도의 음주 외에는 허락하지 않으십니다."

궁천이 항변했다.

"정말인가?"

"그럼요. 미류 법사가 다 좋은데 거 왜 남의 주량까지 막아놓는 바람에……."

궁천은 짐짓 눈총을 보내며 파전을 찢어 들었다.

"어쨌든 고맙네. 무속을 위해 애쓰는 자네 모습, 선배로서 참 부끄럽기도 하고……."

신몽이 미류를 보며 말했다.

"그런 말씀은 필요 없고요, 이번에 두 분이 나가시면 떡하니 중심 좀 잡아주고 오세요. 무속은 사이비가 아니라 국민정신의 한 줄기라는 사실!"

"쳇, 우리가 할 말 법사가 먼저 다 해놓고 무슨 소리야? 뒷사람을 위해 좀 남겨둘 줄도 알아야지 말이야."

궁천이 볼멘소리를 했다.

"맞아. 게다가 우리는 수컷끼리 출연이잖아? 법사처럼 달덩이 같은 미녀를 옆에 두고 찍는 것도 아니니 인기가 있을까 몰라."

"그럼 화요 씨 찬조 출연 좀 부탁해 볼까요?"

"뭐 그러면 좋지만… 농담일세. 사람이 다 자기 주제가 있는 거지 미녀를 아무나 끼나?"

"선생님!"

"하핫, 아무튼 좋군. 내가 장례식장에서 자네 봤을 때 알아봤지. 아, 이 친구, 큰 사고 치겠구나. 그랬더니 영락없잖아?"

"과찬이십니다. 두 분이야말로 앞으로 제 무속 인생의 등대가 되어 주시기 바랍니다."

"됐고, 오늘 밤은 마시세. 하나가 셋이 되었으니 다음에는 백이 되고, 천이 되고… 우리 무속인들도 단결 합심해서 옛날의 신뢰 한번 찾아보자고."

신몽이 잔을 들었다. 미류와 궁천도 따라 들었다.

"그럼 먼저 가네!"

시간이 흘러 신몽과 궁천이 택시에 오를 때였다. 미류의 전화가 요란하게 울렸다. 발신자는 남창수였다.

―미류 법사님, 어디세요?

남창수가 대뜸 물었다.

"집 근처에 있는데요? 신당에 오셨습니까?"

―가는 중입니다. 밖에 나와 계시면 그리로 가지요.

"그러시면 집 앞의 카페에 있겠습니다."

미류가 장소를 정했다. 술 냄새 나는 얼굴이다. 아직 하라가 자지 않을 시간이기에 궁리를 낸 것이다.

"법사님!"

남창수는 이내 도착했다.

"이 밤에 웬일로?"

"아, 그게… 잘 나가다가 발병이 났지 뭡니까?"

"발병이라면?"

"저번에 보여 드린 고택 말입니다. 그게 법사님이 주신 부적을 붙였더니 이틀 만에 임자가 나왔습니다."

"잘됐군요."

"그렇죠. 그런데 호사다마라고, 때늦게 문제 제기가 들어왔어요."

"문제 제기요?"

"죄송하지만 법사님이 좀 도와주셔야겠습니다."

"알겠습니다. 알겠으니 일단 자초지종을……."

"그게……."

남창수의 설명이 이어졌다. 그는 미류가 써준 부적을 고택에 붙였다. 효과는 직방이었다. 무려 이틀 만에 임자가 등장한 것이다. 매입자는 몇 해 외국에서 살다 온 중년의 부호였다. 오랜 외국 생활에 그런 집이 그리웠다고 했다. 다만 계약 당시 나눈 말이 문제가 되었다.

"이렇게 오래된 집은 귀신 안 나오려나?"

귀신!

남창수가 바로 대답했다.

"귀신 나오면 바로 책임집니다. 책임 못 지면 거래 금액의 30% 배상금을 보태 보상해 드리지요."

남창수에게는 미류가 있었다. 그러니 귀신이 무슨 문제가 될까?

그런데 그 귀신이 문제가 되었다. 잔금까지 한꺼번에 치르고 바로 입주한 매입자가 귀신을 만난 것이다. 그뿐만이 아니라 아내도 마찬가지였다.

"당장 계약 파기해 달라고 난리입니다. 내가 미류 법사 믿고 계약서에도 그런 문구를 넣어줬거든요. 귀신 문제가 생기면 언제든 계약을 무효로 한다."

"사장님."

"안 될까요? 내가 그 매매 금액을 다른 부동산 계약에 투자해서 당장 게워내기 어렵거든요."

"제 말은 어째서 경솔하게⋯⋯."

"그야 내가 미류 법사의 신통력을 아니까 그러지 않았습니까? 게다가 나도 거기서 하룻밤 자봤는데 아무 문제 없었거든요."

"내일 내려가죠."

"지금 안 될까요? 그 양반들에게는 또 귀신이 나오는 밤인데⋯⋯."

남창수가 미류의 옷깃을 잡았다.

남창수!

그를 도와야 하는 건 일종의 의무였다. 그의 땅을 헐값에 받으면서 고택 매매를 약속한 미류이다. 그걸 이유로 땅 매매를 무효화할 남창수는 아니지만 가는 게 옳았다. 게다가 귀신이 나오는 일이라지 않는가?

"부탁합니다."

"할 수 없군요. 그럼 잠깐 기다리십시오."

남창수를 떼어놓고 봉평댁에게 전화를 걸었다. 신방울과 부적이 필요했다. 봉평댁은 한달음에 가방을 들고 나왔다.

"출장 좀 다녀올게요."

미류는 그길로 남창수의 차에 올랐다.

밤은 새록새록 날개를 폈다. 밤이 무서운 건 세상을 다 덮으면서도 소리조차 없다는 사실 때문이다. 현대 과학으로도 밤은 그 어느 한 부분도 지울 수 없다.

두려움과 공포는 대개 밤에 커진다. 그래서 밤에는 휘파람도 불지 말라는 게 예전 어른들의 생각이다. 밤에 휘파람을 불면 귀신이 나오거나 뱀이 나온다고 했다.

두려움을 자아내는 이야기는 한둘이 아니다. 미류는 한국인의 기저에 오랫동안 얹혀온 이야기들을 떠올렸다.

—붉은색으로 이름을 쓰면 죽는다.

—화장실에서 넘어지면 큰 병이 든다.

—문지방을 밟으면 액살이 온다.

—밤에 손발톱을 깎으면 부모님이 죽는다.

—고양이가 지붕에 올라가면 죽은 시체가 일어난다.

과학이 발달하면서 이런 유의 이야기는 미신이거나 우스갯소리가 되었다. 하지만 일부의 사람에게는 여전히 공포로 작용한다. 깊은 밤, 시골의 재래식 화장실에 혼자 앉아보라. 추적추적 비가 내린다. 마침 알전구까지 나가 버리면…….

바스락!

찌에에!

작은 소리에도 바짝 움츠러드는 게 인간이다. 그때 과학은 인간의 주변에 없다. 이렇게 기댈 데가 없어지면 인간은 미신에 반응하게 된다.

산에 들어간 사람이 길을 찾지 못해 같은 자리를 뱅뱅 돌다가 죽기도 한다. 그야말로 귀신 곡할 노릇이 일어나는 것이다. 이 모든 것의 시작은 티끌만 한 공포에서 출발한다.

고택을 생각했다. 그곳이라면 공포를 이끌어낼 만한 재료가 한두 가지가 아니다. 심약한 사람에게는 지네 기어가는 소리도 공포의 재료가 될 것이다.

덜컹!

시골이라는 느낌은 차바퀴로부터 전해져 왔다. 차가 흔들리기 시작했다. 곳곳에 암흑이 엿보였다. 라이트가 있다고 해도 그것은 약간의 위안일 뿐 어둠의 속살까지는 넘보지 못했다.

"거의 도착했습니다."

남창수가 미류를 돌아보았다. 차는 얼마를 더 달린 후에 나른한 보안등 앞에서 멈췄다. 사진에서 본 그 고택이다.

"여기예요!"

시동을 끈 남창수가 집을 가리켰다. 보안등 아래에 사람들이 보였다. 집주인 부부가 나와 있었다.

"오셨습니까?"

주인이 반색하며 다가왔다.

"이분이 대한민국 최고의 법사님이십니다. 텔레비전에서 본 적 있으시죠?"

남창수가 미류를 띄웠다.

"어머, 나 본 적 있어요."

노란 옷을 위아래로 갖춰 입은 안주인이 미류를 알아보았다. 패션 감각이 독특했다. 나이가 들면 붉은 계통을 좋아하는 사람이 많다. 하지만 전체가 노란색인 것은 약간 의외였다.

"지금도 귀신이 나옵니까?"

남창수가 물었다.

"아직요. 일단 들어가시죠."

주인이 대문을 가리켰다. 절에서 흔히 보는 일주문처럼 제대로 된 전통 대문이다. 끼이익 하는 경첩음도 들리지 않았다. 관리도 잘되고 있다는 뜻이다.

"……!"

마당을 밟은 미류가 걸음을 멈췄다. 왼편에서 쏟아지는 영기 때문이다. 영가의 존재가 느껴졌다. 영기가 반응하는 쪽으로 갈까 싶었지만 일단 참았다. 우선은 주인의 이야기를 듣는 게 옳았다.

거실 테이블에 앉았다. 닳고 닳은 마루가 푸근한 느낌을 준다. 한쪽 벽을 장식한 장식대도 눈길을 끌었다. 온갖 골동품 사이로 은장도 액자가 보였다. 얼핏 보아도 100여 개에 가까운데 관리 상태를 보니 주인의 정성을 알 것 같았다.

"드세요!"

안주인이 내온 건 생강나무 꽃으로 만든 차였다. 차 하나에서도 그들이 얼마나 옛것을 좋아하는지 알 것 같았다.

"이렇게 빨리 와주시니 마음이 놓이는군요. 여차하면 계약 파기하고 집을 내놓을 생각이었습니다."

주인이 엄포를 놓았다.

"어이쿠, 별말씀을……. 제가 약속한 일 아닙니까? 법사님이 오셨으니 이제 귀신 같은 건 마음 탁 놓으십시오."

남창수가 주인을 위로했다.

"차근차근 말씀해 보시죠. 귀신에 대해."

잔을 내려놓은 미류가 본론으로 들어갔다.

"그게 말이죠. 허 참, 내 이 나이 먹도록 살면서 진짜 귀신을 보리라고는 생각도 못 했습니다. 그렇지, 여보?"

주인이 안주인을 돌아보았다.

"두 분이 같이 보신 겁니까?"

"그럼요. 그것도 하나도 아니고 셋씩이나……."

'셋?'

"어휴, 생각만 해도 심장에 얼음이 차는 것 같네. 친구 놈들은 내 얘기 듣더니 몸이 허해진 것 같으니 병원에 가보라는 소리나 하고……."

주인은 몸서리를 쳤다.

"보통 언제쯤 나타납니까?"

"그게 뭐 대중이 없습니다. 좀 흐리면 낮에도 보이고… 아까 낮에는 조는 사이에도 보이더라고요."

"……?"

"맞아요. 아예 이 집에 눌러사는 귀신인 거 같아요. 그렇지 않고서야……."

안주인이 거들고 나섰다.

"거참, 내가 잘 때는 아무 문제 없었는데……."

남창수는 할 말이 없는 듯 쓴 입맛을 다셨다.

"죄송하지만 혹시 원한 같은 것은……?"

미류가 조심스레 물었다.

"살다 보니 소소한 감정이야 사기도 했겠지만 귀신이 될 정도의 원한 같은 건 만든 적 없습니다."

주인이 잘라 말했다.

"알겠습니다. 제가 알아볼 테니 세 분은 마당에 내려가 계십시오."

신방울을 꺼낸 미류가 주인을 바라보았다.

"귀신 나오는 장소가 있는데 말씀 안 드려도 되겠습니까?"

주인이 물었다.

"제가 알아서 찾아내죠."

미류는 조용한 미소로 주인을 안심시켰다. 미류는 이미 영가의 존재가 가까이 있다는 걸 알고 있었다.

"내려갑시다. 우리 미류 법사님이 알아서 퇴치해 주실 겁니다."

남창수가 두 사람을 끌었다. 마루에는 미류 혼자 남았다.

절경!

신방울을 흔들었다.

절경절경!

두 번을 더 흔들었다. 그러자 영가들이 이리저리 움직이는 느낌이 전해졌다.

'하나는 안방.'

절경!

'또 하나는 사랑채.'

쩔경!

'마지막은 대문.'

무려 셋!

영가를 확인한 미류가 번쩍 고개를 들었다.

자리에서 일어난 미류는 마당으로 내려섰다. 대문 쪽의 영가가 가장 강한 까닭이다. 센 놈을 먼저 치면 나머지는 저절로 기세가 죽을 일.

쩔렁쩔렁!

신방울을 울리며 대문 쪽으로 다가섰다. 영가의 위치는 기와가 나란히 누운 담장 아래였다. 대문과 담장 사이, 거기에 커다란 절구와 맷돌 등이 보인다. 그 앞쪽, 돌을 쪼아 만든 작은 연못판 앞, 반듯한 반석 위에 올려놓은 석상이 있다. 토우를 닮은 모습에 크기는 모니터만 하다.

크에에!

미류가 다가서자 영가가 기세를 뿜었다.

절경!

그렇다고 기죽을 미류인가? 이제는 아주 한 걸음 앞까지 다가섰다.

키에에!

영가가 형체를 드러냈다. 조각 위에 올라앉은 영가는 검은 연기를 두른 형상이었다. 기이했다. 어떻게 보면 검은 면이고 또 어떻게 보면 오싹한 형체가 엿보인다.

"으헉! 바로 그놈이에요!"

집주인이 소리쳤다. 소리에 놀란 남창수도 오금이 저리는 걸 느꼈다. 고전적인 귀신처럼 입술에 피를 뚝뚝 흘리는 건 아니지만 귀신인 것만은 분명했다.

미류는 침착하게 영가의 힘을 가늠했다. 생각보다 강력했다. 그렇기에 낮에도 활동이 가능했던 것이다. 더구나 이 영가는 영기 가득한 조각상을 은신처로 삼고 있었다. 그곳에서 음기를 받으니 거칠 것이 없었다.

꾸에에! 크에엑!

영가는 험한 격류처럼 미류를 앞뒤로 뛰어넘으며 위세를 과시했다. 본능적으로 위험을 느끼고 협박을 해대는 것이다.

조심하는 게 좋겠군.

미류는 부적을 꺼내 남창수에게 주었다.

"세 분은 저쪽에서 이걸 잡고 계십시오. 놓으면 안 됩니다."

당부를 남기고 대문 앞에 자리를 잡았다. 대문을 바라보며 퇴마의 주문을 시작했다.

펄펄 뛰는 영가라?

그래봤자지.

나, 너도 못 간 저승까지 다녀온 무속인이야.

슬슬 한판 붙어볼까나?

그 시작은 애원결진원이었다. 혹 원한이 있으면 풀고 물러가라는 주문이다.

"옴 삼다라 가닥 사바하, 옴 삼다라 가닥 사바하, 옴 삼다라……."

끄웨에에!

먹히지 않았다. 영가는 오히려 미류의 코앞까지 다가와 지옥의 오열을 뿜어댔다. 심약한 사람이라면 심근경색으로 결딴날 판이다.

"저, 저거 저러다 법사님이 당하는 거 아니오?"

부적 앞에서 집주인이 사시나무처럼 떨었다.

"……."

남창수는 대꾸하지 못했다. 미류를 믿지만 난생처음 보는 귀신의 형체. 뭐라 단언할 수가 없는 것이다.

"옴 아모가 미로자나 마하 모나라 마니바나나마 아바라바라 밋다야 훔. 옴 아모가 미로자나……."

다음에는 귀신을 멸하는 주문을 동원했다.

꾸에엑!

주문이 높아지자 영가가 길길이 날뛰며 발악했다. 겅중거리는 높이가 수십 미터는 될 지경이다. 광분한 영가는 대청마루 쪽의 세 사람을 휘돌며 겁박했다. 특히 안주인이다. 영가는 그녀를 물어뜯을 듯이 몸부림을 쳐댔다.

"꺄악!"

안주인은 주저앉은 채 비명을 질렀다.

"움직이면 안 됩니다!"

미류가 소리쳤다. 그런 다음 주문 소리를 높였다. 신방울 소리도 독경을 따라 올라갔다.

절경절경절경경!

"옴 아모가 미로자나 마하 모나라……."

끄에, 꾸에에!

사물을 치고 허공을 들이박던 영가가 마당을 뒹굴기 시작했다. 그대로 정원수에 부딪치고 담장에 막히면서도 발악은 멈추지 않았다. 그러자 이번에는 등 뒤에서 서늘한 한기가 다가왔다.

절렁!

신방울을 울리며 돌아섰다. 미류의 눈에 보였다. 또 다른 두 영가였다. 대문의 영가보다는 약하지만 그들도 독기 탱천한 적의를 드러내고 있었다.

ㅡ건드리지 마.

ㅡ우리를 건드리지 마.

적의의 느낌이 폭발적으로 전해왔다.

'이것들, 뭐냐?'

미류는 의식을 바로 세웠다.

예전의 미류가 아니었다. 이제 신빨이 제대로 내린 무속인. 그렇다면 웬만한 잡귀쯤은 이 정도에서 두 손을 들어야 했다. 그런데 잡령조차 소멸을 두려워 않고 다가오다니…….

미류는 문득 영가들의 사연이 궁금해졌다. 집주인은 분명 원한 산 일이 없다고 했다. 하지만 이 정도의 염원이라면 맺힌 한이 장난이 아닐 것 같았다.

'그렇다면…….'

생각을 바꾸었다.

영가를 다스리는 법은 간단히 말해 두 가지다. 힘으로 누르는 것과 원하는 것을 들어주어 스스로 사라지게 하는 것.

부적 하나를 꺼낸 미류는 주문과 함께 석상의 이마에 붙였다. 그러자 검은 형체의 영가가 몸부림을 치며 모습을 드러냈다.

"히이에 쉬이에!"

희고 검은 한기를 밀어내는 귀신.

여자였다. 검은 소복을 입은 40대의 여자다. 알뜰하게 갈린 가르마와 단정하게 꽂힌 비녀, 소복으로 보아 요즘 사람은 아니었다. 그런데 그녀의 심장 부위에서 뭔가가 희끗거렸다. 은빛이다. 자세히 보니 은장도였다. 은장도가 가슴팍에 박혀 있다. 하나도 아니고 두 개였다. 거기서 나온 피가 검은 소복에 얼룩을 만들고 있었다. 딱 손바닥만 한 넓이다.

'살해당한 영가로군.'

미류는 마른침을 넘겼다.

"끼이! 끼이이!"

다가서던 두 영가가 여자 곁을 맴돌며 흐느낌을 토했다. 셋은 독립된 게 아니라 관계가 있는 영가들로 보였다.

"네 어디서 왔느냐?"

미류가 사자후를 뿜었다.

희번덕거리며 흰자위까지 번득이는 호통에는 저승의 공수가 실려 있었다. 이제 미류는 인간이 아니라 전생신의 신차로 영가를 호령했다. 순간 검은 영가들이 안주인을 덮쳤다.

"꺄아악!"

안주인이 자지러졌다.

"움직이지 마세요. 부적을 놓으면 안 됩니다."

미류가 외쳤지만 놀란 안주인은 부적을 놓고 주저앉고 말았다.

"끼에엑!"

큰 영가는 단숨에 안주인을 휘감았다.

"여보!"

집주인의 비명과 함께 쩔겅 방울이 날아왔다.

"끼에에!"

신방울을 맞은 영가가 떨어졌다. 미류는 재빨리 안주인을 일으켜 부적을 붙들게 하였다.

"절대, 절대 놓으면 안 됩니다."

끼에에, 꾸에에!

기회를 놓친 영가는 허공을 휘돌며 발악했다.

"요망한 것!"

미류가 방울을 집으며 말을 이었다.

"어디서 왔느냐고 물었다. 허튼짓 말고 당장 말하지 않으면 내 이십팔숙(二十八宿) 경문을 외워 네 형체를 수박 으깨듯 날려 버릴 것이다."

"쉬이에!"

"어서 말하지 못할까?"

미류의 목에서 쉰 소리가 천둥처럼 밀려 나왔다. 절정의 신차를 받고 있다는 증명이다.

"쉬이……."

미류의 신차를 확인한 듯 영가의 기세가 한풀 꺾였다.

절렁!

미류는 신방울을 흔들어 영가를 압박했다.

"내 한(恨)……."

영가의 입이 열리기 시작했다.

그녀는 두 손을 뻗었다. 그러자 두 영가가 그 품으로 들어갔다. 두 영가 또한 검은 형체로 모습을 드러냈다. 어린 소녀들로, 둘 다 목에 밧줄을 건 채 목이 부러진 모습이다.

"억!"

부적의 보호망 안에서 남창수와 집주인이 신음을 토했다. 그들은 이미 세 귀신을 다 보았다. 하지만 이렇게 오싹한 모습까지는 아니었다. 검은 형체는 보았지만 영가들의 모습 자체는 보지 못한 것이다.

"이 집에 원한이 있느냐?"

미류가 물었다.

"아니!"

여자가 대답했다.

"그런데 어찌 이 집에서 행패를 부리고 있는 것이냐?"

"때가 왔으니까."

"때라고?"

"저 여자… 매향이……."

여자의 손이 안주인을 가리켰다.

"나, 난 매향이가 아니야! 난 손명화라고!"

안주인이 손사래를 쳤다.

"닥쳐! 네 이름은 매향이야! 난 이다정이고!"

"이다정?"

"생의 굴레를 바꾼다고 내 한이 끝날 줄 알았더냐, 이 철천지원수야!"

여자가 안주인을 향해 솟구쳤지만 부적의 힘을 뚫지 못하고 튕겨났다.

"아아, 하늘도 무심하구나. 이제야 원한을 풀 수 있게 되었는데 이런 법사를 내려 길을 막다니……."

여자는 어깨를 늘어뜨리며 한숨을 쉬었다. 소리마다 한이 뚝뚝 흘러내린다.

"네 이름이 이다정이라고?"

미류가 여자를 쏘아보았다.

"그래, 내가 정 판서의 처 이다정이다. 저년은 첩실 매향이고."

"정 판서?"

"내 이 한을 풀기 위해 저 석상에 영혼을 담아 199년을 기다렸거늘, 원통하고 비통하게도 하늘이 길을 막아서는구나."

"그렇다면 전생 인과의 한을 풀기 위해 저 사람을 쫓아왔다는 말이냐?"

"그렇다."

"저 아이들도 매향이에게 죽임을 당했느냐?"

"저 찢어 죽일 년이 우리 세 모녀를 속여 이 꼴로 만들었다."

"법사님, 아니에요. 난 아니에요. 내가 왜? 저 귀신이 뭔가 잘못 알고 있는 거라고요."

부적 결계 안의 안주인이 항변했다.

"보아라!"

미류가 여자를 보며 뒷말을 이었다.

"네 보아 알겠지만 나는 저승의 권능을 받고 있다. 느껴지느냐?"

"······?"

"네 이리 한 발 다가오너라. 내가 전생신의 위엄을 빌려 네 말의 진위를 확인할 것이니."

"······."

"네 말이 맞는다면 내 네 한을 풀 수 있는 방법을 알아봐 주겠다."

"······."

"이도 저도 다 싫다면 내 부득이 이십팔숙 주문으로 너를 갈기갈 기 나눠 소멸시키는 수밖에."

미류가 두 팔을 들자 소맷자락에서 푸른 빛줄기가 장엄하게 흔들 렸다.

"키에에!"

영가들이 일제히 몸서리를 쳤다.

"정히 말귀를 못 알아듣는다면!"

"아니, 당신의 뜻에 따르겠습니다. 하지만 나를 속이는 거라면 내 혼 을 찢어 그 파편으로라도 저년의 눈을 멀게 할 것이니 그리 아시오."

"접수하마."

대답과 함께 부적을 꺼냈다. 귀신결박부다.

"네 나를 믿는다면 스스로 다가와 이 위에 앉으라."

미류의 손이 귀신결박부를 가리켰다.

"당신도 나를 믿는다면 저 석상의 부적을 치워주시오."

영가도 조건을 내걸었다.

"⋯⋯."

잠시 숙고하던 미류의 입이 열렸다.

"접수하마."

미류는 성큼 다가가 석상의 부적을 떼어냈다. 그러자 여자도 귀신 결박부 위에 올라앉았다.

"키엑!"

여자는 짧은 신음을 냈다. 부적의 결계에 갇히면서 내는 소리였다.

"사모님, 이리 오십시오."

미류가 안주인을 돌아보았다.

"하지만⋯⋯."

"저를 믿으십시오. 제가 있는 한 사모님을 해치지 못할 겁니다."

"가봐요."

집주인이 안주인의 등을 밀었다. 안주인이 비틀거리며 미류에게 다가왔다. 미류는 여자 옆에 앉았다. 안주인은 그 옆에 앉게 했다. 그런 다음 양편의 여자들 손을 잡았다.

세 명.

그냥 셋이 아니다.

귀신과 사람.

저편과 이편으로 구분된 전생을 함께 감응할 생각이다.

"눈을 감으세요. 전생을 돌아보게 될 겁니다. 어쩌면 조금 험한 장면이 나올 수도 있으나 이는 그저 지난 일이니 제가 끝이라고 할 때까지 잘 보셔야 합니다."

미류는 안주인에게 당부를 주는 것과 함께 전생 감응을 시도했다.

여자, 그러니까 영가의 전생륜부터 띄웠다. 영가의 전생륜은 끝이 잘려 있었다. 한이 깊어 윤회를 거부한 것이다. 영가로 남아 복수를 불태우고 있던 것이다.

영가의 전생은 비참했다. 모두 네 번의 생을 살았지만 매번 노예나 하녀, 혹은 창기 신분이었다. 그 비참한 생의 굴레는 지난 생에서 극에 달했다. 생이 조금씩 나아지면서 처음으로 명문 가문의 정실부인이 되었다. 그러나 딱 거기까지였다. 5대 독자인 정승 댁에 들어가 아들을 낳지 못한 것이다.

겉은 부러울 것 없는 정경부인, 하지만 알고 보면 온갖 눈치와 괄시를 받는 형편. 인과의 고리가 음에서 양으로 풀려가는 관문에 걸린 것이다. 증거는 전생륜의 잘린 마디에 있었다. 거기 서광이 맺혀 있었다. 다음 생에서는 그야말로 꿀 빠는 인생이 펼쳐질 예정이었다.

그런데 죽는 순간 맺힌 한이 너무 커서 다음 생으로 나지 못했다. 인간이기에 신의 뜻을 헤아리지 못한 것일까, 아니면 그런 생을 거부할 정도로 이다정의 한이 컸던 것일까?

마지막 한 걸음.

그 고비만 넘기면 바로 성공인데 거기서 폭주해 버린다.

신이 연출한 인과, 알면서도 어쩔 수 없다.

그래서 인간이다.

'일단 감응부터!'

정경부인령을 뽑았다. 그 자취를 좇아갔다. 감응은 미류를 건너 고택의 안주인에게도 전달되었다. 안주인의 몸이 바들거리는 게 증거이다.

조선이다.

시원하게 뻗은 기와집의 추녀와 대청마루가 나왔다. 부인이 첫아이를 해산하고 있었다.

"응애!"

딸이다.

"후우!"

마루를 서성이던 정승과 그 노모의 입에서 한숨이 나왔다.

이태 후에 두 번째 해산에 돌입했다.

"응애애!"

또 딸이었다. 정승과 노모는 한숨이 아니라 화를 쏟아냈다. 면목이 없는 부인은 미역국조차 입에 대지 못했다.

노모가 첩실을 데려왔다. 명망 있는 가문의 대를 끊을 수는 없었다.

"응아아!"

아이가 나왔다. 큼지막한 고추가 달렸다.

"아이고, 우리 아가, 수고했다!"

노모는 득달같이 달려가 핏덩이를 안아 들었다. 그 고추를 생산한 게 바로 매향이, 현재의 고택 안주인이었다.

정경부인과 후처!

말이 후처이지 부인의 입장에서는 씨받이에 불과했다. 하지만 아들을 낳았다는 이유만으로 모든 게 뒤바뀌어 버렸다. 매향은 매사 아기를 핑계로 특별 대우를 받았다. 한여름에는 얼음을 찾았고 한겨울에는 수박을 찾았다. 그 뒷바라지는 정경부인의 몫이었다. 제가 원하는 걸 대령하지 않으면 아기를 울리거나 젖을 먹이지 않았다. 그 모든 원망이 부인에게 돌아왔다.

1년이 지나자 하인들도 부인을 우습게 보기 시작했다. 고추를 끌어안은 후처의 편으로 돌아선 것이다. 처음에는 그저 누리기만 하던 매향이. 노모와 정승이 자기편을 들자 교만해지기 시작했다. 그걸 본 부인은 매향의 교육에 나섰다. 기왕 아들을 낳아 가문의 사람이 되었으니 천한 성품을 가르쳐 품기로 한 것이다. 무식한 매향은 그게 싫었다.

'아들도 못 낳는 주제에 누굴 가르쳐?'

'저년만 없으면 이 집은 내 차지인데.'

그녀는 안방을 차지하기로 마음먹었다.

정승이 왕의 국경 순시 행차를 따라나서자 음모가 시작되었다. 매향은 정승의 측근 하나를 패물로 매수했다. 그리하여 부인에게 편지를 보냈다.

—정승께서 원행 중 돌림병에 걸려 위독함. 부인께서는 즉시 다녀가기 바람.

편지를 읽은 부인은 젊고 건장한 하인 하나와 하녀를 거느리고 집을 나섰다. 매향은 즉시 자신의 오빠를 따라붙게 했다. 부인이 험한

산을 오를 때 매향의 오빠와 동료가 복면을 두르고 그녀를 덮쳤다. 하인과 하녀가 먼저 몽둥이를 맞고 쓰러졌다. 다음은 부인 차례였다. 한 괴한이 뒤에서 제압하고 또 다른 괴한이 가슴팍을 헤쳐 은장도를 꺼내 들었다. 그건 매향의 특별 주문이었다.

'그 잘난 은장도로 끝장내!'

은장도라고 말한 이유가 있었다. 후실로 들어온 첫날이었다. 정실 부인에게 인사하던 자리에서 부인이 다가와 저고리를 뒤졌다.

"아무리 천하기로 여인네 정절의 상징인 은장도도 없다니……."

그때 매향은 모욕감을 느꼈다.

"이놈들, 나를 욕보일 거라면 혀를 물고 죽을 것이다!"

정경부인이 소리쳤다. 그러나 괴한은 코웃음으로 대꾸했다.

"지랄하고 자빠졌네. 욕보이려면 저기 젊은 년 위에 올라타지 미쳤다고 너 같은 퇴물에게 용을 쓸까? 요것은 다 주문이 있어서 그러는 거니까 얌전히 뒈지거라."

"주문? 그러고 보니 너는 매향의 오라비가 아니냐?"

"이년이 눈썰미 하나는 좋구나. 그래, 나 천한 매향이의 오라비다. 하지만 오늘은 임금보다 무서운 저승사자이니라."

그 말과 함께 은장도가 이다정의 가슴팍을 밀고 들어왔다.

"어, 어!"

부인을 잡고 있던 괴한이 뒤를 가리키며 턱짓을 했다. 눈치를 차린 매향의 오빠가 몸을 뒤틀었다. 그 사이로 하녀의 은장도가 날아들었다. 그 손목을 쳐서 은장도를 뗼군 오라비는 그것마저 부인의 가슴 팍에다 꽂아주었다. 부인은 끝내 무너지고 말았다.

"마님!"

낙엽 위에 쓰러진 부인은 끌려가는 하녀의 외침을 들었다. 하인은 아랫도리가 벗겨진 채 가까운 곳에 숨겨 있었다. 분위기만 보면 하인이 부인을 범하려 하자 부인이 자진한 그림이 될 판이다.

'매향이 이년……'

죽기 직전 부인의 귀가 열렸다. 그 귀로 두 딸의 먼 비명이 들려왔다. 목이 매달리고 부러지는 비명이었다. 매향의 또 다른 오빠가 목을 매달아 죽은 것으로 꾸민 만행이었다.

"오호호홋!"

부인은 매향의 웃음소리를 들었다. 참으로 몸서리쳐지는 웃음이 아닐 수 없었다.

"이제 이 집안의 안주인은 나다!"

매향은 노란 한복을 입은 채 맴돌이를 했다. 그 너머로 아스라이 부인의 내생 문이 열렸다. 밝은 빛이 나왔다. 나름 열부로 살아온 이 다정. 내생에서는 좋은 삶이 기다리고 있는 것을 알았다.

하지만 부인은 스스로 그 문을 닫았다. 두 아이까지 참살한 첩실. 정승 품에 안겨 형님이 가엾다며 눈물을 흘리며 가증을 떠는 그 모습. 그걸 잊을 수는 없었다.

'이년……'

부인은 음계의 삭풍을 따라 떠오르며 한을 곱씹었다.

'내 이 한을 갚으리라. 천 년을 쫓아가서라도 반드시 갚으리라!'

부인은 결국 원혼이 되고 말았다.

'이년……'

바람 따라 저무는 목숨을 의식하며 부인은 한을 곱씹었다.

'내 이 한을 반드시 갚으리라. 천 년을 쫓아가서라도 반드시 갚으리라!'

부인은 결국 숨지고 말았다.

부인의 사체는 넉 달 후에야 돌아왔다. 왕의 시찰을 수행한 정승이 돌아와 행방이 묘연한 아내를 찾아낸 것이다. 두 딸의 사체도 발견되었다. 산 두 개를 넘은 계곡의 절이 가까운 소나무 가지였다. 발견자는 매향의 측근이었다. 물론 매향의 지시를 받은 일이다.

"야심한 밤에 어떤 스님을 따라나서기에 죽기로 말렸지만 듣지 않았습니다. 이러시면 안 된다고 매달렸지만 천박한 주제에 나선다고 따귀까지 치기에……."

매향이 부인의 행방에 대해 둘러댄 핑계였다.

—부인은 하인과 눈이 맞아 집을 나갔다가 변을 당했다.

—제 어미를 그리던 두 딸은 그 충격에 목을 매달아 죽었다.

시나리오는 그렇게 결론이 났다.

정승은 가문에 누가 되는 일이라 더 이상 언급하지 않았다. 마당에 둔 사체도 바로 매장했다. 바로 그때 부인의 혼령이 새어 나와 뒤뜰의 석상으로 들어갔다. 친정어머니가 득남하라고 보내준 귀한 석상이었다.

그때 원수를 갚지 못한 것은 급격한 이사 때문이었다. 혼의 힘이 강해지기 전에 매향이 정승을 졸라 대궐 가까운 곳으로 가버린 것이다. 석상은 이삿짐에 끼지 못했다. 매향의 행운이었다.

아아, 아아!

덩그러니 남은 석상에서 삭은 신음이 났다.

바람이 불면 그 소리가 점점 커졌다.

죽일 거야. 죽일 거야.

세월은 그렇게 흘러갔다.

거기서 미류가 여자의 손을 놓았다. 그러자 감응도 끝이 났다.

"으어어어……."

손을 놓기가 무섭게 안주인이 와들거렸다. 자신의 전생 소행에 대한 충격 때문이었다.

"내가… 내가……."

안주인은 손목조차 주체하지 못했다.

"이봐요, 무슨 일입니까?"

지켜보던 집주인이 소리쳤다.

"쉬잇!"

남창수가 나서서 주인을 막았다. 미류가 신호를 보내기까지는 지켜보는 게 상책이라는 걸 그는 잘 알고 있었다.

"이 생의 일은 아닙니다. 전생의 일이로군요. 애석하게도 사모님께서 저 귀신에게 깊은 한을 남겼습니다."

미류가 담담하게 말했다.

"아니에요. 내가 왜… 내가 왜……."

"자책할 것 없습니다. 전생에 일어난 일이니까요. 하지만 그 인과까지 부인하기는 어렵습니다. 사모님, 노란색 좋아하시죠?"

"예."

"은장도도요?"

"예."

은장도.

그건 또 다른 인과였다. 그 생에 천한 출신이라 번듯한 은장도 하나 없던 매향. 그렇기에 그 반대급부로 은장도에 호감을 갖게 되었다. 전생의 성정은 그대로 오기도, 반대로 오기도 하기 때문이다.

"그리고 저 석상."

미류의 손이 석상을 가리켰다.

"저건 싫었어요. 이사 오던 날 저이 지인 중 한 분이 이 집에 어울릴 것 같다며 선물로 보내줬는데 괜히 꺼림칙하더라고요. 하지만 저이가 워낙 저런 걸 좋아하는 데다 우리 집에 골동품이 한두 개인 것도 아니라서 그냥 넘겼는데……."

영가가 따라온 경위가 나왔다.

그랬다.

석상은 원래 이곳에 없었다. 그러니까 이 고택에는 석상도, 안주인도 처음이었다. 오랜 시간 다른 곳에 머물고 있던 석상과 매향의 현생이 여기에서 만난 것이다. 이다정의 한이 마침내 복수의 대상을 찾아온 것이다. 운명이었다.

"나는 저게 복을 부르는 석상이라고 해서……."

집주인이 말했다. 실제로 석상의 전 주인은 자잘한 복을 많이 받았다고 했다. 그 또한 영가의 집념이었다. 주인에게 해코지를 하면 석상을 버릴 수도 있는 일. 그렇기에 자잘한 액막이를 해주며 매향을 만날 날을 기다리고 있었던 것이다.

"맞아요. 200년 가까운 시간 동안 강물에 버려질 뻔하기도 했고 전쟁통에는 폭사할 뻔도 했어요. 그때마다 아이들과 함께 혼을 다해 버텼지요. 오직 이날을 위해서."

영가도 자신의 내력을 밝혀왔다. 200여 년. 짧지 않은 시간이다. 그 긴 시공을 건너온 것이니 그 한이 얼마나 깊을지 짐작이 갔다.

"사모님."

미류가 안주인을 바라보았다.

"예."

"어떠신가요? 소감 말입니다."

"저는 아직 뭐가 뭔지……."

"제가 영력을 빌려줄 테니 저 여자를 자세히 보십시오. 귀신이라 생각지 않으면 어느 정도는 보일 겁니다."

"……."

"당신의 전생에 맺은 인연입니다. 기왕에 여기서 만난 것이니 외면하는 것보다 해원하시는 게 좋을 것으로 생각합니다."

"좋아요. 볼게요. 전생을 보고 나니 어렴풋이 기억이 나네요. 죄책감 같은 것……."

"알겠습니다."

대답을 한 미류가 신방울을 울리며 신력을 높였다. 그러자 여자 일가의 모습이 조금 더 선명해졌다.

"정경부인 마님……."

안주인은 자신도 모르게 중얼거렸다. 동시에 이마가 땅에 닿도록 고개까지 조아렸다.

"영가는 들거라."

확인을 끝낸 미류가 세 영가를 바라보았다.

"키이이."

"내 네 전생을 돌아보니 그 한이 하늘에 미침이라. 하지만 그 또한 너희 두 사람의 생애에 있어 하나의 인과와 업보로 일어난 일이었다. 그렇기에 네 한은 깊으나 하늘이 그 시대에 한의 되갚음을 허용치 않았고 오늘에 이르러서도 나로 하여금 네 한을 막게 했구나. 그렇지 않으냐?"

"키이이……."

"이제 시간이 흘러 여기 매향이 전생의 업보를 안고 왔다고 하나 그녀는 이미 이 생에 손명화로 나서 또 다른 생의 굴레를 가기에 이르렀다. 그러니 이제 네 한을 알린 것으로 만족하고 돌아가거라. 내 전생신께 고하여 네게 기약된 밝은 삶을 시작하게 해줄 것이다."

"이렇게 말입니까? 원수를 눈앞에 두고?"

"이 여자는 매향이되 매향이 아니다. 원래대로라면 네가 그 생으로 돌아가 그 생의 매향에게 한을 갚아야 하는 것이 아니냐?"

"키에에, 원통한지고. 그냥은 못 갑니다. 이러려고 200년을 기다린 것이 아닙니다."

"그럼 어찌하면 네 한이 조금이라도 접히겠느냐?"

"은장도로 저 여자의 피를 내주세요. 그럼 법사님의 말씀에 따르겠습니다."

"피?"

미류가 돌아보자 안주인은 그 자리에 주저앉았다.

"바치시죠."

미류가 말했다.

"내 목을 내놓으라는 건가요?"

"아닙니다. 하나의 의식이지요. 피로 자신들의 울분을 달래려는 것입니다."

"난 못 해요. 칼로 어디를 찌르라는 거예요?"

안주인이 몸서리를 치는 동안 미류가 마루에 올라섰다. 거실 장식장에서 끝이 뾰족하게 선 은장도를 골라냈다.

"이봐, 뭐 하는 짓이야?"

안주인 앞에서 은장도를 뽑자 집주인이 소리쳤다. 미류는 그 칼로 자기 중지의 끝부분을 먼저 찔렀다. 채나연의 전생 리딩에서 얻은 힌트였다. 마디를 누르자 피가 방울져 흘러내린다.

이렇게 하는 겁니다.

미류가 안주인을 바라보며 눈으로 말했다. 안주인은 제 손을 바라보더니 미류에게 손을 맡겼다. 미류가 다섯 마디 전부 손끝을 찔렀다. 그 손을 쥐어짜 석상에 핏방울을 떨어뜨렸다.

톡, 톡!

방울이 석상의 미세한 틈을 타고 스며들었다.

"키에에!"

부적 위의 영가가 진저리치는 게 보인다. 미류가 다가가 귀신결박부를 치워주었다.

"키에에!"

영가는 미친 듯이 궤적을 그리며 안주인의 주변을 휘돌았다.

"꺄악!"

안주인이 머리를 감싸며 비명을 질렀다.

"네 악독한 짓을 생각하면 눈알을 뽑고 혀를 뽑아 갈아 마셔도 시원찮으련만 도력 높은 법사 때문에 물러가겠다. 이 생에서는 석고대죄하며 살거라. 그렇지 않으면 내가 사귀어둔 동무 귀신들이 어떻게든 네게 앙갚음을 할 것이니."

그 말을 남긴 영가가 두 딸을 품었다. 그녀는 석상을 몇 번 휘돌더니 어두운 궤적이 되어 하늘 끝으로 사라졌다. 그러자 멀쩡하던 석상이 돌연 반으로 갈라졌다. 돌연하기는 안주인도 마찬가지였다. 영가들이 사라지자 눈을 뜬 채 기절해 버린 것이다.

안주인은 30여 분 후에야 깨어났다. 안방 침대에 누운 그녀는 주변부터 두리번거렸다.

"여긴……."

"방 안입니다. 이제 다 괜찮습니다."

머리맡에 있던 미류가 대답했다.

"법사님."

"사장님은 물을 가지러……."

"그보다… 그 일, 꿈은 아니죠?"

"예."

"그런 일이… 가능한가요? 다시 생각해도 너무 당혹스럽고… 왜 이제 와서……."

"세상만사가 다 그렇지요. 늘 다니던 길의 꽃도 어느 날 문득 보이는 경우가 있지요. 어제까지는 존재도 몰랐던 꽃이."

"그 말씀은 참 합당하네요."

"저도 어느 날 문득 무속에 눈을 떴습니다. 그 전까지는 선무당이었다가."

"그러네요. 돌아보니 제가 좀 모진 구석이 있어요. 그리고 제가 우리 바깥양반과도 초혼이 아닙니다. 옛날로 따지면 후처 격인데 그 또한 업보일까요?"

"매사 부정적으로만 볼 건 없습니다. 요즘이야 재혼이 흔한 세상 아닙니까? 모든 것이 전생으로부터 비롯된 것은 아닙니다."

미류는 안주인을 위로해 주었다.

"이제 저 어쩌죠?"

그녀가 퀭한 눈으로 미류를 바라보았다.

"여자의 깊은 한이 이 생까지 따라온 모양입니다. 이제 제 갈 길로 갔으니 해마다 오늘이 되면 저 석상에 물이나 한 그릇 올리시면 후환이 없을 겁니다."

"전생… 무섭네요."

"하지만 반성의 계기가 되기도 하고 자신의 과오를 바로잡을 기회가 되기도 하지요."

"그건 인정해야겠어요."

"그리고 들여놓으신 골동품 중에 동티가 묻은 것이 몇 개 있는 것 같아 부적을 드리니 이걸 그 선반 아래 붙이면 그 또한 해결될 겁니다."

미류가 부적을 내밀었다. 매향의 영가가 경고한 것에 대한 예비였다. 동무 귀신들, 그게 바로 골동품의 동티를 말하는 것이었다.

"그냥… 물만 올리면 되나요? 그 귀신들, 생각할수록 한이 어마어마하게 깊겠다는 마음이……."

안주인의 눈에서 눈물이 쏟아졌다. 시공을 지나온 참회가 뒤따른 것이다.

"이제부터라도 공덕을 쌓으면서 좋은 일 많이 하시면 좋은 생이 될 겁니다."

"공덕이라면……."

"선행이지요. 제 생각에는 결손가정을 도우면 좋을 것 같습니다만."

"어머, 그거 딱이네요."

안주인의 표정이 밝아졌다. 그사이에 집주인이 들어섰다.

"여보, 괜찮소?"

그가 안주인을 보며 물었다.

"법사님 덕분에 괜찮아요."

안주인이 물을 마시는 사이에 미류는 인사를 하고 물러났다. 마당에 내려서서는 석상에도 합장을 올렸다. 영가의 피 맺힌 한을 위한 위로였다. 그 자리에서 영기를 체크했다. 들어올 때는 살을 때리는 듯 강력하던 영기가 느껴지지 않았다. 이제 고택은 안전했다. 낮에도 아름답고 밤에도 아름다운 고풍 속으로 들어간 것이다.

"그러고 보니 이제 아무렇지도 않네? 아까만 해도 여기 나와 서 있으려니 등덜미가 오싹했는데."

미류와 남창수를 배웅하러 나온 집주인이 중얼거렸다.

"아따, 내가 말했지 않습니까? 여기 미류 법사님, 대한민국 최고라고! 귀신이라면 언제든지 연락하십시오! AS 확실하게 해드리겠습니다!"

운전석의 남창수가 소리쳤다.

부릉!

차는 시동 음을 뿜으며 고택에서 멀어졌다. 멀리서 먼동이 트고 있다. 미류의 눈에는 여자의 한이 걷히는 증거로 보였다.

"죄송하지만 한잠 자겠습니다."

미류가 말했다.

"하나도 안 죄송하니까 푹 자세요. 운전도 소녀 감성으로 살살 하 겠습니다."

남창수가 웃었다. 툭 터져오는 먼동처럼 개운한 표정이다.

겁살을 막은 버드나무

이른 아침, 미류는 부동산 계약서를 꺼내놓았다.

전생신의 앞이다. 미류의 계획에 축원을 내려달라는 의미였다. 수련을 위해 이십팔숙(二十八宿) 주문을 외웠다.

—각항저방심미기.

—두우어허위실벽.

—규루위묘필자삼.

—정귀유성장익진.

이십팔숙은 하늘의 별 이름이다. 이 주문은 마치 카드를 섞어내듯 자유롭게 섞어 외울 수 있어야 한다. 그래야만 잡귀를 박살 낼 수 있었다. 주문에는 특이하게도 같은 발음 글자가 없다. 글자를 섞어 외우되 주문 외의 다른 글자가 들어와서는 안 된다. 자칫하면 성신(星辰)이 아니라 잡귀 잡신을 불러 내려 재앙을 초래할 수 있었다. 그렇기에 어떤 주문보다도 정신을 차려야 하는 주문이었다.

"오빠!"

주문이 끝나자 하라가 빠끔히 고개를 들이밀었다.

"하라구나. 들어와."

미류의 허락이 떨어지자 하라는 늘 하던 대로 신단에 인사를 하고 쌀점 치기에 들어갔다.

"호이쨔!"

한 바퀴를 돌아선 하라가 부채의 쌀을 떼어내 바닥에 엎었다.

"오늘은 길일!"

하라가 소리쳤다.

"어이쿠, 듣기만 해도 힘이 팍팍 솟네."

"그렇지?"

"기왕이면 엄마 것도 한번 쳐줄래?"

"싫어."

하라가 불뚝 고집을 부렸다.

"왜?"

"맨날 공부만 하라잖아? 난 노는 게 더 좋은데."

"엄마가 너 잘되라고 그러는 거지. 오빠도 날마다 무속 공부하잖아?"

"무속 공부는 좋은데 학교 공부는 싫어."

하라가 도리질을 했다. 세월이 흘러도 변하지 않는 것 하나, 그건 바로 학교였다. 이 세상에 학교 좋아하는 아이가 몇이나 될까? 그런데도 학교는 잘 굴러가니 그 또한 재미난 일이었다.

"첫 손님 모십니다."

잠시의 휴식 후에 점사가 시작되었다. 그런데…….

"……?"

첫 손님을 본 미류가 소스라쳤다. 신당에 들어선 두 남자, 그중 한 사람이 쌍골선사인 것이다.

"선사님!"

"왜? 나는 법사 점 볼 자격 없나?"

쌍골이 웃었다.

"그게 아니고… 선사님이라면 그냥 오시면 될 것을……"

"여기 우리 권 사장님 때문에 그랬네. 이 양반이 워낙 돌다리도 두드려 보고 건너는 사람이시라……"

"……"

"인사하세요. 요즘 한국 무속계에서 제일 잘나가시는 우리 미류 법사입니다. 방송에서 봤다고 그랬죠?"

"잘 부탁합니다."

쌍골의 말에 중년 남자가 꾸벅 인사를 해왔다. 미류도 엉겁결에 인사를 받았다.

"실은 내 지기 중의 한 명인데 나를 돌팔이 취급을 하지 뭔가? 이 친구가 동네에서 조그만 설비업체를 하고 있는데 이번에 작은 건설회사를 인수해 본격적으로 건설업에 뛰어들 생각이라네. 내가 볼 때는 짧은 눈썹의 대단촉미에 콧방울의 천창이 두툼해 재물운도 있고 명궁과 산근에 가로로 쳐진 주름도 기세를 잃어 역경도 끝났는지라 도전해 봄 직한데 굳이 미류 법사 좀 소개해 달라기에……"

"저런, 그러시면 제가 곤란해지는데요."

미류가 웃었다.

"뭐, 하는 수 있나? 미류 법사야 뜨는 해이니 그 빛을 받아야 광명을 품는 법."

"그럼 기왕에 선사님이 다 보신 것이니 저는 전생이나 봐드리겠습니다."

"알겠네. 나는 나가서 기다릴 테니 잘 부탁하네!"

쌍골은 알아서 자리를 비켜주었다.

"잠시 눈을 감아보시겠습니까?"

미류는 천천히 두 팔을 들어 올렸다. 권 사장의 전생령은 두 개가 보였다. 그중 하나는 벽돌공이고 또 하나는 대목수였다. 바로 감응해도 될 것 같아 목수령을 떠워주었다.

인도의 거대한 건설 현장이다. 나무를 나르는 코끼리도 보였다. 대목수는 그곳에서 중간 관리자였다. 성곽의 일부 건물을 자신의 책임 하에 완성하는 것이다. 그는 특별히 나무를 잘 알았다. 그것은 왕족들과의 대화에서도 잘 나타나고 있었다.

"산을 사겠다고?"

예산을 맡은 왕족이 대목수를 노려보았다.

"그렇습니다."

"나무를 사면 그만이지 왜 산을 사겠다는 것이냐?"

"한 건물은 한 산에서 나오는 나무로 지어야 합니다."

"뭐라? 아무 나무나 사다 잘 짓는 것이 목수의 일 아니냐?"

왕족이 발끈하고 나섰다.

"그것은 보통 목수의 눈입니다. 제아무리 목수의 솜씨가 좋다고 해도 같은 산에서 난 것 같은 재질을 낼 수 없습니다. 이 공사는 십수 년이 걸릴 일이니 건물이 천 년 가기를 원한다면 제 청을 들어주십시오."

"허어!"

예산을 뒷구멍으로 남겨야 하는 왕족은 대목수의 청을 들어주지 않았다. 대목수는 다음 날 사의를 표하고 낙향했다. 그 정도로 올곧은 신념을 가진 사람이었다.

감응은 그 정도에서 끝냈다. 그에게는 건축의 본성이 있었다. 돈을 벌고 말고는 나중의 문제였다. 피가 아니라 의식이 끌리는 것이다.

"이야!"

감응에서 깨어난 권 사장이 무릎을 치며 좋아했다.

"제 전생이 대목수였군요? 어쩐지 저 초등학생 때부터 나무가 좋았습니다."

"그러셨군요."

"해서 대학도 산림학과를 나왔죠. '전화기(전기전자공학과, 화학공학과, 기계공학과)' 가고도 남을 성적이었지만 그냥 나무가 좋았거든요. 물론 집안에서는 난리가 났지만."

"건설사 하세요. 재물운은 선사님께서 보장하셨으니 저는 적성을 보장하겠습니다. 최소한 다른 무엇보다 즐겁게 일하실 겁니다."

"어이쿠, 역시 방송 나오신 분은 다르군요. 우리 선사 말 듣고 긴가민가했는데 이제 확신이 서는군요. 언제든 집 지을 일 있으시면 전화만 하십시오. 제가 열 일 제치고 달려가서 원가에 봉사하겠습니다."

권 사장은 이미 낸 복채에 더해 100만 원짜리 수표를 명함과 함께 남기고 돌아갔다.

'후훗!'

미류가 웃었다.

인간이다.

인간은 눈으로 확인을 원한다.

그게 바로 전생점의 위력이었다. 시원한 성격의 권 사장이 남긴 말은 그냥 인사가 아니었다. 이날을 기점으로 미류에게 많은 도움을 주게 되니 하라가 점지한 길일이란 그를 두고 한 말 같았다.

"다음 손님 들이세요!"

이어진 미류의 샤우팅도 시원하기 그지없었다.

오후 점사를 끝낸 미류는 랜드로버에 올랐다. 남창수와의 약속 때문이다. 그가 미류에게 넘겨준 땅을 보여주기로 했다. 미류가 점사를 돌아보니 오늘 본 것만 13명이었다.

13명.

딱 알맞은 손님 숫자이다. 경우에 따라서는 하루 서른 명을 보는 사람도 있었다. 그렇게 되면 몸주도 무당도 진이 빠진다. 30분 기다려서 2분 진료를 보는 병원 같다고나 할까?

점사는 어찌 보면 진료와도 통한다.

─전립선염이군요. 약 줄 테니 가세요!

─부정 탔어. 부적 써줄 테니까 가봐!

시간에 쫓긴다면 그 어느 경우도 사람을 만족시킬 수 없다. 손님들이 원하는 건 결과만이 아니다. 과정을 듣고 이야기해서 맺힌 우려와 근심까지 버려지기를 바란다. 더구나 점은 운명에 매달린 병을 씻어주는 일이다.

30분쯤 달려 중랑천 변에 닿았다. 거기 공터에 남창수가 보인다.

"법사님!"

차에서 나와 있던 그가 미류를 보고 손을 흔들었다.

"제가 좀 늦었습니다."

미류도 차에서 내렸다.

"아닙니다. 저도 막 파킹을 끝낸 참입니다."

"식사는요?"

"사실 집에 간 이후로 내처 잠만 잤습니다. 법사님이 퇴마하는 동안 무지무지하게 졸았던 모양입니다."

"별말씀을……."

"고택에서 전화 왔는데요, 깔끔하다더군요. 전에는 낮에도 어둑한 구석에서는 오싹한 느낌이 있었는데 싹 사라졌답니다."

"다행이네요."

"아, 정부는 뭐 하나 모르겠습니다. 법사님 같은 분 모셔다 인간문화재 주든지 아니면 국민근심박살위원회 위원장 같은 데 앉히지 않고."

"그런 거 이미 있습니다. 용한 만신 중에서 인간문화재가 되기도 하고 굿도 무형문화재로 지정되기도 하지요."

"내 말은 법사님은 왜 안 시켜주느냐 이겁니다."

"저는 아직 만신 반열에 낄 주제가 아닙니다. 어찌 보면 아직도 배우고 또 배워야 하는 애동제자 꼴이지요."

"그런 말씀 마십시오. 나도 인생 좀 아는데 어느 분야든지 젊고 잘나가는 사람을 우대하고 키워야 합니다. 나이 먹은 사람도 중요하지만 그건 그냥 현상 유지에 불과해요."

"그럼 사장님이 대통령 되셔서 저 시켜주세요."

"그럴까요? 내친김에 이번 대선에 출마해?"

남창수가 기염을 토했다.

"땅은 어느 쪽이죠?"

미류가 슬쩍 화제를 바꾸었다.

"아, 하긴 내 주제에 무슨 대통령. 이리 오세요."

남창수가 앞서 걸었다. 중랑천 변은 시원하게 정비되어 있었다. 한참을 걷던 남창수가 재활용 분리수거장 인근에서 걸음을 멈췄다. 좌측으로 서울시 관리소가 보이고 우측은 둑길이었다. 거기 우묵하게 들어앉은 공간이 시선을 쪽 잡아당겼다.

'여기로군.'

미류는 알았다. 늙은 버드나무 한 그루가 시골 마을 신목처럼 버티고 선 기다란 땅. 자투리땅이라 누구도 눈여겨보지 않는 곳. 하지만 미류만은 달랐다. 강력한 영력이 당긴 것이다.

이리 와, 이리 와 손짓하면서.

얼핏 보아도 음기가 강한 땅. 저 땅에 누가 버드나무를 심었을까? 알고 심은 거라면 그는 음양의 도인이 아닐 수 없었다. 신의 한 수. 버드나무 한 그루가 최악의 음기를 막고 있었다.

"보시면 알겠지만 둑방과 서울시 관리소 사이에 있어 효용 가치는 없습니다. 아파트를 짓기도, 빌라를 짓기도 마땅치 않지요. 주변 환경도 좋지 않고."

남창수가 코를 큼큼거렸다. 재활용장과 무허가 수리업소 등에서 나오는 냄새 때문이다. 무허가 건물로 도배가 된 땅. 게다가 대로에서 멀어 환경법도 치외법권으로 보였다.

"하지만 요양원이라면 얘기가 다르지요. 잘 정비된 하천 공원은 거저 생긴 정원이 될 수 있고 서울시 관리소 덕분에 소음 제로 지대입니다. 대로에서 떨어진 것 또한 장점이 될 수 있겠더군요. 차량 소음으로 시끄러운 곳보다야 딱 아닙니까?"

"전하고는 다른 말씀이시군요?"

미류가 웃었다.

"그게… 법사님이 사신 땅이니까 공부 좀 해봤죠. 잘 보여서 액살 같은 거 좀 모면하려고 말입니다."

남창수도 머쓱한 미소를 지었다.

"무허가 업소의 상당 부분이 시유지라고요?"

"저기 펜스 보이죠? 실측을 해보니 그게 좀 더 밖으로 나와야 하는데 서울시 시설 쪽으로 많이 들어갔습니다. 그것 때문에 여기 공간이 넓어져서 무허가로 사용이 가능하게 된 거죠."

·

"사유지도 끼어 있다고 하신 것 같은데……."

"땅이 이 모양이다 보니 돈 안 되잖습니까? 그래서 소유주들도 별관심 없는 모양입니다. 먼 과거에 여기 무허가 건물이 왕창 들어섰다가 철거되면서 주민들이 강제로 쫓겨났는데 그때부터 지금까지 소유권을 행사하지 않은 땅들이 많았습니다. 내 채무자가 그걸 알고 일부 주인을 찾아 헐값에 도장을 받았는데 일부는 빠져 있더군요."

"예."

"그중 하나가 이 부분인데……."

남창수가 지도를 내밀었다. 오른쪽의 중간 부분에 형광펜으로 칠한 부분이 있다. 작지만 그곳 때문에 땅 모양이 나오질 않았다.

"제가 중개업자를 중간에 세워보았는데 팔 생각이 없다고 잘라 버리더랍니다."

"그분은 뭘 지을 생각일까요?"

"그게 아니라 치매 걸린 할망구라서……."

"치매요?"

"자식들이 있다니 곧 상속이 되겠지요. 그때 조금 더 쳐주고 매입하셔도 되기는 하는데……."

"그러다 한 20년 더 생존하시면……."

"어이쿠, 그럴 수도 있겠군요. 그 할망구, 70대 초반이라던데 요즘은 여자들이 100세까지 장수하는 시대이니……."

"제가 한번 접촉해 보겠습니다."

"그러세요. 지금 그 할망구 병원에 입원해 있는데… 이름은 서영심이고……."

"예? 누구라고요?"

이름을 들은 미류가 고개를 들었다.

"서영심… 아는 사람입니까?"

"그 사람 혹시 순댓국집 하는?"

"맞아요. 법사님, 아시네요?"

"아, 그 서영심."

미류의 뇌리에 할머니 하나가 스쳐 갔다. 채나연의 병원에서 본 그 할머니였다. 일본군 의무장교령의 전생을 가진 사람. 허얼, 이 무슨 기연이란 말인가?

"잘 아십니까? 그럼 일이 수월해질 수도 있는데……."

"제가 점사를 봐준 분입니다."

"으아, 그렇군요. 역시 이 땅은 법사님이 주인인 모양입니다."

"잘될지는 모르지만 만나서 부탁을 해보겠습니다."

"그러십시오. 그 자투리땅 해결되면 저 관리소의 기관장이나 서울 시 쪽에 알아보십시오. 펜스 밖의 땅은 장기간 무허가 점용이 된 터라 싼값에 불하받을 수도 있을 겁니다."

"암초가 세 가지로군요. 자투리땅과 무허가 업자들 내보내기, 그리고 서울시 시유지 불하."

"뭐 정 안 되면 법사님 신통력으로 귀신을 풀어서 확!"

"하핫, 사리사욕에는 신통력도 통하지 않는답니다."

"아, 그렇군요. 쩝."

남창수가 뒷목을 긁었다.

미류는 둑길을 걸으며 상황을 파악했다. 폐지 수집상과 무허가 개 사육장, 조악한 가내공업과 수리업소 등이 보인다. 무허가 업소는 두 명에게 임대료를 내고 있었다. 그 둘이 이 땅의 터줏대감이었다. 땅 주인은 아니지만 미리 점유하고 산 관계로 점유권을 행사하는 경우였다.

"그 둘도 제가 의사를 타진했는데 한 사람은 자기 땅이 아니니 내놓을 의사가 있는데 다른 한 명은 악질 같았습니다. 주변 사람들에게 물으니 절도 폭행으로 단 별이 일곱 개나 되는 칠성장군이라더군요."

"칠성장군요?"

"전과자 말입니다."

"예……"

"자기 땅은 아니지만 오랜 시간 임대료를 챙기고 있으니 순순히 물러날 것 같지는 않았습니다. 그 또한 법사님의 관건입니다."

"터줏대감이면… 혹시 저 버드나무도 그 사람이 심은 걸까요?"

"글쎄요. 그것까지는……"

"온 김에 한번 만나볼까요?"

"지금 당장요?"

"어차피 겪을 일 아닙니까?"

"하지만 그 인간 성질 한번 더럽던데……"

"뭐 그렇다고 때려죽이기야 하겠습니까?"

"그래도……"

"그럼 사장님은 먼저 가십시오. 이제 제 일이니 제가 점잖게 대화를 청해보겠습니다."

"아닙니다. 사람이 의리가 있지, 저도 같이 가겠습니다."

이번에도 남창수가 앞서 걸었다. 알고 보면 그도 의리남에 속하는 사람이었다.

미류의 걸음이 버드나무 앞에서 멈췄다. 가까이서 보니 가지가 몇 갈래로 갈라졌다. 벼락이라도 몇 번 맞은 모양이다. 그 찢어진 가지 사이로 사령(死靈)의 흔적이 감지되었다. 기이한 마음에 뿌리 쪽을 바라보았다.

'후우!'

남창수 몰래 깊은 한숨이 나왔다. 이 버드나무, 굉장한 신목이었다.

신목!

"계십니까?"

노크는 남창수가 대표로 했다. 허름한 문 안에서는 아무런 소리도 들리지 않았다.

"안에 누구 계십니까?"

다시 두드리자 뒤쪽에서 소리가 나왔다.

"누구야?"

첫마디부터 까칠한 반말이다. 미류가 돌아보자 까무잡잡한 50대 남자가 나왔다. 러닝셔츠에 슬리퍼, 손에는 빨간 뚜껑의 소주병도 들려 있다.

"뭐요?"

그가 턱짓으로 물었다.

"황명구 선생님 되시나요?"

그때부터 미류가 나섰다. 이 일은 이미 미류의 일이기 때문이다.

"그렇소만?"

황명구의 인상이 조금 누그러졌다. 호칭 때문이다. 누구든 대접을 받으면 조심하게 마련이다.

"실은 제가 이번에 여기 땅을 매입하게 되었습니다."

"매입?"

황명구의 반응이 몹시 시큰둥하게 변했다.

"잠깐 얘기 좀 할 수 있을까요?"

"됐수다. 난 할 말 없으니 그냥 가슈. 내가 30년을 여기서 살았는데 땅 주인은 무슨……."

"선생님!"

"미안하지만 선생 아니거든! 그리고 또 미안하지만 그냥은 절대 안 나가!"

그가 먼저 쐐기를 박았다.

"그게 아니고 결혼 앞두고 계시군요?"

"응?"

미류의 계산된 변죽, 돌아서던 황명구가 고개를 돌렸다.

"신부님이 아주 젊은 분이시네요."

"당신이 그걸 어떻게 알아?"

"제가 점을 좀 보거든요. 아마도 20대 초반……"

"어이, 내가 결혼하려고 생각 중이기는 한데 아직 신부는 결정도 안 됐거든. 그러니 어디서 주워들은 헛소리 씨부리지 말고 찌그러지셔."

"주워들은 게 아니고 당신의 팔자에 보여서 그럽니다. 이번이 세 번째 결혼이죠? 두 아내분은… 이런, 돌아가셨군요."

"……?"

황명구가 파뜩 고개를 들었다. 그가 두 번 결혼한 건 사실이었다. 하지만 그걸 아는 사람은 거의 없었다. 그는 이곳에서 오래 살았고 지인들도 이 안에 있었다. 하지만 초기에 함께 들어온 지인들은 대부분 죽었다. 혹 한둘 남았어도 지적장애를 가지고 있었다. 그 사실을 미류가 말하고 있는 것이다.

"새 신혼 생활은 깨소금 볶듯 해야 할 텐데 남자의 정기가 막혔어요. 게다가 가슴도 덜컥 막혀 있군요."

"당, 당신……."

돌연한 상황에 놀란 황명구는 경계 본능으로 눈에 불을 켰다. 그때 그의 주머니 속 핸드폰이 요란을 떨었다.

"여보시오!"

그가 전화를 받았다.

"됐다고? 알았어. 나 지금 웬 떨거지들이 찾아와서 말이지. 뭐? 나이? 나이가 어떻다고?"

나이를 묻던 황명구의 표정이 굳었다.

"이봐, 당신, 그거 누구한테 말한 적 있어?"

한 번 더 캐물은 그가 전화를 끊었다. 그러더니 미류를 꼬나보았다.

"당신, 진짜 점쟁이야?"

"그렇습니다."

"씨발, 귀신이네. 몽골에 국제결혼 신청했더니 스물두 살 아가씨가 걸렸다는데⋯⋯."

"⋯⋯."

"그리고 뭐? 남자의 정기가 막히고 가슴도 막혀?"

"선생님!"

"선생 아니거든."

"알겠습니다. 조용한 데서 얘기 좀 나눌 수 있을까요?"

"여기도 조용하거든?"

"액운이 당신을 노리고 들끓는데 이렇게 툭 터진 데서 당신 운명을 까발려도 될까요?"

미류는 넌지시 황명구를 자극했다. 그는 이미 미끼를 문 상태였다. 겉보기에는 까칠해도 속까지 까칠한 사람은 아니었다.

"액운이라니?"

"모르십니까?"

"모르긴 뭘 몰라?"

황명구가 목청을 높였다.

"당신이 저 버드나무 심었나요?"

"씨발, 그건 우리 엄니가 심었다, 왜? 빌어먹을 버드나무는 심어가지고 해마다 송충이에, 청소하느라 미칠 지경이구만."

"당신 어머니… 무속인이었습니까?"

"무속인인지 뭔지는 몰라도 점은 좀 봤다, 왜?"

"당신이 지금까지 살고 있는 거, 그 어머니 덕분입니다."

반듯하게 선 미류의 시선이 황명구를 꿰뚫고 지나갔다.

"뭐야?"

"저 버드나무, 언젠가 벼락이 떨어졌지요? 두 번쯤 되겠군요. 그때 그걸 대신 맞아 당신을 살렸고… 그 후로도 수액이 마를 정도로 양기를 뿜어 당신에게 스민 액운을 막아주었습니다."

"……!"

"당신 어머니, 아마 죽을 때 유언도 남겼겠군요. 절대 버드나무 베지 말라고."

"……!"

"내 말이 틀렸다면 돌아가겠습니다. 하지만 틀리지 않았다면 당신은 내 점사를 받는 게 좋습니다."

"점사……."

"안으로 들어갈까요, 그냥 돌아갈까요?"

"씨발!"

빈 병을 걷어찬 황명구는 미류를 한번 쏘아보고는 허름한 문을 열어주었다. 문이 열리자 기묘한 기운이 밀려 나왔다.

'이건…….'

미류가 걸음을 멈췄다.

그건 사령(死靈)의 흔적이었다.

우수수!

사령이 미류를 넘보며 다가왔다. 미류는 주문부터 외웠다.

"옴소마니 소마니 홈……."

사령이 허공에서 흩어졌다. 난데없는 바람을 따라 먼 구천의 신음이 들려오는 것도 같았다.

"사장님은 밖에 나가 계십시오."

기이한 느낌에 남창수를 안전지대로 보냈다. 안으로 들어서자 낡은 부적이 보인다. 세월의 때가 덕지덕지 낀 부적이지만 아직도 주술력은 남아 있었다. 방금 전에 느낀 사령의 흔적도 엿보였다.

'보통 사람이 아니었군.'

미류는 부적에 꽂힌 시선을 쉽게 거두지 못했다. 그 옛날, 강호에 널리고 널린 영험한 무속인들. 생각지도 못한 만신의 자취를 만나는 순간이었다.

"저 부적, 당신 어머니께서 쓴 거겠지요?"

자리를 잡은 미류가 물었다.

"그렇수다만."

"이번 결혼은 하지 마십시오."

미류가 황명구를 바라보며 단언하듯 말했다.

"뭐요?"

소주를 빨던 황명구가 미류를 쏘아보았다.

"스물두 살의 아가씨, 그 아가씨와 합치면 당신 몸 두 곳에 구멍이 납니다. 심장과… 고추."

"뒈진다?"

"그렇습니다."

"씨발, 인생 뭐 있나? 아가씨 배 위에 올라가서 죽는 것도 나쁘지 않지."

"혹시 당신 어머니가 쓰시던 물건 같은 거 없습니까?"

"그건 왜 찾는데?"

"당신을 이해시키는 데 도움이 될 만한 게 있나 싶어서 그럽니다."

"흥, 그렇게 환심 사서 나 거저 내쫓으려는 거 아니고?"

"오면서 법을 좀 알아봤는데 당신은 어차피 나가야 합니다. 나는 그런 권리가 있고요."

"좆 까는 소리. 나 그냥 내쫓으면 확 배를 갈라 할복해 버릴 테니까 알아서 하셔."

황명구는 제 러닝셔츠를 거칠게 올려 보였다.

'풋!'

미류는 웃음이 나오려는 걸 간신히 눌러 참았다. 배꼽 때문이다. 아기 때 배꼽을 잘못 잘라 주먹만 한 배꼽이 매달려 있었다.

"어머니 물건 없나요?"

"씨발, 재주 좋으면 한번 찾아봐. 당신 가까이에 다 있으니까."

황명구는 남은 소주를 마저 들이켰다.

가까운 곳.

천장을 보았다. 아무것도 없었다. 너저분한 벽에도 무구나 무속의 흔적은 없었다. 그렇다면 밖의 버드나무일까?

'아니지!'

고개를 저었다.

당신 가까이.

그건 방을 의미하고 있었다. 미류는 신방울을 꺼내 절경 소리를 울렸다. 느슨하게 풀어둔 영기를 조이자 황명구의 말을 이해하게 되었다. 벽이었다. 미류가 일어나 벽을 짚었다. 한두 곳이 아니었다.

'벽에?'

미류가 황명구를 돌아보았다.

"제법이시군. 괴발개발 낙서 같은 부적들을 주며 버리지 말라기에 벽에다 대고 다 발라 버렸소. 그 위로 도배를 몇 번 했지만 엄니 유언은 지킨 거지."

'맙소사!'

모전자전이다. 아들의 안위를 걱정하며 남긴 부적들. 그래도 제 어미의 뜻을 받들어 벽에다 붙여 버렸다. 그 힘으로 아들은 벼락을 피한 것이다. 명줄을 지킨 것이다.

하지만 거기까지였다. 긴 세월 동안 부적의 주술력은 바닥이 나버렸다. 그래서 아들이 결혼을 생각하게 된 것이다. 어머니가 혼을 바쳐 막아둔 액살, 그것을 스스로 부르는 것이다.

"당신은 여기를 떠나야 합니다."

상황을 파악한 미류가 잘라 말했다.

"맨입으로?"

"이사 비용은 드리지요."

"좆 까는 소리, 쫓아내려면 아파트 입주권 한 장 정도는 줘야지."

"아니면 당신은 여기서 죽습니다."

"뭐야?"

"당신 가슴팍과 사타구니에 낀 이 사기(邪氣)."

"으헉!"

미류가 가슴팍을 짚자 황명구가 질겁하며 물러섰다.

"씨발, 무슨 짓을 한 거야? 왜 내 가슴이 이렇게 뜨거워?"

"아무 짓도. 그 고통은 당신 안에서 나온 겁니다."

"내 안?"

"병원 가봤죠? 별문제 없다고 들었을 겁니다."

"씨발아, 나도 알아. 우리 엄니도 이런 증세 있었다고 했거든. 그러니 유전 아니겠어?"

이런 증세!

그건 일종의 신열이었다. 하지만 황명구의 신열은 무당이 될 정도는 아니었다. 어쩌면 봉평댁 수준으로 보는 게 옳았다. 하지만 봉평댁과는 아주 다른 선택을 하고 있으니 신열이 죽음의 기운으로 바뀌어가는 것이다.

"유전이 아니라는 걸 보여 드리지."

미류는 벽에 붙어 있는 부적을 떼어내 불을 당겼다.

"어억!"

황명구가 가슴팍을 쥐어뜯으며 움츠렸다. 이번에는 방 안에 놓인 과도를 집어 사령의 흔적이 깃든 벽을 찔러댔다.

"어어억!"

황명구는 아예 엉덩방아를 찧으며 무너졌다. 기세 높던 조금 전과 달리 하얗게 질린 얼굴이다.

"당신 어머니, 당신을 생각해서 결계를 남겼습니다. 하나뿐인 자식인 당신에게 낀 살을 막기 위해서요. 하지만 그 신빨이 다했습니다."

"무, 무슨 귀신 씻나락 까먹는 소리를……."

"못 믿겠으면 여길 뜯어보시오. 당신이 바른 부적이 이 자리에 있을 겁니다. 그리고 여기, 여기……."

미류는 다른 벽에도 몇 번 칼집을 냈다.

"지랄……."

눈을 부라리며 일어선 황명구가 벽지를 뜯어냈다.

"……!"

찢어진 벽지를 본 그의 두 눈이 격하게 출렁거렸다. 미류의 말처럼 부적이 묻어 나온 것이다. 다른 세 곳도 틀리지 않았다.

"씨발, 나도 어디다 붙였는지 다 잊어버렸는데 어떻게……."

"그래도 못 믿겠으면 마지막 증거를 보여 드리죠."

"마지막 증거?"

"나오세요!"

미류는 문을 열고 나왔다. 그 걸음이 멈춘 곳은 버드나무 밑동이었다. 창고 같은 공간 안으로 한 발은 밀고 들어온 뿌리, 미류는 그곳을 가리켰다.

"여길 파보세요. 당신 어머니의 마음이 묻힌 거 같군요."

"어이!"

어이가 없다는 듯 황명구가 눈을 부라렸다.

"아무것도 안 나오면 이 땅을 당신에게 드리죠."

"뭐라?"

"대신 뭔가 나오면 두 달 안에 자진 정리를 부탁드립니다."

"오케이! 그건 마음에 드는 조건이군."

황명구가 삽을 가져왔다. 남창수도 다가와 도왔다. 두 사람이 얼마나 팠을까? 60여 센티미터를 파자 작은 상자가 삽 끝에 찍혔다.

턱!

둔탁한 소리다.

"뭔가 있어!"

남창수가 소리쳤다.

꺼내는 건 미류가 맡았다. 특별한 방비책을 함부로 열면 살을 맞을 수도 있기 때문이다. 상자를 밖으로 들고 온 미류는 잡귀 잡신을 쫓는 부적을 붙인 후에야 나무 상자를 열었다.

끼이.

두 개의 작은 경첩이 녹슬어 풍화된 상자가 열려 버렸다.

"어이쿠!"

안의 내용물을 본 남창수와 황명구가 비명과 함께 엉덩방아를 찧었다. 누런 괴황지의 부적 위에 올라앉은 건 세 개의 해골이었다. 다행히 사람의 것은 아니었고 크기로 보아 고양이나 개의 것으로 보였다.

"이 부적과 해골의 주술 역시 당신을 위한 것이었습니다. 덕분에 당신은 지금까지 세 번의 죽을 고비를 넘겼을 겁니다."

"으으……."

"아닙니까?"

미류가 해골 상자를 내밀었다.

"으억!"

황명구는 눈알을 뒤집으며 넘어가고 말았다.

"법사님!"

방 안의 남창수가 미류를 바라보았다. 황명구는 그 방의 가운데 눕혀 놨다.

"예."

"병원에 가야 하는 거 아닙니까?"

남창수의 턱짓이 황명구를 가리켰다.

"조금만 기다려 보죠, 뭐."

미류가 대답했다. 충격으로 쓰러진 것이니 병원에 간들 크게 손쓸 게 없을 일이다.

"그나저나 매번 경악입니다. 이건 뭐 신들린 게 아니고 아예 신에 버금가는 일 아닙니까?"

"별말씀을……."

"이 땅… 이제 보니 그래서 임자가 없던 게로군요. 아, 이런 무시무시한 일이 깔려 있는데 누가 산들 어쩌겠어요?"

"그런가요?"

"그러고 보니 법사님이 이 땅 임자 맞습니다. 처음에 두말없이 찍을 때부터 감이 왔다고요."

"저분이 순순히 물러나 주면 그 말, 최소한 절반은 맞을 거 같습니다."

"아니, 아무리 양아치처럼 살아도 그렇지, 아까 그런 거 제 눈으로 다 보고도 법사님 말 안 들으면 그게 인간입니까, 또라이지?"

"으……."

그때 황명구가 신음을 내며 깨어났다.

"마셔요."

미류가 물을 내밀었다. 그는 한 컵의 물을 다 마시고서야 길고 긴 한숨을 내쉬었다.

"이제 내 말을 믿겠습니까?"

"……."

"이사하시고, 결혼은 하지 마시고, 가급적이면 절이나 신당 근처에서 사시기 바랍니다. 이건 내가 쓴 부적인데 지니고 있으면 큰 액이나 살은 붙지 않을 겁니다."

"……."

"그럼 이만……."

"잠깐!"

돌아서는 미류를 황명구가 막았다.

"할 말 있나요?"

"당신, 정말 굉장하군. 솔직히 우리 엄니가 점쟁이였어도 그런 거 깡그리 무시하고 살았는데……."

"……."

"죽을 때 말했소. 여기서 30년 이상 살면 안 된다고. 그런데 그걸 알아내다니……."

"……."

"믿을 수 없군. 요즘 세상에도 당신 같은 점쟁이가 있다는 사실을."

"……."

"내 한 가지만 물어봅시다."

"말씀하세요."

"우리 엄니 말이오, 괜찮은 점쟁이였던 거요?"

"괜찮은 정도가 아니라 만신급이십니다. 아직도 당신이 살아 있다는 게 그 증거이고요."

"만신이면……?"

"무당으로 치면 최고라는 뜻이죠."

"젠장, 난 이런 허접한 데로 기어들어 오기에 개밥만도 못한 점쟁이인 줄 알았더니……."

"……."

"이사 가겠소. 당신 말대로… 다 정리하고."

"……."

"이사 비용도 필요 없소. 대신 우리 엄니, 좋은 데로 가도록 빌어준다고나 약속하시오."

"약속하지요."

"가보쇼. 난 술이나 한 병 더 까고 잠 좀 자야겠으니."

황명구가 손짓했다.

"아하하핫!"
둑길로 나온 남창수가 배를 잡고 웃었다.
"왜요?"
미류가 물었다.
"이거 진짜 드라마 같아서 그럽니다. 아, 내가 난다 긴다 하는 놈들 보내 협박 반, 사정 반 할 때도 콧방귀도 안 뀌던 사람인데 법사님이 단칼에 해치워 버리니……."
"운이 좋았던 겁니다."
"아무튼 진짜 반했습니다. 난 미류 법사님의 영원한 신도가 될 겁니다. 마르고 닳도록. 암요!"
남창수는 웃음을 그치지 않았다.
그가 소변을 보러 간 사이에 표승에게 전화를 걸었다. 황명구 어머니가 어떤 사람이었는지 궁금했다. 이 정도의 신통력을 지닌 사람이라면 표승이 알 수도 있었다.
"선생님!"
미류는 자초지종을 설명했다.
―서울의 버들보살이라…….
"부적이 기가 막혔습니다."
―30여 년 전에 죽었다면… 나보다는 우담께서 알 것 같구나.
기억을 더듬은 표승이 대안을 내주었다. 안부를 전하고 전화를 끊었다. 전화를 다시 이었다. 이번에는 우담 만신이다.
―버들보살?
미류의 말을 들은 우담할망의 목소리가 떨린다.

—법사가 그이를 어찌 아누?

"실은 여차여차하여……."

—맙소사, 짐작은 했건만 그이가 진작 저세상으로 가고 말았구나.

우담할망은 탄식과 함께 버들보살에 대해 전해주었다.

버들보살.

기이하게도 우담할망과 신자매 격이었다. 우담할망에게 신내림을 해준 물레보살, 그녀에게 신자매가 있었다. 버들보살은 그이에게 신내림을 받아 서로 알고 지내던 사이였다.

'대형 만신감.'

버들보살에 대한 무속계의 기대는 컸다. 특히 부적이 영험했다고 한다.

하지만 신은 그녀의 넘치는 신력에 구멍을 내고 말았다. 남편이 원흉이었다. 손님으로 온 이혼남을 사랑하게 되었다. 신당을 차려준다는 그의 꼬임에 넘어가 신어머니 곁을 떠났다.

그게 사달이었다. 알고 보니 그 인간은 악귀에 다름 아니었다. 평소에는 순덩이지만 술을 마시면 180도 변했다. 신단을 엎어버리는 것은 예사였고 무신도와 신단에도 불을 질렀다. 치성을 드리는 버들보살 옆에서 알몸 춤을 추며 몸주를 희롱하기도 했다.

그렇게 원수를 부리던 남편은 겨울 출장길에 객사했다. 객귀가 되어서도 그는 버들보살을 괴롭혔다.

'신은 나를 무당으로 만들었으나 무당으로 살기를 원치는 않는 것 같아.'

신제자의 길을 접으면서 우담할망에게 전해온 마지막 말이었다. 그것으로 그녀는 무속 세계에서 사라졌다. 살(殺)이 제대로 낀 아들을 위해 자신의 마지막 신력을 불태워 부적을 만들고 세상을 버린 것이다.

—그때 아들을 살리려고 자기 정수를 다 뽑아 부적을 썼다는 말이 있었지.

우담할망의 말은 그렇게 끝났다.

'버들보살.'

굉장하군.

미류는 다시 한 번 숭고해졌다. 누군가를 위해 자신의 목숨을 바친다는 것. 그것은 쉬운 일이 아니다. 자식이든 애인이든 마찬가지다. 그러나 그녀는 그 길을 택했다. 후회 없이 그 길을 갔다.

어쩌면 그 숭고한 염원 덕분에 미류가 황명구와 연결된 것만 같았다. 그녀가 당긴 것이다. 전생신을 통해 미류를 원한 것이다.

—내 아들을 살려줘.

—내 아들을 살려줘.

자신의 혼을 바쳐 쓴 부적으로.

미류는 버드나무를 돌아보았다. 아들을 위해 심은 나무, 아들을 위해 비방을 심어둔 나무. 어쩌면 미류의 이름과도 비슷한 버드나무.

이제 그 사명을 다한 것을 안 걸까? 올 때와 달리 생기가 약해지는 듯싶더니 우수수 잎을 떠워 올린다.

"……!"

잎 몇 개가 멀리까지 날아와 미류의 몸에 닿았다. 버들보살의 인사였는지 감촉이 썩 좋았다. 미류는 버드나무를 오랫동안 바라보았다.

"기분이 어떻습니까?"

남창수가 소감을 물은 곳은 시청 청사 앞이다.

"좀 쫄리는데요?"

미류가 웃었다.

"시장이랑 안면 있다면서요?"

"그건 맞습니다만……."

"그럼 밀어붙이세요. 내가 부동산 일로 관청 많이 드나들어 봐서 아는데 일은 위에서 누르는 게 최고입니다. 8급, 9급 담당자 애들 잡고 얘기해 봐야 되는 일 없습니다."

"……."

"경험에서 우러난 노하우입니다. 더구나 이 일은 명분도 좋잖습니까? 수도 서울에 쓸 만한 요양원 하나 짓겠다. 그러니 어차피 당신들이 30년 동안 흘려놓은 토지 나한테 넘겨라."

"사장님 얘기 들으니 간단하군요."

"그럼요. 일은 늘 되는 방향으로 생각해야 합니다. 사업 에너지도 법사님의 영적 에너지와 비슷하거든요. 처음부터 쫄아서 몸 사리면 될 일 하나도 없습니다."

"알겠습니다."

"그럼 파이팅입니다."

"예!"

미류는 남창수와 헤어져 청사로 들어섰다. 원래는 예정에 없던 일이다. 대화 중에 남창수가 던진 전격 제의였다.

"서울시장이랑 선이 닿으면 대박인데."

"점사를 준 적이 있는데요."

"그럼 당장 갑시다. 추이를 보니 서둘러야 될 일이에요."

쇠뿔도 단김에 빼라!

남창수의 주장이었다.

서울시청!

어마무시한 곳이었다. 일단 정복의 청원경찰이나 방호원들이 그랬다.

"괜히 말단들 잡고 말 섞지 마시고 비서실로 직행하세요. 친분을 과장하시라고요."

남창수의 조언을 상기하며 걸었다. 서류를 든 사람들이 오가는 게 보인다. 가슴에 달린 공무원증이 햇살처럼 반짝인다.

100 대 1의 공무원 시험, 그걸 통과한 사람들이다. 쌍골의 말처럼 명궁이 빛나는 사람들이었다. 다행스러운 건 누구도 미류를 잡지 않는다는 것. 복도에 서서 잠시 생각에 잠겼다.

서울시장!

―노는 땅, 나한테 넘겨주세요!

한마디로 무데뽀다.

상대는 시정 업무에 바쁜 서울시장.

과연 먹힐까?

시장이 예, 하고 사업소 담당자에게 전화를 걸어줄까? 미류는 고개를 저었다. 그렇게만 된다면 바랄 게 없지만 시장으로서는 불편할 일이다. 더구나 이런 일로 얼굴을 붉히게 되면 시장의 실망을 사는 꼴이 된다.

'역시 에둘러 가는 게……'

마음을 정한 미류는 심호흡을 하고 비서실로 들어섰다.

"어떻게 오셨습니까?"

서류를 챙기던 여직원이 물었다.

"시장님을 좀 뵈러 왔습니다만."

"선약이 있으신가요?"

"아닙니다. 중요한 일이 있어서요."

"선약이 없으시다면 연락처를 남겨주시면……."

"제 이름은 미류입니다. 미류 법사. 죄송하지만 시장님께 말씀 한 번 올려주시겠습니까?"

"선생님……."

"온 김에 뵙고 가려고 그럽니다."

"시장님은 지금 시 사업소 순회 중이십니다. 돌아오실 시간이 되긴 했으니 복도 끝의 대기실에 계시면 오시는 대로 여쭤보겠습니다."

"부탁합니다."

인사를 하고 복도로 나왔다.

'공무원들이라 그런가?'

대기실로 걸으며 혼자 웃었다. 여직원이 둘이나 되지만 미류를 알아보는 사람이 없었다. 사실 내심 기대를 했다. 누군가 미류를 알아봐 준다면 인사가 수월할 수도 있기 때문이다.

'하는 수 없지.'

헛걸음할 각오를 하고 있었다. 세상에 의미 없는 일이 어디 있으랴?

─지난번에 뵈러 갔다가 사업소 시찰 중이시라기에 한 시간 정도 기다리다 왔습니다.

오늘 헛걸음이 되면 그 또한 양분이 될 일이다.

대기실에 도착하자 남직원이 문을 열어주었다.

대기실 안에는 여러 사람이 있었다. 남루한 시골 노인도 있고 말쑥한 인물도 많았다. 순수한 민원보다 눈도장을 찍으러 온 사람들 쪽이었다. 그만큼 정대협 시장은 차기 대권의 폭풍의 눈이 되고 있었다.

한쪽 테이블에 자리를 잡으려던 미류는 창가에서 들리는 목소리에 고개를 돌렸다.

"글쎄, 지금 시장 대기실에 있다니까. 요로에 손 좀 써봐. 지나가다 시정에 관심이 있어 들른 것으로 하면 겸허해 보이잖아?"

통화하던 사람의 시선이 미류와 마주쳤다.

"......!"

둘은 얼음 땡에 걸린 사람들처럼 시선이 굳었다. 그는 방송국의 양 사장이었다.

"큼큼!"

간부 한 사람을 대동한 그는 미류를 애써 외면했다.

'작업에 들어가셨군.'

미류는 그의 속내를 알았다.

천기를 알았으니 장관 자리를 위해 우연을 가장한 선을 놓으러 온 모양이다. 하긴 왜 아닐까? 그걸 위해 미류를 닦아세운 위인이 아닌가?

30분이 지났다.

'30분만 더.'

미류는 딱 한 시간만 기다릴 생각이다. 그 정도면 거름으로 쌓기에 충분했다.

55분 경과.

이제 그만 가야겠군. 미류가 보던 신문을 접을 때다. 문이 열리더니 비서실의 여직원이 들어섰다. 시장이 돌아온 걸까? 제일 먼저 양 사장이 반응했다. 자기를 부르러 온 줄 아는 것이다.

"미류 법사님 계세요?"

하지만 그녀의 입에서 나온 건 놀랍게도 미류의 이름이었다.

"접니다만."

"오세요!"

호명을 들은 미류가 자리에서 일어났다. 양 사장의 미간이 일그러지고 있다. 척 봐도 미류가 시장의 콜을 받은 상황. 먼저 온 자신도 아니고 자기보다 더 먼저 온 명사들도 많은 대기실이다.

무속인 미류 법사!

시장이 모두를 제치고 미류를 선택한 것이다.

'대체……'

양 사장은 이마를 타고 흐르는 식은땀을 느꼈다. 방송국에서 한 방 먹을 때보다도 더 미류의 모습이 크게 보였다.

손대잡이-죽은 이와의 대화

"어서 오십시오!"

정 시장은 반색을 하며 미류를 맞았다. 미류는 정중한 인사로 시장에게 화답했다. 여직원이 차를 가져왔다.

"비서 이야기 듣고 깜짝 놀랐습니다. 법사님이 시청엘 다 오다니요?"

"사적인 일이지만 시와도 관련되는 일 같아 이렇게 찾아뵙게 되었습니다."

"시와도 관련된다고요? 뭔지 궁금해지는데요?"

시장이 미류 쪽으로 몸을 기울였다.

"실은 제가 서울의 자투리땅에 가난한 노인들의 노년과 임종을 위한 요양원을 만들 생각입니다만……."

"아, 요양원? 좋지요."

"혹시 시장님께서도 후원자가 되어주실 수 있는지……."

후원자!

미류는 시유지 불하보다 후원자 카드를 택했다.

"후원자 말입니까?"

"아시다시피 이런 일은 후원자가 필요한데 제가 아직 일천해 후원을 제대로 받을 수 있을지 걱정입니다. 그러니 시장님이 먼저 이름을 올려주시면……."

"하하핫, 그런 거라면 마땅히 해드려야죠. 말씀만 하십시오."

"그럼 여기 사인을 좀 해주시겠습니까?"

미류는 준비한 후원회 서류를 내놓았다. 칸은 죄다 비어 있었다.

"어이쿠, 가문의 영광입니다."

정대협이 첫 칸에 이름을 쓰고 사인을 했다. 직위 때문인지 서류가 꽉 차는 느낌이다.

"고맙습니다."

"별말씀을. 더 도와드릴 일은 없습니까?"

"아직은요. 혹시 인허가 과정에서 문제가 생기면 그때 염치 불고하고 SOS 한번 치겠습니다."

"그러시죠. 제가 할 수 있는 일이라면 힘껏 돕겠습니다."

"시장님은 제게 필요한 게 없으십니까? 사인까지 받았으니 그냥 가기도 뭣하고……."

"시간이 되십니까?"

"없어도 만들어야죠."

"실은 마누라에게 용한 분이 있다고 흘렸더니 알려달라고 난리입니다만, 여기 오셨으니 시정 업무 조언을 좀 부탁드립니다. 이번에 국장 한 분이 정년 퇴임을 해서 공석이 되는 바람에 경합하는 사람이 셋이 되었지 뭡니까? 세 사람 다 출중하지만 기왕이면 저하고 코드가 맞으면 좋을 일이라……."

시장이 노트북의 화면을 띄워놓았다.

"그러자면 시장님 전생을 한 번 더 봐야 합니다."

"얼마든지! 눈을 감을까요?"

"그러시죠."

시장이 서두르는 느낌이라 미류도 바로 박자를 맞췄다. 대통령보다 바쁜 서울시장이다. 뜨는 해이기 때문이다.

시장의 전생류을 떠웠다. 지난번과는 다른 전생령이 나왔다. 그 생에서 시장은 부두의 하역 책임자였다. 인종은 흑인이고 그를 따르는 일꾼이 많았다. 시장이 내놓은 후보 중에도 둘이나 끼어 있었다.

그 둘 중 하나가 배신을 때렸다. 자신이 책임자가 되기 위해 시장을 모함한 것이다. 그는 음모에 실패하자 노동자들에게 맞아 죽었다. 선혈이 낭자한 채 부둣가 바다에 버려진 사체가 보인다.

"감응에서 현실로 나옵니다."

미류가 말했다. 시장은 슬쩍 눈을 떴다. 그러더니 화면부터 체크했다.

"결정은 시장님이 하시면 될 것 같습니다."

미류는 공손히 마무리를 했다.

"허어, 참 어이가 없군요."

화면을 본 시장이 탄식을 쏟아냈다.

"무슨 말씀이신지……."

"법사님 전생점 말입니다. 전생에서 저를 배신한 이 친구, 사실 흠이 있습니다. 과장으로 있으면서 제 지시 많이 받았는데 알고 보니 그중 상당수를 야당 의원에게 흘리고 있더군요. 그래도 일 하나는 불도저처럼 하는 편이라 마음에 두고 있었는데……."

"……."

"결국 전생에서처럼 제 뒤통수를 칠 사람일까요?"

"모든 일이 전생에서 비롯되지는 않습니다. 카르마라고 해도 개인의 노력과 선행에 의해 바뀔 수도 있지요. 제 생각에는 시장님이 그분에게 공덕을 쌓았다면 카르마는 해소되리라 생각합니다. 왜 사이 나쁘던 친구들이 화해를 하면 다른 친구보다 더 친해지지 않습니까?"

"아하, 반전이군요. 그거 괜찮은 거 같은데요?"

시장은 손가락을 튕기며 반색을 했다.

"그럼 시정에 바쁘실 테니 저는 이만……. 사모님도 언제든지 말씀만 하십시오."

"허어, 그 양반, 말 던지면 당장 달려갈 텐데요?"

"괜찮습니다."

"어이쿠, 어젯밤 꿈이 괜찮더니 오늘이 제 길일이었군요. 이렇게 바람처럼 나타나셔서 고민을 둘이나 해결해 주고 가시다니… 국장 인사에 마누라 바가지까지."

"또 뵙겠습니다."

미류는 인사를 남기고 복도로 나왔다.

'푸훗!'

기분이 좋았다. 역시 돌아가길 잘한 것 같았다. 후원자 사인은 문제없이 받았고 그 보답도 치렀다. 그건 몹시 잘된 일이었다. 시장의 입장에서는 인심도 쓰고 신세도 진 일. 미류의 입장에서도 신세를 지고 인심도 쓴 일. 말하자면 둘 다 좋은 기억으로 남을 상황이 연출된 것이다.

내친김에 시청 구경을 했다. 이제 서두를 일도 없었다.

딩도로롱당당!

한참 후에 밖으로 나오자 핸드폰이 울었다. 발신자는 양 사장이었다. 그는 미류 다음으로 낙점을 받았다. 하지만 시장이 바빠 인사를 나누는 정도로 끝났다. 그래서 미류를 찾고 있는 모양이다.

왜?

이유는 뻔하다.

이런 사람들, 눈치 하나는 귀신이다. 미류가 그걸 모를 리 없었다.

"시간 되면 차나 한잔⋯⋯."

방송국에서 권위를 휘두를 때와는 완전히 다른 표정이다. 오냐, 나도 한번 누려보자. 미류는 못 이기는 척 찻집으로 따라갔다.

"시장님⋯ 만나셨나?"

양 사장이 상기된 얼굴로 물었다. 그게 관심사인 모양이다.

"그랬지요."

미류가 슬쩍 다리를 꼬았다. 바야흐로 즐길 타임이었다.

"시장님도 점을 보시나?"

"사업 때문에 들른 겁니다."

"사업?"

"사장님도 시장님을 뵈러 오신 모양이군요?"

"나, 나야 지나는 길에⋯⋯."

"뵈셨나요?"

"내가 바빠서 인사만 나눴네."

'그러시겠지.'

미류의 입가에 냉소가 스쳐 갔다.

"고르시죠?"

양 사장이 메뉴를 직접 내밀었다. 반말을 거듭하더니 어정쩡한 존대로 올라갔다. 그만큼 똥줄이 탄다는 방증이다.

"뭐 미신이나 조장하는 주제에 감히 사장님하고 차를 마실 수 있겠습니까?"

미류는 돌직구로 받아쳤다.

"어이쿠, 무슨 말을 그렇게……. 지난번에 내가 사과하지 않았소?"

"그런 말씀 아시는지요? 모욕을 주는 사람은 모욕을 모래 위에 쓰지만 당하는 사람은 강철에 새긴다는……."

"……!"

양 사장의 이마에 식은땀이 맺힌다. 대충 넘어갈까 싶었지만 뜻대로 되지 않은 것이다.

"그 일로 마음이 많이 상한 모양이군. 그건 다시 한 번 사과하겠소."

"뭐 그러실 것까지야……."

"아무튼 차 한잔 들면서 마음 삭이시오. 방송국 사장도 애로가 많은 자리입니다."

"예. 어련하실까요."

미류는 무표정하게 찻잔을 들었다.

"법사가 보는 전생점 말인데, 예약 좀 가능하겠소?"

"사장님요?"

미류가 고개를 들었다.

"아니, 뭐… 내가 아니더라도 많이들 관심 있어 해서……."

"오시는 건 자유입니다만……."

"그럼 예약을 부탁하오."

"예약은 여기로 하시면 됩니다. 그건 제 소관이 아니라서……."

미류가 명함을 내밀었다.

"……!"

"말씀 끝났으면 그만 가보겠습니다. 방송 업무로 공사다망하신 분 시간 뺏을 주제가 아니라서……."

"……!"

당혹해하는 양 사장을 두고 일어섰다. 그는 미류가 준 명함을 들고 한숨만 내쉬었다. 참담하게 일그러진 얼굴에 붉으락푸르락 변한 안색. 밖으로 나온 미류는 돌담에 기대 소리 높여 웃었다.

"아하하핫!"

시원했다. 사이다에 콜라를 섞어 원샷을 한 후 막힌 곳이 뚫리는 그 느낌이다.

양 사장님!

당신은 여자 후보 쪽이었죠?

그런데 알고 보니 정 시장 힘이 만만치 않죠?

이제 와서 라인 갈아타려니 쉽지 않죠?

그게 다 당신의 인격 탓 아니겠습니까?

신당에 오신다고요?

언제든 환영합니다. 우리 전생신님도 당신 보고 싶을 거거든요.

그때 봅시다.

미류는 가뜬하게 걸음을 옮겼다.

이틀 후, 점사를 끝낸 미류는 신당을 떠나지 못하고 있었다. 늦게 걸려온 정 시장의 전화 때문이다.

―마누라쟁이가 도봉산 절 쪽에 갔는데 내가 말을 잘못 꺼낸 모양이오. 당장 가겠다고 바가지를 긁어대니 바쁘시겠지만 내 체면을 생각해서라도…….

정 시장이 예약 읍소를 해왔다. 원래는 쉬면서 연주의 부적 지도를 할 참이었다. 하지만 중요한 손님이다 보니 도리가 없었다.

그렇다고 요란을 떨지는 않았다. 있는 것 그대로 시장 부인을 기다렸다. 그건 미류가 군대에서 배운 교훈이다. 미류는 직업군인을 좋아하지 않았다. 특히 똥별들이 그렇다. 하지만 단 한 사람의 별은 예외였다. 미류는 부관을 지낸 중대장에게 그 이야기를 들었다. 화끈하고 선이 분명한 사람이었다.

"대한민국 최고의 군인은!"

그는 언제나 확신을 가지고 말했다. 별들은 정치인이 시찰을 나오면 저 혼자 바쁘다. 눈도장을 받기 위해 병사들을 볶아대는 것이다. 하지만 그 장군은 절대 그러지 않았다.

있는 그대로!

먹던 그대로!

하던 그대로!

그게 그의 신념이었다. 거물 국회의원 아니라 총리나 대통령이 와도 뚝심은 변하지 않았다. 식사도 그대로 나오고 일과도 그대로였다. 그는 병사들이 허튼 사열이나 잡무에 시달리는 걸 원치 않았다. 대신 훈련만은 원칙대로 시켰다. 그 결과 그의 부대 병사들은 허벅지가 굵어졌다. 허리가 굵어지는 다른 부대와는 확연히 달랐다. 훈련으로 굴려먹고 휴식과 포상은 확실하게 보장. 너무나 당연하지만 군인의 정도를 지킨 것이다.

그래서 봉평댁을 막았다. 청소고 뭐고 원래대로 맞이하는 것이다. 때 빼고 광낸다고 없던 신빨이 생기는 것도 아니다.

지화를 접을 때 봉평댁이 신당 문밖에서 기침 소리를 냈다.

"법사님, 예약 손님 오셨습니다."

법사님!

신당에서 봉평댁의 행실은 언제나 공손했다. 미류에게 절대 하대를 하지 않았다.

"……!"

거실로 나온 미류는 눈을 의심했다. 시장 부인 때문이 아니었다. 대동한 여자가 있었다. 너무나 낯익은 여자, 바로 양 사장의 아내였다. 교회에서 장로 직분을 맡은 그 사모님 오상희.

어떻게 된 일일까?

"법사님."

신당에 들어선 시장 부인이 나직하게 불렀다.

"예, 찾아주시니 영광입니다."

"아니에요. 우리 시장님이 하도 극찬을 하시길래 한번 뵙고 싶었답니다."

"고맙습니다."

"여긴 제 학교 후배예요. 오랜만에 연락하는데 내가 여길 간다니까 이 친구도 법사님을 안다고 해서 같이 왔습니다."

"예."

미류는 오상희를 향해서도 가볍게 인사를 건넸다.

"전생점을 주로 보신다고요?"

부인이 무신도를 보며 물었다.

"예. 가진 재주가 미력하여……."

"별말씀을. 도력이 하늘을 찌르신다고 들었습니다."

"과찬이십니다."

"신당이 단아하고 좋네요. 다른 곳들은 너무 정신이 없던데. 어머, 이게 지화죠?"

부인이 지화를 알아보았다.

"예, 무속인들이 많이 쓰는 꽃입니다."

"어머, 마치 노래를 하는 것 같네? 자기, 안 그래?"

부인이 오상희를 돌아보았다.

"예, 그런 것 같아요."

오상희는 시종일관 착한 미소를 짓고 있었다. 하지만 자연스럽지 않았다. 시장 부인을 향한 접대용 미소이기 때문이다.

권력!

참 무섭다는 생각이 들었다.

"자기는 잠깐 나가 있을래? 나 법사님에게 점사 좀 받게."

부인이 오상희를 돌아보았다. 그녀는 군말 없이 자리를 비켜주었다. 미류는 또 웃어버릴 뻔했다. 미류 앞에서는 왕비처럼 군림하던 오상희. 대권을 앞둔 시장의 부인 옆에 있으니 왕비에게 붙은 아부꾼 상궁의 꼴이다.

그녀는 교회 장로까지 맡고 있던 사람. 타 종교에 대해 열린 사람도 아니었다. 그런 그녀가 제 발로 신당에 왔다. 그녀의 선택일까, 양 사장의 강요일까? 미류는 그 속셈을 알 것 같았다. 부창부수가 빚어낸 결과가 뻔했다.

양 사장은 천기를 손에 넣었다. 분위기도 확인했다. 하지만 정 시장은 그를 탐탁지 않게 여기고 있었다. 그렇기에 측면 돌파를 생각한 것이다. 소위 베갯머리송사를 노리는 모양이다.

더불어 신당을 찾음으로써 미류까지도 염두에 둔 포석을 전개하는 것. 제 딴에는 꿩 먹고 알 먹으려는 잔머리가 틀림없었다.

'재주껏 해보시라지.'

이제 칼자루는 이쪽으로 넘어왔으니 급할 것도 없었다.

"미력한 제가 무엇을 도와드릴까요?"

미류가 겸허히 물었다. 시장 부인이라서가 아니라 그녀가 정중해서였다. 두툼한 복채를 내밀면서도 목에 힘을 주지 않았다. '나 물주니까 알아서 기어', 그런 눈빛도 아니었다.

'역시……'

미류는 고개를 끄덕였다. 남자 혼자 잘나서 대권을 잡는 게 아니었다. 여자 역시 국모감이어야 했다. 부부가 함께 운을 타고나지 않으면 꿈도 꾸지 못할 일이었다.

"다른 건 없고요, 전생이 궁금해서요. 내 친구들은 내가 청소며 주방 일 같은 걸 좋아하니까 전생에 하녀였을 거라고 하거든요. 그런데 시장 부인까지 됐으니 궁금하잖아요."

그녀의 목소리는 여전히 부드러웠다.

남들이 싫어하는 허드렛일을 좋아하는 사람. 그건 그녀의 손이 대변하고 있었다. 지위나 재산으로 보아 섬섬옥수를 자랑해야 할 손이 투박하고 거칠었다.

"그러시면 전생을 한번 감응해 드리겠습니다."

미류는 두 손을 들어 부인의 눈을 감겼다. 전생류이 나왔다. 그녀의 삶은 예상보다 질곡의 차이가 컸다. 특이한 것은 그 삶의 수준이 우상향 곡선이라는 것. 맨 처음 밑바닥에서 기던 그녀는 직전 생에서 유럽 귀족의 공녀까지 올랐다.

하녀에서 최상류층 여인까지.

그 굴레가 기묘해 일곱 전생을 다 훑어보았다. 공통점이 나왔다. 키워드는 겸손과 선행이었다. 그녀는 첫 생애인 하녀령에서도 자기보다 더 굶주린 사람에게 빵을 양보했다. 중간의 부유한 상인 아들일 때도 이윤의 일부를 인근 장원의 가난한 이들에게 나눠주었고, 조선의 사대부로 났을 때는 흉년 때마다 곳간을 열었다.

그 일곱 생애 동안 겸손과 선행이 면면히 이어졌다. 그것들은 다음 생애에 좀 더 발전되고 성숙된 모습으로 나타났다. 그리하여 마침내 이 생애에서 국모의 자리를 약속받은 것이다.

"감응에 들어갑니다. 첫 생을 먼저 보여 드리겠습니다."

미류는 세 전생을 보여줄 작정이다. 하녀가 나오고, 상인 아들령이 나오고, 마지막으로 공녀의 우아한 전생이 이어졌다. 초점은 그녀의 선행과 세 전생의 대비였다. 나머지는 사족일 뿐이다.

"감응을 끝냅니다."

절겅!

방울을 흔들며 미류가 말했다. 부인은 눈을 감은 채 심호흡을 했다. 그런 다음에야 가만히 눈을 떴다.

"와아!"

첫마디는 감탄이다.

"괜찮으십니까?"

미류가 물었다.

"내가 본 게 내 전생인가요?"

"예."

"하녀 전생도 있기는 하군요?"

"예."

"그런데 생마다 신분 차이가 많이 나네요?"

"네."

"궁핍한 하녀에서… 괜찮은 부자, 그리고 멋져 보이는 공녀. 신의 은혜가 장난이 아닌데요?"

"현생처럼 사모님의 선행 덕분입니다."

"어머, 법사님이 그걸 아세요?"

"예."

미류가 웃으며 대답했다. 부인의 명예운에서 읽은 영기 때문이다.

[善行]

선행, 그녀의 명예창에서 가장 빛나는 글자였다. 본시 선행의 덕이란 한 손이 하는 걸 다른 손이 모르게 해야 공덕이 제대로 쌓이는 법. 그러니 그녀가 남몰래 좋은 일을 한다는 걸 어렵지 않게 알 수 있었다.

"그러니까 내가 전생에서도 선행을?"

"그 덕분에 자아 완성을 위한 속도가 빨라진 거죠."

"그럼 공녀 다음은?"

"그건 이미 사모님의 마음에 들어 있을 일입니다."

"법사님!"

"시간이 결과를 말해주겠지요. 중요한 건 사모님의 공덕이 지금처럼 쭉 이어져야 한다는 것입니다. 거대한 제방도 쥐구멍 하나로 무너지는 것이니 초심이 중요할 때 같습니다."

"도력이 굉장하군요. 내가 함부로 입에 담지 못한 말을 에둘러 다 일러주시니……."

"저는 공덕의 힘을 말씀드렸을 뿐입니다."

"법사님."

다시 부인의 시선이 미류에게 향했다. 조금 전과는 다르게 변한 눈빛이다.

"예."

"혹시… 손대잡이도 잘하세요?"

손대잡이?

그건 죽은 이의 말을 무당이 대신 전한다는 무속어이다.

"가능하죠."

미류가 대답했다. 문제도 아닌 일이다. 미류의 몸주가 누구신가? 저승의 한 축을 호령하는 삼생신이다.

"제 말은… 굿처럼 요란한 걸 하지 않고도……."

"가능하죠."

"정말 가능한가요? 방금 전생을 보여주신 것처럼 단출하게도?"

"가능합니다!"

"그러시면 내 진짜 소망은 따로 있습니다."

부인이 경건하게 눈빛을 세웠다.

손대잡이.

귀신과의 대화를 원하는 눈치다.

"말씀하세요."

"제 아들이 난치병으로 갑자기 죽는 바람에 잘 가란 말 한마디 나누지 못했거든요. 혹시… 그런 것도 되나요?"

"가능합니다."

"어쩜……."

"원하시면 언제든지 말씀만 하시죠."

"그럼 지금 저랑 가주세요. 마침 시간이 되는 데다 죄송하지만 낮에는 사람들 눈이 있어서……."

"지금 말입니까?"

"돈은 얼마든지 드리겠어요. 대신 시장님께는 비밀로……."

"걱정 마십시오. 신당에서 일어난 일은 사모님과 저만이 아는 일입니다."

"그럼……."

부인이 눈빛으로 미류를 재촉했다.

"밖에 계신 후배님은?"

"점 볼 게 있다니 오래 걸리지 않으면 봐주신 후에 돌려보낼게요. 법사님 이외에 누구의 동행도 바라지 않습니다."

"묘지가 가까운가요?"

"성남시에 영면하고 있어요. 제 차로 가면 한 시간 안에 도착할 겁니다."

"그럼 차에 가 계시죠. 후배님 점사를 내리고 바로 나가겠습니다."

미류는 부인을 먼저 내보냈다.

곧 오상희가 신당으로 들어섰다.

"법사님."

오상희는 똥이라도 밟은 듯 좌불안석이다. 시장 부인이 먼저 나가 버렸으니 더욱 그런 것 같았다.

"말씀하시죠."

"이거 복채입니다. 부디 지난 앙금은 다 이해해 주시고……."

"원하는 걸 말씀하세요."

"다 아시면서 왜 이러세요? 그저 우리 그이가 귀인을 만나 잘 엮이 시게……."

"혹시 등하불명이란 말을 아십니까?"

"등잔 밑이 어둡다?"

"사장님은 잘나가고 계시니 그 곁에는 귀인들이 지천입니다. 그러 니 딱히 제가 도와드릴 일이 없습니다."

"법사님."

"복채는 2만 원만 받겠습니다. 사장님 관운은 공덕 따라 흐를 것이 니 그렇게 전해주시고 공덕이 쌓이면 다시 오시기 바랍니다. 그럼 저 는 출장이 있어서……."

"……!"

"이모, 손님 나가십니다."

절경!

미류가 신방울 소리로 파장을 알렸다.

덜컹!

오상희의 간 떨어지는 소리도 같이 들렸다.

손대잡이!

무당이 신의 힘을 빌려 귀신의 말을 대신 전하는 것이다. 신령스러운 무당들은 어느 순간 그 귀신을 받아들여 그의 말을 대신 뱉어준다.

세상에는 한 많은 사람들이 많다. 그러나 생자만 한이 많은 게 아니다. 죽음의 순간, 해야 할 말을 하지 못하고 가는 사람들은 얼마나 안타까울까? 그 안타까움이 너무 커서 생의 자아마저 포기하거나 망각한 채 떠도는 원혼들이 있다. 그나마 떠돌다 한이라도 이루면 얼마나 좋을까? 세상의 수많은 혼령들은 그저 안타까움만 안은 채 삭아간다. 세월이 가면 그 한을 들어줄, 전해줄 사람마저 세상에서 사라지기 때문이다.

"우리 아이 모르시죠?"

묻는 부인은 미류의 차에 있었다. 운전은 미류가 자청했다. 그래도 여자이고 손님이다. 서비스 차원에서도 그게 옳았다.

"예."

미류가 대답했다.

"모르는 사람 많아요."

부인의 눈가에 쓸쓸함이 스쳐 갔다. 죽은 자를 기억하는 산 자의 마음이 편할 리 없다.

"우리 시장님, 국내 철강회사로 유턴하면서 엄청 고생했거든요. 특수강은 한국에 생소할 때라서 아예 개척자와 다름 없었죠. 국내 텃세도 장난이 아니었고요. 어떤 때는 용광로에 사고가 나서 쇳물에

빠질 뻔한 적도 있고, 어떤 직원은 사망하기도 했고, 또 다른 직원은
사고도 있었어요."

"예."

"그때 회장님도 현장에 있었는데 시장님이 그분을 구했어요. 그 자
신은 죽을지도 모르고……."

"……?"

듣는 미류의 머리에 바람이 스쳐 갔다. 정대협 시장의 비하인드
스토리였다.

"그날 구한 게 세 사람인데 한 분은 회장님, 두 사람은 직원. 하지
만 직원 한 사람은 타이밍이 늦어 하반신이 녹아 장애인이 되었지
요. 시장님은 제 몸 돌보지 않고 사망한 직원의 장례식을 사흘 내내
지켰어요. 묵묵히 말이죠. 그때부터 직원들이 시장님을 따르기 시작
했지요."

'케네디……'

미류는 케네디를 생각했다. 그가 미국의 영웅으로 떠오른 과정도
그랬다. 초급장교 시절, 바다에 빠진 부하를 끝까지 포기하지 않고
구해준 케네디.

2차 대전이 한창이던 1943년 여름, 케네디는 해군 대위로 전쟁에
참전했다. 그러다 사고를 당했다. 일본 구축함과 충돌하고 만 것이
다. 케네디는 총알을 피해 부하들을 난파된 보트에 실었다. 하지만
나이가 많은 병사는 부상이 심해 보트에 태울 수 없었다. 바다에 뛰
어든 케네디는 자신의 구명조끼를 부하에게 입히고 그 끝을 입으로
끌며 안전지대까지 헤엄쳐 갔다. 그 거리는 무려 4킬로미터에 달했
다. 이 일로 그는 전쟁 영웅이 되었다.

훗날 미국 대통령 선거에 나섰을 때 그의 참모들은 이 일화를 이

용하라고 권했다. 하지만 케네디는 그 제의를 단칼에 거절했다. 그렇기에 그는 미국의 대권을 거머쥘 수 있었다.

"그때 우리 아이가 죽었어요."

"예?"

케네디를 생각하던 미류가 발딱 고개를 들었다.

"희귀병에 걸린 우리 아이… 그때 위독했는데… 그이는 아이보다 회사를 택한 거죠."

"……"

"벌써 오래되었네요. 그 후로 우린 다시 아기를 갖지 않았어요."

"……"

"20여 년 전 일인데……."

그래도 가능할까요?

부인의 시선이 미류를 돌아보았다.

믿으세요.

이래 봬도 특허받은 무당이거든요.

미류는 미소로 답했다.

덜컹!

랜드로버가 작은 돌을 밟으며 멈췄다. 작은 야산이었다. 내리기가 무섭게 엄청난 영기가 느껴졌다. 앞, 뒤, 사방에서 달려드는 영가의 몸부림이다.

"원래 밤에는 입장 금지인데 특별히 막지는 않더라고요."

부인은 핸드백에서 작은 전등을 꺼냈다. 말하는 것과 전등으로 보아 밤에 오는 게 초행은 아닌 모양이다. 부인의 걸음을 따라 묘지들이 하나둘 모습을 보였다.

"여기예요!"

그녀가 걸음을 멈췄다. 분당 시가지가 한눈에 들어오는 곳이다.

"시장님 회사에 대형 사고가 났다는 뉴스를 듣고 허둥거리는 사이에 병원에서 연락이 왔어요. 우리 아이가 숨을 거뒀다고. 그때는 참 참담했죠. 그 어린 게 엄마, 아빠도 없는 사이에 저 모진 길을 가야 하다니……. 그 길이 미국 가는 길보다도, 유럽 가는 길보다도 멀고 험한 길이잖아요?"

드문드문 선 보안등 불빛이 부인의 눈물을 비췄다. 미류는 시가지를 바라보며 모른 척 넘겼다.

"우리 아이… 그때 중2였는데 죽지 않았으면 지금쯤 법사님 나이쯤 되었겠네요. 조금 더 먹었거나."

"……."

"사설이 길었죠?"

"아, 아닙니다."

"그때… 아이가 큰돈을 가져간 적이 있어요. 엄마인 나에게도 끝내 말하지 않았죠. 그게 궁금해요. 우리 아이, 어디에 돈 쓸 일이 있었을까. 엄마에게도 차마 말 못 한 사연이 뭘까?"

"그렇군요."

"부탁해요. 하지만 실패해도 괜찮아요. 간만에 믿을 만한 분에게 이런 말을 한다는 것만으로 위로가 되네요."

"두 발만 물러나 주시겠습니까?"

미류가 부인에게 말했다. 부인이 물러서자 부적을 꺼냈다. 귀신소환부다. 그걸 묘지의 비석에 붙였다. 그런 다음 가부좌를 틀고 앉아 강령술을 시작했다.

휘이잉!

사나운 바람 한 줄기가 미류를 후려쳤다. 주변 귀신들의 짓이다. 법사의 등장을 알고 경계를 해온 것이다. 하지만 그들은 전생신의 권능을 넘보지 못했다.

절겅!

신방울 소리로 잡귀의 잡령을 몰아냈다.

미류는 천천히 몰입했다. 죽은 자의 공간, 그 공간 안의 공간. 혼의 혼을 찾아 명부의 권세를 발동시켰다.

후웅!

묘지가 일렁이는 게 보인다. 아이의 혼이 반응한 것이다. 미류는 강령술의 한계치를 올리는 동시에 그 자신을 전생신의 강신과 일치시켰다.

—오너라!

—아이야!

—그리 건너간 아이야!

—네 소리를 원하는 사람이 있나니!

풀썩!

화답이 왔다. 묘지의 문이 열리는 게 보인다. 물론 미류의 눈에만 보였다.

꾸룩!

미류의 눈알이 살짝 뒤틀리나 싶더니 아이의 혼이 안으로 들어왔다. 미류는 앉은 채로 부인을 돌아보았다.

"엄마!"

입에서 나온 건 한마디였다. 그 말을 들은 부인이 그 자리에서 엉덩방아를 찧었다.

"태용아!"

"엄… 마……."

말하는 미류의 고개가 15도 정도 기울었다. 눈은 살짝 풀어진 채 웃었고 오른손은 턱밑까지 올라왔다. 부인의 아들 정태용의 생전 습관이다.

"태용아……."

"엄마……."

목소리도 똑같았다. 오랜 투병으로 목소리만 메아리처럼 맑던 아이, 그 목소리와 한 치도 다름이 없었다.

"잘 있었어?"

부인이 다가와 물었다.

"응……."

"미안해. 그때……."

"괜찮아. 아빠가 바쁜 줄 알고 있었는걸. 게다가… 그때 아빠는 사람들을 구했잖아?"

"태용아……."

"그래서 괜찮아. 내 곁에 있어도 나를 구하지는 못했을 테니까."

나를 구하지는 못했을 테니까.

"흑!"

부인은 그 한마디에 울음보를 터뜨리고 말았다.

"이 밤에 왜 왔어? 무릎도 안 좋으면서."

"그게 무슨 상관이야? 엄마가 내 아들 보러 오는데."

"그래도 나는 걱정이야. 우리 엄마, 알고 보면 울보잖아?"

"이젠 안 울어. 너 보내면서 다 울어버렸거든."

"장담하기 어려울 텐데……."

"궁금한 게 있어서… 그래서 법사님 모시고 왔어."

"200만 원?"

"기억하는구나?"

"그럼. 내가 어떻게 그 돈을 잊겠어?"

"탓하려는 게 아니야. 엄마는 그냥 궁금해서. 우리 아들이 대체 어디에 그 돈을 썼을지."

"혹시 못된 일진 놈들에게 바쳤을까 봐 걱정하는 거야?"

"아니야. 머리 좋고 진중한 우리 아들이 그럴 리 있겠어?"

부인이 웃었다. 일진 이야기는 괜한 게 아니었다. 중학교에 그런 아이가 있었다. 실제로 태용이에게 시비를 걸기도 했다. 하지만 태용이가 맞고 온 적은 없었다.

"그 돈 혜진이 줬어."

"혜진이? 3반 송혜진?"

"응. 엄마도 알지?"

"엄마가 이유도 알아도 돼?"

"응, 이제는……. 사실 그때도 죽기 전에 말하려고 했는데 이쪽 세상 사람이 갑자기 찾아와 버렸어."

갑자기!

그 단어가 또 부인을 목메게 만들었다. 그래, 그때 그랬지. 그때 며칠만 늦게 왔어도, 그랬어도…….

"……"

"그런데 엄마도 이건 모를걸? 혜진이도 나처럼 희귀병이었다는 거."

"혜진이도?"

부인의 목소리가 어색하게 반응했다. 이제는 부인도 알고 있는 까닭이다. 그래도 부인은 아이를 생각해 내색하지 않았다.

"학교 채팅방에서 우연히 알게 되었는데… 혜진이 소원이 있었어.

괌의 산호초 바다를 보는 거."

"괌?"

"거기서 스노클링하고 열대어 한번 만져보는 게 소원이라잖아. 엄마랑 내가 갔던 그 투몬 비치 있지? 엄마가 물 먹고 콜록댄 곳."

"그때는 장비에 금이 가서 그런 거였잖아."

"혜진이네 집은 가난해. 그래서 괌은커녕 제주도도 갈 수가 없대. 그래서 내가 엄마 돈 좀 슬쩍해서 갖다 줬어. 엄마는 200만 원 없어도 살 수 있었잖아?"

"그랬구나."

거기서 부인이 입술을 깨물었다. 참고 있지만 목소리가 깨지며 흔들리고 있었다. 급격한 감정 변화였다.

"미안해. 원래는 엄마 허락 받고 주려고 했는데 아무래도 반대할 것도 같고 혜진이 자존심도 생각해서……."

"혜진이… 괌에 잘 다녀왔대?"

"그랬대. 그 후로 기적적으로 병도 나았고."

"다행이구나."

"혜진이 용감하지? 내가 인턴 형 신혼여행 가는 길에 비행기 좀 태워달라고 부탁했지만 혼자 투몬 비치에 가서 스노클링했대. 콩글리시 써가면서 말이야."

"……."

"나 같으면 못 했을 거야. 그러니까 혜진이는 병 나을 자격이 있어."

"너도 같이 갔으면 좋았을걸."

"질투하는 거야?"

"아니."

"헤헷, 그렇지?"

"태용아."

"200만 원 안 아깝지?"

"응, 하나도. 욱!"

부인은 사이사이 오열을 쏟아냈다. 울어야지. 묵은 정은 울어서 지워야지. 안으로 삼키면 병이 되니까. 부인은 그래도 아이 앞이라 오열을 참느라 어깨를 들썩이고 있었다.

―법사님!

아이의 혼이 일렁거리며 말했다. 그 말이 파동처럼 미류의 뇌를 밀고 들어왔다.

―부탁이 있어요.

―말해.

―우리 엄마, 내 CD 유품을 가지고 있어요. 게임하고 노래… 그리고 사진들.

―…….

―그중에서 무진록이라는 게임 딱지가 붙은 CD 좀 없애주세요.

―그것만?

―엄마가 보면 안 되는 거라서요.

―왜?

―그거 야동이거든요. 친구가 줘서 호기심에 본 건데 치우지 못하고 죽었어요. 죽을 때도 그 생각이 나지 뭐예요? 나중에 엄마가 보면 저에 대해 어떻게 생각할까. 맨날 본 것도 아닌데 저를 이상하게 생각할 거 아니에요.

―…….

―다행히 엄마가 노래하고 사진 CD는 열어봤는데 그건 게임 딱지가 붙어서인지 안 열어봤어요. 같은 남자끼리니까 해주실 수 있죠?

—그래. 무진록.

—고마워요. 내 목소리 전해줘서.

사르르 날아오른 아이의 혼이 부인의 어깨 위를 떠돌다 묘지 안으로 사라졌다.

"괜찮으세요?"

미류가 부인을 부축하며 물었다.

"예."

"태용이는 제자리로 갔습니다."

"잘 있는지도 물어보지 못했는데……."

"잘 있답니다."

"그렇군요. 고마워요."

"별말씀을."

"태용이 유품 가지고 계시죠?"

"예."

부인의 대답을 들으며 묘지를 돌아보았다. 같은 남자끼리.

보통 아이에게 들었으면 웃음이 나올 일이지만 죽은 아이의 말을 듣고 보니 마음이 숭고해졌다.

야동!

남자라면 대개 피할 수 없는 일. 그건 엄마들에게는 쥐약이다. 그건 정말 남자들만 이해할 수 있는 일이니까.

영(靈)빨 휘날리며

"정말 굉장하세요."

시장의 사택으로 달리며 부인이 말했다. 비원을 푼 부인의 목소리가 푸근하게 들렸다. 삶의 무늬 한순간을 함께 겪은 까닭이다. 남이라고 해도 이렇게 중요한 일을 같이하고 나면 친근감이 생기게 마련이다.

"사모님의 공덕 때문입니다."

"아뇨, 손대잡이 시도한 게 처음이 아니라니까요."

"예."

"경상도에서 유명한 무당을 데려왔는데 눈알을 뒤집고 쉰소리를 쏟아내더니 정성이 부족하다며 돈을 더 내라더군요. 500만 원까지 올렸는데도 이상한 소리만 전해줬어요."

"어떤?"

"배고파요. 추워요."

"……"

"저승에 못 가고 중간에서 고생한다며 망자를 위한 노잣돈과 음식, 의복비가 또 필요하다더군요."

"……."

"이래서 돈, 저래서 돈."

"……."

"그래서 돌려보냈어요. 아무래도 신뢰가 가지 않아서요."

부인의 말에 미류의 얼굴이 화끈거렸다. 그런 무당들이 있었다. 자기 주머니를 채우기 위해 허튼 공수를 쏟아내는. 아마 돈 밝히는 인간을 만난 모양이다.

"그런데 왜 말하지 않으셨나요?"

잠시 숨을 죽이던 미류가 부인을 돌아보았다.

"뭐 말이죠?"

"혜진이… 그 이름이 나오자 감정이 격해지셨습니다."

"그때 제 마음이 보였나요?"

"그건 그냥 감입니다."

"대단하시네요. 혜진이… 실은 기막힌 사연이 있어요."

'사연?'

"그 아이는 내가 대학 졸업할 때까지 후원한 아이예요."

"예? 그럼 아드님과 혜진이의 관계를 알고 계셨다는 건가요?"

"그게 아니라서 울컥했어요. 그 아이… 우리 아이 죽고 난 후 교감 선생님을 통해 알게 되었는데… 어려운 환경에도 불구하고 맑고 밝은 아이였어요."

"……."

"물론 우리 태용이처럼 희귀병을 앓은 것도 마음을 끌었죠. 그래도 그 아이는 질환이 심하지 않아 기적적으로 완치되었다고 하더라

고요. 그래서 교감선생님을 통해 몰래 도왔어요. 대학 졸업할 때까
지. 그런데 태용이 말을 들으니 내가 왜 혜진이에게 마음이 끌렸는지
알 것 같았어요. 우리 아이… 태용이의 마음을 받은 혜진이잖아요."

혈연과 숙명!

그 두 단어가 숭고해지는 순간이다. 아들의 마음이 꽂힌 소녀, 이
어 엄마의 마음도 꽂혔다. 과학으로는 설명할 수 없는 일이다.

"운명이군요."

"그렇죠? 어쩌면 세상에… 이런 일이……."

"……."

"아무튼 정말 고마워요. 법사님 덕분에 나 오늘 세상에서 가장 기
쁘네요. 그래서 우리 시장님에게 바가지 좀 긁어야겠어요."

"기쁜데 왜 바가지를……."

"이런 법사님을 왜 오늘에야 연결해 줬냐고요. 진작 알았으면 이
기쁨을 하루라도 빨리 만났을 거 아니에요."

"그렇기는 하지만……."

"아이 유품 중에 태워야 할 게 있다고요?"

"예. 뭔가 나쁜 사기가 어린 게 있어서… 그걸 태워야 태용이가 편
해질 겁니다."

미류는 재빨리 둘러댔다.

"어휴, 그런 것도 진작 알았어야 하는데……."

대화를 주고받는 사이에 시장 관저에 닿았다.

"들어오세요."

부인의 안내에 따라 관저에 들어섰다. 시장은 정치인들과의 약속
때문에 자리에 없었다.

"여기예요."

부인이 아이의 방문을 열었다.

"……!"

열린 공간 앞에서 미류는 잠시 정지했다. 아이 정태용의 시간은 그대로 이어지고 있었다. 방 안 분위기가 그랬다. 방금까지 공부나 게임을 하다가 잠시 나간 느낌이다. 책이며 컴퓨터, 심지어는 옷과 사진도 전부 자연스러웠다.

아이가 말한 서랍을 열어 CD를 꺼냈다.

무진록!

엄마의 눈을 속이기 위해 컬러로 출력한 게임 딱지를 붙여놓았다. 죽는 순간 아이가 걱정한 유일한 지상의 흠. 어디 이것뿐일까? 죽은 자는 말이 없으니 생자들은 사자의 일이나 물건을 놓고 멋대로 재단해 버린다.

CD를 정원에서 태웠다. 아이의 흠은 연기를 타고 사라졌다. 이제 엄마에게 남은 아이의 이미지는 완벽해졌다.

고마워요!

찬 공기 속에서 아이의 목소리가 들리는 것 같았다.

"법사님, 또 뵈러 갈게요."

부인의 인사를 들으며 차에 올랐다. 운전석에서 관저를 바라보았다. 작은 공화국 서울특별시. 그 시의 수장. 나아가 머잖아 대운을 탈 사람의 부인. 그런 사람의 마음에도 아픈 사연은 천 갈래의 갈피로 찔려져 있었다.

'그래서 신은 공평하기도 하지.'

고개가 끄덕거려졌다.

암!

돌아가는 길에 부적 재료를 구했다. 연주 때문이다. 부적에 푹 빠진 부적 제자. 그녀는 뚜렷한 수입원이 없었다. 꽃신선녀가 복채 중에서 일부를 나누어 주지만 넉넉할 리가 없다.

미류는 그 마음을 알고 있었다. 경험 때문이다. 보름 가까이 손님이 오지 않는 신당, 그 거실에서 눈에 쌍심지를 켜고 미류를 닦아세우던 윤희의 눈. 그러다 반반한 남자 손님이 오면 보란 듯이 교태를 떨고 따라 나가던 그때, 늘 돈이 궁했다.

마음의 위로가 되는 부적에도 돈은 필요했다. 좋은 재료를 만나면 더 그랬다. 돈 때문에 허접한 재료를 안고 나오던 미류. 마음이 아팠다. 그래서 연주의 재료까지 넉넉하게 구하는 미류였다.

"제일 좋은 걸로 짱박아두었지."

재료상 주인이 광목에 싸둔 경면주사를 꺼내 보였다. 그가 부르는 값에 두말도 않고 10만 원을 더 올려놓았다. 입이 찢어진 주인은 괴항지며 붓을 덤으로 올려주었다.

"요즘 잘나가지?"

주인이 벙글거리며 물었다.

"그럭저럭요."

"무슨 소리야? 방송까지 탄 사람이."

"다 사장님 덕분입니다. 늘 좋은 재료를 주셔서……."

"그거야 뭐… 워낙 미류 법사가 재료 보는 안목이 탁월하니 속일 수가 있나? 아무튼 방송의 부적 실험, 속이 다 시원했네. 복사기로 찍어낸 부적이 판을 치는 통에 부적 재료 파는 보람이 있더라고."

"그러셨어요?"

"법사가 내 단골이라고 하니까 나 은근 무시하던 우리 딸내미도 다시 보더라니까. 뭐 부적 하나 구해다 달라나?"

"학생인가요?"

"고2야. 공부는 안 하고 꿈만 커서 미치겠네."

"부적이 필요하긴 하겠네요."

"써주시게?"

주인이 반색했다.

"다음에 올 때 합격부 하나 써다 드릴게요. 대신 좋은 재료, 아시죠?"

"아이고, 말도 마시게. 당연히 법사처럼 부적 제대로 쓰는 사람 밀어줘야지. 암!"

동도롱당!

경면주사를 챙길 때 전화가 들어왔다. 채나연이다.

―법사님, 모레 아시죠?

모레라면 취업박람회 전생점 이벤트 행사일. 그새 일정이 다가온 것이다.

〈전생으로 알아보는 적성!〉

그녀와 멤버들이 정한 전생점연합회의 봉사 캐치프레이즈이다. 마음에 들었다. 동시에 마음이 아프기도 했다. 전생 리딩도 일면 무속과 통한다. 그런데 그들은 사회의 일원이 되기 위해 양지로 향하지만 무속은 여전히 개인플레이 상황이다.

'우리도 몇몇 분이 뭉쳐서 봉사에 나서면 좋을 것을……'

적극적으로 움직이지 못하는 게 아쉬웠지만 이번은 경험으로 삼기로 했다.

딩도롱당!

전화를 끊기 무섭게 또 전화가 들어왔다. 이번에는 봉평댁이다.

"이모!"

―어디야?

봉평댁이 물었다.

"재료상이에요. 하라 안 자면 피자라도 한 판 사서 들어갈까요?"

─그게 아니고… 일이 좀 생겼어.

"일요?"

─누가 찾아왔는데… 아무튼 가능하면 빨리 좀 와봐. 이 양반이 도통 가지를 않아.

"손님인가요?"

─무당!

"무당요?"

─우리 미류 법사 방송 보고 왔다는데 눈치도 심상치 않고… 그냥 경찰 불러서 내쫓아 버릴까?

경찰?

뭔지 모르지만 그건 좀 아닌 것 같다. 더구나 같은 무속인을.

"금방 갈게요."

미류는 전화를 끊고 랜드로버에 올랐다.

"오빠!"

문 앞에서 미류를 맞이한 건 하라였다. 그녀는 종종걸음을 하다가 미류를 보고 달려왔다. 기가 팍 죽은 얼굴이다.

"왜 나와 있어?"

미류가 차에서 내렸다.

"이상한 아줌마가 왔어."

하라가 문 안쪽을 가리켰다.

"들어가자."

미류는 하라를 안심시키고 등을 밀었다. 손님은 대기 의자에 앉아 있었다. 노란 저고리, 검은 치마의 한복 차림이다. 미류를 보더니 벌떡 소리라도 날 듯 급하게 일어섰다.

"이제야 등장이시군?"

50줄의 여자는 눈알부터 뒤집었다. 누가 보면 무슨 원한이라도 맺힌 사이로 볼 정도이다.

"저를 찾아오셨다고요?"

미류가 묵직하게 물었다.

"오냐. 네가 미류라지?"

삐딱하게 기운 목을 닮아 소리도 까칠했다.

"그렇습니다만."

"망할 놈 같으니!"

여자가 신기점을 보는 기로 허공을 후려쳤다. 기겁한 하라가 미류 뒤로 몸을 숨겼다.

"괜찮아."

미류가 하라를 달랬다.

"무슨 일로 오신 겁니까? 처음 뵙는 분 같은데?"

"이놈아, 네 짓이 하도 꼴같잖아 내가 한 달 산제 끝내기가 무섭게 달려왔다. 무속을 욕보인 이 고얀 놈아!"

여자는 다짜고짜 기세를 높였다.

"무속을 욕보이다니요?"

"이놈이 그래도 뻔뻔스럽기 그지없구나? 네 방송에 출연하여 무속을 웃음거리로 만들었지 않느냐?"

"……?"

"내 우리 백마신장님의 게시를 받아 무도한 네놈을 경치려 왔으니 당장 무릎을 꿇지 못할까?"

"아이고, 좀 그만하세요! 진짜 경찰 부르기 전에!"

여자가 길길이 날뛰자 봉평댁이 맞고함을 쳤다.

"뭐라? 경찰? 신께서 하시는 일에 경찰 따위가 무엇이더냐?"

"하여간 소리 지를 거면 나가세요."

봉평댁이 여자의 팔뚝을 잡을 때였다. 주변 공기가 출렁이더니 봉평댁이 나가떨어지고 말았다.

"아이고, 나 죽네!"

"엄마!"

하라가 달려갔다.

"무슨 짓입니까?"

미류가 강력한 사자후를 뿜었다. 보아하니 방송을 이유로 시비를 걸려고 온 눈치다. 그렇다면 그 행패를 받아줄 의향 따위는 없다.

"왜, 우리 백마신장님 신통력을 보니 오금이 저리느냐? 하긴 네 신당에 걸린 야리꾸리한 무신도를 보니 그럴 만도 하겠다. 네 족보도 없는 허주를 받아 무속판을 어지럽히니 오늘 매운맛 볼 각오를 하렷다."

"지금 뭐라고 했습니까? 허주?"

"오냐. 허주가 아니면? 내 신밥 25년에 저런 무신도는 듣도 보도 못했다."

"가련하군요. 뉘신지 모르나 그 백마신장이야말로 허주가 아니라면 전생신을 모를 리 없거늘 일면식도 없는 차에 이 무슨 행패입니까?"

"뭐라? 우리 백마신장님이 허주?"

"원하는 게 뭡니까?"

"이놈아, 내가 바로 계룡산의 칠갑보살이시다. 허튼 주제에 천하 만신인 양 행세하는 네놈의 신밥을 끊으러 오셨다지 않느냐!"

'칠갑보살?'

이름을 들은 미류의 미간이 일그러졌다. 아는 이름이었다.

칠갑보살.

내림굿에 혹독하기로 소문난 무당이다. 그녀 역시 작두를 타는 무당. 그러나 성미가 급하고 외뿔 고집이라 단 한 번도 내림굿을 성공한 적이 없었다. 그것 때문에 멋모르고 신딸이 되려던 여자들은 죄다 발이 상해 무속의 길을 접었다. 내림굿을 할 때도 우악스레 신딸들을 작두날 위로 내몬 탓이다.

그러나 그 신빨은 상당하다고 소문이 난 여자. 그녀가 미류를 찾아온 것이다.

"고명은 많이 들었습니다. 뭔가 오해가 있으신 것 아닙니까?"

"오해라니? 이놈아, 얼렁뚱땅 넘어갈 생각일랑 하들 말거라. 네놈 양심에 손을 올리면 네놈이 선무당이고 사이비라는 걸 알 수 있을 터인데 어디서 세 치 혀를 나불거린단 말이냐?"

"저는 무슨 말씀인지……."

"네 그리 아둔하다면 내 일러주마. 우선 부적만 해도 그렇다. 부적이라는 게 기껏해야 가벼운 살이나 막을 수 있을진대, 뭐라? 네 부적은 사람의 운명을 바꿔?"

"……."

"그래, 부적 하나로 괴강살, 양인살, 백호살을 다 막을 수 있다면 큰 살을 막는 굿을 하는 무당들은 죄다 사기꾼이란 말이냐?"

흥분한 그녀가 다시 깃발로 허공을 후려쳤다. 이제는 더 사나운 바람이 날아와 미류의 얼굴에서 부서졌다.

'신기(神旗)다!'

미류의 눈에 힘이 들어갔다. 물레보살이 준 신기보다도 나아 보였다. 과연 그녀는 이름을 날릴 만한 무당이었다.

"그 일 때문이라면 충분히 해명할 수 있으니 흥분을 가라앉히시기 바랍니다."

"해명?"

"칠갑보살님의 말에는 틀림이 없습니다. 분명 큰 살은 굿으로 막고 작은 살은 부적으로 막는 게 대다수 무속인들의 비방이지요."

"아는 놈이 그따위로 지껄여 무속판의 물을 흐리느냐?"

"하지만 세상에는 예외라는 게 있지 않습니까?"

"닥쳐라! 어물쩍 넘어갈 내가 아니다!"

"그러시면 제가 증명을 해드리면 되겠습니까?"

"할 수 있다면 해보아라."

"신칼을 가지고 오셨군요?"

미류는 그녀의 소지품을 보았다. 의자 위에 모셔둔 기다란 꾸러미. 그건 신칼이 틀림없었다.

"눈깔로 보았으면 허튼짓거리 칠 생각일랑 말거라. 저 명두는 한 번 휘둘러 귀신 서른의 목을 벨 수 있는 영험함이 실렸느니."

칠갑보살이 기세를 뽐었다.

"그걸 뽑으시죠."

"뭐라?"

보살의 눈알이 뒤집히다 말았다. 그녀에게는 막강한 신력의 한 부분. 그런데 겁도 없이 뽑으라 했으니 하룻강아지 범 무서운 줄 모름에 다름이 아닌 것이다.

"네가 진정 상충살에 원진살, 백호살까지 맞아 삼재팔난의 지옥에 떨어지고 싶은 모양이구나!"

"그냥 선배분에 대한 예의입니다. 제 몸주께서 계신 신당에 오셨으니 단단히 준비를 하셔야 할 것 같아서……."

"네 이노옴!"

격분한 보살이 와락 소리를 높였다.

"하라야!"

미류는 봉평댁과 한쪽으로 물러선 하라를 불렀다. 하라가 주춤 다가왔다.

"내 방에 가서 부적함 좀 가져올래? 두 손으로 공손히 드는 것 잊지 말고."

"오빠……."

"걱정 말고 어서."

미류가 하라의 등을 밀었다. 하라는 보살을 피해 멀찌감치 돌아 거실로 들어갔다. 하라는 겁을 먹고 있었다. 미류가 모르는 일이 있는 게 틀림없었다.

"오빠!"

하라가 부적함을 들고 나왔다. 미류는 그 자리에서 부적 한 장을 그렸다. 공망부였다.

"공망?"

칠갑보살의 눈이 옆으로 쭉 찢어졌다. 미류는 그걸 마당 한가운데 붙였다. 보란 듯이 턱.

"준비 끝났으니 백마신장의 신력을 펼쳐보시죠."

미류가 두 손을 모았다. 선배에 대한 예의였다.

"이놈이 나를 가지고 노는 것이냐? 공망이란 다 비워 버리는 것이거늘 감히!"

"다른 뜻도 있지요."

미류가 묵직하게 되받았다.

"뭐라?"

"공망은 무의미와 공허를 뜻하지만 반대로 커다란 깨달음을 뜻하기도 합니다. 공망왕기(空亡旺氣)가 그렇지 않습니까?"

"저, 저런 발칙한 놈!"

격분한 보살이 요량을 꺼내 들었다. 묵직한 느낌이 오는 요량이다.

"네 이놈, 삼살을 맞아 식문(食門), 언문(言門) 다 막히는 불구자가 되더라도 나를 원망치 말거라! 이건 네가 자초한 일이니!"

떨겅!

보살이 후려치듯 요량 소리를 냈다. 그 끝에 달린 천이 바람을 꿰듯 나부꼈다. 요량은 놋쇠로 만든 방울. 신들 세상의 문을 열고 신을 초청하는 청신구의 일종이다.

떨겅, 떨겅떠거어엉!

보살은 마당을 한 바퀴 돌며 오방을 향해 신을 청해 내렸다. 그러고는 보란 듯이 미류가 붙인 부적을 밟고 올라섰다.

떨겅!

굵은 요량 소리와 함께 보살의 몸이 떨기 시작했다. 어깨에서 팔목으로 이어지는 경련. 신이 내려오는 길목이다.

"우어어어어!"

열린 목 안으로 신이 들어오기 시작했다. 미류가 봉평댁에게 눈짓을 보냈다. 봉평댁이 하라를 데리고 나갔다. 자칫하면 살을 맞을 수 있기 때문이다.

"우억!"

부러질 듯 흔들리던 칠갑보살의 몸이 벼락처럼 멈췄다. 그녀의 이마에, 목덜미에, 나아가 손등의 검푸른 정맥까지 툭툭 불거지는 게 보였다.

"백마신장님 납셨다!"

칠갑보살이 천의 한쪽을 잡아당겼다. 그러자 준비한 신칼이 원격 조종이라도 받는 듯 보살의 양손으로 들어왔다.

"후어이!"

칼끝에 매달린 두어 자 길이의 한지조차 바람을 베며 팔랑거렸다. 날을 세우지 않은 신칼. 하지만 이미 내려앉은 신력으로 인해 그 서기는 무사들의 칼보다 벼린 살광을 튕겨냈다.

"이노옴!"

보살의 목청에서 쇳소리가 나왔다. 눈은 다 뒤집혀 흰자뿐이다. 우수수 치켜 올라간 머리카락 또한 공포스러웠다. 서릿발을 머금은 주변 공기가 서늘하게 변했다. 말하자면 그녀, 허세는 아니었던 것이다.

"이놈, 어서 꿇지 못할꼬!"

보살이 얼굴을 들이대며 소리쳤다. 미류는 눈도 깜빡하지 않았다. 웬만한 사람이라면 거품을 물고 넘어갈 강신의 현장. 하지만 여기는 미류의 홈그라운드였다. 게다가 특허권 소유자가 아닌가?

"뜸 그만 들이시고 시작하시죠."

미류는 한마디로 무당의 김을 빼버렸다.

"뭣이라?"

"저한테 저주 한판 내리셔야죠. 가새다리를 원합니까, 아니면 칼싼다리를 원합니까?"

이는 신칼의 점법이다. 신칼을 던져 나온 모양으로 길흉을 점친다. 가새다리는 두 칼이 교차되는 형상으로 최악을 나타내고, 칼싼다리는 둘 다 위를 보는 것으로 불길하다. 반대로는 왼자부다리와 나단자부다리가 있다. 이는 모두 길함을 뜻하는 형상이다.

"뭐라?"

"삼살을 찾는 걸 보니 최악의 점괘인 가새다리를 원하겠지요. 하지만 당신은 신칼점을 볼 수 없을 겁니다."

"흐얼!"

"내 전생신의 권능으로 약속하죠!"

미류의 눈에서 카리스마가 폭발하고 있다. 백마신장의 신력과 전생신의 신차. 두 힘은 허공에서 팽팽하게 충돌했다.

"네 이놈, 나는 네놈의 파탄을 위해 가새다리를 던질 것이다!"

"당신은 못 합니다!"

"오.오.오이이이!"

보살은 그대로 돌아서며 검무를 추었다. 노란 저고리가 팽이처럼 돌았다. 어린 하라의 돌기보다 빨랐다. 신기 때문이다. 보살에게는 신기가 제대로 실려 있었다.

"오얍!"

마침내 보살이 신칼을 던졌다. 그런데…….

"……!"

칼을 날린 보살의 눈이 휘둥그레졌다. 한지 끈을 쥐고 던진 신칼. 그게 손끝에 그대로 매달려 있는 것이다.

대롱대롱!

"오합!"

보살이 다시 기세를 뿜었다. 하지만 결과는 같았다. 칼은 날아가지 않았다.

"오얍."

"하합!"

"으아얍!"

그 어떤 신력을 동원해도 마찬가지였다. 그제야 그녀는 등골이 서늘해지는 걸 느꼈다. 미류의 전생신이 악신들조차 숨을 죽이는 백마신장의 무시무시한 힘을 무력화시킨 것이다.

"이럴 수가?"

그녀의 이마에서 식은땀이 떨어졌다. 그 땀이 바닥의 부적에 닿았다.

치익!

부적이 물을 튕겨냈다. 놀란 보살이 뒷걸음으로 물러섰다.

"고명하신 선배님께서 먼 길을 오셨으니 제가 칼점을 한 수 선물하겠습니다. 선배님의 앞날을 위해 나단자부다리를 만들어 드리죠."

미류가 다가와 부적을 집었다. 그 부적에 불을 댕겼다. 동시에 보살은 제 손의 신칼이 진동하는 걸 느꼈다. 미류는 마지막 조각을 하늘에 놓았다. 부적의 불이 꺼지며 재가 되어버렸다. 순간, 보살의 신칼이 멋대로 날아올라 보살 앞에 떨어졌다.

"어으!"

보살의 입에서 신음이 나오다 말았다. 두 칼 나란히 우측으로 뻗은 모습. 미류가 예견한 최고로 길한 점괘가 나온 것이다.

"믿지 못하시면 한 번 더 해드리겠습니다."

절겅!

미류가 신방울을 흔들었다. 신칼은 그 자리에서 한 바퀴 뒤집혔다. 결과는 여전히 같았다.

"……!"

"부디 노여움 푸시고 마음에 드시길 바랍니다."

미류는 내치기보다 품기로 나섰다. 보아하니 영(靈)빨을 보여주면 말을 알아먹을 것 같았다. 칠갑보살은 비틀비틀 걸어가 신칼을 집어 들었다. 칼에는 이상이 없었다. 맥이 빠져나갔다. 그녀의 완벽한 패배였다.

"드시죠."

신당으로 자리를 옮긴 미류가 차를 권했다. 칠갑보살의 턱은 아직도 떨리고 있었다.

다닥, 다다닥.

박자도 일정했다.

"추우시면 방에 불을 좀 넣어드릴까요?"

"그 추위가 아니라네."

"그러시군요."

"저분이 전생신?"

보살의 시선이 무신도로 향했다.

"그렇습니다."

"누가 그려준 건가? 색이 참 단아하면서도 심오하군."

"제가 그렸습니다."

"법사가 직접?"

"예."

"다른 무신도도 있나?"

"보여 드리죠. 하라야, 그림 상자 좀 가져올래?"

미류가 거실을 향해 말했다. 하라가 두 손으로 상자를 감싸 안고 들어섰다.

"몇 장 수련 삼아 그린 것입니다. 썩 신령스럽지는 않습니다."

미류가 그림을 꺼내놓았다.

"......!"

보살의 눈이 뒤집히는 게 보인다. 그림 또한 그녀의 마음을 단숨에 휘저어놓았다.

"다른 부적도 보여주시게."

보살이 고개를 들었다.

"원하신다면."

이번에는 부적을 보여주었다. 보살은 부적 하나하나를 만져가며 경기를 해댔다. 무심하게 보이는 부적이지만 헐렁한 틈이 없기 때문이다.

"부적도 법사가 썼고?"

"예, 아직 부족한 점이 많습니다."

"법사 신아버지가 표승 만신이라고?"

"예."

"신아들이나 신딸은 몇이나 두셨나?"

"오직 저 하나입니다."

"하나?"

"예, 지금은 신당 접으시고 저 아래 용궁사에서 숭덕 스님과 함께 세월이나 낚고 계십니다만."

"숭덕이라……. 들어본 적이 있지. 법사 내력이 그 내력이었군."

보살은 연신 고개를 끄덕거렸다.

"아무튼 방송 일은 죄송하게 되었습니다. 딴에는 무속의 신뢰를 회복하기 위해 한다는 말이 심려를 끼치게 되었다면."

"아닐세. 이제 보니 내 그릇이 좁쌀이었네. 나이도 어린 놈이 무속에 대해 뭘 안다고 주둥이질인가 했는데 이만한 신통함이면 그럴 자격이 있지."

"이해해 주시니 고맙습니다."

"차 잘 마셨네."

보살이 자리를 털고 일어섰다.

"가시게요?"

"난장을 쳤으니 더 앉아 있을 염치가 있나? 나중에 내 집 가까이 지나가면 연락하시게나. 꼭."

"그럼 제게 날리신 삼살과 삼재팔난의 저주도 거두시는 겁니까?"

미류가 짐짓 물었다.

"그 얘긴 더 마시게나. 사람 얼굴 뜨거워지니."

보살은 손사래를 치며 과오를 인정했다.

미류는 그녀를 택시까지 배웅했다. 나쁘게 생각하지도 않았다. 미류를 징치하러 달려온 일. 그 또한 무속에 애정이 있기에 가능한 일이다.

"스승님!"

신당으로 가는 길에 연주를 만났다. 꽃신선녀에게 공수를 받고 가는 복부인을 배웅하는 길인 모양이다.

"잘되어가?"

"스승님은요? 아까 신당이 요란하던데."

"대선배님이 오셔서 개인 지도를 좀 받았어."

미류는 좋게 둘러댔다.

"어머, 그럼 저도 좀 부르시지."

"미안. 지도가 좀 치열한 통에 그 생각을 못 했네."

"지금은 시간 나세요? 저 이제 끝났는데 부적 쓴 거 좀 봐주세요."

"오케이. 올 때 취업부도 몇 장 써 와."

미류는 기꺼이 응했다.

"마귀할멈 갔어?"

신당에 들어서자 하라가 물었다.

"마귀할멈?"

"응, 얼마나 무서웠는데."

하라의 눈에 눈물이 그렁거린다.

"나 오기 전에 무슨 일 있었어요?"

하라를 끌어안은 미류가 봉평댁을 바라보았다.

"칠갑인지 팔갑인지 그 무당 성깔 봤잖아? 저년이 그거 모르고 깝죽거리다 된통 당했지."

"하라가요?"

"그 양반도 신기(神旗)를 가지고 있었잖아? 이년이 멋모르고 기점으로 붙었는데 아홉 번 겨뤄서 아홉 번 다 찍소리 못 하고 졌어."

"그랬어?"

미류가 하라에게 물었다.

"하앙, 그건 그 아줌마가 마귀할멈이라서 그래. 내 마음을 다 알고 있었단 말이야."

하라가 발을 구르며 울먹거렸다. 나름 오기가 있는 하라이다. 딴에는 자신 있는 기점이었는데 하는 족족 깨지니 분함에 더불어 경외감을 갖게 된 모양이다.

"오빠가 혼내줬으니까 조금 더 연습해서 다음에 오면 콧대를 눌러 줘. 알았지?"

"응!"

하라는 미류의 위로를 받아들였다.

잠시 후에 연주가 찾아왔다.

"선생님!"

신당으로 들어선 그녀가 커피를 내밀었다. 미류가 달달한 커피를 좋아하는 걸 알고 카페모카를 포장해 온 것이다.

"그냥 오지 번거롭게……."

"강의료예요!"

연주가 웃었다.

"목욕재계는?"

"물론 하고 왔죠."

대답처럼 그녀의 머릿결은 촉촉하게 젖어 있었다.

부스럭!

연주가 연습한 부적을 꺼내놓았다. 재물과 관련해 연습한 부적들은 죄다 합격선에 가까웠다. 그녀는 사물부적에 대해 물었다. 돌과 나무, 혹은 벽이나 가구 등에 직접 쓰는 부적이다. 미류는 석판에 쓴 부적을 들고 설명을 해주었다. 연주는 메모에 더불어 사진까지 찍었다.

"아, 스승님, 취업박람회 가신다면서요?"

설명이 끝나자 연주가 흘러내린 귀밑머리를 쓸어 올리며 물었다.

"타로 형님에게 들었어?"

"아까 오셔서 자랑하더라고요. 법사님이 오시기 때문에 완전 초대박 날 거라고."

"무슨, 그분들도 다 굉장한 멤버들이야."

"저도 가면 안 될까요? 신어머니께는 허락을 받았는데……."

"응? 우리 통하네? 실은 그것 때문에라도 잠깐 부를 생각이었는데."

"정말요?"

연주가 반색했다.

"그 말 듣고 기분 어땠어?"

"뭐요?"

"전생점연합회의 취업박람회 봉사. 연주는 그런 거 해보고 싶지 않아?"

"해보고 싶어요. 우리 무속인들은 왜 사회 참여에 관심이 없는지 모르겠어요."

"스타일 때문이지. 강신의 카리스마에 밴 숭고함과 경외감, 때로는 두려움과 공포를 유발하기도 하잖아? 그런 것들이 일반인으로 하여금 거리감을 느끼게 하니까."

"그렇지 않은 분들도 많잖아요? 웃으면서 엽전점 보는 엽전아가씨도 있고 하라처럼 쌀점에 예쁜 부채 팔랑이는 부채도사도."

"그래서 연주를 끼워 가는 거야. 일단 취업이라니 부적이 도움이 될 수도 있고… 우리도 벤치마킹의 계기로 삼으려고."

"그래서 취업부 써 오라고 하셨군요?"

"몇 장이나 썼어?"

"딱 석 장요. 이것도 어렵더라고요."

연주가 부적을 내놓았다.

"괜찮은데 너무 막았네. 취업은 지키는 게 아니고 구하는 거니까 오방을 활짝 열어야지."

"어머, 그 생각을 못 했어요."

"됐어. 최상은 아니지만 차상은 되니까."

"정말요?"

"자, 그럼 실습에 돌입해 볼까요?"

미류가 돌과 나무판자 등을 꺼내놓았다. 그걸 두 장씩 나눠 함께 연습했다. 연주는 진지하게 부적을 그려냈다.

"어려워요."

미류 옆이라서 그럴까? 그녀의 온몸이 땀으로 젖었다.

"나쁘지 않네. 괴황지하고는 또 다르니까 호흡 조절에 재료의 질감을 읽어내는 눈이 필요해."

연주가 쓴 부적을 보며 설명하는 미류.

"재료 중에 제일 어려운 게 뭐예요?"

연주가 또 물었다.

"그야 물론 사람 몸이지."

"육부적 말이군요?"

"그래. 다음에는 육부적을 배우자고."

"선생님."

"응?"

"그거 지금 배우면 안 돼요? 사실 저한테 육부적 부탁하는 사람이 있어서요."

"……?"

"제 친구 중에 피부 미용 관리하는 애가 있는데 색귀가 씌었는지 남자 없이 하루도 못 산다고 해요. 심지어 남친이랑 약속이 없는 날은 나이트클럽에라도 가서 원나잇을 한대요. 그러다 보니 성병도 걸리고 생활도 난잡하고… 이제 마음잡고 살고 싶다고 해서 부적을 한 장 써 줬는데 잘 안 듣는다고 그래요. 제가 아직 육부적 그릴 깜냥도 안 되지만 보기 딱해서……."

"……."

"아니면 여기로 데려올 테니까 법사님이 수고를 좀……."

연주의 말에 미류가 고개를 들었다. 연주의 볼이 살짝 상기되어 있다. 진지하다는 방증이다.

"육부적은 마음의 평정심이 중요한데 괜찮겠어?"

옷도 다 벗어야 해.

나중 말은 슬쩍 피해 갔다. 친구 구하기. 기왕에 연주가 시작한 일이다. 그렇다면 연주가 끝을 보는 게 좋았다. 끝맺음만큼 좋은 공부도 드무니 부끄러움 따위를 가릴 일은 아니었다.

"신을 담는 일인데 오죽하겠어요? 죽기 살기로 해볼게요."

"그렇게 비장할 필요는 없고 경건하고 숭고하게."

"할 수 있어요."

그녀가 끄덕 고개를 숙였다. 미류는 조용히 일어나 거실로 나갔다. 봉평댁에게 신당 문을 열지 말라는 당부를 전했다. 안으로 들어온 미류는 남은 전등을 다 켰다. 신당 안이 더 밝아졌다.

"그럼 벗어봐."

미류가 연주를 바라보았다. 연주는 말없이 일어나 돌아섰다. 그런 다음 겉옷부터 벗어 내리기 시작했다. 그녀 역시 육부적이 뭔 줄은 익히 알고 있는 일. 다음 말이 필요 없었다.

미류는 부적 도구를 한쪽으로 정돈해 두었다. 경면주사는 다시 갈았다. 괴황지나 나무 등에 쓰는 것과는 농담을 달리해야 하는 까닭이다.

바스락!

환한 불빛 속에서 연주의 껍질 벗는 소리가 들린다.

사륵!

그녀의 마지막 허물이 벗겨졌다. 잠자리 날개를 닮은 속옷이 겉옷 위에 포개지자 연주는 원초의 몸이 되었다.

"저 준비 끝났어요."

한 손으로는 가슴을, 또 한 손으로는 둔부를 가린 그녀가 미류를 향해 돌아섰다. 돌아보지 않아도 환한 느낌이 다가왔다. 여체로서 아름답기는 그녀도 윤희나 화요 등에 못지않았다. 아니, 볼륨감과 늘씬함은 더 매력적인 편이었다. 다만 얼굴만은 그녀들에게 뒤졌다. 그건 가꾸지 않기 때문이다. 바탕은 나쁘지 않으나 대부분 민낯으로 사는 연주. 그렇기에 그녀의 매력은 늘 초자연 뒤에 숨어 있었다.

"누워!"

한마디를 하고 붓을 들었다. 그녀가 반듯하게 누웠다. 그녀의 모든 것이 적나라하게 드러났다. 봉긋한 젖꼭지와 도톰하게 올라온 둔덕까지.

미류는 어깨부터 부적을 그렸다. 가슴이 갈라지는 곳에도 그리고 가슴 아래에도 그렸다. 연주의 가슴은 봉숭아 꽃물이 든 것 같았다. 백옥처럼 하얀 가슴에 설렘 가득한 연분홍 물이 든 것 같은 유두. 그게 너무 도드라지면 물감을 찍는 척 시선을 피했다.

다음은 배다. 그리고 마침내 둔부에 이르렀다. 친구에게 남자불침부를 써야 한다면 피할 수 없는 장소이다. 알맞게 올라온 거웃을 피해 부적을 그렸다.

"일어나."

붓을 거둔 미류가 말했다. 담담한 목소리다.

"거울."

미류가 말했다. 연주는 문 쪽으로 걸어가 자신의 나신을 비추었다. 거기 온갖 신성과 영계(靈界)의 권능이 아른거리는 게 보인다.

"다시 와서 돌아누워."

붓을 잡은 미류가 말했다. 연주는 제자리로 돌아와 배를 대고 엎드렸다. 부적은 또다시 그녀의 몸에 주술의 권능을 담았다. 양쪽 어깨와 등판에 이어 엉덩이로 내려갔다. 실팍하게 올라온 두 엉덩이에 쌍부적을 그린 미류가 일어섰다. 시범이 끝난 것이다.

신당을 나와 마당에 내려섰다. 그제야 가슴팍에 모아둔 깊은 호흡을 죄다 토해냈다.

"휴우! 히우우!"

육부적!

미류는 학생 때 읽은 데카메론이라는 소설을 생각했다. 거기 보면 나그네가 어수룩한 집주인의 아내를 농락하는 장면이 나온다. 나그네는 주인의 아내를 탐해 그녀를 튼실한 말로 만들어준다고 꼬드긴다.

"이 머리가 말의 힘찬 머리가 되게 하소서."

아내의 옷을 발가벗긴 나그네. 그렇게 몸통과 다리를 만지고는 마지막 말 꼬리 만드는 장면에 이른다. 나그네는 거기서 주인의 아내에게 삽입한다. 놀란 주인이 그제야 말리며 나서자 부정이 타서 말 만들기에 실패했다고 둘러댄다.

육부적도 그런 요소가 많았다. 특히 젊은 여자에게 알려줄 때가 그랬다. 자칫 수련이 부족하면 경면주사 물감이 아니라 진짜 육액(肉液)을 방출하게 되는 것이다.

"정 감당이 안 되면 미리 싸고 하거라."

부적을 알려준 석명 만신의 농담이었다. 실제로 나체를 찍는 사진작가나 하드코어 제작자 중에는 그런 사람도 있다고 한다. 작업 중에 허튼 생각이 들지 않도록 미리 방출하는.

"후우!"

한 번 더 심호흡을 하고 신당 문을 열었다. 그런데 그때까지도 연주는 벗은 채로 앉아 있었다.

"큼큼!"

헛기침과 함께 미류가 연주를 바라보았다. 그 눈이 말하는 단어는 '왜'였다. 미류의 눈치를 아는지 연주가 카메라를 내밀었다.

"두고 공부하려면 사진을 찍어야겠는데 몇 군데는 잘 안 돼요."

'아뿔싸!'

그녀의 준비성은 완벽했다. 먼 옛날, 미류는 그러지 못했다. 석명 만신에게 부적을 배울 때, 그저 마음만 경건했다. 그런데 이렇게 철저한 프로 정신이라니.

찰칵!

카메라를 받아 들고 사진을 찍어주었다.

"고마워요."

그녀의 얼굴색은 정상으로 돌아와 있었다. 수치심이라든가 어색함도 가신 후였다. 육부적 강습은 그녀에게 하나의 신세계였던 것이다.

그녀가 돌아갔다.

미류의 마음도 평상심으로 돌아갔다. 이제 내일 일을 생각할 때였다. 부적함을 열어 취업부적을 꺼냈다. 신단에 올리고 합장을 했다. 신빨, 영(靈)빨이 가득 스며들기를. 그래서 캄캄한 동굴 안에서 미래를 찾는 젊은이들에게 희망이 되기를.

전생으로 백수 구제

"호이짜!"

이른 아침, 신당은 다시 하라 차지가 되었다. 그녀가 쌀을 들고 와서 냅다 흩뿌린 것이다. 팽그르르 돌아선 하라가 부채를 휘저었다.

"앗!"

쌀알을 세던 하라가 소리쳤다.

"왜?"

미류가 물었다.

"오빠 가는 쪽이 어느 쪽이야?"

"강남이니까 남쪽?"

"거기 마가 끼었어. 불길해."

"마? 어떤 마?"

"여자 꼬여."

짜악!

말하는 하라의 등짝에서 파열음이 튀었다. 봉평댁이 다가와 후려친 것이다.

"이년이 또 재수 없게 입을 나불거리네. 가서 세수나 해!"

"세수했어! 엄마는 알지도 못하면서."

"했는데 눈곱이 주먹만 한 게 달려 있어? 또 고양이 세수 했지? 이리 와."

봉평댁은 하라를 욕실로 끌었다.

미류는 하라가 있던 자리를 바라보았다. 쌀알이 옹기종기 모여 있다. 쌀점, 엽전점은 언제 보아도 신기했다. 대체 이 쌀에서 어떻게 점괘를 내는 걸까? 하긴 거북 등이나 짐승의 내장, 머리 등으로 점을 치기도 했다. 게다가 꽃신선녀는 꽃신을 던져 점사를 받지 않는가?

미류가 채비를 갖추자 하라가 주변을 알짱알짱 맴돌며 시선을 끌었다. 따라가고 싶은 것이다.

"하라."

"응?"

혹시나 싶어 재빨리 대답하는 하라.

"이거 먹을 수 있을까?"

미류가 작은 한지를 내밀었다. 명함 크기의 전생신 무신도다.

"나도 데려가는 거야?"

이미 경험이 있는 하라는 미류의 속내를 알고 반색했다.

"전생신께 절하고 먹어. 조그맣게 만들었으니 배 아프지 않을 거야."

"알았어!"

하라가 두 손을 모으고 넙죽 절을 올렸다.

"언니, 오빠들 행운을 빌어줘야 하는 자리이니 머리 잘 빗고 옷도 단정……."

"알았어. 잠깐만 기다려."

하라는 어린 고라니처럼 깡충거리며 방으로 뛰었다.

"정말 괜찮겠어? 취업박람회라며? 따라가서 찡찡거리면 방해만 될 텐데……"

봉평댁은 걱정이 되는 모양이다.

"하라가 나이보다 의젓하잖아요. 귀여워서 오히려 도움이 될 겁니다."

"하여간 이년, 가서 법사님 체면에 먹칠만 해봐."

봉평댁은 방 안을 바라보며 엄포를 작렬했다.

"메에, 내 걱정 말고 신당이나 잘 지키세요. 저번처럼 졸다가 손님 온 것도 모르지 말고."

하라가 바로 반격을 했다. 하얀 한복풍의 옷으로 차려입은 하라. 꼬마 탤런트라고 해도 믿을 만한 모습이다.

"뭐야? 내가 언제 졸았다고……"

"훙, 내가 매직으로 점 찍어도 몰랐으면서 그게 안 존 거면 뭔데?"

"그러고 보니 그때 그 시커먼 게?"

"메롱!"

하라는 혀를 내밀고는 밖으로 뛰었다.

"아유, 내가 저년 때문에 못살아."

봉평댁이 가슴팍을 두드렸다. 오늘도 하라의 완승!

"미류 법싸아!"

신간대 아래에서 타로를 만났다. 쫙 빼입은 모습이다. 연주도 합류했다. 미류 차로 가기로 했는데 대신 운전은 타로가 맡았다.

"미류 법사님은 영기를 아껴야 하오니 미천한 제게 마차의 조종간을 맡겨주옵사이다!"

그는 마치 왕을 대하듯 굽실거려 일동을 웃게 만들었다.

취업박람회는 달리, 청년박람회였다.

아직 개장하기 전의 박람회. 입구에서 기다리는 사람만 수백 명은 되어 보인다. 백수와 백조가 그렇게 많은 줄 미류는 처음으로 알았다.

"법사님!"

입구 한쪽에 채나연과 노찬숙이 보인다.

"법싸님!"

노찬숙은 아예 미류의 팔짱까지 끼었다.

"어이, 노 선생, 미류 법사는 스타신데 그러다 스캔들로 방송 타면 어쩌려고 그래? 인터넷에 올라가도 그렇고."

타로가 슬쩍 딴죽을 걸었다.

"쳇, 나야 그럼 좋죠?"

노찬숙은 들은 척도 하지 않았다.

"연주 씨, 가만 놔둘 거야?"

타로의 시선이 연주를 겨누었다.

"스승님이야 워낙 능력이 좋으시니……."

"어머, 혹시 법사님 여친?"

그제야 연주를 본 노찬숙이 슬그머니 팔짱을 풀었다.

"조심해. 우리 법사님 수제자이셔."

타로가 다시 겁을 주었다.

"정말요? 그럼 혹시 수제자님은 제자 안 필요하세요? 저 법사님에게 전생 리딩 좀 배우고 싶은데……."

"노 선생님, 작업 그만하시고 빨리 스태프 카드 걸어드리세요."

보고 있던 채나연이 노찬숙을 재촉했다.

"네에!"

노찬숙이 카드를 꺼내 들었다. 물론 하라 몫도 있었다. 좀 크긴 했지만 목에 거니 그럴듯해 보인다.

"법사님!"

중앙의 부스 앞에서 2차 환영식이 벌어졌다. 이번에는 선강 스님과 진순애, 송창명, 양종길 등이다.

"선강 스님!"

"오셨어요, 법사님!"

어린 선강이 고개를 숙였다.

"어, 묘우 오빠처럼 빡빡이 스님이네?"

미류 옆의 하라가 소리쳤다.

"어, 너 묘우 알아? 내 친구인데?"

선강이 물었다.

"알아. 내 오빠야. 용궁사 오빠."

"그럼 나한테도 오빠라고 불러. 알았지?"

"응."

하라는 기꺼이 대답했다. 아이들은 역시 금세 친해진다. 하라와 선강은 낯가릴 사이도 없이 찰싹 붙어서 킥킥거리고 있었다.

남은 세 사람과 인사를 마친 미류는 부스의 자리를 살폈다. 아쉽게도 하라 자리가 없었다.

"채 선생님!"

미류가 채나연을 불렀다.

"예."

"제 옆에 테이블 하나 더 놓아주시겠어요? 우리 하라도 점 좀 보게 하려고요."

"저 꼬마요?"

"재미로 보게 하면 인기 좀 끌지 않을까요?"

"쟤도 법사님 제자예요?"

"그렇죠."

미류가 웃었다.

하라의 테이블은 즉석에서 마련되었다. 빨간색의 비치파라솔 테이블에 파란 의자. 거기에 흰색의 하라가 앉으니 한 편의 동화처럼 보였다.

—박람회 조직위입니다. 이제 곧 행사가 시작될 예정이오니 각 참가업체와 협력업체 관계자들은 정위치에서 준비해 주시기 바랍니다.

오픈을 알리는 방송이 나왔다.

"카운트다운 시작합니다."

텐… 파이브… 투, 원.

"제로!"

멘트와 함께 박람회장의 문이 열렸다. 그 위로 꽃술이 쏟아지고 팡파르 음악도 울렸다. 구직자들이 쓰나미처럼 밀려들었다.

하지만 그들은 전생 적성에 별 관심이 없었다. 우르르 좋은 기업의 부스로 몰려가고, 또 우르르 잘나가는 업체의 부스로 몰렸다.

"아, 이거 기분 묘하네? 괜히 들러리 되는 거 아냐?"

카드를 만지던 타로가 볼멘소리를 냈다.

"조금 기다리세요. 다들 마음이 급해서 그러잖아요."

"맞아. 조금이라도 빨리 움직여서 좋은 정보, 좋은 자리를 차지하려는 겁니다. 나도 경험 있어서 알아요."

노찬숙이 말하자 양종길도 공감을 표했다.

"오빠!"

의자에 앉아 두 다리를 들고 있던 하라가 미류를 바라보았다.

"왜?"

"나 춤춰도 돼?"

"여기서?"

"응, 전생신님이 춤추래."

"진짜?"

"응!"

"그럼 춰봐. 사람들 복잡하니까 방해하지 말고 요 앞에서만."

"알았어."

팔선채를 집어 든 하라가 깡충 뛰어내렸다.

"오빠!"

하라가 선강을 향해 손을 흔들었다. 선강이 기다렸다는 듯 달려 나갔다. 하라와 선강이 나란히 섰다. 하라는 부채를 들고 선강은 염주를 들었다. 대반전은 거기서부터 시작되었다.

"호이짜!"

팽그르르!

하라가 돌았다.

사람이 모였다.

팽그르르!

하라가 또 돌았다.

사람들이 꼬여들었다.

하얀 옷의 앙증맞은 꼬마, 거기에 더한 팔선채와 선강의 보조. 앙증맞은 조화는 오가는 사람들의 관심을 끌기에 충분했다.

〈전생으로 적성 찾기〉

그제야 사람들은 그 부스의 존재 이유를 알았다.

"어머, 나 전생 대박 궁금한데."

"나도야. 공짜로 봐주나 봐."

여자들이 먼저 수군거렸다. 그리고 순식간에 부스가 미어터지고 말았다.

"언니 오빠들, 줄 서세요!"

그 줄을 정리한 것도 하라였다. 어린 하라가 부채를 흔들며 호통을 치자 멋대로 모여든 사람들이 자리를 잡기 시작했다.

"어머머, 저분, 방송에 나온 법사님이야!"

전생점을 보는 사람은 여덟 명. 아니, 하라를 합쳐 아홉 명. 어떤 사람 앞에 줄을 설까 망설이는 사람들에게 누군가 불을 질렀다.

"……!"

미류는 앞이 보이지 않았다. 자그마치 100여 명이 늘어선 것이다. 반면, 선강을 제외한 다른 사람 앞은 휑하니 비어 있다.

"언니 오빠들, 우리 법사님은 이렇게 많이 못 봐요. 열 명만 남고 다른 줄에 서세요."

이번에도 하라가 군기반장으로 나섰다. 줄조차 엉망이었던 것이다. 별수 없이 미류가 일어섰다.

"열 번 이상 입사 시험에서 떨어진 분!"

미류가 묻자 수십 명이 손을 들었다. 크헐! 미류의 실수였다. 그렇게 많이 떨어진 사람은 극소수라고 생각한 것이다.

"그럼 30번 이상 떨어진 분?"

숫자를 올리자 세 사람이 손을 들었다.

"25번!"

다시 두 명이 나왔다.

"20번!"

네 명이 더 나왔다.

"죄송합니다. 전생점이라는 게 한없이 볼 수 있는 게 아니라서 이분들까지만 보겠습니다. 워낙 많이 떨어진 분들이니 양해를 바랍니다."

미류의 말에 사람들은 저절로 분산되었다.

반사이익은 타로에게 돌아갔다. 타로점 또한 젊은 사람들에게는 막강 인기였던 것이다. 하지만 채나연이 문제였다. 그 앞에 써둔 전생점 홍보 문구 때문이다.

〈피 한 방울로 알아보는 전생과 직업 적성〉

피!

그 단어를 본 구직자들은 일제히 자리를 옮겼다. 채나연의 앞에는 아무도 서지 않은 것이다.

"큼큼, 이번 기회에 내 제자로 들어와 타로 카드나 배우는 게 어때?"

타로는 여유를 부리며 카드를 섞었다.

"쳇, 그럴 바에야 미류 법사님 조무로 들어가죠."

채나연은 어림도 없다는 표정을 지었다.

"어떤 직업을 찾으러 오셨죠?"

첫 손님을 맞은 미류가 물었다. 대학 졸업 2년 차의 아가씨였다.

"대기업이나 공기업이면 다 좋아요."

"그쪽 전공하셨나 보죠?"

"아뇨, 그게 아니라서 걱정이에요."

"전공 쪽은 마음에 안 드시나 보죠?"

"네, 처음부터 이쪽 과로 가는 건데……."

"후회하는 이유가 있나요?"

"적성에 안 맞아요. 게다가 기업이 선호하는 학과도 아니고."

"그럼 처음에는 왜 그쪽으로 진학하셨는데요?"

"적성에 맞을 거 같고 취업도 잘될 것 같아서……."

아가씨가 말끝을 흐렸다. 잠깐 생각해도 재미난 대답이다. 적성에도 맞을 것 같고 취업도 잘될 것 같아 선택한 학과. 그러나 다녀보니 적성에도 안 맞고 취업도 잘 안 되는 학과.

푸훗!

이게 오늘날 우리 대학의 현주소였다.

새내기들!

천신만고 끝에 합격하고 대학에 들어가면 십중팔구 이런 말을 듣는다.

―우리 학과 왜 왔냐?

―우리 과 취직 존나 안 돼.

슬슬 학교에 익숙해지다 보면 이런 말을 듣게 된다.

―저 선배는 반수 준비 중.

―저 선배는 편입 준비 중.

―저 선배는 학교 자퇴 준비 중.

사람들은 말한다.

그럼 공부 잘하면 되지. 그래서 취직 잘되는 학과로 가면 되지. 맞는 말이다. 하지만 그런 학과에도 적성은 존재한다. 선망의 직업으로 불리는 의사를 때려치우는 사람도 있고, 판검사 사표 내는 사람도 있다. 적성을 논하면 배부른 소리 하고 자빠졌다고 하지만 적성은 중요하다.

"본인이 생각하던 전생은 뭔가요?"

"게으름뱅이 나무늘보?"

여자가 대답했다.

"게을러요?"

"그런 건 아닌데 전생에 엄청 놀았나 봐요. 이렇게 바쁘게 뛰어도 취직이 안 되는 거 보면."

아가씨는 좀 피곤해 보였다. 그런데 미류는 전생령을 부르는 대신 부적을 꺼내놓았다.

"혹시 부적에 부정적인 생각이 있나요?"

"그건 아니지만 별로 믿지는 않아요."

"다행이군요. 오늘 이후로 믿게 될 겁니다."

미류가 뽑아 든 부적은 〈행운증폭부〉였다.

"이거 몸에 품으세요. 가방이 아니고 몸입니다. 그럼 오늘 좋은 결과 얻으실 겁니다."

"전생 적성은 안 보고요?"

"아가씨는 그거면 돼요. 가슴 쭉 펴고 원하는 부스로 가세요. 지금 당장!"

미류가 잘라 말했다. 그 이유는 '행운창' 때문이었다. 그녀의 운명 창에서 [행운기]가 나온 것이다. 아주 반짝거렸다. 그런 사람을 붙잡고 시간을 끌어서 무엇하랴.

세 명의 전생점을 끝냈다.

그들의 전생을 불러내 본성을 상기시켰다. 그중 한 남자는 화개살이 있었다. 화개살이라면 여자는 술집 작부나 창부요, 남자 역시 남창이 될 수 있는 팔자. 전생을 체크하니 과연 근세 영국의 창부였다. 그때 창부의 인과를 다 풀지 못해 이 생에도 기운을 가지고 나온 남자였다.

"란제리회사에 지원하시면 좋을 것 같습니다."

"헙!"

미류가 말하자 남자가 본인의 입을 막았다.

비밀을 들킨 얼굴이다. 실제로 이 남자, 란제리회사를 지원할까 하는 생각도 했다. 하지만 친구나 아버지의 완곡한 시선을 의식해 다른 회사만 찔러보고 있는 참이었다고 한다.

"고맙습니다. 법사님 말 들으니 용기 폭발이네요."

남자는 흔쾌한 표정으로 일어섰다.

다섯 번째 여자를 앉힐 때 저쪽 부스 끝에서 외침이 들려왔다.

"법사님!"

일착으로 미류를 만나고 간 그 아가씨였다. 그녀는 다짜고짜 미류
에게 달려와 숨이 넘어갈 듯한 목소리를 쏟아놓았다.

"법사님 말대로 저 합격했어요! 즉석에서 면접 봤는데 내일 본사로
오래요!"

"와아!"

짝짝짝!

줄을 선 사람들이 부러움과 박수를 함께 보내주었다.

"다 아가씨 복이고요, 저는 단지 거들었을 뿐입니다. 축하합니다!"

미류가 손을 내밀었다.

"고마워요. 너무너무 고마워요."

아가씨는 여전히 상기된 얼굴로 좋아 어쩔 줄을 몰라 했다.

짝짝짝!

잠시 끊긴 박수 소리가 다시 이어졌다. 소리를 따라 고개를 돌리
던 미류는 거기에 등장한 사람을 보고 시선을 멈췄다.

"……!"

박람회 관계자들과 함께 등장한 사람, 바로 정대협 서울시장이었다.

"수고가 많습니다."

시장이 다가와 미류에게 악수를 건넸다. 관계자들도 전생점 멤버
들도 예상 못 한 상황이다. 그들 누구도 미류와 정 시장의 관계를 알
지 못한 것이다.

"이 부스, 누가 마련한 겁니까?"

시장이 관계자에게 물었다.

"아, 우리 주무 서기관이 박람회만 하는 것보다는 측면 지원도 재미날 것 같다고 해서……."

관계자의 한 사람이 대답했다.

"역시 고용부는 안목이 있군요."

시장은 미류를 바라보며 뒷말을 이었다.

"다음에 우리 시도 일자리 박람회 하면 법사님 꼭 모셔야겠어요. 이런 신통력이시니……."

"영광입니다."

미류는 시장의 호의를 즐겁게 받아들였다. 두 사람의 모습이 기자들에게 찍혔다. 전생점 멤버들도 배경으로 찍혔다.

"그럼 또 봅시다."

시장은 격려를 남기고 다른 부스로 옮겨 갔다.

"미류 법사 킹왕짱!"

타로가 여왕 카드를 흔들었다.

미류는 아무 일도 아닌 듯 다음 차례를 이어갔다. 여섯 번째 손님은 연주에게 기회를 주었다.

다 좋은데 대인 관계가 자신 없는 남자였다. 일상은 문제가 없지만 면접장에만 들어서면 얼어붙고 마는 사람.

"정말 직장 갖고 싶어 미치겠습니다."

그는 눈물까지 글썽이며 읍소를 해왔다.

그의 전생은 달변가였다. 그 생에서 너무 많은 말을 하다 보니 이생에서는 말문이 막혀 버린 것. 그 인과를 부적으로 걸러주었다. 미류의 것이 아니라 연주의 것이다.

"어머!"

놀란 연주가 작은 소리를 질렀다. 미류는 눈짓으로 연주를 제지했다.

"마시세요. 부적이 전생의 달변가였던 기억을 깨워 힘을 줄 겁니다. 그때만큼은 아니어도 사람들 앞에서 말을 잘할 수 있을 겁니다."

태운 부적을 생수에 타서 건네주었다. 남자는 단숨에 부적 물을 마셨다.

"어때요?"

"으음, 괜찮은 거 같은데요? 법사님께 말하면서도 가슴이 좀 떨렸는데……."

"오늘 취업될 겁니다. 파이팅하세요!"

"파이팅!"

남자는 주먹까지 쥐어 보이며 일어섰다.

일곱 번째 앉은 손님의 스펙은 '세상에 이런 일이'에 나갈 정도로 화려했다.

취업 재수 4년 차, 이력서만 846통을 썼고 자소서 역시 600여 통을 썼다. 그 결과 면접에 불려 간 게 30여 회.

"그중에서 한 번도 합격을 못 하신 건가요?"

미류가 나지막이 물었다.

"딱 한 번 합격 통지를 받았습니다."

남자가 머쓱하게 대답했다.

"그런데 왜… 출근을 안 하셨나 보네요?"

"그게 아니고… 잘못된 통보라고……."

"예?"

"동명이인이 있어서 잘못된 통보였다고 전화가 왔습니다."

'허얼!'

그야말로 환장하고 나자빠질 일이었다. 800여 번의 낙방 끝에 받은 합격 통보. 그런데 그게 착오였다니.

"충격받았겠어요."

"예. 그때 한두 달 정도 술만 퍼마시고……."

"그래, 구하시는 직종은 뭔가요?"

"처음에는 무역회사를 원했는데 지금은 아무 생각 없습니다. 그저 연봉 2,500 정도만 주면 아무 데라도……."

"그 정도 주는 회사도 취업이 안 되나요?"

"제가 K대 나왔는데… 지금은 그게 오히려 아킬레스건입니다. 중소기업 같은 데서는 나중에 이직할 게 뻔하다고 고개를 젓네요. 자기들 회사에 올 수준이 아니라고."

"……."

"오늘은 취업 가능할까요? 사실 마지막이라고 생각하고 왔습니다."

"마지막이라뇨?"

"취업 재수 하며 알바해서 모은 돈이 300만 원 정도 돼요. 오늘도 실패하면 그냥 해외 배낭여행이나 떠나려고요. 제 청춘에도 자유 한 번 안겨주고 싶어서요."

"그럼 떠나시는 게 좋겠는데요?"

"예?"

남자가 발딱 고개를 들었다.

"전생 감응해 드릴게요. 보시고 나면 제 말뜻을 알 겁니다."

미류는 남자의 감응에 돌입했다.

그 남자의 전생은 탐험가였다. 그 직전 전생은 해적이었다. 두 번이나 온 세상을 휘젓고 다닌 남자. 이 생에도 그때의 흔적이 묻어왔다. 그렇기에 그는 세계를 상대로 하는 일을 해야 꿈이 펼쳐질 운명이었다.

"아!"

전생 감응이 끝나자 남자가 감탄사를 토했다. 그러고는 가방 안에 들어 있던 이력서를 찢어버렸다.

"늘 마음은 있지만 허황된 꿈 같아서 결단을 내리지 못했는데 법사님 덕분에 결정을 내리게 되었습니다. 당장 싼 할인 비행기 표 알아보러 가야겠어요."

남자는 허리를 조아리고는 박람회장을 나갔다.

"법사님!"

옆에서 돕던 연주가 엄지를 세워 보였다. 미류는 찡긋 윙크로 그 마음을 받았다.

라스트는 여자였다.

키가 껑충하게 컸다. 개성은 넘치지만 미녀는 아니었다. 학력은 전문대 졸. 전공은 장례지도과. 그녀 역시 21번을 떨어졌는데 지원한 횟수가 21번이기 때문이다. 더 많이 지원했다면 고스란히 불합격의 전과로 남을 소지가 커 보였다. 매번 전공이 아닌 직종을 지원한 것이다.

장례지도과!

장례 예법을 주로 배우는 학과이다. 졸업 후 진로도 장례식장이나 상조회사가 주요 진출로이다. 척 봐도 독특한 전공이다. 왜 갔을까? 궁금증이 앞섰다.

"성적 안 돼서요."

여자의 대답은 간단하고 당당했다. 부끄러움도 없었다. 그게 마음에 들었다. 다 자기가 남긴 흔적들이다. 공부 안 한 것도 자신이다.

누가 말려서 못 한 것도 아니지 않는가?

"성적 되면 뭐 하고 싶었는데요?"

미류가 물었다.

"약장수? 그런데 그런 과는 없더라고요."

이번에도 솔직했다.

"왜 하필 약장수죠?"

"몰라요. 어릴 때 아빠에게 동네 약장수 이야기를 많이 들어서 그런가?"

"잠깐만요."

미류는 대화를 중단하고 그녀의 전생륜을 불러냈다. 생뚱맞은 상황을 확인하고 싶었다.

"……!"

전생륜을 불러낸 미류의 눈매가 살며시 구겨졌다.

여자의 전생, 이번이 네 번째였다. 먼 옛날 그녀의 첫 생은 약초꾼의 아내였다. 매일 남편이 캐 온 약초를 말리고 쪘다. 두 번째는 의원의 약재 배달꾼이었다. 비가 오나 눈이 약재를 지고 다녔다.

세 번째는 약재 판매상으로 났다. 다른 약재상보다 싼 약재를 사서 거래했다. 하지만 그의 수입이 가장 좋았다. 약재 보는 눈이 뛰어났던 것이다.

"혹시 한약재 좋아하세요?"

혼자 감응을 끝낸 미류가 물었다.

"한약재는 별로요. 냄새가 싫어요."

"그래요?"

미류가 고개를 갸웃거렸다. 그렇다면 전생 인과가 따라오지 않은 것?

"하지만 양약은 좋아요. 포장재도 예쁘고 약도 알록달록……"

'아뿔싸!'

미류가 속으로 무릎을 쳤다. 어째서 한약만을 생각한 것인가? 이 시대의 대세는 양약이다. 그러나 출발은 약초에서 시작된 것이니 이상할 것도 없었다.

"그쪽으로 조예가 있나요?"

"조예까지는 몰라도 시중에 판매하는 기본 약들은 성분까지 다 꿰고 있어요. 박카스는 타우린, 이노시톨, 니코틴산 아미드, 카페인무수물에 100ml. 게보린은 아세트아미노펜, 이소프로필안티피린, 타르적색 3호……"

"그걸 다 외우고 다닙니까?"

"딱히 외운 건 아니고요, 약을 보면 괜히 성분에 눈길이 가요. 어릴 때부터 보다 보니 웬만한 약은 다 꿰고 있죠."

빙고!

역시 전생 인과.

미류는 여자 몰래 주먹을 꼭 쥐었다.

"그럼 약사가 되거나 제약회사 다니고 싶은 생각은 안 드나요?"

"들기야 하죠."

"시도도 해봤나요?"

"제약 마케팅 하면 왠지 잘할 것 같아서 몇 군데 이력서 넣어봤는데 서류 통과도 못 했어요. 다 4년제 정규 대학을 요구하더라고요."

"2년제라 안 된다?"

"학사 자격이 있긴 해요. 하지만 학점은행으로 받은 거라 인정 못한다네요. 완전 치사 뿡이에요."

"합격하면 잘할 자신은 있고요?"

"그럼요. 저 시켜만 주면 대한민국, 아니, 외국 제약 시장도 평정할 거 같아요."

"외국어는요?"

"영어 조금 하고 중국어도 조금은 해요."

"눈 감으세요."

"네?"

"눈 감으라고요. 내가 재미난 걸 보여 드리겠습니다."

미류가 두 손을 들었다. 여자가 눈을 감자 바로 감응에 들어갔다. 뜬금포처럼 가고 싶은 제약회사 마케팅, 아니, 간단히 말하면 약 파는 사람. 그 근원은 전생에 있었다.

"어머머머!"

전생을 본 여자는 벌린 입을 다물지 못했다.

"보아하니 약 영업이 최고의 적성일 거 같아요. 오늘 무데뽀로 제약회사에 넣어보세요. 저쪽 끝 부스가 제약사 같던데……."

"진짜요?"

"그럼요. 내가 부적도 한 장 내드릴게요."

"고맙지만 실은 아까 융성제약부터 몇 군데 들렀다 왔거든요. 전부 고개를 젓더라고요."

여자가 울상을 지었다.

"그럼 융성제약에 다시 넣으세요. 부적을 믿으시고."

"부적을 주신다고요? 아까 여자분도 됐다니 법사님 부적빨 한번 믿어볼까요?"

부적을 받아 든 여자가 일어섰다.

미류도 뒤를 따라 일어섰다. 조금 한갓진 데로 나와 전화를 걸었다. 융성제약 회장의 번호이다. 다행히 통화가 되었다. 이런 사람 안 밀면 누굴 민단 말인가? 인맥이란 좋은 데 쓰라고 확장하는 것이다.

"회장님, 저 전생점 보는 미류 법사입니다."

인사를 하고 상황을 설명했다. 최고의 적성을 가진 지원자. 학사는 있지만 정규 대학이 아니라는 이유로 서류 접수도 되지 않는 사람.

"인재 한번 키워보시죠."

—미류 법사께서 사람 추천을?

"소질이 아까워서요. 수고스럽겠지만 면접 기회라도 주셔서 자질 검증을 해보시면……."

—그거야 뭐 어려울까요?

긍정적인 답을 듣고 전화를 끊었다. 다시 부스로 돌아가 앉았다. 잠시 쉬며 선강 스님을 보았다. 염주를 맞잡고 전생을 리딩하는 모습은 마치 작은 불상을 보는 것 같았다. 하라도 바라보았다. 그녀 역시 당차게 분전하고 있었다. 그 백미가 미류 코앞에서 펼쳐졌다.

"오빠는 병원으로!"

한 남자에게 하라가 돌연 손사래를 쳤다.

"왜? 병원에 취업할 운이야?"

남자가 물었다.

"늘 머리가 찌근찌근 아프지? 머리에 병이 들어앉았어. 그냥 돌아다니면 길바닥 객사야. 빨리 병원부터 가."

하라는 단호했다.

"법사님!"

남자가 미류를 바라보았다. 미류가 보니 남자 머리에 사기(邪氣)가 가득했다.

"머리에 나쁜 기운이 꽉 찼네요. 질병 같은데 우리 하라 말대로 진단부터 받는 게 좋겠어요."

건강창을 확인한 미류까지 거들자 남자는 고개를 갸웃거리며 일어섰다. 순간, 그가 나사가 풀린 듯 한쪽으로 기울었다.

"꺄아악!"

여기저기서 비명이 터져 나왔다. 남자가 의식을 잃은 것이다. 대기 중이던 의료진이 달려왔다. 남자는 결국 병원으로 옮겨졌다.

"하라, 대단한데?"

미류가 치사를 할 때였다. 한 남자가 다짜고짜 미류의 어깨를 잡았다.

"야, 오상준, 너 상준이지?"

그가 미류의 본명을 불렀다.

"박상천?"

"그래, 나 상천이야. 오상준, 진짜 오상준이네?"

남자는 반색을 하며 미류의 어깨를 흔들었다.

"나도 방송 잠깐 봤는데 미류 법사라기에 긴가민가했네. 가끔 눈 뒤집는 꼴통 짓 하더니 점쟁이 된 거냐? 미류 법사?"

"박상천……."

"아무튼 잘됐다. 나 뜻한 바 있어 일자리 좀 구하러 왔는데 전생 적성인지 뭔지 그것 좀 봐줘라."

박상천은 제멋대로 의자를 차지했다. 원래부터 한량과이던 인간. 싸가지는 모태에서 상실하고 나온 인간. 그런데도 여복은 있어 처가 덕 보며 주식이나 질러대더니 아직 무직인 모양이다.

"미안하지만 점은 끝났거든?"

"야, 친구 좋다는 게 뭔데? 그까짓 점 가지고 재냐?"

"……."

"빨리 좀 봐봐. 이 형님, 30년 대운 같은 거 좀 드냐? 내가 너 돌팔 이인지 아닌지 견적 내줄게."

안하무인 철면피에 싸가지는 밥 말아 드신 박상천. 의자에 다리까지 꼬고 앉아 꼴값을 떨어댔다.

'변한 게 없군.'

미류는 고개를 저었다. 이놈은 놀부 심보를 달고 나온 놈이다. 예전 미류가 신당을 개업했을 때도 그랬다. 어떻게 알고 찾아온 날 컵라면 한 박스를 내밀었다.

"축하 선물이다."

컵라면. 나름 신선했다. 놈은 그걸 놓고 부적을 석 장이나 집어 갔다. 나중에야 알았다. 컵라면의 유효 기간이 한 달도 더 지난 거라는 것. 전화로 따지자 그 대답이 걸작이었다.

―먹어도 안 죽는다.

푸헐!

그쯤은 미류도 알고 있다.

그저 묵은 냄새가 좀 날 뿐이라는 거. 문제는 놈의 행태가 늘 그런 식이라는 것이다. 돈이 되는 친구나 선배에게는 간을 뽑아주고 그렇지 않은 사람에게는 간을 빼먹었다.

한번은 주식으로 당한 적도 있었다. 컵라면 사건 이후 찾아와 사과를 전했을 때다. 기가 막힌 건수가 있다며 주식 한 종목을 권했다. 이른바 테마주인데 사흘 후에 뉴스가 나오면 세 배는 먹을 종목이라고 했다. 돈이 궁하던 미류는 세 배라는 말에 솔깃해 저축은행을 찾았다. 대출 한도액까지 천만 원을 뽑아 그 종목을 질렀다. 빨간 불기등의 꼬랑지였다.

다음 날부터 미친 듯이 점상을 치는 게 아니라 점하를 쳤다. 닷새 연속 10% 가까이씩 빠지자 원금은 반토막으로 변했다. 다시 전화를 했다. 그 말이 또 명작이었다.

—야, 넌 운명을 본다는 놈이 주식도 모르냐? 주식은 자기 책임하에 하는 거야.

그래, 어쩌면 잘 걸린 일이었다. 미류뿐만 아니라 친구, 지인들까지 뒤통수 치고 다닌 인간. 제 발로 찾아왔으니 이 또한 이놈의 복이었다.

오냐, 간 좀 봐주마.

미류가 신방울을 집어 들었다.

절렁!

"어디에 취업하려고?"

"야, 그러니까 제법 뽀대 난다? 포스 있는데?"

물정 모르는 박상천이 방울을 만지며 깝죽거렸다.

"어디 취업할 거냐고?"

"증권회사 펀드매니저 같은 거 되겠냐? 아니면 선물도 괜찮고. 독고다이 뛰면서 곁다리로 정보비 좀 챙기려는데 이것도 스펙이 필요해서 말이야."

"하긴 네 식견에 딱이지."

"짜식, 뭐 좀 아네?"

"어디 보자."

미류는 천천히, 대가처럼 여유를 부리며 박상천의 운명창을 열었다.

[가정운 中中 41%]

[건강운 上下 68%]

[재물운 上下 66%]

[학벌운 中上 56%]

[애정운 上下 69%]

[명예운 下上 22%]

"······!"

창을 연 미류의 눈살이 찌푸려졌다. 박상천의 사주팔자는 전에도 보았다. 이놈의 운명은 전보다 더 상향되었다.

총운명지수가 무려 上에 속하지 않는가?

그뿐 아니라…….

[행운기]

보고 싶지 않은 대박창까지 보너스로 따라 나왔다.

하드웨어 좋고, 재물운 대박, 거기에 죽자 살자 매달리는 마누라가 있으니 애정운도 최상급, 단 하나의 흠이라면 건강창에 엿보이는 사소한 이상뿐이었다.

[性器] [肝]

성기와 간의 이상. 그러나 일시적인 정도의 경미한 이상, 그야말로 사소했다.

크헐!

싸가지 없는 놈은 잘 먹고 잘살고 착한 놈은 만날 그 모양 그 꼴이라더니 시쳇말의 정석이 거기 있었다.

'전생운도 좋으려나?'

박상천의 전생류을 띄웠다. 그의 생은 거지령으로 바글거렸다. 그게 아니면 가난에 찌든 병자령이었고 조금 낫다고 해야 노예령이었다.

'이놈도 현생이 꿀 빠는 인생?'

오기로 미래안까지 동원했다. 결과는 놀라움의 중첩뿐이었다.

'미치겠군.'

꿀 쪽쪽 빠는 인생이 분명했다.

쪽쪽쪽!

미래의 그는 장인 회사의 회장이 되어 있었다. 미친 재운에 여복까지 붙은 운명이었다.

눈을 감은 박상천의 이마와 콧등에는 개기름이 번들거렸다. 부적을 찾아보았다. 〈파멸부〉라든지 〈쪽박부〉 비슷한 게 필요했다. 이런 놈이 잘되는 꼴을 어찌 두고 볼 것인가?

하지만 미류가 뽑은 부적은 〈행운부〉와 〈대길부〉였다.

순천자(順天者)는 흥하고 역천자(逆天者)는 망한다.

다른 사람은 몰라도 신제자는 그 말을 따라야 했다. 세상이 아무리 개판 오 분 전으로 치달아도 마찬가지였다. 전생에서 모진 삶을 살던 박상천. 그 위로로 현생에서 한량에 대박 여복과 재복까지 곁들여 안고 온 팔자. 그러니 역천자의 길을 갈 수 없었다.

"눈 떠라!"

미류가 입을 열었다. 박상천은 어깨와 목을 거만하게 건들거리며 눈을 떴다.

"행운부와 대길부다."

미류가 부적을 보여주었다.

"오, 부적!"

"오늘 네가 원하는 회사에 취업할 수 있을 거다. 딱 한 가지만 명심해라. 선행, 그거 제대로 하면 돈줄 안 마를 거다."

"짜식, 니가 몰라서 그렇지, 나 선행 많이 한다. 룸살롱 가서 돌린 팁만 해도 얼만데. 걔들 다 불쌍한 애들 아니냐?"

"그만 건들거리고."

절겅!

신방울을 흔든 미류가 눈빛을 뿜었다. 뭔가 전과 달라진 걸 느낀 박상천이 깝죽거리던 어깨를 바로 세웠다.

"얼마 낼 테냐?"

부적을 누른 미류가 물었다.

"웃기네. 야, 너 다른 사람은 다 무료로 봐줬잖아? 더구나 우린 친구 사이고……."

"방송 봤다며?"

"뭐?"

"내가 전하고 다른 신분이라서 말이야. 조금 전에 서울시장님 다녀가시는 거 못 봤냐?"

"서, 서울시장?"

"니가 돈, 술, 여자의 숲에서 파닥이는 동안 나도 도 좀 제대로 닦았거든."

"……"

"간만에 네 배포 한번 보자. 얼마나 큰 재운을 타고났는지. 쪼잔하게 굴면 재운(財運)도 쪼잔하게 오는 거 알지?"

"야!"

"뭐 싫으면 관두고. 내가 톱스타 송화요하고 방송 탄 이후로 강남 사모님부터 평창동 사모님들까지 줄을 섰다. 점 한번 보려면 부르는 게 값이야."

슬쩍 팅긴 미류가 부적을 거두었다.

"야, 누가 싫대?"

당황한 박상천이 미류의 손목을 잡았다. 전과는 아주 다른 분위기였다. 그때의 미류는 다급했다. 부적 하나에 2만 원이래도 애걸하며 넘겨야 했다.

"10만 원이면 되겠냐?"

박상천이 물었다.

"가봐라."

미류가 잘라 말했다.

"그럼 20?"

"수준하고는……."

"에이씨, 그럼 100. 됐냐? 지금 가진 게 그것밖에 없어."

"꼴랑?"

"아 씨, 좀 봐주라. 대신 취직되면 더 낼게."

"순서가 바뀌었어. 운이란 되면 내는 게 아니라 내야 되는 거야. 선점!"

미류의 눈에서 불꽃이 튀었다. 단 한 치도 밀리지 않는 미류였다. 확신에 찬 기세가 오히려 박상천의 조바심을 긁어놓았다.

"알았다. 그럼 500? 대신 취직 안 되면 반환이다. 알지?"

박상천은 그길로 400을 더 찾아왔다. 미류의 쿨한 승리였다. 순간, 그 승리에 축하 꽃을 얹어준 사람이 있었다. 융성제약 부스로 달려갔던 장례지도과 졸업생 여자였다.

"법사님!"

그녀가 내민 건 화려한 장미꽃이었다.

"됐군요?"

사태를 짐작한 미류가 물었다.

"네, 즉석에서 면접 통과했어요. 저보고 숨은 인재라고 내일부터 당장 출근하라네요."

"와아!"

전생 멤버들에게 리딩을 받고 있던 구직자들이 환호했다. 그 뒤로 소심증 남자도 달려왔다. 그도 합격이었다.

"하나도 안 떨었어요. 다 법사님 부적 덕분입니다."

그는 맨바닥에 대고 넙죽 큰절까지 올렸다. 미류는 여자가 가져온 장미꽃을 풀어 연주와 하라에게 나누어주었다. 그 둘의 공 또한 미류 못지않은 까닭이다.

"너무너무 고마워요. 저 첫 월급 타면 법사님에게 밥 사고 싶은데 연락처 좀 알 수 있을까요?"

취업에 성공한 남자와 여자가 입을 모아 말했다.

"우리도 신당 연락처 좀 주세요."

주변의 여자들까지 몰려와 미류를 둘러쌌다. 그러자 연주 옆의 하라가 울상이 되며 중얼거렸다.

"내가 이럴 줄 알았어. 여자 꼬이는 것 좀 봐."

"미류 법사님이 잘생기셨잖아. 악!"

속 모르고 한마디 하던 선강이 비명을 질렀다. 하라가 옆구리 살을 꼬집어 버린 것이다. 눈물을 찔끔거리는 선강을 향해 하라의 원망이 쏟아졌다.

"오빠도 미워!"

전생 적성 이벤트는 하라의 폭풍 질투와 함께 막을 내렸다.

"스승님!"

짐을 꾸리며 연주가 입을 열었다.

"왜?"

"이 꽃요……."

연주는 미류가 건네준 장미를 들어 보였다.

"그거 왜?"

"제가 받을 자격이……."

"당연히 있지."

미류가 말꼬리를 자르고 들어갔다.

"스승님."

"연주가 쓴 부적이었잖아?"

"하지만 그건 스승님 공수가 있었기 때문에……."

"실은 그것도 시험이었어."

"시험… 이라고요?"

"부적 말이야. 일반인들에게는 종이에 그린 그림에 불과하지만 우린 다르지. 그건 곧 우리의 혼이자 정신이고 신력의 일부야. 그렇지?"

"예."

"무턱대고 쓴다고 실력이 늘지는 않아. 실전이 중요하지. 아까 내가 연주 씨 부적을 뽑을 때 기분이 어땠어?"

"겁먹었어요. 내 부적은 아직 부족한데 하고."

"알면 됐어."

"그럼 스승님은 그것까지 고려하시고?"

"조금 약했지만 그 사람하고 궁합이 맞는 것 같았어. 그래서 그 사람에게 사용한 거야."

"스승님……."

"축하해. 이제 슬슬 복채 받고 부적 팔아도 될 것 같아. 간단한 부적은 말이야."

미류가 손을 내밀었다. 연주가 그 손을 잡았다. 그러나 하라가 끼어들어 두 손을 쳐냈다. 그리고 심통이 가득한 소리를 쏟아냈다.

"손 안 잡고 말하면 안 돼?"

저녁 시간, 미류는 전생 멤버들과의 회식 자리에서 일찍 일어나게 되었다. 융성제약 회장 박기창의 요청 때문이다.

"어휴, 법사님 인기를 어쩌면 좋아?"

채나연이 웃었다.

"맞아. 나 법사님 위해서 홈페이지 만들었는데 보실 틈도 없겠네?"

노찬숙은 아예 울상이었다.

"홈페이지요?"

미류가 노찬숙을 바라보았다.

"법사님께 잘 보이려고 만들었어요. 법사님 정도의 인기면 당연히 있어야 하는 거 아닌가요?"

노찬숙이 인터넷 주소를 알려주었다. 아직 다듬을 데가 있지만 거의 완성 단계라고 했다.

"나는 요양원 어르신들 의료봉사 가는 곳에 같이 가자고 할 판이었는데 아예 낄 자리도 없네."

진순애도 섭섭하기는 마찬가지로 보였다. 더 있다가는 차마 일어나지 못할 것 같아서 그대로 나왔다. 하라는 연주에게 떠넘겼다.

부릉!

시동을 걸면서도 기분은 좋았다. 오라는 곳이 많아졌다. 대우도 좋았다. 가치 있는 인간으로 대접받으니 뿌듯하기 그지없었다.

"법사님, 많이 드세요."

이탈리안 레스토랑에서 요리를 권한 건 박 회장의 딸 박혜선이었다. 그녀도 박기창을 따라온 것이다.

"낮의 일은 제가 결례를 한 게 아닌지……."

포크를 집어 든 미류가 조심스레 물었다. 제약회사와 딱 맞는 인과를 가진 아가씨. 하지만 요즘 세상에 누가 그런 채용을 받아들일까? 스펙 넘치는 젊은이들이 널리고 널렸으니 적성 따위를 중시할 기업은 많지 않았다.

〈규격〉

현재는 규격이 대세였다.

그럼에도 불구하고 박 회장은 미류의 제의를 접수했다. 그리고 그녀를 면접하고 채용까지 결정했으니 그 그릇 또한 보통은 아니었다.

"아닙니다. 우리 인사부장이 워낙 깐깐한 친구인데 그 지원자의 해박함에 혀를 내둘렀다고 하더군요. 우리 회사 제품의 절반 가까이 성분과 효능, 부작용까지 꿰고 있더랍니다. 일부는 부장도 모르는 내용이라 아는 척 넘어가느라 진땀을 흘렸다더군요."

"예."

"부장 말이 대어를 낚았다고 하더군요. 지식, 성격, 의욕, 자세, 뭐 하나 나무랄 데가 없다고 해요. 오죽하면 신입사원 학력 철폐도 검토해 볼 가치가 있는 것 같다고……."

"그랬군요."

"이게 다 미류 법사님과의 인연 때문이지요. 법사님이 박람회에 올 줄 누가 알았고, 거기서 또 그런 지원자를 엮어줄 줄 누가 알았겠습니까?"

"아닙니다. 회장님께서 배려하신 덕분입니다. 사실 저는 회장님이 거절하실 줄 알았습니다."

"하핫, 허튼 무속인이 말했다면 당연히 그랬겠지요. 취업 알선해 주고 돈이나 챙기는 사람들 말입니다. 하지만 미류 법사님은 그런 분이 아닙니다. 숭덕 스님이 괜히 추천했겠습니까?"

"맞아요. 아마 아빠가 거절했으면 저도 아빠에게 실망했을 거예요. 법사님 덕분에 우주항공산업도 잘되고 있는 판에……."

옆에 있던 박혜선이 거들고 나섰다.

"아, 그쪽에 진출하셨습니까?"

미류가 물었다.

"당연하지요. 신의 한 수를 훈수로 받았는데 그걸 못 먹으면 사업가가 아니지요. 마침 프랑스에서 매물로 나온 회사가 있어 중국과의 입찰 경쟁을 물리치고 낙찰받았습니다. 그게 또 알짜더군요."

"다행입니다."

"아무튼 미류 법사님은 제게 국보 같은 존재십니다. 앞으로는 좀 자주 이 사람을 찾아주십시오. 법사님이 오신다면 24시간 환영입니다."

"말씀만으로도 고맙습니다."

"뭐 나야 그렇다고 치고… 우리 이 녀석도 열렬한 팬이던데 그 인기 비결도 좀 알려주십시오. 나는 요즘 젊은 직원들에게 인기가 없어서……."

박 회장이 혜선을 가리키며 웃었다.

"왜 아니겠어요? 그 프랑스 우주항공회사를 낙찰받을 때도 실은 법사님 도움이나 마찬가지였다니까요. 시누아즈리 의상으로 그쪽 오너의 애인을 녹였거든요."

"……?"

미류의 시선이 혜선을 향했다.

그녀가 신당에 오기는 했다. 하지만 크게 도움을 준 건 없었다. 직업이 디자이너인 그녀, 작품 고민을 하기에 전생을 보여준 것뿐이다. 당시 그녀의 전생은 17세기 청나라의 자수와 수예의 장인이었다.

"고민하던 신작을 만드신 모양이군요?"

미류가 물었다.

"법사님이 보여주신 전생이 큰 도움이 되었어요. 바로 그걸로 유럽 패션계를 뒤집어놓았는데 시작이 바로 우주항공회사 오너의 애인이었어요."

"……?"

"프랑스는 남녀 관계가 개방적이잖아요? 그 회사 오너분은 60대였지만 20대 후반의 패션 스타를 애인으로 두고 있었어요. 그래서 17세기 후반부터 유럽 귀족 사회를 휩쓴 중국풍의 시누아즈리를 재현했죠. 일본풍의 자포니즘에 질린 패션 리더들에게 먹히면서 저도 아빠도 좋은 결과를 얻게 되었어요. 그녀가 제 옷에 뻑 가서 오너에게 다리를 놔줬거든요."

"듣던 중 반가운 소리네요."

"다 법사님 덕분이에요. 시누아즈리는 머릿속에서 만지작거리던 건데 제 전생이 청나라의 자수 장인이었다니 확신이 들더라고요."

"실은 이 자리도 우리 딸이 내는 자리라오. 원래는 관련 회사 임원들과 미팅이 있을 예정이었는데 내가 미류 법사 얘기를 했더니 그 자리 미루고 여기로 뛰어온 거라오."

박 회장이 나서서 비밀을 폭로했다.

"당연하죠. 저 그렇지 않아도 법사님 찾아가려는 참이었거든요."

"저를요?"

"법사님, 저 부적 한 장 써 줄 수 있으세요?"

"부적은 왜?"

"영감이 하나 왔는데요, 법사님 부적을 테마로 신작 한번 만들어보려고요. 시누아즈리에 접목하면 분위기 그대로 이어갈 것 같아요."

"부적 드리는 거야 어렵지 않지요."

"그럼 부탁합니다."

박혜선은 꾸벅 인사로 못을 박았다.

미류는 〈사랑부〉를 꺼내 주었다. 다른 사람의 마음을 얻을 수 있는 사랑부. 박혜선의 작품이 많은 사랑을 받으라는 뜻이다. 대신 부녀는 후원자 명부에 이름을 적었다.

요양원 모금을 위한 후원의 밤을 열어주겠다는 박 회장 약속도 나왔다. 서로 기꺼운 기브 앤 테이크였다.

"어머!"

잠시 고개를 돌리던 혜선, 저만치 벽의 텔레비전에 시선이 고정되었다.

"미류 법사님 아니시냐?"

박 회장도 그 시선을 따라갔다.

뉴스가 나오고 있었다. 취업박람회장이다. 거기 하라가 맴돌이를 하고 있었다. 그리고 선강 스님 뒤로 미류가 보였다. 미류가 천천히 클로즈업되었다.

"한편 성황을 이룬 오늘 취업박람회에서는 전생을 이용한 적성 찾기 이벤트가 큰 관심을 끌었습니다. 일부 구직자들은 전생점 적성 추천에 지원한 결과 즉석 합격자를 비롯하여……."

리포터 다음에 미류가 전생을 봐준 구직자가 나왔다.

"전생 적성 덕분에 그렇게 원하던 직장을 구했어요, 너무너무 행복해요!"

미류의 보도 비중은 박람회 전체 보도에 못지않았다.

'양 사장.'

방송국 사장의 얼굴이 스쳐 갔다. 그의 작품이 틀림없었다. 그렇지 않고서야 어떻게 미류의 비중이 저리 클 수 있을까?

잔머리일까, 화해의 제스처일까?

두고 보면 알겠지.

미류는 가뜬한 마음으로 요리를 즐겼다.

다음 날 아침, 새벽 기도를 끝내기가 무섭게 봉평댁이 손짓했다.

"왜요?"

미류가 신당을 나왔다.

"저기……"

봉평댁이 밖을 가리켰다. 웅성거리는 소리가 들린다.

"사고라도 났나요?"

"사고지. 그것도 대형 사고."

"대형 사고요?"

미류가 신발을 신으려 하자 봉평댁이 어깨를 잡았다.

"나가면 안 돼."

"사고가 났다면서요?"

"그게… 청년 구직자들이 몰려온 거라서……"

"예?"

"어제 뉴스 들은 구직자들이 몰려왔어. 새벽에 쓰레기 버리러 나갔다가 식겁했네. 아까 줄 선 것만 해도 100여 명이더라고."

"……?"

"어쩔까?"

봉평댁이 울상을 지었다.

허얼!

미류도 난감했다. 3포 시대니 4포 시대니 하며 백수 전성시대를 이루는 비극의 시대. 오죽하면 미류에게 달려왔을까? 그런 사람들을 쫓을 수도 없는 일이니 당혹스러울 뿐이다.

"어쩌지? 오전 예약자도 만원인데."

"아흠! 오빠, 왜?"

소란에 잠을 깬 하라가 하품을 하며 나왔다.

"야, 이년아, 니가 알아서 뭐하게?"

봉평댁의 핀잔이 작렬했다.

'가만?'

하라를 보자 좋은 생각이 떠올랐다. 하라라면 별 부작용 없이 해 낼 것도 같았다.

"하라야, 오빠 좀 도와줄래?"

미류가 하라를 당겨 귀엣말을 전했다.

잠시 후, 미류가 대문을 열고 나갔다.

"와아!"

"미류 법사님이다!"

"법사님!"

옹기종기 모여 있던 구직자들이 몰려들었다.

"미류 법사, 이게 다 무슨 일이야?"

타로가 달려와 물었다.

"보시다시피 전생점을 보러……."

"워매, 부럽긴 하지만 이 많은 사람을 어떻게 다 본대?"

"그렇죠?"

"내가 쫓아줄까?"

"아닙니다. 제게 방법이 있습니다."

미류가 구직자들을 향해 돌아섰다.

"여러분, 저 좀 봐주세요!"

미류가 소리치자 구직자들이 쫑긋 귀를 세웠다.

"여러분 전부 전생점 적성 보러 오셨습니까?"

"네에!"

"고맙습니다. 하지만 점사는 물건 찍어내는 게 아니라서 하루에 많 은 사람을 보지 못합니다."

"……."

"게다가 오늘은 이미 예약자가 차 있어 여러분만 볼 수도 없습니다."

"어휴!"

"어떡해?"

미류의 말 뒤로 한숨과 안달복달이 쏟아졌다.

"하지만 여러분의 절박함을 잘 아는 까닭에 지금부터 점사를 시작할 아홉 시까지 몇 분 정도는 봐드리겠습니다."

"와아아!"

다시 환호가 터졌다. 하지만 환호는 오래가지 않았다. 미류가 제시한 건 몇 사람. 그러나 모인 사람은 100여 명이 넘었다.

"우선 일착이 누구입니까?"

"저요!"

한 여학생이 손을 들었다.

"부지런한 사람은 신도 그 편입니다. 이분은 무조건 봐드리겠습니다."

"엄마아!"

미류의 말을 들은 여학생이 얼굴을 감싸며 울음을 터뜨렸다. 조바심을 내던 차에 미류의 허락이 떨어지자 안도감이 감정을 장악한 것이다.

"이 후로는 제 방식으로 정하겠습니다. 동의해 주시겠습니까?"

"네에!"

"좋습니다. 그럼 한 줄로 좀 부탁합니다."

미류가 말하자 구직자들이 한 줄로 정렬했다.

"하라야!"

미류가 신당을 보며 말했다. 그러자 하얀 옷의 하라가 기점용 기를 안고 나왔다.

"어머, 나 쟤 본 적 있어."

줄 속에서 여학생들이 수군거렸다.

"하라를 소개합니다. 지금 하라가 들고 있는 건 신기점을 치는 깃발입니다. 보시다시피 다섯 개 한 쌍인데 깃대는 모두 같은 색입니다. 하지만 깃발은 모두 달라 다섯 가지 색깔로 이루어져 있습니다. 신기점은 본래 붉은색과 태극기를 뽑으면 길한 것으로 보니 붉은 깃발을 뽑은 사람은 전생점을 봐드리도록 하겠습니다."

"와아아!"

짝짝짝!

환호 뒤에 박수도 쏟아졌다.

"하라야, 시작!"

미류가 하라의 등을 밀었다. 야무진 하라가 줄 앞으로 나섰다.

"한 분씩 나오세요."

타로 옆에서 구경하던 옥수부인도 자원봉사를 자청하고 나섰다.

"뽑으세요!"

하라가 손잡이를 내밀었다. 확률은 5분의 1. 하지만 점이나 운은 확률로 오지 않는다. 그건 기점에서도 명백하게 드러났다. 자그마치 아홉 명이 뽑을 동안 그 누구도 붉은색을 뽑지 못한 것이다.

"빨간색이 없는 거 아니야?"

"아니야. 같이 보이긴 하잖아?"

다들 헛다리를 짚자 일부에서 수군거림이 새어 나왔다. 그 말을 들은 하라가 보란 듯이 기를 하늘로 던졌다.

"호이짜!"

다섯 깃발이 하늘에서 펼쳐졌다. 당연히 붉은 기가 있었다. 하라는 한 바퀴를 맴돌고 다섯 기를 받아냈다.

"뽑으세요!"

다시 기점을 시작하는 하라.

"와아아!"

열두 번째 여학생이 깃대를 당기자 함성이 터져 나왔다. 마침내 붉은 깃발이 뽑힌 것이다.

"꺄악!"

여학생도 감격에 겨워 눈물을 쏟았다. 줄의 마지막까지 진행된 기점에서 당첨자는 고작 네 명이었다. 그 또한 그들의 운이었다.

"떨어진 분들 중에 다시 오실 분은 예약을 하시고 당첨된 분들은 차례차례 신당으로 들어오시기 바랍니다."

미류가 마무리를 선언했다. 여기저기에서 한숨이 쏟아졌지만 어쩔 수 없었다. 미류 혼자 세상을 구할 수는 없는 까닭이다.

절렁!

신방울과 함께 공수가 시작되었다. 피로 같은 건 느낄 수 없었다. 구직자들의 눈빛 때문이다. 취업에 목마른 젊은이들. 그들의 염원을 듣다 보니 정 시장이 생각났다.

—대권 주자들이 알아야 할 것.

그건 비단 국가의 큰 그림만이 아니었다.

이 나라의 엔진이 될 젊은 청년 구직자들의 실상. 그거야말로 대권 주자들이 알아야 할 현실이었다. 그런데 다들 엉뚱한 구상이나 하고 측근이나 선거 공신 챙기기에 바쁘니······.

"이철궁 씨!"

미류는 두 번째 남자를 맨 뒤로 돌렸다. 이어진 구직자들에게 공수를 내린 미류는 미뤄둔 남자를 불렀다.

"저는 면접에만 나가면······."

그가 고민을 호소하기 시작했다.

"핏대가 오르죠?"

"……?"

"평상시에는 종종 목이 아프죠?"

미류가 먼저 묻자 남자의 입이 쩍 벌어졌다.

"그걸 어떻게……? 회까닥하는 사이에 핀이 돌아버릴 때가 많아요."

"당신 목 안에 영가가 있어서 그렇습니다. 시간이 좀 걸릴 것 같기에 마지막으로 미뤘던 겁니다."

"……!"

"평소에는 괜찮은데 술을 마시거나 면접 같은 거 보러 가면 사람이 변하죠? 어떤 때는 소개팅 같은 자리에서도."

"네, 그렇습니다."

"일가친척 중에 혼인날 받고 죽은 여자 있지요?"

"그건 잘……."

"어머니 계시면 물어보세요."

"예."

미류의 말에 남자가 전화를 꺼냈다. 고개를 돌려 통화하던 남자가 하던 말을 멈추고 미류를 돌아보았다.

"있다는데요? 고모가 저 태어난 직후에 결혼식 앞두고 교통사고로 돌아가셨대요."

"됐습니다. 이리 와서 앉으세요."

미류는 남자를 신단 가까이 앉혔다.

이 남자는 박람회에서 본 여자와 달랐다. 그녀는 전생으로 해결했지만 이 남자는 퇴마가 필요했다. 하지만 남자는 행운아였다. 이 자리가 어딘가? 미류의 신당이다. 신빨 넘치는 전생신이 버티고 있는 성전이다.

절겅!

미류는 남자를 쏘아보며 신방울을 흔들었다.

"끄억!"

반응은 바로 나왔다. 남자가 몸을 비튼 것이다.

"네 무슨 한으로 목구멍에 자리를 잡은 것이냐? 당장 나오면 좌도 대왕에게 일러 극락으로 보낼 것이고 아니면 염화지옥으로 보낼 것이니 모습을 보이렷다!"

절렁!

"어서!"

한 번 더 닦아세우자 청년의 입에서 사음한 영기가 새어 나왔다. 영기는 미련이 많은 듯 목과 입을 들락거리며 미류의 눈치를 봤다.

"어서 나오지 못할까?"

미류가 사자후를 뿜었다. 어찌나 서늘한지 서릿발을 닮았다. 그제야 영기는 꼬리 같은 몸체까지 목 안에서 빠져나왔다.

"키이이……."

회색 형체가 청년 등 뒤에 등장했다. 이미 영기를 느낀 청년은 어찌할 바를 모르고 떨어댔다. 그나마 다행인 건 귀신의 소리는 듣지 못한다는 것이다.

"돌아보지 마세요. 내가 상대할 테니 걱정하지 마시고."

미류는 청년을 안심시켰다.

"무슨 한이냐고 물었다!"

미류가 귀신을 향해 소리쳤다.

"키이이, 내 돈 먹고 등(燈)을 안 달았어."

귀신이 대답했다.

"돈을 먹어?"

"내 돈… 차 사고로 죽었어. 아버지가 보상금 받아서 고이고이 간직했는데… 아버지가 죽자 오빠가 받아먹었지. 먹기만 하고 등을 안 달아."

"네 등?"

"다 달았는데 내 등만 쏙 빼먹어. 아버지가 남겨준 돈, 내 목숨값인데… 나도 등 달고 싶어."

"네 오빠는 그 돈이 네 돈인 줄 몰랐던 모양이구나?"

"그렇긴 해. 아버지가 갑자기 돌아가셨으니까."

"그런 줄 알면서 앞길이 구만리 같은 조카의 인생을 망쳐?"

"키이, 새언니가 워낙 씨도 안 먹히는 사람이라서……."

"알았다. 잠깐 기다리거라."

사연을 들은 미류가 청년을 바라보았다.

"혹시 절에 연등 같은 거 달고 있습니까?"

"그런 건 잘 모르겠는데요."

"어머니에게 물어보세요."

"지, 지금요?"

"그래요. 당장!"

미류가 몰아치자 청년이 다시 핸드폰을 들었다. 손을 떨다 보니 두 번이나 땅에 떨어뜨렸다. 세 번 만에야 겨우 전화를 거는 청년이다.

"등이 있대요. 몇 해 전부터 절에 가서 죽은 할머니와 할아버지, 아버지의 연등을 달았는데 고모는 여자라서 빼놓았다고……."

"당장 절에 전화해서 고모 등도 하나 추가하라고 하세요."

"알겠습니다."

미류의 지시를 받은 청년이 숨넘어가는 소리로 말을 전달하고 전화를 끊었다. 미류는 움직이지 않고 있었다. 청년 등 뒤의 귀신 형체에 꽂힌 시선도 그대로였다.

"키이이……."

꼴깍!

귀신 소리와 청년의 침 넘어가는 소리가 신당을 울렸다. 그렇게 한참이 지났다. 청년 뒤의 귀신 형체가 흐려지기 시작했다.

"키이이, 고맙습니다."

귀신은 한마디를 남기고 흔적도 없이 사라졌다. 거기서 청년의 전화가 울렸다.

"절에 등 달았대요."

그 말을 들은 미류가 청년의 목을 확인했다. 영기는 흔적도 남아 있지 않았다. 꿍하는 마음에 해코지를 하다가 제 길을 간 것이다.

"목 어때요?"

"큼큼. 시원한데요?"

"됐습니다. 이제 막힌 취업운이 확 뚫릴 겁니다."

"법사님, 이 은혜는……."

"그래도 술은 자제하시고요, 어머니가 절에 다니시면 가족들을 위해 기도할 때 고모 이름도 꼭 한 번씩 불러달라고 하세요. 그리고 시아버지에게 유산으로 받은 돈, 그거 고모 교통사고 보상금이었다고도 전해주고요."

"고모님 보상금요?"

"그래요. 자기 목숨값이 오빠 집에 넘어갔는데 연등 하나도 안 달아주니 핏대가 올라 이철궁 씨에게 붙은 모양입니다."

"세상에……."

"다행히 큰 원한은 안 품은 것 같으니 내 말 명심하세요."

"알겠습니다. 아버지가 받은 유산이 그런 돈이었다면 저라도 고모님 명복을 빌어드리겠습니다."

청년의 대답은 믿음이 갔다. 미류가 웃었다. 공수보다 청년의 마음 가짐이 좋았다. 머잖아 취업을 할 게 분명했다.

"받으세요!"

⟨취업부(就業符)⟩

부적 하나를 공짜로 건네주었다. 꼭 원하는 직장을 얻기를. 미류의 마음은 천금 복채를 받은 것보다 더 뿌듯했다.

네 손으로 바쳐라

늦은 오후, 미류는 다시 중랑천 변의 땅으로 향했다. 이제 서울시 관리사업소 측과 승부를 봐야 했다.

"오빠!"

거실을 나설 때 하라가 신기를 내밀었다. 오늘의 운세, 뭐 그런 뜻이다. 미류가 하나를 뽑았다. 다행히 붉은 깃발이 나왔다.

"오빠 앞에 귀인 등장!"

하라가 제 일처럼 좋아하며 펄쩍 뛰었다.

"법사님!"

남창수는 미류 뒤를 이어 도착했다. 관리소의 주차장은 널찍해서 좋았다.

"좋은 꿈 꾸셨습니까?"

남창수가 물었다.

"꿈이 아니라 현실을 이루어야죠."

"하긴 그렇군요. 나도 꾸느니 개꿈이라……."

남창수가 서류 한 장을 내밀었다. 사업소 조직표였다.

"담당자는 8급이고 주임은 7급, 주무팀장과 과장 등 네 명이 라인입니다. 제가 알아본 바로는 주무팀장이 좀 헐렁하다더군요. 그러니 주무팀장과 이야기하는 게 가장 무난할 것 같습니다만."

그의 손이 40줄 후반의 남자를 짚었다. 사진 속의 남자는 푸근한 인상이다.

"고생하셨네요."

"별말씀을……. 법사님도 저한테 A/S 확실하게 하시지 않았습니까?"

"들어가시죠."

미류가 입구를 가리켰다.

딸깍!

사무실 문이 열렸다. 사업소는 시청과 조금 다른 분위기였다. 시청이 역동적이라면 사업소는 다소 폐쇄적인 느낌이 들었다. 그 와중에도 다소 부산함이 엿보였다.

"저쪽이군요."

남창수가 천장에 매달린 부서 팻말을 보며 말했다. 서무과는 맨 안쪽에 있었다. 구청의 총무과와 유사한 부서였다.

'네 명.'

남창수가 말한 네 사람이 시야에 들어왔다. 우선 팀장의 운명창부터 점검했다. 결정권을 가진 기관, 그렇다면 전장(戰場)이다. 전장이라면 돌아가는 포석 따위는 고려할 수 없었다. 가능하면 단칼에 끝장을 내는 게 좋았다.

'이 사람은?'

운명창을 점검한 미류가 걸음을 늦췄다. 그는 평범함 플러스 고리타분. 이런 사람이 원리원칙주의로 나오면 대책이 없다. 남창수의 조언을 미뤄두고 남은 세 명의 운명창을 다 열었다.

"……!"

미류의 시선이 7급 주무주임의 머리에 정지되었다.

당첨!

미류가 걸음을 멈췄다.

"어떻게 오셨습니까?"

여직원 하나가 일어나 길을 막았다.

"아, 예, 서무과장님 좀 뵈려고요."

남창수가 대답했다. 여직원이 안쪽의 책상을 가리켰다. 하지만 미류의 발길은 주임 이상영의 책상 앞에서 멈췄다.

"법사님."

앞서가던 남창수가 눈치를 보내왔다. 거기가 아니라는 의미였지만 미류는 움직이지 않았다.

"경계선 쪽의 시유지 불하요?"

상담석으로 미류와 남창수를 안내한 이상영 주임이 고개를 들었다. 다소 뺀질뺀질해 보이는 그는 처음부터 어이없다는 표정이다.

"어차피 무단 사용 중인 부분이 아닙니까? 그러니 토지의 경제성과 효율성을 높이는 취지에서도……."

남창수가 슬쩍 선공을 날렸다.

"말도 안 되는 소리. 시유지는 마음대로 사고파는 게 아닙니다."

씨도 먹히지 않는다.

"하지만 선의의 점용자들이 이미 30여 년을 사용하고 있습니다. 실효적 지배이니 아예 불하하시는 게……."

"그렇다고 해도 소유권은 우리 관리소에 있습니다."

"알고 있습니다. 어차피 죽은 땅이니 소유권을……."

"그런 건 검토해 본 적도 없고 검토할 일도 없습니다. 돌아가세요."

담당자는 단호했다.

"어떻게 방법이 없겠습니까? 이 사업은 뜻깊은 분들의 후원도 받고 있고 서울시장님도 그중 한 분입니다만……."

듣고 있던 미류가 점잖게 후원자 서명부를 꺼내놓았다.

"됐습니다. 멀쩡한 시유지를 팔라고 하는 분들은 내 공무원 생활 20년 만에 처음 봅니다."

주임은 서명부에 눈길 한번 주지 않았다. 남창수의 시선이 미류에게 향했다. 그러게 팀장을 조지자니까요. 그의 눈이 그렇게 말했다. 미류는 조용한 미소로 남창수의 조바심을 달래놓았다. 이유 없이 주임을 택한 미류가 아니었다.

"아무튼 돌아들 가세요. 저희는 지금 바쁩니다."

주임이 펜과 메모지를 챙겨 들고 일어섰다.

"사모님 집 나가셨죠?"

미류가 속삭이듯 말했다. 일어서던 주임이 걸음을 멈추고 돌아보았다.

"……!"

"어떻게든 찾아야겠는데 죽었는지 살았는지 알 수가 없군요."

"이봐요."

"죽었을까요, 살았을까요?"

잘랑잘랑잘랑!

미류는 소리를 낮춰 신방울을 울렸다.

"당신 점쟁이요?"

주임이 물었다.

"점쟁이가 아니라 그 유명한 전생점의 대가 미류 법사님입니다. 방송도 못 보셨습니까?"

남창수가 슬쩍 훈수를 날렸다.

"전생점의 대가?"

"요즘 제일 잘나가는 무속인인데 모르시네. 저번 취업박람회장에서는 정 시장님도 직접 봉사 부스로 찾아오셨다던데……."

은근히 공세 수위를 높이는 남창수.

"토지 불하 방법을 알려주시면 사모님 일은 제가 해결해 드리지요."

훈수를 등에 업은 미류가 떡밥을 던졌다.

"이, 이봐요."

"사실 주임님은 다른 고민도 있으시죠? 그게 더 원초적일까요?"

"다른 고민?"

"잘못된 재물의 아우성이 보입니다. 목돈으로 들어온 재물, 그게 액운 덩어리였군요."

"이 양반들이 약 먹고 왔나? 됐으니까 나가세요!"

주임의 짜증 속에는 당혹감이 묻어 있었다. 하지만 더는 기회가 없었다. 누군가 다가와 주임에게 귀엣말을 전하자 화들짝 놀란 주임이 자리를 떴기 때문이다.

"저희는 일이 좀 있어서……."

그만 나가주세요.

여직원이 문을 가리키며 뒷말을 생략하더니 걸려온 전화를 받았다. 직원들이 술렁이는 게 보였다. 무슨 일이라도 생긴 걸까?

"어쩌죠?"

남창수가 물었다.

"기왕 왔으니 조금 더 기다려 보죠, 뭐."

미류는 느긋했다.

"그런데 왜 주임입니까? 팀장을 조져야 한다니까."

"주임 패가 더 좋아서요."

미류가 웃었다.

"점사에 나온 겁니까?"

"예."

"뭐 그러시다면야……."

남창수가 입맛을 다실 때다. 간부 직원들이 우르르 몰려 나가는 게 보인다.

"어머, 아직 안 가셨어요?"

창밖을 내다보던 여직원이 미류 쪽을 돌아보며 말했다.

"이 주임님이랑 얘기가 아직 안 끝났거든요."

미류가 대답했다.

"그래도 여기 앉아 계시면 안 돼요. 일단 나가 계세요."

여직원이 안절부절못하는 사이에 사무실 문이 열렸다. 소란과 함께 소장과 서무과장이 들어서나 싶더니 뒤를 이어 거물이 들어왔다. 직원들이 분주한 이유가 거기에 있었다.

"저 양반……."

남창수가 넋을 놓으며 중얼거렸다.

"……!"

미류 역시 문에 꽂힌 시선을 놓지 못했다. 사무실에 등장한 사람은 정대협 시장이었다. 사업소를 시찰 중이던 그와 여기서 또 마주친 것이다.

"미류 법사님 아닙니까?"

정대협이 다가왔다. 간부들도 우르르 다가와 인간 병풍을 만들었다. 그 뒤로 이상영 주임이 보인다. 표정이 일그러져 있다.

"시장님."

미류가 일어나 인사로 맞았다.

"여긴 어떻게……?"

"여기 사업소와 상의할 일이 좀 있어서요."

"거참, 기연이군요."

"그런 것 같습니다."

"이거 마음 같아서는 차라도 한잔하고 싶은데 이 사람이 기관 시찰 중이라서요."

정 시장은 공사를 분명히 했다. 시장은 그렇게 돌아섰지만 눈길을 떼지 못하는 사람이 하나 있었다. 조금 전까지 각을 세우던 이상영 주임이다. 부서를 둘러본 시장은 바로 소장실로 향했다. 과장과 팀장들이 시장을 졸졸 따라 나갔다.

"키야, 이거 신의 한 수로군요? 정 시장이 등장하시다니."

남창수가 쾌재를 불렀다. 하지만 미류의 반응은 그와 달랐다.

"그만 가시죠."

"예? 가다니요? 이제부터 약발이 제대로 들 타이밍인데."

"그러니까 가자는 겁니다."

"법사님?"

"패를 보여줬으니 좀 누리기도 해야죠."

"그럼 여기서 목에 힘을 줘야지 왜 갑니까?"

"아무튼 가자고요."

미류가 먼저 일어섰다. 그러자 이 주임이 득달처럼 달려왔다.

"이봐요!"

미류는 들은 척도 않고 걸었다. 주차장까지는 그리 먼 길이 아니었다.

"이봐요. 잠깐만요."

주임도 주차장까지 나왔다. 미류는 못 이기는 척 걸음을 멈췄다.

"약 먹고 온 사람들을 왜 부르십니까?"

미류가 변죽을 울렸다.

"아, 그 말은 죄송하게 되었습니다."

"뭐 하실 말씀이라도?"

"아까 그 후원자 명부요. 좀 볼 수 있을까요?"

"아까는 거들떠보지도 않더니……."

"죄송합니다."

"됐습니다. 그거 보는 거야 뭐……."

미류가 명부를 내밀었다. 이 주임의 눈에 핏발이 서는 게 보인다. 명부의 제1 칸에 쓰인 정대협의 친필 사인에 시선이 꽂힌 것이다.

"시장님하고는 어떤 관계이십니까?"

친필을 확인한 주임이 물었다. 아까는 명부를 보지도 않던 상황. 하지만 이제 보니 정대협의 친필 사인이 틀림없었다.

"당신, 왕사제도라고 아시오?"

남창수가 다시 바람을 잡고 나섰다.

"왕사라면 왕에게 조언하는?"

"알긴 아시네."

"……."

남창수의 바람이 제대로 먹혔다. 그러잖아도 긴가민가하던 이 주임에게 돌직구를 먹인 것이다.

"그럼 아까 제게 하신 말은……."

약효가 나기 시작했다. 주임의 말은 한층 더 공손해지고 있었다.

"사모님 말입니까, 재물 말입니까?"

"그게… 둘 다……."

미류의 눈빛이 강해지는 만큼 주임의 눈빛은 시들어갔다.

"제가 문의한 시유지 불하는요?"

"방법이 있기는 합니다."

"남 사장님, 죄송하지만 자리를 좀 비켜주시겠습니까?"

미류는 남창수를 물렸다.

"도박하시죠?"

단둘이 남게 되자 미류가 먼 곳을 보며 말했다.

"……!"

"그로 인해 가정운이 개판이군요. 아들까지 건강이 좋지 않아요."

"……!"

"내 말이 틀렸습니까?"

"아, 아닙니다."

"원래는 착실한 분이었죠?"

"예."

"서른쯤 되면서 도박에 빠졌군요. 가랑비에 옷 젖듯."

"……."

"아닙니까?"

"맞습니다. 처음에는 그저 직원들과 심심풀이 고도리를 치다가……."

"전생 믿어요?"

"딱히……."

"자기 자신을 믿겠군요. 나를 믿는 나신교."

"……."

"이대로 가면 당신은 파멸입니다. 아내도 잃고, 아들도 잃고, 직장도, 건강도……."

"그건……."

"눈을 감아보세요."

"예?"

"잠깐이면 됩니다."

미류가 두 손을 들어 올렸다. 그 궤적을 따라 푸른빛이 아른거린다. 그 빛에 홀린 주임이 눈을 감았다.

"당신 전생을 보게 될 겁니다."

미류는 미리 훑어본 전생을 펼쳐주었다.

주임의 전생은 일본 땅에서 펼쳐졌다. 유명한 오다 노부나가 휘하의 사무라이였다. 오다는 새가 울지 않으면 단칼에 베어버린다는 인물. 그를 수행하다 보니 짜릿한 승부욕에 불타게 되었다. 그러나 한동안 이어진 평화 시대. 좀이 쑤시던 차에 도박의 유혹에 빠졌다.

대저 도박에 눈이 멀면 보이는 게 없는 법. 주임 역시 관리하는 쌀에 손을 대게 되었다. 나중에는 일상다반사가 될 지경이었다.

도박운은 좋았다. 타고난 배짱으로 판을 휩쓸었다. 그러다 점점 큰 승부를 다투게 되었다. 한번은 자신들의 아내를 걸고 도박을 했다. 이기는 쪽이 지는 쪽의 아내를 하룻밤 품는 승부였다. 이 판에서도 승자는 주임이었다.

그 절정은 목숨 내기였다. 고베에서 올라온 촌놈 사무라이가 상대였다. 그러나 뭐든 차면 기우는 법. 주임 역시 기어이 임자를 만났으니 망통 패를 잡고 말았다. 그때 노부나가가 들이닥쳤다. 휘하의 사무라이들이 도박을 한다는 보고를 받은 그가 현장을 잡은 것이다.

"주군!"

도박자 두 사무라이와 구경을 하던 사무라이들이 납작 엎드렸다.

"네 손을 들어라."

노부나가는 단 한마디만 던졌다. 주임이 손을 들자 노부나가의 검이 바람을 갈랐다.

숭덩!

소리와 함께 주임의 손목이 덜컹 떨어졌다. 어찌나 깔끔하게 베었는지 혈관의 흔적 하나도 보이지 않았다. 그리고 잠시 후…….

퓨슛!

손목에서 폭포가 튀어 올랐다. 때늦게 터진 동맥이 피의 분수를 연출한 것이다.

―땅에 떨어져 꿈틀거리는 손.

―분수처럼 분출되는 손목의 피.

―눈을 뒤집고 거품을 뿜어내는 공포에 찬 얼굴.

거기서 전생 감응을 끝냈다.

"현실로 돌아옵니다."

절경!

신방울을 울리자 주임이 벼락처럼 눈을 떴다. 그는 손목부터 확인했다. 피는 없었다. 그보다 다행일 수 없었다.

"그 손목, 가끔 쑤시고 아프죠?"

미류가 물었다. 주임은 바로 고개를 끄덕였다.

"전생의 카르마입니다."

"그럼 제가 도박에 빠진 것도?"

"그런 것 같습니다."

"……."

"남은 얘기는 여기서 하기 마땅치 않겠죠?"

"……!"

"잘못 들어온 재물 말입니다. 당신이 전생에서 주군의 창고에 손을 됐듯이."

"……!"

주임의 얼굴이 점점 더 하얗게 변해갔다.

"제 신당입니다."

명함 한 장을 건네준 미류는 차를 향해 돌아섰다. 명함을 받아 든 주임의 손이 무섭게 경련하고 있다.

저녁 시간.

미류는 신당을 비워놓고 있었다.

"손님이 올 겁니다."

봉평댁에게도 따로 당부를 해두었다.

이상영 주임!

올까, 안 올까?

미류는 물론 온다는 쪽이다. 이미 운명의 일단을 맛본 사람. 게다가 그건 그 자신의 아킬레스건이다. 정년이 보장된 공무원 자리를 단칼에 날릴 수도 있는.

"법사님, 손님 오셨습니다."

봉평댁의 목소리가 들려왔다. 이어 이상영이 들어섰다. 미류의 예상이 맞아떨어지는 순간이다.

"법사님."

이 주임이 공손히 고개를 숙였다.

"앉으시지요."

미류 역시 정중히 그를 맞았다.

"복채는 얼마나 내야 하는지……."

"복채 내라고 모신 건 아닙니다."

"……."

"마음 근심 해결되면 선행을 베풀어 공덕이나 쌓으시면 되지요."

"……."

"제 신당에 왔으니 주임님 근심부터 치워드리죠."

"그, 그래주시겠습니까?"

"사모님은 죽었을까요, 살았을까요?"

"죽지는 않았을 겁니다."

"그럼 어디 있을까요?"

"그건……."

"당신 가까운 곳에 있습니다."

"……?"

"그 일은 해결이 어렵지 않습니다. 하지만 액운을 몰고 온 재물은 어쩌실 겁니까?"

"법사님……."

"더 디테일하게 말씀드려요?"

미류의 눈빛이 주임을 겨누었다. 그 재물은 뇌물이었다. 관리사업소 시설 공사를 계약하면서 입찰가를 알려주고 뒷돈을 챙긴 주임이다. 그게 액운인 것은 불로소득이기에 도박장을 드나들게 된 까닭이다. 공돈을 보자 주임의 전생 인과가 발현된 것이다.

"아닙니다. 해결 방법만 알려주십시오."

이상영이 고개를 떨어뜨렸다. 벼룩도 낯짝이 있다더니 기본 양심은 있는 모양이다.

"같은 액수로 봉사기관 같은 데 기부하세요. 주임님 돈이 아니라 서울시로 들어온 재산이니 익명이어야겠죠?"

"예."

"손모가지도 잘라야겠죠?"

"예?"

놀란 주임이 얼른 손목을 감췄다.

"이리 내놓으세요."

"법사님!"

"아니면요? 진짜 잘리고 싶습니까? 당신, 도박판에 계속 기웃거리면 이 손 반드시 동강납니다!"

"……!"

"내놓으세요. 방지부를 하나 그려 드릴 테니."

미류는 부적함을 당겼다. 주임이 팔을 내밀자 그 위에 육부적을 그렸다. 패를 쪼는 맛에 빠진 인과를 달고 나온 손목. 그걸 막는 부적을 그린 것이다.

"마시세요."

이번에는 부적 태운 물을 내밀었다. 주임은 꿀꺽 목젖을 흔든 후 그걸 받아 마셨다.

"도박장의 유혹, 사모님의 행방, 해결될 겁니다. 하지만 한 가지는 명심하세요. 당신 스스로의 의지가 무엇보다 중요하다는 사실!"

"예."

"이제 아들에게 전화하세요."

"아들요?"

"해서 아내의 행방을 물어보세요. 아들이 알고 있을 겁니다. 절대 윽박지르지 마시고요."

"……?"

놀란 주임이 핸드폰을 꺼내 들었다. 통화를 마친 주임은 핸드폰을 떨어뜨리고 말았다. 미류의 말 그대로였다. 남편의 도박벽이 싫어 집

네 손으로 바쳐라 405

은 나간 아내, 그래도 최근 들어 아들과는 연락을 주고받은 것이다.

"법사님⋯⋯."

주임의 눈에서 눈물이 번져 나왔다.

"됐으면 가보세요."

"복채는⋯⋯."

"필요 없다고 했잖습니까?"

"그럼 왜 저를 돕는 거죠? 무시무시한 신통력에 시장님과도 친분이 있으시고 제 비리까지 알고 있으니 시장님께 고해 저 같은 놈 자르는 건 여반장일 것 같은데⋯⋯."

"죽여 드려요?"

"⋯⋯."

"그건 쉽죠. 하지만 죽이는 것보다 살리는 게 신제자의 사명입니다."

"⋯⋯."

"그러니까 주임님은 약속이나 잘 지키시면 됩니다."

"결국 제가 법사님을 위해 할 일은⋯ 원하시는 땅의 소유권을 넘겨주는 일뿐이겠군요?"

"강요는 안 합니다. 저는 단지 그 사업소가 버리듯 방치한 땅을 가치 있게 쓰게 해달라는 거지 돈을 벌자는 게 아니니까요."

"법사님⋯⋯."

"돌아가셔서 그 땅 현실을 다시 확인해 보세요. 내 말이 틀린 것인가. 만약 내 말에 공감이 가면 그때는 좀 도와주시길 바랍니다만 주임님께 내린 공수에 옵션을 거는 것은 아니니 편하게 판단하셔도 좋습니다."

"아닙니다. 경계지의 토지는 법사님이 불하받으실 수 있도록 하겠습니다. 절차가 번거롭기는 하지만 사실 그 땅은 우리 사업소로서도 골치 아픈 측면이 있으니까요."

이 주임은 미류의 말을 인정했다. 30여 년도 넘게 방치된 시유지. 게다가 앞으로도 사업소에서 쓸 계획이 없는 땅. 차라리 이런 기회에 정리하는 게 그에게도 이득이었다.

미류도 흡족했다. 위에서 눌러 강탈(?)하는 게 아니라 적법한 절차를 통한 매각. 주임이 알아서 요리를 해주겠다는 것이니 손에 물 한 방울 묻히지 않아도 되는 셈이다.

"그래주시면 고맙지요."

미류가 웃었다.

"약속드립니다!"

"고맙습니다, 주임님."

"그 말은 제가 드릴 말입니다. 오늘 다시 태어난 기분입니다. 앞으로는 정말 충실한 공복으로서 선행과 공덕을 쌓으며 살겠습니다."

"잘 생각하셨습니다. 이제 그만 가보세요. 사모님을 만나야죠."

"아, 예."

주임은 인사를 하고 물러났다.

"이모!"

홀가분해진 미류가 봉평댁을 불렀다.

"부르셨나요, 법사님?"

"오늘 점사는 끝났으니 말씀 편하게 하시고요, 하라 안 자죠?"

"당연히 안 자지. 무슨 노래 연습한답시고 이불 뒤집어쓴 채 꽥꽥 돼지 멱따고 있는데……."

"그럼 우리 뭐 하나 시켜요."

"좋은 일 생긴 거야?"

"날마다 좋은 일이지만 요양원 지을 땅이 해결될 거 같아요."

"정말?"

"예, 그러니 우리끼리 파티 한번 하자고요."

"아이고, 정말 잘됐네. 축하해!"

봉평댁이 함박웃음을 지었다.

"오빠, 좋은 일 생겼다고?"

손님이 간 걸 안 하라가 쪼르르 달려 나왔다.

"그래. 하라 말대로 귀인 강림?"

"그렇지? 내 점이 맞았지?"

"상으로 야식 시킬 건데 뭐 먹을래?"

"치킨!"

하라가 소리쳤다.

"야, 이년아, 얻어먹는 주제에 니가 왜 나대? 법사님이 먹고 싶은 걸 시켜야지."

"엄마는, 오빠가 나 먹고 싶은 거 시키라잖아!"

"저년이 그래도……."

"오빠, 치킨 두 마리 시키면 안 돼? 닭 모가지 먹으면 노래 잘한대."

하라가 미류의 목을 잡고 물었다.

"그럼 닭 모가지만 시킬까?"

"으악! 그건 안 돼! 난 날개가 맛있단 말이야!"

하라가 양팔을 닭 날개처럼 파닥거리며 소리쳤다. 그 뒤로 봉평댁의 구시렁거리는 소리가 들려왔다.

"저년은 지 엄마 생각은 발톱의 때만큼도 안 하지. 야식은 탕수육 찍먹이 최고인데."

결국 두 메뉴를 다 주문하고 말았다. 배가 터지게 먹었다.

요양원 토지 해결.

배에 이어 마음까지 빵빵하게 불러오는 밤이었다.

하지만 세상에는 행복만 있는 것이 아니었다. 한낮의 태양도 시간
이 되면 기울듯 미류의 평화에도 방해꾼이 찾아들었다. 이번에는 연
주가 그 방해꾼이었다.

"법사님!"

탕수육 찍먹과 부먹을 반반으로 즐길 때였다. 그녀가 대문을 두드
렸다.

"연주보살인데?"

기척을 확인하고 들어온 봉평댁이 말했다.

"퇴근하는 중?"

미류가 마당으로 내려섰다.

"법사님, 좀 도와주실 수 있어요?"

밝은 곳으로 들어서자 하얗게 질린 연주의 얼굴이 보인다.

"무슨 일 생겼어?"

"제 친구요. 이년이 남색 밝히다가 결국 맛탱이가 갔다네요."

"……?"

바아앙!

미류의 차가 도로를 질주했다. 조수석에는 연주가 앉아 있다.

"안암동 쪽?"

"네, 그쪽 모텔이래요."

연주가 문자를 보며 대답했다. 두어 번 길을 돈 끝에 모텔 앞에 도
착했다.

"303호요."

연주가 앞서 뛰었다. 미류도 그 뒤를 따랐다.

"……!"

모텔방에 들어선 미류는 발을 들이지 못했다. 난장판이 된 실내 때문이었다.

"은실아!"

연주의 눈이 침대로 향했다. 거기 여자가 있었다. 상체에는 걸친 듯 만 듯한 블라우스가 보이고 하체는 검은색 속옷뿐이었다.

"우리 법사님이세요. 상황 설명하세요."

연주가 창가의 남자에게 소리쳤다. 남자는 연주 또래로 보였다.

"전화로 말한 게 전부입니다. 간만에 얼굴이나 보자고 해서 만났어요. 술 한잔 마신 후에 어지럽다고 모텔에 좀 데려다 달라기에 들어왔는데 달려들어 섹스를 하려고 하더라고요. 그래서 거절했더니 그때부터 발작을 하고… 내 옷을 벗기고… 그러더니 의외로 내 물건을 보자마자 쓰러졌어요."

남자는 여자의 전 남친이었다. 연주와도 아는 사이였다. 그는 여자의 남색을 알았다. 처음에는 화끈한 맛에 교제를 했지만 그녀의 색병을 당할 수 없었다. 게다가 여자는 이 남친 말고도 여러 남자와 문란한 생활을 했다. 그걸 안 남친은 절교를 선언하고 만나지 않았다. 그러다 느닷없이 전화가 와서 사정하길래 만난 차였다. 그렇기에 남자는 연주에게 전화를 했다. 여자의 전후 사정을 아는 데다 경찰이 오면 머리가 아파질 것 같았기 때문이다.

"그럼 나는 갑니다."

남자가 겉옷을 집어 들고 달아나듯 튀었다.

"법사님!"

연주가 미류를 바라보았다.

"색령귀가 제대로 씌었어."

미류가 대답했다.

"색령귀요?"

"접해봤어?"

"아뇨. 전에 꽃신 선생님이 퇴치하는 거 구경은 했어요."

"어땠어?"

"좀 아슬아슬했어요. 그 색령귀가 안 떨어지려고 발버둥을 치다 꽃신 선생님 몸으로 들어오는 바람에⋯⋯."

"그 색령귀도 남자였군?"

"네."

"언제부터 이랬다고?"

"좀 됐어요. 처음에는 그저 남자를 밝히는 정도였어요. 그러나 나중에 알았어요. 이년이 남자만 만나면 몸을 섞는다는 거. 더 나중에는 남자랑 몸을 비비지 않으면 잠이 오지 않는다고⋯⋯."

"부적을 써줬어?"

"예."

"육부적은?"

"그것도 흉내는 내봤어요."

"확인해 봐."

미류의 말을 들은 연주가 친구 앞으로 다가섰다. 연주는 여자의 몸을 뒤집었다. 그런 다음 속옷을 살짝 까 내렸다. 무성한 음모 위로 육부적이 드러났다.

"이번에도 취업부랑 비슷해. 밖은 대략 막았지만 안을 제대로 막지 못했어. 그래서 아는 사람을 불러들인 거야."

"⋯⋯."

"하지만 나쁘지는 않았어. 그랬기에 남자의 물건 앞에서 자지러진 거야. 연주 부적 덕분에."

"예……."

"이거 지워."

"알겠어요."

지시를 받은 연주가 부적을 문지르기 시작했다. 그사이에 미류는 부적 쓸 채비를 갖췄다.

"끝났으면 방 안 잡귀 몰아내고."

"네."

연주가 바닥에 앉아 독송을 시작했다.

"옴소마니 소마니 훔……."

비장한 모습의 연주는 옥추경에 이어 마하라수진언까지 달려갔다.

색귀가 든 여자!

미류의 뇌리에 숭덕 스님이 스쳐 갔다.

숭덕 스님이라면 색귀를 물리칠 자금정해독단을 만들 수도 있었다. 그러나 지금은 스님이라도 용빼는 재주가 없었다. 재료들이 사라진 까닭이다. 만들 능력은 있는데 재료가 없다니? 최고의 쉐프가 요리 칼만 들고 사막에 떨어진 꼴이다. 차마 웃지 못할 일이 아닐 수 없었다.

"끝났습니다."

독경을 끝낸 연주가 미류를 바라보았다.

미류는 북쪽을 향해 배를 올리고 있었다. 연주도 따라 했다. 미류가 친구 앞에 자리를 잡았다.

연주의 시선도 그쪽으로 향했다. 경면주사를 갠 물감이 붓 끝에 찍혔다. 연주도 마음으로 물감을 찍었다.

부적이 새겨지기 시작했다.

불이 꺼진 모텔 방, 창을 타고 들어온 은은한 달빛이 친구의 나신을 비추고 있다. 친구의 몸은 달빛처럼 희게 보였다. 그 흰빛 사이사이 복숭아 빛이 도드라졌다. 볼과 입술, 가슴과 음부였다. 색귀 때문이다. 남자들이 환장할 곳에 색마의 올가미를 던져둔 것이다. 벌레를 노리는 개미지옥처럼.

한 획, 또 한 획.

부적이 새겨질 때마다 친구의 체색이 변하기 시작했다. 마지막 화룡점정을 끝낸 미류가 자리를 옮겨 앉았다. 이번에는 입이다. 꼭 다문 입에 부적을 물렸다. 색귀가 쐰 여자는 남자의 물건 물기를 좋아한다. 그것도 막아야 했다. 음부 못지않게 중요한 일이었다.

묘지를 가출한 시신

'오케이!'

부적을 단단히 물린 미류가 손을 뗐다. 그러자 음부와 입술의 부적이 교감이라도 하듯 빛을 뿜어 중간에서 만났다. 딱 연주 친구의 가슴 위치였다. 색욕은 육체가 행하지만 가슴의 생각이 근원이라는 의미였다.

가운데서 만난 빛은 숭고한 힘이 되어 온몸으로 번져 나갔다.

부적, 그 권능의 발현이었다.

'아!'

신음은 연주의 입에서 나왔다. 그녀는 미처 체험하지 못한 신기(神氣)였다. 그녀의 부적, 뭔가 숙연함은 느껴지지만 숭고함까지는 이르지 못한 것이다.

친구의 말단으로 퍼져 나간 빛이 손가락과 발가락, 귀와 코끝에서 반짝거렸다. 동시에 친구의 눈꺼풀에도 마침내 폭발적인 경련이 일었다.

"된 것 같군."

미류는 비로소 붓을 거두었다.

"스승님!"

연주가 티슈를 건네자 그걸 받아 흐르는 땀을 닦았다.

"어머!"

정신이 돌아온 친구는 미류를 보더니 두 손으로 치부를 가렸다. 가슴과 음부였다.

"이년, 이제 진짜 정신이 돌아온 모양이네? 남자 보고 몸 가리는 거 보니."

연주의 핀잔이 날아갔다.

"연주야……"

"생각은 나냐? 왜 여기 누워 있는지?"

"재관 씨?"

"네 배 위에서 복상사했다, 왜?"

"진짜?"

친구가 소스라쳤다. 전과가 있었다. 복상사까지는 아니지만 그녀의 배 위에서 기절한 남자가 있었던 것이다. 그때도 연주가 달려와 수습했다.

"됐으니까 빨리 옷 입고 절이나 올려라. 우리 스승님 눈 버리시겠다."

"어머, 그 신빨 빡세게 넘치신다는 법사님?"

"죽을래?"

"알았어, 알았다고."

몸을 돌리고 일어난 친구가 옷을 챙겨 입었다. 그런 다음 미류를 향해 얌전히 고개를 숙였다.

"이거!"

미류가 다른 부적 하나를 연주에게 넘겼다. 연주는 부적을 태워 물컵에 부었다.

"처먹어라. 친구 잘 둔 줄 알고."

"또 먹어?"

"이년아, 이 부적은 보통 부적이 아니야. 우리 스승님이 직접 쓰신 거라고."

"알았어."

친구가 물컵을 받아 코를 막은 채 조신하게 물을 마셨다.

"남자라면 환장하고 잡아 처먹는 년이 내숭은……."

연주가 눈을 흘겼다. 이제 보니 소심하고 부끄러움까지 타는 여자였다. 색귀가 사라진 증거였다.

"이제 괜찮을 거야. 집에 데려다드려."

가방을 챙겨 든 미류가 자리에서 일어섰다.

"고맙습니다. 그리고 죄송해요."

두 여자가 동시에 고개를 숙였다. 걸어 나오는 미류의 등 뒤로 친구의 목소리가 들려왔다.

"연주야, 빨리 나가자. 여기 이상해."

연주가 그냥 넘어갈 리 없다.

"미친년, 이런 데서 잡아먹은 남자가 몇인데. 하여간 이번에 정신 못 차리면 죽을 줄 알아!"

비가 내렸다.

후두두후두두!

절렁절렁!

빗소리에 맞춰 신방울을 흔들 때였다. 느닷없이 전생신이 코앞까지 다가왔다.

"몸주님!"

─네 방울 흔들 때가 아니로구나.

"무엇 원하는 게 있으신가요?"

─밥!

"예?"

─밥을 든든하게 먹어두어라. 네 집 나간 시신 하나 찾을 일이 생길 것이다.

"……?"

미류가 어리둥절할 때 거실에서 소리가 들려왔다.

"법사님, 단체 예약 손님들 올 시간입니다!"

'꿈인가?'

미류는 고개를 갸웃거렸다.

졸지도 않았는데 공수가 내려왔다. 아무래도 계시인 듯해서 밥부터 챙겨 먹었다.

식사하는 사이에 문자가 몇 개 들어왔다. 화요였다. 흑산도 쪽으로 예능 촬영을 갔다더니 거기서도 미류를 챙기는 그녀였다.

미류도 답문을 보냈다. 누군가의 챙김을 받는다는 건 행복한 일이었다.

잠시 후에 반가운 얼굴들이 찾아왔다.

단체 예약 손님은 '송송탁구방' 멤버들이었다. 다섯 사모님은 각기 다른 양산을 받쳐 쓰고 신당에 들어섰다.

"아유, 너무 소박하다."

"그러게?"

구영미의 말에 송복녀가 장단을 맞췄다.

"그림도 그러네? 아련한 듯 포근한 듯, 그러면서도 위엄이 넘치는 듯."

방신주는 어머니를 닮아 그림에 조예가 깊었다. 미류가 그런 석채화를 제대로 평가했다. 무신도에 인사를 마치고 거실로 나왔다. 봉평댁이 감잎차를 내왔다.

"어휴, 차 하나도 딱 법사님 닮았다니까. 이 질박한 맛 좀 봐."

탁정자는 차 한 잔도 마음에 드는 모양이다.

"법사님, 후원회 만드신다면서요?"

잔을 내려놓은 송미선이 미류를 바라보았다. 얼마 전에 통화를 한 까닭이다.

"예. 오신 김에 명부에 서명 좀 해주시겠습니까?"

"당연하죠! 그런 거 하나 못하겠어요?"

탁정자의 목소리가 또 높아졌다. 봉평댁이 명부를 가져오자 다섯 사모님은 다투어 사인을 해주었다.

"부지는요? 매입하셨다면서요?"

다시 송미선이 물었다.

"그렇긴 한데… 아직 정리할 일이 많이 남은 곳이에요."

"어머, 그럼 우리도 좀 돕게 해주세요. 절에 가면 기와 보시 같은 것도 하잖아요?"

"맞아. 우리도 투자 좀 하고 구좌 하나 얻으면 안 돼요? 나중에 늙어 호호 할머니 되면 법사님 신통력 보호 좀 받으면서 살게요."

"와, 그거 굿 아이디어다. 법사님도 좋고 우리도 좋고, 누이 좋고 매부 좋고."

"야, 이것들아. 우리만 좋지. 그때면 우린 꼬부랑 할머니에 치매까지 걸릴 텐데 법사님이 뭐가 좋겠어?"

"그 안에 젊어지는 약 안 나올까?"

"그런 재주 있는 사람 알면 모셔다 회사 만들자. 그거야말로 꿩 먹고 알 먹고네. 돈도 벌고 젊어지기도 하고."

사모님들의 목소리가 점점 높아졌다.

"말씀은 고마운데 땅만 덜렁 준비하고서 폐를 끼칠 수는 없지요."

미류가 웃었다.

"아유, 우리 법사님이 이렇다니까. 아직도 우리를 남 대하듯이 해요."

탁정자는 조금 서운한 눈치를 보였다.

"그게… 모든 것을 남에게 의지하면 몸주께서 자칫 화를 낼 수도 있어서……."

"그럼 언제까지 기다려야 하는데요?"

구영미가 물었다.

"아무래도 터 닦고 기둥이라도 세워야……."

"그러다 우리가 먼저 늙어버리면요?"

방신주가 정곡을 찔러왔다.

딱히 틀린 말도 아니었다.

전생신을 만난 후로 돈을 좀 만진 건 틀림없었다. 하지만 요양원 짓는 데 들어가는 돈이 한두 푼이랴. 몇 십억이 들어간다고 가정하면 10년, 20년이 걸릴 수도 있었다.

"여사님들 마음은 잘 알지만 좋은 일일수록 제 땀을 흘린 돈으로 깔아야 합니다. 그래야 반석을 세울 수 있는 것이니 조금만 기다려 주십시오."

"그럼 내가 반석 깔아줄 물주 하나 소개해 드려요?"

탁정자가 미류를 바라보았다.

"물주요?"

"나 어때요? 나한테 충성하는 영계 하나 점지해 주면 한 장 정도는 쏠 수 있어요."

"야, 그런 거라면 나는 두 장도 쏜다."

"얘들이 정말!"

사모님들이 폭주하자 송미선이 제동을 걸었다.

"미안해. 웃자고 한 얘기잖아? 인생 뭐 있니?"

탁정자는 눈썹 하나 까닥하지 않고 말을 돌렸다. 산전수전 다 겪은 아줌마들. 이래서 무섭다는 것이다.

"그거 말고… 진짜 돈 될 일이 있기는 한데……"

듣고 있던 송복녀가 고개를 갸웃거렸다.

"왜? 너희 재단에 또 문제 생겼냐?"

탁정자가 물었다.

"아니, 다른 학교 이사장!"

"다른 학교?"

사모님들이 송복녀를 바라보았다.

"황금실이라고, 땅 부자 어머니를 둔 독신 이사장이 있는데 어머니도 죽고… 이 여자가 가진 건 돈밖에 없어. 이번에 제주도 땅이 풀리면서 억대가 아니라 조대 갑부가 되었다지, 아마?"

"조, 조대?"

탁정자의 입에 거품이 물렸다. 억대와 조대는 감히 비교의 대상이 아니다.

"그런데 눈치 보니까 어머니 산소에 무슨 문제가 생긴 것 같더라고. 용한 무당 불러다 굿도 한 것 같은데 잘 안 된 눈치야. 법사님!"

송복녀는 미류와 눈을 맞추며 말을 이었다.

"혹시 죽은 시체 같은 것도 해결하시나요?"

"시체라면?"

"자세한 건 나도 몰라요. 이사장들 친목 모임에 나갔다가 구석에서 전화 통화하는 걸 들었는데 시체가 어쩌구 하면서 노발대발하더라고요. 눈치로 봐서는 누가 시체를 파간 건지… 아니면 유실이 된 건지……."

'유실?'

"해결만 하면 돈은 부르는 대로 줄 눈치였어요. 어차피 독신이라 혈혈단신인 여자거든요."

"네."

"한번 만나보실래요? 제가 슬쩍 다리를 놔드릴 테니."

"글쎄요……."

"잠깐만요. 기왕 말 나온 김에 제가 모른 척 전화 한번 넣어볼게요."

송복녀가 혼자 거실을 나갔다. 그녀는 오래지 않아 돌아왔다. 어쩐지 살짝 상기된 표정이다.

"법사님, 법사님, 이 여자도 법사님 이름을 아는데요?"

"그래요?"

"슬쩍 법사님 얘기를 했더니 만날 의향이 있는 것 같아요. 복채 같은 건 상관없으니 영험하기만 하면 된다고."

우연은 바로 필연이 되었다. 가진 건 돈밖에 없는 50대의 독신녀 이사장 황금실. 미류는 그렇게 그녀를 방문하게 되었다.

황금실.

그녀의 나무 문패에는 실금이 가 있었다. 단독이지만 집 또한 보잘것없었다. 결정적으로 열린 문은 신음까지 냈다.

"들어오세요!"

미류를 맞은 건 중국 동포 아줌마였다. 가사 도우미인 모양이다.

황금실은 낡은 거실에서 뜨개질을 하고 있었다. 억대도 아니고 조대로 불리는 이사장이 뜨개질이라니? 거실도 부잣집 분위기는 하나도 보이지 않았다.

"미류 법사님?"

황금실이 돋보기를 벗어놓고 자리에서 일어섰다.

"처음 뵙겠습니다."

"반가워요. 송 이사장 하고 잘 아시나 봐요?"

"예, 일전에 그 학교 귀신 문제로……."

"그 얘기는 들었어요. 알고 보니 착청이라는 물리적 현상이었다면서요?"

"예."

"실은 그 말 때문에 법사님을 모셨어요."

"예?"

"무속인이면서 과학적인 소양이 있는 분. 왠지 다른 무속인과 달라 보이잖아요?"

"아, 네. 하지만 제가 과학에 조예가 깊은 건 아닙니다."

"그건 상관없어요. 저도 교육에 조예가 깊어서 교육자가 된 건 아니니까요."

"……."

"너무 직선적인가요?"

"아닙니다. 생의 굴레라는 게 원하는 대로만 가는 건 아니니까요."

"그거 아주 공감 가네요. 사실은 적성과 반대로 사는 사람이 너무 많죠."

"제가 도와드릴 일은?"

"아, 그래요. 본론을 말씀드려야 하는데."

황금실은 실과 대바늘을 밀어내며 이마를 짚었다. 두통이 있는 모양이다. 하지만 그건 그냥 두통이 아니었다.

'사기(邪氣).'

미류는 그 원인을 알았다. 머리에 들어앉은 그녀의 사기는 내력이 깊어 보였다. 어제오늘 생긴 게 아니라는 방증이다.

"미리 말씀드리는데 저는 사실 귀신 같은 거 안 믿었어요."

"예."

"무당도 몇 분 만나봤는데 오십보백보였어요. 다들 말은 그럴듯한데 소득이 없더라고요."

"예."

"하지만 세상에는 내가 모르는 일이 너무 많잖아요? 게다가 워낙 황당한 일이라 여기저기 소문낼 수도 없는 일이고."

"……."

"법사님."

"예?"

"비밀은 보장되는 거죠?"

"당연하죠."

"그럼 비밀 보장은 이 순간부터 발효됩니다. 여기서 들은 모든 것, 저와 나눈 모든 대화. 참고로 제 말은 지금 녹음되고 있습니다."

"그러시죠."

"그럼 전생점을 보신다니 몇 가지 묻겠는데… 혹시 땅속의 시체가 일어나 환생을 하기도 하나요?"

"무슨 말씀이신지……?"

"내 말은… 수십 년 된 시체가 연기처럼 걸어 나와 환생할 수도 있냐는 말이에요."

"죽은 지 하루 이틀 된 사람이 매장 직전에 살아났다는 말은 들었습니다. 혹은 구천을 떠돌던 영가가 신생아를 통해 생을 얻거나 빙의가 될 수는 있지만 그건 금시초문입니다."

"그럼 무덤에서 관째로 걸어 나와 사라지는 건 더더욱 불가능한 일이군요? 무속에서도?"

"무속이라고 모든 일이 판타지 영화 같은 건 아닙니다."

"그런 환생은 없는 거죠?"

"그렇습니다."

"그런데… 만약 그런 일이 일어났다면요?"

"도굴은 아니겠군요?"

미류가 질러갔다. 이사장은 가진 게 돈밖에 없는 사람. 아무리 괴이한 일이라고 해도 그 정도 조사를 하지 않았을 리 없었다.

"아니에요!"

그녀가 고개를 저었다.

"법사님께서 알아낼 수 있겠어요?"

황금실이 미류를 바라보았다. 소탈하던 지금까지와는 달리 묵직함이 실린 눈빛이다.

"한번 현장을 보여주시면……."

"사진은 보여 드릴 수 있어요. 죄송하지만 몇몇 무속인들에게 당하고 나니 같은 실수를 반복하고 싶지 않네요. 묘지가 먼 까닭도 있고."

황금실이 장식장에서 봉투 하나를 꺼냈다.

그 안에서 사진이 나왔다. 시골 산의 묘였다. 그런데 봉분이 까까머리다. 척 보아도 오래된 봉분. 그런데 풀이 나지 않다니…….

"어때요?"

"……."

"어떤 무속인은 거액을 주면 사체를 찾아주겠다고 하더군요. 내가 콜했죠. 하지만 그는 실패해서 돈도 받지 못하고 배상금 명목으로 나한테 1억을 내야 했어요."

"……"

"아까도 말했지만 돈은 상관없어요. 찾아내기만 하면 말이죠."

이사장은 그 말과 함께 테이블에 세 개의 봉투를 펴놓았다.

"맨 오른편 것은 출장비 20만 원이에요. 자신이 없으면 그걸 집어서 돌아가시면 됩니다. 중간 것은 백지수표예요. 계약 조건이 이행되면 즉시 입금한다는 내 각서도 들어 있어요. 자신이 있으면 그걸 집으세요. 착수금을 원하면 천만 원 정도는 이 자리에서 꽂아드리죠."

"……"

"마지막으로 왼쪽 것은, 중간 것을 집어 들고 약속을 지키지 못했을 때 나를 속인 대가로 1억을 내겠다는 지불 각서예요. 무당들에게 몇 번 당하다 보니 피곤해서 다시 상대할 생각이 없었는데 착청을 해결하셨다기에 한번 모셔봤어요. 불쾌하게 생각지 말고 소신껏 선택하세요."

이사장이 봉투를 가리켰다.

―출장비 20만 원!

―백지수표!

―그리고 배상금 1억 원!

그야말로 천지 차이의 표본이 거기 있었다.

'몸주님.'

머릿속에 전생신의 계시가 스쳐 갔다.

―시신 찾을 일이 있을 것이니 밥을 든든히 먹어두거라!

그리고 또 한 사람이 떠올랐다.

부적 스승 석명 만신. 전국 명산을 제 집처럼 쏘다니며 온갖 괴목과 묏자리 명당을 두루 경험한 그 사람.

미류는 봉투를 향해 손을 뻗었다. 선택은 백지수표였다.

백지수표!

주저 없이 수표 봉투를 뽑았다. 그리고 보란 듯이 가방에 챙겼다.

이사장은 말없이 미류를 바라보고 있었다.

"묘지로 가실까요?"

미류의 말은 단 한마디였다.

명당!

차 안 미류의 생각은 그 단어에 꽂혀 있었다.

옛날부터 잘나가는 집안은 명당을 찾았다.

집터도 그렇고 묘지도 그렇다. 풍수 또한 미신으로 치부되며 사람들의 주된 관심에서 멀어졌지만 우리 일상 속에 여기저기 자리를 잡고 있다.

아파트 명당과 점포 명당 등이 그렇다.

과학이라는 이름 앞에 모든 것이 덮여도 명당은 분명히 있었다. 그걸 잘 찾아내거나 만나는 것 또한 사람의 복이었다.

배산임수!

풍수에서 명당을 논할 때 자주 쓰이는 원칙이다.

산을 등지고 물을 바라보는 자리에 건물 뒷면은 높은 곳으로, 마당은 낮은 곳으로 향하게 배치하라는 말이다. 자연에 안긴 듯, 산에 안긴 듯 보이는 집터가 최고로 꼽히는 것이다.

이와 반대로 앞이 높고 뒤가 낮으면 고아나 과부가 많이 생기고, 사방이 다른 주택으로 둘러싸여 있으면 가족 중에 부상을 입는 사람이 많아지고, 북방에 하천을 끼고 있으면 집안에 흉한 일이 잦아진다.

집터에 대한 풍수는 양택풍수로 불린다.

그 반대로 묘지에 대한 풍수는 음택풍수라 한다.

음택풍수의 핵심은 이기풍수라 하는데 산천 지세에서 바람과 물의 흐름을 판단하여 최적의 좌향을 찾아내는 것을 이른다.

이사장 어머니의 묘도 그럴 것으로 추측되었다.

가진 것은 돈밖에 없다는 이사장. 마지막 혈육인 어머니의 묘지였으니 무엇을 아꼈을까?

그런데 이상이 생겼다.

이상도 보통 이상이 아니다. 최고의 명당에서 최악의 사고가 날 수 있을까? 미류의 생각은 조금 더 질러 나갔다.

관상은 말한다.

나쁜 관상을 극복하는 신의 한 수가 있으니 그게 바로 심상이라고. 무속에서도 비슷하게 말한다. 모든 재앙과 액살은 공덕으로 막을 수 있다. 명당에도 그런 말이 있다. 최고의 명당은 마음속에 있다는 게 그것이다.

앞서 달리던 이사장의 차가 멈췄다.

먼 길이지만 그녀는 한 번도 쉬지 않았다. 미류도 따라 멈췄다. 경주시 인근의 깊은 산이었다.

차에서 내린 그녀는 미류를 돌아본 후 앞서 걸었다. 멀었다. 물을 건너고 언덕을 몇 개나 돌아서야 사진 속의 묘지가 나왔다. 정말 까까머리 봉분이었다.

"여기예요."

숨을 고른 이사장이 묘를 가리켰다.

척 보기에는 괜찮은 자리였다.

'삼년구지 십년정혈(三年求地 十年定穴).'

풍수의 용어 하나를 떠올랐다. 터를 찾는 데 3년이 걸린다면 혈을 정하는 데 10년이 걸린다는 말이다.

"묘지 터는 누가 골랐나요?"

미류가 물었다.

"어쩌다… 학교 이사님 중에서 한 분이 자기 친척 자리 하나를 양보했어요."

어쩌다…….

그 말이 미류 귀에 밟혔다. 조대 부자이지만 묘지를 미리 준비한 건 아니라는 얘기였다.

"매장 때 이사장님도 보셨나요?"

"당연하죠."

"혈을 정하는 것도 보셨나요?"

"그런 건 하지 않았어요."

"……?"

"누군가 경험이 많은 분이 매장을 리드했고 나는 거기 따랐어요. 장례 풍습 같은 건 잘 모르는 데다 별로 믿지도 않으니까요."

"그렇군요."

"이 사건 이후로 들어보니 혈 이야기가 나오던데 그게 그렇게 중요한가요?"

"풍수학자들은 그렇지요."

미류는 대충 넘겨 버렸다.

혈을 정하는 것은 묘지의 핵심이다. 하지만 꼭 그런 것만도 아니었다. 그렇기에 중국의 국부 손문의 혈 자리는 노련한 풍수학자들을 제치고 31세의 젊은 건축가가 정했다.

청나라 황제 순치제 역시 혈 자리를 두고 신하들의 의견이 분분해지자 그 자신이 하늘에 화살을 쏘아 화살이 떨어진 곳을 혈처로 정한 전례가 있다.

"사체가 없어진 건 어떻게 알았죠?"

"꿈을 꾸었어요."

'꿈?'

"작년 초가을… 어머니를 묻고 다음 해부터 지근거리던 두통이 도져서 며칠 입원을 했어요. 2인실이었는데 중견 기업 회장의 할머니와 같이 있게 되었죠."

이사장은 허공을 바라보며 말을 이어나갔다.

"첫날 꿈은 온통 어둠 속이었어요. 보이는 건 지팡이 하나였죠. 희한하게도 흰 털이 난 지팡이였어요. 지팡이가 나를 쫓아오길래 비명을 지르다 깨었어요. 그 할머니가 해몽을 하는데 우리 어머니께 큰 탈이 났다고 했어요."

"……."

"내가 웃었죠. 우리 어머니 죽은 지가 언제인지 아느냐고. 그랬더니 이 할머니가 자기 지팡이로 나를 때려요. 산 사람만 탈이 나는 줄 아느냐면서."

"……."

"나보고 무덤 파보라고 하더군요. 네 엄마 집 나갔다고."

"……."

"그때는 웃어넘겼어요. 그분은 치매 환자 같았거든요."

"……."

"며칠 더 같은 꿈을 꾸었고… 두통도 별 차도가 없었어요. 결국 학교 일도 바쁘고 해서 퇴원을 하게 되었는데… 이번에는 집에서 그 할머니 꿈을 꾸었어요. 하도 이상해서 할머니 한 번 더 만나보려고 수 소문해서 찾아갔더니……."

거기서 괴이한 일이 일어나 버렸다.

"그럴 리가요?"

할머니의 아들이 고개를 저은 것이다. 그 뒤에 이어진 말 때문이다.

"우리 어머니는 중증 치매라서 그런 말을 할 만한 인지능력이 없습니다."

콰앙!

이사장의 머리에 지진이 일었다.

그 자신이 병실에서 분명하게 겪은 일. 그런데 할머니가 인지능력이 없는 중증 치매환자라니?

부탁하고 또 부탁해서 할머니를 만났다. 휠체어에 앉은 할머니는 야릇한 미소를 지으며 한마디를 해왔다.

"미친년, 니 에미 집 나갔다!"

아들에게 들었다. 그 할머니, 옛날부터 약간의 신기가 있기는 했다고. 한창 때는 해몽도 잘하고 이웃 사람들 점도 쳐주었다고.

미친년!

니 에미 집 나갔다.

집에 돌아와서도 할머니 목소리가 귀를 떠나지 않았다.

그래서 무덤을 찾아갔다.

등산 수준의 묘지 터라 여간해서는 찾지 않던 그녀이다. 마을의 대행자에게 일 년에 얼마씩 주고 맡겨 버린 무덤이었다.

"……!"

무덤 앞에 선 이사장은 머리가 텅 비어오는 느낌이 들었다. 혈육의 본능이었다. 까까머리 봉분을 시작으로 속 빈 강정처럼 횅한 느낌이 드는 묘지. 그 안에 어머니가 없다는 걸 피가 아는 것 같았다.

사람을 불러 조심스레 무덤을 팠다.

관을 묻은 자리가 나왔다.

그걸 보고는 그 자리에 주저앉았다.

일곱 자 묘지 안에는 아무것도 없었다. 심지어 관조차.

모두가 주저앉았다. 있을 수 없는 일이 일어난 것이다.

그날 인부들은 무덤 둘레를 서너 자까지 파헤쳤다.

어디서도 뼈마디 하나 나오지 않았다. 매장은 이사장의 눈으로 확인한 일. 봉분도 분명 도굴의 흔적조차 없었다. 그런데 묘지 안의 관과 시신이 흔적도 없이 사라져 버렸다. 그야말로 귀신이 곡하다 기절할 노릇이었다.

원한일까?

누군가 피맺힌 원한이 있어 쥐도 새도 모르게 관을 꺼내다 시신을 욕보인 걸까? 맺힌 한을 시신에다 풀어낸 걸까?

하지만 어머니는 그만한 원한을 사지 않았다. 죽을 당시의 돈 관계도 깨끗했다. 하다못해 작은 하청업체에게 맡긴 공사 대금 같은 것조차 한 푼도 밀리지 않던 어머니다.

이사장도 그랬다.

차갑고 말이 없기는 하지만 사람을 쥐어짜거나 볶아대지 않았다. 인간이기에 누군가에게 섭섭한 마음을 들게 했을 수는 있지만 이런 일까지 당할 악행은 기억나지 않았다.

"조사를 해봤지만……."

비밀 수사를 약속한 현지 파출소 소장도 뒷목만 긁어댔다.

언제 일어난 일인지도 모르는 사건. 게다가 겉모습이 멀쩡한 봉분인 데다 매장할 때 달리 귀금속이나 부장품을 넣은 것도 아니다. 그러니 제아무리 정신병자라고 해도 이런 짓을 할 사람은 없었던 것이다. 별수 없이 묘지를 대충 복원했다.

—그 집안 망할 징조네.

—3년 안에 딸도 객사할 징조야.

—3대에 걸쳐 과부 노처녀로 살더니 남자 저주가 내렸나?

괜한 억측만 나돌았다.

이사장은 결국 무속 쪽으로 손을 벌리는 수밖에 없었다. 그리고 실패했다. 그렇게 날린 돈이 물경 10억 원 이상.

'어차피 죽어서 땅으로 돌아간 사람……'

그 사체가 무덤 안에 있으면 뭐 하고 없으면 뭐 할 것인가?

그렇게 잊고 싶은 차에 미류를 만난 이사장이었다.

미류는 봉분의 흙을 한 줌 쥐었다.

'참흙.'

주변 흙도 쥐었다. 그 또한 참흙이었다.

"봉분의 흙, 다른 데서 가져온 거 아니죠?"

"네."

이사장이 대답했다. 굳은 그녀의 얼굴과는 달리 미류의 표정이 좋아졌다.

세상의 모든 생명체는 죽으면 부식이 된다. 분해가 되어 자연의 일부로 돌아간다. 그러나 참흙이라면 달랐다. 이 흙이 주성분인 토양에는 공기가 잘 통하지 않는다. 이런 토질은 사체를 썩지 않게 만들수 있었다.

'짐작이 맞기를……'

미류는 숭덕 스님에게 전화를 걸었다. 확인할 게 있었다.

"스님, 저 미류입니다."

인사부터 올리고 용건을 물었다. 스님은 아는 대로 대답해 주었다.

"뭐죠?"

이사장이 미류를 바라보았다. 핸드폰을 접은 미류는 잠시 생각을 정리했다.

〈가출한 시신〉

마치 한 편의 추리소설 제목 같은 이 일. 그러나 미류에게는 처음이 아니었다. 미류의 부적 스승인 석명 만신에게 들은 적이 있었다. 숭덕 스님 역시 유사한 이야기를 알고 있었다.

부적의 대가 석명 만신!

그는 벼락 맞은 나무를 찾아 전국 심산유곡을 헤매고 다녔다. 당연히 풍수학자들이나 지관, 약초꾼들을 많이 알았다. 산을 타고 노는 사람들이라야 벼락 맞은 나무 위치를 잘 알기 때문이다.

—시체도 관 속에서 걷는다.

—시체가 관을 배처럼 저어 이사를 간다.

석명이 한 말이다. 실제로 지관들에게 들은 말이라고 했다. 그들 말로 도시혈(逃屍穴), 땅속의 시체가 사라지는 현상이다.

가능할까?

시체가 어떻게 걷는단 말인가?

답은 지질학에서 찾을 수 있다.

당연히 시체가 묘지를 가출한 건 아니었다.

중력의 영향으로 토양의 중간층이 한쪽으로 밀린 탓이었다. 말하자면 학교 귀신에 나온 착청과도 통하는 이야기였다. 알고 보면 자연의 신비이다. 그때는 단순히 귀동냥으로 들은 일이 여기서 소용이 있게 된 것이다.

—참흙.

—이사장의 이유 없는 두통.

―그리고 까까머리 봉분.

인과였다.

전생하고만 인과가 있는 게 아니었다. 어제의 일조차도 인과가 된다. 미류는 이미 무속을 은퇴한 석명 만신에게 두 손을 모았다.

'고맙습니다!'

그리고 이사장을 향해 힘차게 돌아섰다.

"이사장님!"

"……?"

"시간이 좀 걸려도 되겠습니까?"

"그야……."

"그럼 저는 좀 쉬겠습니다. 이사장님도 편한 곳에 자리를 잡으시죠."

미류는 묘지에서 조금 떨어진 소나무 아래에 자리를 잡았다.

"법사님!"

"한잠 때리겠습니다."

미류는 부적 가방을 끼고 나무에 기대 눈을 감았다.

"……!"

이사장의 시선이 따갑게 느껴졌다.

이 인간, 뭐 하자는 거야?

그녀의 시선에는 그런 뜻이 가득했지만 혀를 통해 새어 나오지는 않았다.

밤이 찾아왔다. 소리 없이 다가온 어둠은 세상을 완벽하게 덮었다.

쌔에에쌔에에!

꾸뜨르르르!

풀벌레와 밤새들이 활동을 시작했다.

"이봐요!"

보다 못한 이사장이 미류를 깨웠다.

"조금 더 기다리셔야 합니다."

사방을 둘러본 미류는 다시 잠을 청했다.

"이 사람이 정말……."

이사장은 안달을 했지만 미류는 미동도 하지 않았다.

어차피 백지수표는 미류 품에 있었다. 그리고 이사장 어머니의 사체를 찾는 일은 시간을 정한 것도 아니다.

액애액!

가까이서 고라니가 울었다. 호랑지빠귀 소리도 들렸다. 미류는 비로소 몸을 일으켰다. 지친 이사장은 미류 대신 잠들어 있었다. 미류는 천천히 걸어 묘지 앞으로 나왔다.

집 나간 시신!

그러나 도굴당한 흔적은 없는 묘지.

그렇다면 멀리 갔을 리 없었다.

절경!

일단 신방울을 흔들어 주변 사물을 제압했다. 풀과 바람, 나무 소리에 묻어 알짱대던 허접한 영가들이 방울에 놀라 멀어졌다.

절경!

미류는 묘지 앞에 앉았다. 정신을 집중해 원래 있던 영가의 영기를 확인했다. 처음부터 없는 것은 아닌 자리. 그렇다면 그 흔적이 있을 일이다.

'보여라!'

영기에 휩싸인 미류가 묘지에 시선을 고정시켰다.

절경절경절경절경절경!

신방울 소리가 몰려 나가자 묘지의 영기가 희미하게 반응했다.

"……!"

미류의 미간이 꽉 좁혀졌다. 영기를 따라 영가의 흔적이 보였다. 정말 묘에서 가출하고 있었다.

절렁!

신방울을 흔들며 흔적을 따라 걸었다. 영가의 흔적이 조금씩 뚜렷해지기 시작했다. 그리고 마침내 묘지에서 서른다섯 자쯤 멀어졌을 때 그 흔적이 최고조에 도달했다.

'아!'

미류는 그 자리에 주저앉았다.

시체가 걷는다.

그때는 믿지 않은 미류. 영가를 확인하고 나니 석명과 숭덕의 능력에 혀를 내두르고 말았다. 먼저 안 사람의 경험을 통해 기어이 가출한 사체를 찾아낸 것이다.

'영가여!'

미류가 대화를 시도했다. 대답은 나오지 않았다.

'영가여!'

한 번 더 불러도 마찬가지였다. 이미 오래전에 죽은 사람. 그 영은 이미 다른 세계로 간 모양이다.

퍽퍽!

먼동이 튼 직후, 산허리에 소음이 일었다.

인부 둘이 불려와 땅을 파기 시작했다. 더 많은 사람을 부르지 않은 건 소문 때문이었다. 이사장이 믿을 만하다고 생각하는 둘만을 호출한 것이다.

작업은 더뎠다. 산을 파는 건 보통 일이 아니었다. 결국 미류도 삽을 들었다. 이사장의 초조함에 대한 배려였다. 상대는 백지수표를 준 사람. 대우받을 자격이 있었다.

2미터 남짓 파내자 나무뿌리가 나왔다. 그 뿌리에 뭔가 검은 덩어리가 보였다.

"으엑!"

인부들이 기겁했다.

"물러나세요."

미류가 영가를 확인했다. 해가 중천에 올랐지만 그건 영가가 확실했다. 인부들은 오바이트를 하며 뒷걸음질을 쳤다.

"악!"

불려온 이사장도 비명부터 내질렀다.

뿌리가 칭칭 감은 건 검은 덩어리의 사체였다. 관은 간 곳도 없이 시체만 나무뿌리에 안긴 것이다. 기묘하게도 아직 다 썩지도 않아 확인도 어렵지 않았다.

"어머니… 맞아요."

이사장의 이빨이며 어깨가 부러질 듯 와들거렸다. 미류가 다가가 그녀를 부축했다. 인부들이 가져온 생수를 먹이고서야 이사장은 다소 안정이 되었다.

그러셔야지.

미류가 조용히 웃었다.

가출한 어머니의 시신을 찾게 된 이사장이다. 동시에 미류에게 백지수표를 지급해야 할 사람이기도 했다.

"고맙습니다. 그리고 죄송합니다."

산 아래의 토속 식당에서 이사장이 말했다. 테이블에는 살코기 푸짐한 육개장이 모락거리고 있다.

"별말씀을. 아무튼 애태우시던 일을 이루게 되어 다행입니다."

미류가 공손히 답했다.

"도시혈… 지질학으로 '토양포행'이라고 했죠? 아는 지질학 교수님께 확인까지 하고도 믿어지지가 않네요. 아무래도 제 덕이 부족한 때문인 것 같고……."

"이미 교육 사업을 열심히 하고 계시지 않습니까? 괜한 자책은 하지 않으셔도 됩니다."

"그게 다 허울뿐이죠, 뭐. 가난해서 대학 못 가는 애들도 많았는데 한 번도 도와주지 않았거든요."

"예."

"교육이란 게 그래요. 나뿐만 아니라 선생님들도 마찬가지예요. 재능 있고 열정 있는 아이들이 돈 때문에 대학을 못 가도 무덤덤하거든요. 처음에 어머니께서는 그런 아이들 구제하려고 학교를 만들었다는데……."

"모친께서는 그렇게 하셨나요?"

"아뇨. 부끄럽지만 듣지 못했어요."

이사장은 솔직히 시인했다. 초심은 초심일 뿐, 세상만사가 그렇다.

고등학교 가면 열공해야지. 새해 되면 담배 끊어야지. 오직 너만 죽도록 사랑할게.

초심으로 끝나는 일들이 어디 한둘인가? 이 말에 찔리지 않는 사람이 있다면 그는 이미 신의 반열에 든 사람이 틀림없었다.

교육자!

폼 난다.

교사 or 은사?

멋들어지다.

하지만 그들의 행위와 마음가짐도 그럴까?

미안하게도 미류의 입장에서는 No였다. 미류가 대학에 진학할 때였다. 미류도 어려웠다. 하지만 정말 어려운 친구가 있었다. 아버지, 어머니를 잃고 할머니와 함께 사는 여자친구였다.

공부는 반에서 3~4등을 달렸다. 서울의 중상위권 대학 세 군데에 합격했지만 발을 동동 구르게 되었다. 등록금을 마련하지 못한 것이다.

학교 선생 누구 하나 돕지 않았다. 당시 미류가 다니던 고등학교의 선생들은 수십 명. 1인당 몇 만 원씩만 내주면 가능할 수도 있는 일이었다.

"야, 인마, 대학 등록금이 장난인 줄 알아?"

보다 못한 미류가 운을 떼자 담임이 펄쩍 뛰었다.

미류와 친구들이 모금에 나섰다. 같은 반에서 34만 원이 걷혔다. 하지만 다른 반에서 나온 돈은 다 합쳐도 20만 원이 되지 않았다. 그때도 담임은 달랑 2만 원을 냈을 뿐이다. 그것도 마지못해 온갖 공치사를 다 하며.

그래도 다행히 그녀는 진학을 했다. 같은 반 친구 아버지가 그 사실을 알고 1년치 등록금을 내준 것이다. 생색은 담임 몫이었다. 그런 일에는 천부적이었다.

친구 말에 의하면 녀석의 아버지가 밀린 공사 대금을 받게 되어 기분이 좋아 도와준 것인데 마치 담임이 알선한 듯 나댄 것이다.

―겉과 속이 다른 인간들!

미류가 처음으로 알게 된 선생들의 구린 속내였다.

"이사장님은 이제부터 하시면 되죠."

미류가 조심스레 말했다. 선행은 지금이 중요했다. 내일이 중요했다. 어제는 하나도 중요하지 않았다.

"그나저나 법사님 참 용하시네요."

"별말씀을……."

"아니에요. 진심으로 드리는 말씀입니다. 어제 산소 옆에서 능청스레 잠을 잘 때만 해도 부아가 치밀었어요. 그래서 내가 너한테는 어떻게든 배상금으로 1억을 받아내고 만다 하며 벼르고 있었는데……."

"섭섭하실 줄 알았습니다만, 사망하신 지 오래된 분이라 영기가 약해서 강해지는 밤을 기다릴 수밖에 없었습니다."

"그러셨군요."

"이장할 곳은 찾았습니까?"

"아뇨, 그냥 화장해서 뿌리려고요. 사실 그게 원래 어머니 유언이었어요."

"예?"

"그런데 남들 눈도 있고 해서 묘를 쓴 거죠. 그런데 일이 이렇게 되고 보니 어머니 말대로 하는 게 옳은 것 같아서요."

묘 터를 미리 마련하지 않은 사연이 나왔다.

"어머니 유언이고 이사장님 마음이 그렇다면 나쁘지 않지요."

"수표… 액수 쓰세요. 제 마음 변하기 전에."

"변해도 괜찮습니다. 사실 떼돈 벌자고 백지수표를 잡은 건 아니니까요."

"그럼 왜 잡았는데요?"

"책임감, 혹은 무속의 가치를 보여주고 싶었다고 할까요? 게다가 이사장님을 보아하니 자신 없이 시작하면 아예 진행조차 하지 않을 것도 같아서……."

"잘 보셨네요. 무당들이 다 자신 있다고 했지만 막상 백지수표를 내놓으면 주저했어요. 3천을 달라, 5천이면 된다 하는 식이었죠."

"지금까지 최고를 쓴 분이 얼마였나요?"

"5억 쓴 분이 있었어요."

"그분은 어떠셨나요?"

"강원도 대표 만신이라며 큰소리 펑펑 쳤는데 여기 와서 3박 4일로 굿만 하길래 아는 형사를 불렀어요. 그랬더니 싹싹 빌고 가더라고요."

"솔직히 이사장님은 이 일이 얼마의 가치가 있다고 생각하십니까?"

"그걸 적어야 할 사람은 법사님인데요?"

"궁금해서 그럽니다. 무속을 필요로 하는 분들, 과연 무속을 어떻게 평가하는지."

"이번 일만 놓고 본다면 어머니의 재산 반을 가져가서도 괜찮아요."

"반?"

"저번에 제주도 땅 팔린 것만 6,000억이에요."

"그럼 3,000억을 써도 된다는 말씀입니까?"

"돈을 생각하면 아깝지만 일을 생각하면 아깝지 않아요. 진짜로 쓰신다면 저는 지불할 겁니다."

"……!"

미류는 들었던 수저를 내려놓았다. 30억도 아니고 3,000억을 질러 버리는 이사장이었다. 이건 집 나간 시체 이야기보다도 더 놀라운 일이었다.

"이사장님!"

"왕창 쓰세요. 어차피 저는 그릇이 작아서 끼고 있기만 하지 가치 있게 쓸 줄도 모릅니다. 그러니 법사님 같은 분이 가져다 뜻깊은 일에 써주면 저도 좋은 일이지요. 어쩌면 어머니의 뜻 같다는 생각도 들고요."

"……."

"진심이에요."

"그럼…….'

"말씀하세요."

"실은 제가 가난한 노인들을 위한 요양원을 준비 중입니다. 죄송하지만 어머니 시신 찾은 복채는 없던 것으로 하고 이사장님의 기부로해서 좀 지어주시겠습니까? 부지는 제가 마련해 두었습니다만."

"요양원요?"

"제가 전생점을 보다 보니 전생과 현생, 내생의 연결 고리가 중요한걸 알게 되었습니다. 누구든 죽기 전에 아름다운 마음으로 생을 마감하면 내생이 좋아질 수 있거든요. 그래서 그런 사업을 꿈꾸게 되었고… 서울시장님, 법무장관님, 나아가 이사장님을 연결해 주신 송복녀 이사장님도 저를 돕고 계신답니다."

"제게 말하지 마세요."

"예?"

"법사님은 여기다 쓰시기만 하면 됩니다. 즉 결정권은 법사님에게있다는 것이지요."

"이사장님!"

"지어드리죠. 대신 제가 늙으면 요양원에 방 한 칸 내어주세요."

"그런 거라면야 얼마든지……."

"더불어 운수도 좀 관리해 주시고요."

"물론이죠."

"그럼 쓰세요. 요양원 건물이라고!"

이사장이 수표의 빈 칸을 가리켰다. 미류는 수표 위에 또박또박글자를 채웠다.

〈요양원 건물〉

"어머니의 새집이라고 생각하고 지어드리겠어요. 공사할 준비가 되면 전화만 하세요."

이사장은 기꺼운 표정을 감추지 않았다.

"아이고, 감축드립니다요!"

너스레는 떠는 사람은 남창수다.

요양원!

그 꿈의 시작은 미류의 가슴이었지만 땅의 시작은 남창수로부터였다. 이것저것 궁리를 보태주려고 전화를 걸어온 그를 미류가 만났다. 여전히 그의 도움이 필요한 까닭이다.

"이야, 점사도 대단하지만 추진력은 더 대단하시군요. 부지 확보만 해도 굉장한 건데 건물 공사비까지 해결을 보시다니."

차 한 잔을 사이에 두고 남창수가 기세를 올렸다. 어쩐지 미류보다 더 좋아하는 느낌이다.

"다 사장님 덕분입니다."

"아따, 그런 말 마세요. 난 지금도 그 터 버드나무 아래의 해골만 생각하면… 아이고, 오금이야!"

남창수는 부르르 몸서리를 쳤다.

"좋은 쪽으로 생각하세요. 그 해골, 제게는 행운이었으니까요."

"하긴 원효대사라는 분도 해골에서 도를 얻었다면서요? 하지만 나 같은 놈은 그런 땅 줘도 못 갖습니다."

"이제 시작입니다. 앞으로도 계속 도와주세요."

"그럼 저도 늙으면 그 요양원 입소 자격 주는 겁니까?"

"생각해 보죠."

미류가 은근 배짱을 부렸다.

"예? 저 자격 미달인가요?"

놀란 남창수가 고개를 들었다.

"그건 아니지만 자꾸 남발하면 안 될 것 같아서요. 원래 취지가 가난한 분들을 모시려는 거잖아요?"

"쳇, 그럼 가난해지면 될 거 아닙니까?"

"예?"

"아, 머리 아프네. 늙어 법사님 옆에 있으려면 가난해야 하고, 가난하면 주변 인간들에게 개무시당할 테고."

"하하핫, 사장님도……."

"알겠습니다. 그건 그렇고, 이제 건설사 알아보셔야겠군요?"

"그러잖아도 그걸 상의하려고……."

"걱정 마십시오. 제가 쓸 만한 중견 건설사로 알아보겠습니다. 이런 일, 아무나 하면 안 되죠."

"폐만 끼쳐 죄송합니다."

"아닙니다. 왠지 법사님 일은 사람을 행복하게 하거든요. 이거 저도 공덕 쌓는 거 맞죠?"

"당연하죠."

"그건 그렇고, 오늘은 저랑 사진 좀 부탁드립니다."

"사진요?"

"법사님은 이제 유명 인사십니다. 요양원 일도 같이 찍은 사진 내놓으며 말하면 약발이 훨씬 잘 먹힐 겁니다."

"그럼 아예 제 신당으로 가시죠? 밤을 새웠더니 속이 칼칼해서 이모에게 시원한 다슬기 아욱 된장국 좀 부탁했거든요."

"어, 저도 좋아하는 건데 제 몫도 있는 겁니까?"

"당연하죠."

"어이쿠, 그렇다면야……."

반색을 한 남창수가 먼저 자리를 털고 일어섰다.

"치이즈!"

찰칵, 찰칵!

사진은 하라가 찍었다. 남창수의 디지털카메라는 화질이 좋았다. 미류도 나오고 전생신 무신도도 나왔다.

"키햐, 인물이 좋으니까 사진발도 죽이는구나!"

남창수가 너스레를 떨었다.

"우리 오빠 잘생겼죠?"

하라가 디카 화면에 고개를 디밀며 물었다.

"아니, 나!"

남창수가 변죽을 울렸다.

"피이, 아저씨가 뭐가 잘생겼어요? 딱 기생오라비인데."

"뭐야?"

"메에!"

하라는 혀를 날름 내밀고는 자기 방으로 달아났다.

"법사님, 기생오라비가 이렇게 잘생긴 거 봤습니까?"

남창수가 콧날을 구기며 물었다.

"하라는 무조건 제 편이거든요. 이해하세요."

"하핫, 농담입니다."

한바탕 웃어젖힌 둘은 봉평댁이 준비한 식탁에 앉았다. 식탁에서는 칼칼하면서도 구수한 냄새가 은은하게 풍기고 있었다.

찐 호박잎에 더덕구이, 더불어 산나물장아찌와 머위장아찌. 그중에서도 압권은 역시 다슬기 아욱 된장국이었다.

"많이 드세요."

봉평댁이 식사를 권했다.

"키햐, 이거 제대로인데요? 내가 전국 맛집 많이 다녀봤지만 이렇게 시원한 뒷맛은 처음입니다."

국 맛을 본 남창수는 거의 자지러졌다.

후룩!

미류도 국을 넘겼다. 개운했다. 목 넘김을 따라 어려운 일들이 하나둘 내려갔다. 부지 일에 딸려온 고택의 삼 모녀 귀신들. 서울시 관리사업소 담당 공무원, 그리고 이어진 황금실 이사장의 집 나간 시신 찾기.

미류는 신당 쪽으로 고개를 돌렸다.

엄두조차 내기 어려운 미류에게 땅을 점지한 전생신. 이후로 하나하나 난관을 뚫고 오늘에 이르게 한 그. 미류는 경건한 마음으로 감사를 전했다.

―꿀 빨게 해주마!

그가 했던 약속.

처음에는 그 꿀이 주지육림과 재화, 여색에 묻혀 사는 건 줄로 알았다. 호화로운 신당을 차리고, 미녀들을 옆에 끼고, 최고급 승용차에 명품 물건, 신방울에다 다이아몬드를 박고, 부챗살은 순금으로 만들고, 무신도 역시 금가루로 그리며 유명 인사들과 어울려 국사 대접을 받는 꿀.

하지만 미류는 이제 알았다. 그건 꿀이 아니라 독이라는 걸.

'꿀은……'

지금 이런 일이 바로 꿀이었다. 나를 위해, 또 남을 위해 정진하는

일. 그 속에서 느껴지는 성취감과 보람이야말로 지상의 그 어떤 꿀과
도 바꿀 수 없는 가치 있는 일이었다. 미류는 다시 태어난 보람을 만
끽하고 있었다.

'조오타!'

그릇을 들어 남은 국물까지 깡그리 비워냈다.

목을 타고 내려간 국물의 감칠맛에 더없이 행복했다. 사람들의 액
운을 막아준 후에 즐기는 개운한 국 한 그릇. 이제 보니 이 또한 신
제자에게는 더없이 달콤한 꿀이었다.

『특허받은 무당왕』 4권에 계속…

특허받은
무당왕 3
가프 장편소설

초판 1쇄 찍은 날 § 2016년 12월 14일
초판 1쇄 펴낸 날 § 2016년 12월 20일

지은이 § 가프
펴낸이 § 서경석

편집책임 § 조현우
편집 § 이창진, 최지원, 배경근
디자인 § 신현아
마케팅 § 서기원

펴낸곳 § 도서출판 청어람
등록번호 § 제387-1999-000006호
등록일자 § 1999. 5. 31
어람번호 § 제8-0080호

주소 § 경기도 부천시 부일로 483번길 40 서경B/D 3F (우) 14640
전화 § 032-656-4452 팩스 § 032-656-4453
http://www.chungeoram.com
E-mail § chungeorambook@daum.net

© 가프, 2016

ISBN 979-11-04-91071-5 04810
ISBN 979-11-04-91050-0 (세트)